Michel Bussi, géographe et professeur à ... Rouen, a publié aux Presses de la Cité *Nymphéas noirs*, polar français le plus primé en 2011, dont l'édition en bande dessinée paraît en janvier 2019 aux Éditions Dupuis. *Un avion sans elle*, pour lequel il a reçu le Prix Maison de la Presse, s'est vendu à plus de un million d'exemplaires en France. Ses ouvrages, qui rencontrent un grand succès international, notamment en Allemagne, en Angleterre, en Italie et en Chine, sont traduits dans 35 pays. Les droits de plusieurs d'entre eux ont été cédés en vue d'adaptations télévisuelles : France 2 a diffusé les six épisodes de *Maman a tort* en 2018. *Un avion sans elle* sera diffusé par M6 en 2019 et *Le temps est assassin* par TF1. Il est l'auteur, toujours aux Presses de la Cité, de *Ne lâche pas ma main* (2013), *N'oublier jamais* (2014), *Maman a tort* (2015), *Le temps est assassin* (2016) et *On la trouvait plutôt jolie* (2017). *Gravé dans le sable*, paru en 2014, est la réédition du premier roman qu'il a écrit, *Omaha Crimes*, et le deuxième publié après *Code Lupin* (2006). En 2018, il a publié un recueil de nouvelles chez Pocket, *T'en souviens-tu, mon Anaïs ?* et a réédité l'un de ses premiers romans, *Sang famille* (paru en 2009), aux Presses de la Cité. Une version enrichie et illustrée de *Code Lupin* a paru aux Éditions des Falaises, et *Mourir sur Seine* a été adapté en bande dessinée aux Éditions Petit à Petit. Cette même année, Michel Bussi a aussi publié son premier recueil de contes pour enfants, *Les Contes du Réveil Matin*, aux Éditions Delcourt. Il est le deuxième auteur français le plus vendu en France en 2018 selon le palmarès du *Figaro*-GFK. Son dernier roman, *J'ai dû rêver trop fort*, paraît en 2019 aux Presses de la Cité.

Retrouvez toute l'actualité de l'auteur sur son site :
www.michel-bussi.fr
et sur ses pages Facebook et Instagram

SANG FAMILLE

MICHEL BUSSI

SANG FAMILLE

PRESSES DE LA CITÉ

Une première édition de ce roman a paru en 2009 aux éditions des Falaises. Cette nouvelle édition a été revue et corrigée par l'auteur.

Extrait de *Babacar* (page 73), paroles et musique de Michel Berger © Universal Music Publishing, 1987.
Extraits de *Le Jour le plus long* (pages 76-77 et 194), paroles d'Eddy Marnay, musique de Paul Anka © EMI Hastings Catalog, Inc., 1962.

MIXTE
Papier issu de
sources responsables
FSC® C003309
FSC
www.fsc.org

Pocket, une marque d'Univers Poche,
est un éditeur qui s'engage pour la préservation
de l'environnement et qui utilise du papier fabriqué
à partir de bois provenant de forêts gérées
de manière responsable.

place
des
éditeurs

© Michel Bussi et Presses de la Cité, un département 2018
ISBN 978-2-266-29136-1
Dépôt légal : mars 2019

Préface

De l'imaginaire au merveilleux...

Sang famille est l'un des premiers romans que j'ai écrits. Bien avant que mon premier livre, *Omaha Crimes*, soit publié, les bases et personnages de ce roman étaient posés. Si je remonte plus loin encore dans ma mémoire, *Sang famille* est sans doute la première histoire que j'ai inventée.

Elle est née d'un constat simple, dont vous avez peut-être déjà fait l'expérience : vous croisez une personne et, le temps d'une seconde, vous pensez la reconnaître... avant de vous sentir stupide et de vous rendre à l'évidence : cette personne, vous le savez, est décédée. Votre imagination a été plus rapide que votre raison. Cette silhouette, cette ombre, cette voix, ce rire ne peuvent pas être ceux de votre grand-père, de votre ami d'enfance, de votre ancienne voisine.

Ce roman est né de cette troublante impression.

En retravaillant sur *Sang famille,* plus de dix ans après l'avoir écrit, j'ai été frappé de constater à quel point ce roman contenait déjà une grande partie des thèmes récurrents de mes livres suivants : la quête d'identité bien entendu, la filiation, l'adolescence, mais aussi la manipulation, l'irrationnel apparent qui pourtant finit par s'expliquer logiquement ; le goût pour le huis clos également, une île, un labyrinthe à explorer mais dont on ne peut s'échapper, et dont les entrailles dissimulent les racines d'une identité profonde, cachée puis révélée.

Au-delà de l'intrigue, ce roman était aussi déjà l'occasion de croquer une galerie de personnages, plus ou moins secondaires mais qui tous apportent leur touche de fantaisie, d'humour, de décalage… J'ai ainsi une tendresse toute particulière pour Delpech, Clara, Madiha, Armand…

Comme dans la plupart de mes romans, du moins les premiers, *Sang famille* s'amuse à jouer avec l'Histoire, symbolisée par la Folie Mazarin : les héros partent en quête d'un trésor, disposent d'une carte cryptée, se perdent dans des galeries souterraines… En ce sens, *Sang famille* peut apparaître comme un roman d'initiation, solaire et ludique. Je considère pourtant, à l'inverse, *Sang famille* comme mon roman le plus personnel. J'aime qu'il ait l'élégance de dissimuler sa cruauté et la gravité du destin désespéré de Colin, ce héros adolescent qui ne peut faire confiance à aucun adulte, dans un jeu de piste à rebondissements.

Sang famille a été édité une première fois en 2009, à quelques milliers d'exemplaires épuisés depuis plusieurs années. A l'occasion de sa réédition, je n'ai que peu réécrit ce livre, si ce n'est des corrections de forme. J'ai par contre tenu à effectuer une modification importante : dans la première édition, Colin enquêtait avec deux compagnons : une joyeuse équipe de trois garçons, qui avec le recul me semblait directement inspirée de mes années de camps d'ados et de mes lectures d'enfance.

Il manquait, d'évidence, un personnage féminin pour accompagner Colin. Depuis des années trottait dans ma tête l'idée du personnage de Madiha, à ajouter à l'histoire, pour former un triangle Armand-Madiha-Colin, autrement plus passionnant. Ai-je eu raison ? Ceux qui ont lu les deux versions me le diront…

J'ai une grande tendresse pour la légèreté de ce roman, troublée par une intrigue cauchemardesque. J'aime qu'il puisse être plus inclassable encore que mes autres romans, et qu'il devienne de fait un livre intergénérationnel, foisonnant et intrigant pour un jeune public, tout autant que, pour les autres, sensuel et cruel.

S'il est mon roman le plus personnel, il est aussi à ce jour le seul qui se déroule dans un lieu imaginaire. Faut-il y voir un paradoxe ?

Il n'y a pas loin de l'imaginaire au merveilleux. Aucun autre roman ne m'a permis de construire autant au-delà de ma réalité. Sans lui, les autres n'auraient pu exister.

Michel Bussi

A mon père

Ile de Mornesey

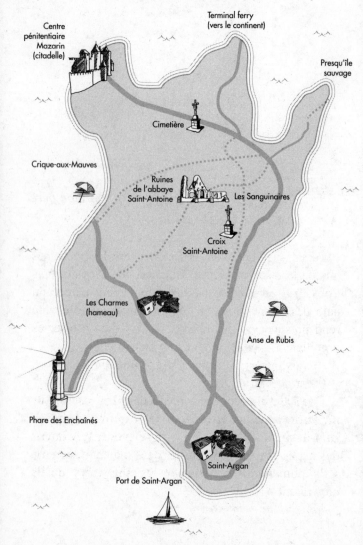

Centre pénitentiaire Mazarin (citadelle)

Terminal ferry (vers le continent)

Presqu'île sauvage

Crique-aux-Mauves

Cimetière

Ruines de l'abbaye Saint-Antoine

Les Sanguinaires

Croix Saint-Antoine

Les Charmes (hameau)

Anse de Rubis

Phare des Enchaînés

Saint-Argan

Port de Saint-Argan

1

La fin

Tel un soleil brutal, la lumière du phare des Enchaînés inonde la pièce crasseuse. Une seconde à peine. Puis l'obscurité reprend le dessus, simplement percée du halo des lampes torches que la poussière suffocante rend presque gris, comme si des milliers d'insectes grouillaient dans les fragiles rayons.

Je vais mourir là, dans ce décor immonde.

C'est une certitude.

Une seule question me hante, la dernière : oseront-ils me torturer avant d'en finir avec moi ? Jusqu'où sont-ils prêts à aller pour me faire avouer ? A ouvrir des plaies béantes ? A fouiller dans ma chair, comme s'ils pouvaient en arracher les souvenirs qu'ils convoitent ?

Violeurs de mémoire.

Tout est clair. J'ai reconstitué le puzzle, depuis quelques minutes. Toutes les pièces, une à une, s'emboîtent. Je me souviens de tout, précisément.

A quel point s'en sont-ils rendu compte ?

Le silence est total. Pas un bruit ne perce de l'île de Mornesey à travers les épais murs de pierre. J'entends seulement la lente respiration de mes bourreaux. Ils sont quatre. Trois hommes et une femme. Autant d'adultes en qui, selon toute logique, je devrais avoir une confiance aveugle. Ça a été le cas, d'ailleurs.

Hélas.

Le canon du revolver est toujours braqué sur moi. Les autres se tiennent debout contre les murs sales, immobiles, je ne distingue que leurs ombres. Combien de temps tiendront-ils encore avant de m'abattre ?

Ils savent comme moi que plusieurs dizaines de flics doivent être déployés sur Mornesey, autant à ma recherche qu'à leur poursuite. Sans doute les policiers ont-ils commencé à investir les souterrains, ces interminables galeries percées dans les entrailles de l'île. Tout Mornesey doit être quadrillé par une gigantesque et méthodique battue. Les policiers n'ont pourtant aucune chance de nous découvrir. A temps, du moins. Toutes les issues ont été soigneusement closes. Tout a été préparé, méticuleusement, depuis longtemps. Mes bourreaux n'ont rien laissé au hasard.

Quel espoir me reste-t-il ?

Pas même une bouteille à la mer. Juste quelques morceaux de papier rouges, semés, perdus, il y a quelques heures, incapables de lutter à armes égales contre le vent de la Manche. Quelques êtres chers aussi, les seuls en qui j'ai encore confiance, qui peuvent deviner. Peut-être.

Quant à me retrouver…

Le phare passe à nouveau. Presque un éclair. La lueur blanche m'éblouit. Trois figures de tortionnaires, blafardes, comme ces créatures monstrueuses des abysses qui ne voient jamais le jour, me fixent, sans aucune compassion. Elle seule, appuyée contre la cheminée, détourne le regard.

Un tesson de verre brisé brille fugitivement, mon ultime et dérisoire arme gît par terre à trois mètres de mes pieds.

Je vais mourir.

Ils ne peuvent plus m'épargner. J'en sais trop désormais. J'ai fixé leur visage, leur véritable visage. Tout est allé si vite, à peine quatre jours. J'avais bien d'autres dérisoires soucis, alors.

Je n'étais encore qu'un adolescent parmi d'autres.

Banal.

Ce n'est pas facile de retranscrire mes pensées, mes émotions, telles qu'elles ont évolué pendant ces quelques jours, ce basculement vertigineux vers l'irrationnel, heure après heure, minute après minute ; tout comme celles des autres acteurs de ces événements, celles de Simon Casanova, celles de Madi, celles d'Armand.

Je vais pourtant essayer.

Quatre jours plus tôt

2

La quille

En sortant du ferry de l'île de Mornesey, le fourgon longea la mer sur un kilomètre en direction du centre de détention pénitentiaire Mazarin. Jérémy regardait avec envie les centaines de voiles qui glissaient sur l'eau de la Manche, bouchonnant presque à l'entrée du chenal séparant l'île du continent. Des petits Optimist orange en file indienne luttaient contre les derniers remous du ferry. Quelques kayaks de mer se faufilaient entre les véliplanchistes.

Mi-août, pensa Jérémy, le chenal de Mornesey, c'est l'autoroute.

N'empêche… Malgré l'affluence, Jérémy aurait bien aimé être à la place de ces types en combinaison qui glissaient avec leurs planches, à plus de vingt nœuds.

16

Plus que deux heures, se consola Jérémy. Dans deux heures, il laissait les clés de la prison Mazarin sur le clou, l'uniforme sur le cintre, son flingue à l'armurerie. La quille ! Bye bye, les îles Anglo-Normandes. Il enfilait les espadrilles et le short à fleurs, direction la presqu'île de Giens et le spot d'Hyères.

A ses côtés, Gildas conduisait prudemment. Trente ans de métier, quelques milliers de navettes « prison de Mornesey – tribunal de Granville », à en connaître par cœur les horaires du ferry et la longueur des files d'attente sur le quai.

Jérémy se retourna et jeta un coup d'œil à l'arrière du fourgon. Deux détenus se tenaient assis, menottés, face à face. Calmes. Il surveilla surtout le type sur la gauche, Jonas Nowakoski. Un lourd passif. Braquages à répétition. Tir à bout portant sur flics en uniforme. Encore sept ans de tôle à purger. Un client dangereux. L'autre, en face, n'était pas du même calibre. Jean-Louis Valerino avait été condamné pour fraude fiscale : enrichissement personnel dans une affaire de marché public. Un petit fonctionnaire qui avait eu les yeux plus gros que le ventre. Il devait être libéré dans un peu plus de deux mois et avait tout intérêt à se tenir à carreau.

Le fourgon longeait le mur du cimetière de Mornesey. En ce début d'après-midi, la départementale qui menait au centre de détention était presque déserte. L'heure de la sieste !

La journée serait encore longue, pensa Jérémy. Aussitôt libéré, il allait devoir s'activer. Installer les barres sur l'Opel Astra, la planche… et le siège auto. Premières vacances avec sa petite Léa, tout juste six mois.

Jérémy grimaça. Il allait devoir négocier. Le dire et le redire encore à Lydie quand elle en aurait assez de jouer les Pénélope sur la plage. Non, la planche n'était pas pour lui un loisir, un sport, un hobby. Ce n'était même pas une passion. C'était un prolongement de lui-même. Le sens de sa vie. Une nécessité vitale. Comme l'eau, le soleil et l'oxygène. Son boulot de merde de gardien de prison, ses astreintes de nuit, il ne les supportait que parce qu'ils lui laissaient le temps de sortir en mer, de glisser sur l'eau. C'était comme cela. Un besoin animal.

Moitié poisson, moitié oiseau.

Lydie écoutait. A défaut de le comprendre, elle accepterait, comme toujours, en faisant un peu la gueule.

Le fourgon pila, éjectant Jérémy de sa rêverie.

— Bordel ! hurla Gildas. Qu'est-ce que tu fous ?

Jérémy se retourna en un éclair. Jonas Nowakoski était plié en deux à l'arrière du fourgon, saisi de violentes convulsions. Il s'étouffait dans une bave blanche qui coulait en flaque à ses pieds.

Gildas gara en catastrophe le véhicule. Jérémy dégaina son Sig Sauer et sortit du fourgon. Gildas le suivit.

Jérémy ouvrit avec méfiance la porte arrière. Jonas Nowakoski était un client sérieux, tordu, parfaitement capable de simuler une crise pour tenter une évasion. Gildas braqua son arme. Jérémy sentait sa pression artérielle monter, ses battements de cœur s'accélérer, comme lorsqu'il dépassait les trente-cinq nœuds en planche, le corps poussé à sa limite.

Jonas Nowakoski hurlait de douleur. Jérémy se pencha vers lui, pendant que Gildas se tenait en dehors du véhicule, revolver pointé sur le corps secoué de spasmes. Une crise d'épilepsie, sans doute. C'était fréquent, chez les détenus. Il fallait simplement éviter qu'il ne se blesse avant l'arrivée d'un médecin.

— Attrape-moi la couverture, fit Jérémy à son collègue. Derrière le siège. Mais garde ton flingue braqué sur lui.

Gildas monta à son tour dans le fourgon, veillant à conserver ses distances vis-à-vis de Nowakoski, toujours tordu de douleur. La main libre du policier se referma sur un plaid marron.

L'instant d'après, le bas du dos de Gildas explosa. Un coup violent, inattendu, porté par-derrière.

Il s'effondra, coupé en deux. Côtes brisées.

L'arme glissa de ses mains. Il eut juste le temps, dans sa chute, d'apercevoir Nowakoski bondir sur ses deux pieds et refermer ses deux mains menottées sur le poignet droit de Jérémy.

Celui qui portait le revolver.

Les deux hommes roulèrent sur le sol du fourgon, ne formant plus qu'une même masse grouillante. Gildas crispa ses mains dans la poussière. Il fallait qu'il se relève. Qu'il se retourne.

Qu'il rampe, peu importe.

Il fallait qu'il porte secours à son collègue. Le Sig Sauer était là, par terre, deux mètres devant lui.

Oublier la douleur, le dos brisé, les os broyés. Tendre la main, quelques centimètres…

La semelle lui écrasa les phalanges. L'ombre se baissa, ramassa le revolver.

— Tire, bordel, cria Nowakoski. Tire, Valerino. Descends-les !

Jean-Louis Valerino était le seul à se tenir debout à l'arrière du fourgon, le Sig Sauer entre ses mains liées.

— Tire, connard ! hurla encore Nowakoski.

Le détenu tentait d'immobiliser Jérémy. Leurs quatre mains se disputaient le second revolver. Valerino braqua tour à tour les deux gardiens. Son visage était inondé de sueur. Sa voix trembla.

— Les clés des menottes. Vite. Sinon je lui obéis. Je vous jure.

Gildas ne répondit pas, luttant pour ne pas défaillir. Jérémy résistait encore, refusant de lâcher son arme. Nowakoski était couché sur lui.

— Bute-le, bordel ! ordonna le braqueur.

Valerino ne tira pas. Lui aussi tremblait, comme dépassé par les événements.

— Connard ! cria encore Nowakoski.

Sa bouche resta ouverte un court instant, puis se referma sur le poignet de Jérémy, le mordant au sang. Le gardien de prison hurla. Sa paume s'ouvrit. Nowakoski se releva alors que ses doigts saisissaient le revolver. Il se recula de deux mètres, sans un regard pour Valerino.

Il reprenait les choses en main.

— Les clés des menottes ! Vous avez trois secondes.

Jérémy se tenait le poignet, improvisant un garrot de sa main libre. Sa réponse cingla.

— T'es sur une île ! Mornesey. Cinq kilomètres sur trois. Tu crois aller où ?

— Un !

Jérémy tourna son regard vers Valerino. Implorant. Ce type s'était laissé entraîner. A deux mois de sa libération, il avait tout à perdre. Vraiment tout. Nowakoski allait le descendre aussitôt qu'il n'aurait plus besoin de lui. Comment le lui faire comprendre ? Les yeux de Valerino le fuyaient.

— Deux.

Tant pis pour lui.

— La prison est à un kilomètre, cria Jérémy. Des dizaines de flics vont tout boucler dans les minutes qui viennent. Vous n'avez aucune chance…

— Trois !

Jonas Nowakoski braqua avec calme la jambe de Jérémy et tira. La balle traversa la cuisse droite du policier, Jérémy voulut parler, hurler une insulte, esquisser un quelconque geste, mais la douleur le cloua au sol.

— OK, OK ! fit la voix chevrotante de Gildas dans le fond du fourgon.

Le policier tendit deux clés.

— Les voilà. Mais on se retrouvera.

Valerino se précipita sur le trousseau, saisi de panique.

— Faut y aller, Nowakoski. T'aurais pas dû tirer. Ils vont tous rappliquer.

Jonas Nowakoski demeurait étonnamment détendu. L'évasion devait lui rappeler la tension des braquages, le compte à rebours avant les premières sirènes, les gyrophares, la fuite arme au poing. Il tendit les poignets pour que Valerino le libère.

La tête de Jérémy avait basculé sur le côté. Inconscient.

En apparence.

Seule sa main bougeait encore, descendait, lentement, le long de sa jambe valide. Gildas avait repéré son geste, il savait que Jérémy dissimulait toujours un poignard au-dessus de sa cheville. En cas de corps à corps. Ça arrivait parfois dans les couloirs de la prison. Qu'allait faire ce jeune con de Jérémy avec son couteau face à deux types armés ? Jouer au héros ? Autant les laisser partir, rester en vie. On reprendrait ces deux fugitifs avant la tombée de la nuit.

Les deux menottes chutèrent sur le sol du fourgon. Jean-Louis Valerino tira la manche de Jonas Nowakoski.

— On se casse.

Nowakoski recula, pivota, de trois quarts, méfiant.

La main de Jérémy glissa encore, se referma sur le poignard. S'il touchait Nowakoski, Valerino ne ferait rien. Ne tirerait pas. Se rendrait. Nowakoski était seul, en fait. Il lui suffisait de balancer cette lame entre les omoplates de ce salopard au moment où il lui tournerait le dos.

Nowakoski fit un pas de plus, tourna lentement la tête, huma l'air libre.

Maintenant !

Malgré la douleur, Jérémy se redressa d'un bond et son bras fendit l'air.

Trop vite.

Dans un sinistre écho de tôle froissée, le couteau heurta la portière fermée du fourgon, ratant de plus de vingt centimètres l'épaule du braqueur. L'arme retomba, tourna sur le sol comme une boussole affolée.

— Game over, murmura Nowakoski.

Il braqua à nouveau le Sig Sauer sur Jérémy.

Le policier sut qu'il allait mourir, ainsi, bêtement, à vingt-neuf ans, sans jamais revoir Lydie, en la laissant seule élever une petite Léa de six mois. Il ne serait même pas un souvenir pour son bébé, juste un inconnu sur une photo.

Le canon du revolver se baissa, un peu.

Jonas Nowakoski, lors des transferts Mornesey-Granville, avait eu tout le temps d'observer le regard perdu de Jérémy vers les voiles de l'océan.

Il tira, deux fois. Une première balle de 9 millimètres traversa le genou gauche du policier, une seconde le genou droit. Le hurlement de douleur de Jérémy dut s'entendre jusqu'à la citadelle.

Avant de perdre connaissance, Jérémy comprit que plus jamais ses jambes ne pourraient le porter. Il pourrait peut-être, un jour, en souffrant le martyre, s'accrocher, s'agripper, se lever.

Mais l'ivresse de la glisse, plus jamais.

Ni poisson ni oiseau.

Mollusque, pour toujours.

3

Retour à Mornesey

Mercredi 16 août 2000, 14 h 00,
port de Saint-Argan, île de Mornesey

Le soleil d'août à son zénith semblait inonder le petit port de Saint-Argan. Bien à l'abri derrière la digue, je n'étais pas dupe. Je savais que si je levais la tête, un vent sournois me cinglerait le visage. Dès que j'allais m'avancer à découvert vers l'embarcadère, ce même vent me glacerait les os.

Sans parler de la température de l'eau…

Dix-huit degrés à peine.

J'en frissonnais rien que d'y penser. La voile est un sport de fous. Le pratiquer dans la Manche, c'est de la torture, même en plein août. Armand, assis à côté, pensait comme moi. Alors on se tenait là tous les deux cachés derrière la digue, à reluquer la terrasse de l'hôtel-restaurant le Grand Cormoran, juste en face, et les jambes bronzées sous les jupes que le vent de la

Manche faisait voler comme pour se faire pardonner de nous frigorifier.

— 80 ! lança Armand. A 11 heures.

— Quoi ? Où ça ?

Je me tournai vers 11 heures. Rien !

Armand se marra.

— Fausse alerte. T'imagines une fille se balader les seins à l'air sur le port ?

— On ne sait jamais, répondis-je sans trop de conviction.

De toute façon, il ne fallait pas qu'il la ramène, Armand. Je menais 84 à 79 à ce petit jeu à la con commencé il y a dix jours. Un jeu enfantin. Le premier qui voyait une fille en monokini marquait un point ! Il suffisait d'annoncer plus ou moins discrètement la direction : 85 à 9 heures, 80 à 11 heures…

Je continuais de scruter la terrasse du Grand Cormoran, sans réel espoir d'améliorer mon score.

Saleté de vent de la Manche !

On était dix-huit ados du camp à se geler derrière la digue en attendant que notre moniteur de voile daigne se pointer.

14 h 05.

Yoyo était en retard… Comme d'habitude !

Trois minutes plus tard, Yoyo sortit enfin de l'école de voile, accompagné de Stéphanie et son maillot de bain rouge spécial *Alerte à Malibu*. Armand, quand il voyait Stéphanie en maillot, ne se sentait plus. Il se mit à crier un truc du genre :

— Hé, Pamela, vite, je me noie !

Stéphanie se contenta de le fixer avec consternation. Avec son physique de championne du monde de crawl, elle faisait craquer tous les ados du camp. Presque tous. Moi pas. Trop sportive à mon goût. Pas assez féminine. Enfin, je pinaillais, parce qu'il fallait bien reconnaître qu'elle était plutôt canon, Stéphanie. Mais ça me donnait une contenance dans le groupe de dire que je ne flashais pas sur elle. Genre « Steph ? Ouais, bof… Pas trop mon genre… », même si ça ne trompait personne.

Trois adultes s'occupaient de nous à Mornesey. Le père Duval, le directeur du camp d'ados, et Stéphanie et Yoyo, les deux animateurs. Le grand débat qui nous agitait était assez simple : est-ce que Yoyo et Stéphanie sortaient ensemble ? Ça nous occupait depuis dix jours. Je faisais partie du camp, minoritaire, des « non ».

Yoyo afficha son grand sourire de crétin bronzé et balança au groupe :

— Allez, en route, les mômes, aujourd'hui, tirages de bords courts bâbord et tribord amures.

Armand se leva de derrière la digue et lança à la volée :

— Si on sait déjà le faire, on peut rester sur le port pour draguer ?

Seuls ceux qui ont déjà vu Armand se battre avec un 420 pouvaient rire. Tous les dix-sept, on ne s'en priva pas. Armand avait quinze ans, mais en faisait à peine douze. Deux petites jambes poilues qui nageaient dans un grand short. Pour le reste, un corps blanc à plaques rouges. Des lunettes, bien sûr, des lunettes sur une grosse tête moche. Yoyo réagit en riant. Il aimait bien Armand. Il se rapprocha du microbe, le regarda du haut de son mètre quatre-vingts et lui déclara d'un ton faussement grave :

— C'est ma chasse gardée, ici. Pour draguer sur le port, il faut me demander un permis.

Fier de son effet, Yoyo commença à distribuer les voiles. Armand se leva à contrecœur et balança :

— C'est le bon plan, les gars… Ça veut dire que toutes les filles du port sont encore pucelles !

Tout le groupe éclata de rire. Stéphanie la première. Je l'observai, elle appréciait la façon dont le roquet avait répondu à Yoyo. Le moniteur de voile regarda à nouveau Armand dans les yeux.

— Hé, microbe… Une fois en haute mer… je te noie !

La rigolade prit fin. Yoyo termina de distribuer les voiles. Je reçus la mienne.

Galère !

Elle était au moins deux fois plus grande que moi. Comme prévu, le petit vent sournois nous glaça dès que l'on sortit de derrière la digue. Je fis un pas en avant, le vent s'engouffra dans la toile humide, la collant sur ma chair dénudée.

L'enfer !

J'avançai péniblement. A chaque pas, je croyais m'envoler. J'évitai de la porter trop haut, mais le bas du mât raclait les pavés du port. Stéphanie-Pamela me lança son regard de catcheuse mal lunée signifiant : « Nom de Dieu, attention au matos ! »

Il fallait simplement prendre sa voile, traverser le port, passer au milieu du parking si possible en évitant les voitures, puis descendre à l'embarcadère et essayer de monter dans un bateau sans trop se mouiller les baskets.

Un calvaire !

Et c'était comme ça tous les jours. Et comme tous les jours, j'étais dans le groupe des traînards. Il n'y avait qu'Armand derrière moi. Et Yoyo encore derrière pour nous donner des coups de pied au cul.

Putain de vacances !

Je devais rêver, mon mât accrocha le rétro d'une BM noire garée devant moi. Yoyo gueula.

— Fais gaffe, bordel !

Je continuai, passai le parking. Direction l'eau froide du port qui clapotait dans une espèce de sable dégueulasse. Je n'y voyais plus rien derrière ma voile. Madiha se la prit dans le dos et gueula. Madiha était la rebelle du groupe, une fille de foyer, comme il y en a au moins une dans chaque camp, à faire sa loi avec ses propres règles, capable de sortir un cran d'arrêt parce qu'elle s'est pris le wishbone dans l'épaule. Grande. Carrée. Du genre à calmer ses nerfs en pratiquant la capoeira. Je ne faisais pas le poids.

— Désolé, Madi…

Madiha me regarda comme si j'étais un moustique suicidaire qui venait s'agiter sous son nez, hésitant à m'écraser, puis préféra s'éloigner.

Direction le 420 amarré et qui pourtant n'arrêtait pas de tanguer. J'eus beau tenter le grand écart entre le sable et le bastingage, ma basket dérapa dans l'eau et des frissons montèrent jusqu'à ma nuque.

Dire que c'était comme cela depuis dix jours.

Dire que c'est moi qui l'avais choisi, cet enfer.

De mon plein gré !

En mer, le vent s'était un peu calmé. Avec le gilet de sauvetage, nous avions presque chaud. Comme toujours, j'étais seul avec Armand dans le 420. Lui était allongé au fond du bateau, à dormir, à rêver à sa quatre-vingtième paire de seins, à du bouche-à-bouche avec Stéphanie ou à je ne sais pas quoi. Depuis longtemps, Armand avait renoncé à apprendre à barrer un bateau, à chercher d'où vient le vent, à essayer de border la voile et tout le reste des rudiments de la marine. C'était même incroyable d'observer comment Armand, sans aucun doute le gamin le plus intelligent du groupe, était à ce point nul pour comprendre le b.a.-ba de la navigation. Il s'était pris au moins une dizaine de fois la bôme dans la figure sans jamais parvenir à comprendre le sens du vent. En fait, il s'en fichait. Ses parents l'avaient placé là en punition, pour je ne sais quelle connerie. Armand n'était pourtant pas le genre à en faire, des conneries, plutôt le genre premier de la classe. Mystère !

Je tenais la barre un minimum, pour faire semblant de m'intéresser, lorsque Yoyo et Stéphanie passèrent avec leur Zodiac. Yoyo et Stéphanie étaient dispensés de voile et se contentaient d'aller délivrer des conseils de voilier en voilier avec leur pneumatique à moteur. En théorie, on aurait dû effectuer un parcours chronométré entre des bouées orange et jaunes. Il y a longtemps qu'avec Armand, on avait renoncé à ces concours. Yoyo n'en avait plus rien à faire de nos progrès et il n'y avait guère que Stéphanie pour insister encore un peu. Elle nous lança, après avoir coupé le moteur :

— Vous allez y arriver ! Vous n'êtes pas plus bêtes que les autres. Vos parents ont payé pour que vous appreniez…

J'affichai un sourire désespéré. Armand n'ouvrit même pas un œil.

— Laisse tomber, Steph, fit Yoyo. C'est des nases !

T'as raison, Yoyo, pensai-je. Laisse tomber, Steph. Mes parents, ils s'en foutent, que je sache barrer ou pas. *Là où ils sont.*

Le Zodiac repartit vers des apprentis skippers plus coopératifs.

Le clapotis de l'eau me berçait, accompagné du soleil timide. Armand dormait à côté. Tous les autres voiliers des abrutis du camp voguaient loin, très loin. J'étais bien. Pour la première fois depuis longtemps.

Seul.

Enfin.

Qu'est-ce que je foutais là ?

Je revoyais ce catalogue de camps de vacances apporté par le facteur en février dernier. Je m'étais précipité dessus. Thierry et Brigitte ne m'avaient pas laissé le choix :

— Cet été, tu pars ! Avec des jeunes de ton âge !

Bref, ils commençaient à vouloir se débarrasser de moi. Pourtant, je n'étais pas encombrant. Plutôt silencieux, enfermé dans ma chambre. Un bouquin ou une télécommande et je les laissais tranquilles des heures durant. A y réfléchir, c'est sans doute ça qui les encombrait le plus. L'absence de communication. Elle était de plus en plus perceptible. Je m'en fichais. Ce n'était pas de ma faute. J'avais des circonstances atténuantes. Et surtout, je ne leur devais rien ! Mais toutes les excuses du monde n'y changeaient rien : le camp d'ados, je n'allais pas y couper… A vrai dire, ça m'arrangeait plutôt. Avec Thierry et Brigitte, on ne partait presque jamais en vacances. L'été, c'était plutôt télé-bouquins-Internet. Même pour les solitaires purs et durs comme moi, à la fin, juillet et août, c'était long.

Je me retrouvai donc ce soir de février, au retour du lycée, seul dans notre pavillon de lotissement, face à ce catalogue de camps d'adolescents. Un catalogue national, plutôt épais. En feuilletant, je passais rapidement le pire : camps canyoning, équitation, randonnées, quad, voile… Je m'attardai sur le meilleur : camps théâtre, cinéma et audiovisuel, cirque, et même un camp jeux de rôle.

Inespéré !

J'avais déjà corné la page du catalogue. Jeux de rôle dans un château médiéval en Auvergne. J'en salivais à l'avance. Tout ce que j'aimais. Et puis, je suis tombé sur cette saleté de page 37 : un camp voile de dix-sept jours sur l'île de Mornesey. La plus ensoleillée des îles Anglo-Normandes, disait la brochure. Animateurs brevetés. Sous la direction du père Duval. Vingt-cinq ans d'expérience. Hébergement sous tente. Participation de tous à la vie collective. Grands jeux. Voile tous les après-midi sur la Manche.

Le catalogue faillit me tomber des mains.

Je regardai à peine le programme : la voile et la vie collective. Un seul mot m'avait frappé. Touché au cœur.

Immanquable, inévitable.

Mornesey !

Mon passé. Mon histoire.

Mon histoire inachevée.

Pouvais-je me douter, alors, que j'aurais dû jeter à la poubelle ce catalogue ? Le déchirer page par page, puis les brûler, une à une, dans le cendrier de mon oncle ?

Pouvais-je imaginer qu'en choisissant ce camp, j'allais librement, de mon plus strict plein gré, ouvrir la porte à un tourbillon de mensonges ? Une bourrasque qui en quelques jours emporterait toutes mes certitudes, des plus anodines aux plus intimes.

Et pourtant, même si je l'avais imaginé, même si je m'étais douté, de tout y compris du pire, je crois que j'aurais agi de même.

Parce qu'il me fallait affronter la vérité. Aussi inconcevable, aussi inacceptable qu'elle soit.

4

Police montée

Mercredi 16 août 2000, 14 h 48,
route de l'Abbaye, île de Mornesey

Simon Casanova occupait sur l'île de Mornesey le poste passionnant d'emploi jeune chargé de la sécurité sur la voie publique. A vingt-cinq ans, il avait d'abord été ravi de trouver ce job en Normandie au bord de la mer, pendant toute la saison touristique, même s'il était peu en rapport avec ses études de droit public.

Il suppléait la plupart des employés municipaux partis en vacances. Presque seul à la mairie, sa mission était simple : assurer la sécurité routière auprès des vacanciers. Pour accomplir au mieux cette tâche, il bénéficiait même d'un superbe VTT de fonction, rouge rubis, aux couleurs de la mairie de Saint-Argan, la capitale de l'île de Mornesey. Une police montée tendance anglo-normande ! Pédalant sur les sentiers de l'île, Simon traquait le hors-piste sous toutes ses formes : chiens sans laisse, vélos sur la plage, rollers dans les rues piétonnes de Saint-Argan, scooters sur les pistes cyclables.

Prévention, intervention, négociation.

Simon Casanova n'avait bien entendu aucun pouvoir réel de police. A défaut de le passionner, l'emploi de Simon lui permettait de croiser des touristes, même si sur son VTT rouge, malgré son mètre quatre-vingts, ses muscles bronzés et ses cheveux blonds et ras, il se sentait un peu ridicule. Sur les sentiers, il croisait généralement des familles, des grands-parents accompagnant leurs petits-enfants, mais les mignonnes ne quittaient pas la plage de la journée. Il lui fallait attendre le soir, après le service, pour les aborder. Il ne leur avouait alors jamais deux choses : son nom d'abord, Casanova, ce patronyme si lourd à porter.

Chacun sa croix !

Son travail ensuite : emploi jeune, la terreur des chiens qui font leurs besoins là où c'est interdit. Il exploitait plutôt la carte étudiant, bac plus 5, spécialiste des politiques publiques.

Pour faire quoi ensuite ?

Il hésitait : avocat ? commissaire ? juge ? Il évitait de s'appesantir sur le chômage chronique des diplômés de sa formation pourtant réputée professionnalisante.

A force de patience, Simon était parvenu à faire monter quelques juillettistes ou aoûtiennes jusqu'à sa garçonnière, juste au-dessus du Grand Cormoran, sur le port, mais il devait se rendre à l'évidence : ce n'était pas parmi les miss Camping du Grand Large de l'île de Mornesey qu'il trouverait l'amour de sa vie. Simon Casanova était exigeant côté sentiments.

Malgré tout, depuis trois jours, il fréquentait la fille qui tenait l'accueil des ruines de l'abbaye Saint-Antoine. Candice. Une étudiante d'Arras, une jolie blonde qui arrivait à faire passer son léger accent ch'ti pour une sorte de patois scandinave. Avec de la chance, elle aurait un peu plus de conversation que les autres campeuses. Il avait rendez-vous avec elle, sur la plage de l'anse de Rubis, à la tombée de la nuit. Candice préparait l'agrégation d'histoire, mais il n'était pas certain qu'ils restent tous les deux sous la lune à disserter de la vie des bénédictins ou du patrimoine insulaire du cardinal Mazarin.

Simon possédait une bonne dose d'ambition, pour ses études comme pour ses sentiments. Côté diplômes, il avait toujours franchi sans échouer les marches qu'on lui avait présentées. Côté physique, il faisait partie de cette génération glisse et pleine nature, à l'aise avec son corps, qu'il assumait d'entretenir et d'exhiber. Côté mental, il était d'une ténacité rare, que peu de ses proches pouvaient soupçonner. Confiant en lui, il attendait les opportunités pour s'élancer. Ce serait bien le diable s'il ne s'en présentait pas quelques-unes pendant ces deux mois d'été.

Un peu avant 15 heures, barrant la piste cyclable qui longeait la route de l'Abbaye avec son VTT, Simon faisait la morale à une brave famille de vacanciers dont les enfants, entre quatre et huit ans, ne portaient pas de casque. Le père prenait un air compréhensif, la mère ne cachait pas son agacement, et la grande sœur, très mignonne, très bronzée, gardait le regard baissé. Simon le devinait sombre, bien caché dans des longs cheveux noirs qui lui tombaient en frange devant les yeux. Une belle jeune fille du genre à s'emmerder toute la journée avec ses parents et ses petits frères et à attendre le soir que toute la sainte famille soit couchée pour rejoindre les copains au feu de camp sur la plage. Des feux illégaux à cause des récifs et des bateaux, les interdire faisait aussi partie de la mission de Simon. Mais l'idée de traquer les ados naufrageurs sur la plage, de débarquer à vélo rouge au beau milieu du bain de minuit lui rappelait un peu trop le gendarme de Saint-Tropez.

Sans façon !

Il continuait, tout en s'évadant dans ses pensées, de réciter à la famille le code de bonne conduite des cyclistes sur l'île. La belle aînée baissait toujours les yeux, icône sage devant les parents, rêvant sans doute à son beau Hollandais qu'elle rejoindrait la nuit tombée. Simon en était au couplet sur les dangers du sentier des douaniers, suite aux éboulements sur la partie rocheuse de l'île, lorsque son téléphone portable, accroché à son ceinturon, vibra.

— Excusez-moi.

Simon se recula de quelques mètres. Il lut le nom affiché sur son écran : Clara. La secrétaire de mairie. La seule employée qui n'était pas en vacances ou n'avait pas été transférée durant l'été à l'office de tourisme.

— Oui, Clara ?

— Casa ? Il y a un truc pas net du côté de la citadelle. Des touristes ont appelé à la mairie.

Le ton de Clara transpirait la panique.

— Tu veux dire quoi par « pas net » ?

— Ils savent pas trop. Comme des coups de feu. Des cris. Devant le cimetière, juste avant la prison.

Clara n'était pas du style à s'affoler pour rien. Simon prit brutalement congé de la brave famille de vacanciers, non sans tenter une dernière fois d'attraper le regard de la belle adolescente.

Nom de Dieu, pensa Simon tout en enfourchant son VTT avec une délicieuse poussée d'adrénaline, se passerait-il enfin quelque chose d'intéressant sur cette île ?

Simon mit moins de dix minutes à parvenir au cimetière. Tout semblait calme. La route presque déserte. Aucune trace de coups de feu ni même de pétards abandonnés. Un lézard immobile se dorait sur le mur gris du cimetière et décampa lorsque Simon y appuya son VTT.

Aucun groupe d'îliens excités.

Aucune agitation.

Rien.

C'en était même trop calme. Un silence un peu trop artificiel, comme ordonné par un prêtre, un instituteur ou un metteur en scène. Seul le vent du large faisait bruisser les herbes hautes dans le talus.

Simon Casanova regarda droit devant lui, en direction de la pointe nord-ouest de l'île, celle la moins fréquentée par les touristes, seulement occupée par la citadelle, désormais transformée en centre de détention pénitentiaire.

On s'agitait, là-bas.

Il ne parvenait pas à distinguer grand-chose à part des silhouettes qui s'affairaient comme des fourmis qui ont perdu leur sillon. Il grimpa à nouveau sur son VTT et combla les six cents mètres qui menaient jusqu'à la prison.

L'immense bâtisse de forme octogonale se dévoilait un peu plus à chaque coup de pédale : des remparts dans le plus pur style de Vauban, dont les flancs en pente douce étaient recouverts d'une fine pelouse un peu jaunie. Une copie conforme de celles de Saint-Vaast-la-Hougue ou de Tatihou. Deux cents ans auparavant, la citadelle était devenue un bagne, une étape de transition pour des criminels ensuite envoyés en Guyane, à La Réunion ou en Nouvelle-Calédonie. Depuis la Seconde Guerre mondiale, la citadelle avait été transformée en prison. Perchée sur la côte rocheuse, elle était quasiment imprenable par la mer. Côté île, le bâtiment militaire était protégé par des douves profondes d'une dizaine de mètres, désormais asséchées, mais hérissées d'un double rideau de barbelés. Seule une vaste voûte percée dans le mur d'enceinte et un pont de béton permettaient de franchir la muraille de pierre, de terre et de fer.

Un type en uniforme kaki, mitraillette au poing, ressemblant davantage à un mercenaire revenant du Tchad qu'à un fonctionnaire du ministère de la Justice, lui barra la route.

Ne pas se laisser impressionner, pensa Simon. Il se présenta d'une voix déterminée.

— Sécurité de l'île de Mornesey. Des résidents m'ont alerté…

Le mercenaire pointa son arme. Rien ne manquait à sa panoplie. Coutelas le long de la jambe. Cartouchière en bandoulière. Jumelles autour du cou. Talkie-walkie

38

grésillant. Simon remarqua qu'une trentaine de soldats du même calibre, tenue commando et armés jusqu'aux dents, sortaient de la citadelle et s'engouffraient dans des Jeep. Quatre par véhicule. Dans chacune, un homme serrait des jumelles devant ses yeux, deux autres pointaient leurs mitraillettes vers un ennemi invisible et le quatrième conduisait. Deux Jeep avaient déjà quitté la citadelle.

En été, en général, les gardiens de la prison de l'île se faisaient pourtant discrets. Il fallait se lever à l'aube pour croiser quelques petits groupes de crânes rasés et jambes musclées courant en sueur sur les pistes cyclables.

Clara avait raison ! Il se passait quelque chose. Le canon de la mitraillette du mercenaire tchadien se posa à l'emplacement exact du cœur de Simon. Il battait à se rompre.

— Faut pas rester là, monsieur, fit sobrement le militaire.

Simon singea l'agacement.

— Sécurité de l'île, je vous dis. Mairie de Mornesey !

Simon tendit avec assurance sa carte d'emploi jeune. Le type regarda avec attention le carton tamponné par la mairie, pas vraiment convaincu. Hésitant.

Simon s'impatienta.

— C'est quand même pas la baie des Cochons ! Je peux parler à un de vos supérieurs ?

Le militaire parut soulagé. Il balbutia quelques mots en code incompréhensibles dans son talkie-walkie. Dans la minute qui suivit, un homme d'une quarantaine d'années surgit sous la voûte. Droit comme un mât. Tout en lui tranchait avec la vision de commando de l'apocalypse en effervescence dans la cour de la citadelle : son uniforme bleu pétrole, sa casquette à visière vernie vissée sur un front d'énarque, son regard d'aigle qui semblait pouvoir repérer le périscope d'un sous-marin ennemi jusqu'à la ligne d'horizon.

Il commença par détailler la carte de Simon. Il lui rendit finalement le carton, avec un sourire complice.

— Lieutenant Dullin. Merci de vous être déplacé, monsieur Casanova. Mais vous vous êtes inquiété pour rien. Tout va bien. La routine.

La routine ?

Ben voyons !

5

Orphelin

Mercredi 16 août 2000, 15 h 51,
au large du port de Saint-Argan,
île de Mornesey

Le voilier continuait de tanguer doucement, berçant
mes souvenirs. Armand dormait toujours à côté de moi,
recroquevillé, souriant dans son sommeil comme un
gros bébé calé dans un landau qu'on pousse sur un
chemin cahoteux. J'observai le trait de côte, le mélange
des couleurs de Mornesey, le tableau impressionniste
des maisons perchées au-dessus des falaises de granit
sombre, quelques taches rouges dans une lande aux
cent nuances de vert.

L'île de Mornesey.

Mon passé inachevé.

J'y ai vécu mon enfance, jusqu'à mes six ans. Mon
père et ma mère étaient des sortes d'archéologues, ou
d'historiens, ou quelque chose entre les deux. Ils réno-
vaient l'abbaye Saint-Antoine en plein milieu de l'île.

Ça a été leur travail pendant une dizaine d'années. Ils vivaient avec un groupe d'autres jeunes gratteurs de cailloux, dont Thierry, le frère de ma mère, et sa femme, Brigitte. C'était dans le début des années 80. Je suis né au bout de quatre ans de fouilles, le seul enfant dans cette espèce de communauté scientifico-baba cool. J'en ai gardé des images floues de soleil, de vent et de poussière, de grandes tables avec des adultes qui riaient et buvaient, et moi le seul enfant, un peu perdu.

C'est pratiquement tout ce qu'il me reste de ces six premières années.

Tout s'est arrêté en 1990.

Brusquement.

Un matin, j'étais à l'école, en récréation. J'ai vu arriver dans la cour le mari de ma nourrice. Qu'est-ce qu'il faisait là, au milieu de la matinée ? Il m'a demandé de le suivre sans rien me préciser d'autre. Il m'a juste dit que c'était urgent, important, de ne pas poser de questions. Moi, je m'inquiétais surtout pour mon ballon. Au moment où il m'a pris par le bras, je venais de le lancer à un copain. Laurent, je crois. Je ne sais plus trop, je ne l'ai jamais revu depuis ce jour. Il n'a même pas eu le temps de me le relancer.

Si ça se trouve, il l'a toujours, ce ballon.

Le mari de ma nourrice m'a conduit chez lui. Ils m'ont fait manger, ils m'ont laissé jouer. Ils étaient tout gentils et ça sonnait terriblement faux. Je m'en rendais bien compte. Aujourd'hui encore, je ne me souviens plus de ce que j'ai avalé le midi, de ce que j'ai vu à la télé ou ce à quoi j'ai joué, mais je me souviens de cette ambiance étrange, de ce malaise, de tous ces gens autour de moi anormalement gentils et attentionnés.

Et puis Martine, ma nourrice, est venue me voir vers la fin de l'après-midi. Elle pleurait. C'est la première fois que je la voyais pleurer. Elle m'a dit que mon père avait eu un accident. Qu'il était parti au ciel. Qu'il fallait que je sois courageux. Je ne me rappelle plus ses paroles exactes, mais je me rappelle surtout qu'elle a répété plusieurs fois :

« C'est un accident, c'est un accident. »

Je n'ai pas pleuré, je crois. Je ne réalisais pas vraiment. Mon père, au ciel ?

Ça voulait dire quoi ? Que je ne le reverrais jamais ? Ça, oui, je comprenais. Mais il n'y avait pas de tristesse en moi. Juste un malaise. Un équilibre rompu. J'ignorais comment il fallait réagir. On ne m'avait pas appris. Je me demandais si après ce que l'on m'avait annoncé, je pourrais ou non recommencer à jouer au vélo, ou allumer la télé. Quand j'allais pouvoir le faire.

Aujourd'hui encore, je me demande si c'est monstrueux ou normal de réagir comme ça. La mort me semblait une affaire d'adultes. Mais une affaire d'adultes dont je n'avais pas les codes. Un tabou, comme quand les adultes parlaient de sexe. C'est ce que je ressentais, quelque chose de sale, caché, réservé aux grands, un sujet qu'il ne fallait pas aborder.

Je n'ai pas pleuré. Je ne savais pas s'il fallait pleurer ou non. Je n'ai jamais pleuré depuis. Jamais.

Dans ma petite tête de gamin, il n'y a qu'une chose que je comprenais, une seule chose à laquelle je me raccrochais.

C'est un accident.

Nounou avait tant insisté : « C'est un accident. »

Pourtant, ça ne sonnait pas juste. Quelque chose n'allait pas. Nounou n'avait pas besoin d'insister comme ça. Je m'en fichais, moi, que ce soit un accident ou pas. Ça ne concernait pas un petit comme moi.

Si elle insistait tant… c'est donc que ce n'était pas un accident.

Du haut de mes six ans, au moment même où elle me répétait « C'est un accident », je savais qu'elle me mentait.

Elle ne savait pas me mentir, elle ne le faisait jamais.

C'est sans doute cette certitude qu'à ce moment-là Nounou me mentait qui a tout chamboulé.

Il n'y avait pas de pleurs en moi, juste des questions, des tonnes de questions. Il se passait des choses terribles, terriblement tristes, mais on ne voulait pas me les dire. On me mettait à l'écart des mystères des grands. On me cachait un secret. Ça en devenait plus important que la mort de mon père elle-même. Au fond de ma petite tête, mon raisonnement était simple.

Ce n'était pas un accident…

Mon père n'était pas mort dans un accident. Alors, s'il n'était pas mort dans un accident…

Peut-être bien qu'il n'était pas mort du tout.

Deux jours plus tard, mon oncle Thierry et ma tante Brigitte sont venus me chercher. On a tout de suite quitté l'île de Mornesey. Je me revois à l'arrière de leur Renault 5, regarder le paysage défiler. Du moins, je crois me souvenir. Tout cela, c'est devenu très flou. Juste des flashs. La croix de l'abbaye Saint-Antoine, au loin. Le point le plus haut de l'île. Cela, oui, je m'en souviens. Le ferry pour quitter l'île et le reste du trajet, la traversée de la Normandie, je n'en ai aucune image. Je m'étais endormi, il paraît. Avec Thierry et Brigitte, on a d'abord habité deux ans dans un HLM à Pontoise, dont je n'ai presque pas de souvenirs. Puis ils ont acheté un pavillon à Cormeilles-en-Parisis, coincé entre Argenteuil et Maisons-Laffitte. Un pauvre pavillon minable dans un lotissement infâme. Avec des voisins cons, y compris, surtout, les gamins de mon âge.

A en crever d'ennui.

Ils ont fait ce qu'ils ont pu avec l'argent qu'ils avaient. Ils ont dû s'endetter jusqu'à la retraite pour leur petite maison. Je ne leur en veux pas. Pas pour cela du moins.

J'ai revu une fois ma mère, dans le HLM de Pontoise, le jour où j'ai quitté Mornesey avec Thierry et Brigitte. Ou bien un des jours juste après, c'est assez flou dans ma tête. Elle est arrivée le soir, lorsque j'étais dans le bain. Là encore, je ne me rappelle plus les paroles ou les images. J'ai seulement des flashs, des impressions.

Et l'impression qui domine, c'est que ma mère me faisait peur !

Elle était d'une effrayante gravité. Le noir, c'est uniquement à ça que je pensais. Le noir et le froid. Elle était triste, les traits tirés. Presque comme un cadavre. Elle ne pleurait pas, mais on sentait qu'elle n'avait pas arrêté pendant toutes les heures d'avant, les jours d'avant. Elle se retenait devant moi, mais elle n'avait même plus la force de me sourire, de me dire une chose drôle, de m'éclabousser. C'est tout ce que j'attendais pourtant. Que tout redevienne comme avant.

Sortir du noir.

Sortir des mensonges.

Retrouver les règles normales. Pouvoir être un enfant normal. Pouvoir jouer.

Mais non, la femme qui se penchait au-dessus de mon bain, ma mère, c'est comme si elle était déjà morte, elle aussi. Je ne la reconnaissais pas. Elle me disait des choses graves, mais ce n'était pas ce que je voulais entendre.

Il va falloir être courageux. Tu es grand maintenant. Tu es déjà un homme.

Non, je n'étais ni grand ni courageux.

Non !

Elle est restée manger ce soir-là. Les trois adultes m'ont couché dans ma chambre. Je ne me suis pas endormi. Je les entendais parler à travers le mur mais je ne comprenais pas. Du moins, je ne me souviens de rien. Sauf du prénom de mon père qu'ils prononçaient régulièrement.

Jean.

Ils parlaient de lui au présent. A chaque fois qu'ils prononçaient ce prénom, *Jean,* je frissonnais dans mon lit, comme s'ils parlaient d'un fantôme. Comme s'ils parlaient de quelqu'un de vivant.

Tard dans la nuit, ma mère est venue dans ma chambre. Je devais m'être endormi. Elle m'a réveillé. Elle essayait de me sourire. Mais son visage était tellement… Pendant toutes ces années, je n'ai pas trouvé d'autre mot : cadavérique. Longtemps, j'ai fait des cauchemars. A chaque fois, c'est ce visage que je revoyais. Ma mère qui se penchait pour m'embrasser. Sa main tremblante. Son alliance d'argent. Puis la dernière image que j'ai d'elle. Un visage creusé qui m'effraie, presque un fantôme elle aussi. Et les dernières paroles qu'elle prononça, si étranges.

Ton papa est parti loin, Colin, très loin. Mais ne sois pas triste. Il faut être patient. Tu le reverras. Tu le retrouveras un jour.

Tu le reverras un jour...

Depuis tout ce temps, cette question me hante : ma mère avait-elle murmuré cela pour atténuer ma peine ? Ma mère ne me parlait-elle que du paradis, du ciel, de ces légendes que l'on sert aux enfants pour les rassurer ? Toutes ces sornettes auxquelles je n'ai jamais cru ?

Le lendemain, Brigitte est venue me voir. J'avais dû dormir longtemps. C'était dans l'après-midi, je crois. Je n'avais pas encore trop la notion du temps. Elle m'a expliqué que ma mère aussi était montée au ciel, retrouver mon père. Elle m'a dit très rapidement qu'elle avait eu un accident de voiture. Qu'elle n'avait pas souffert. Qu'elle avait voulu rejoindre mon père. Qu'elle l'avait rejoint.

Immédiatement, j'ai cru Brigitte, j'ai cru chacune de ses paroles, et je l'ai toujours crue depuis. Pas le ciel, bien entendu, mais l'accident. Sans doute que cela sonnait juste. Sans doute aussi que j'avais déjà vu ma mère presque morte. Brigitte m'a dit ensuite que j'allais maintenant vivre avec elle et mon oncle Thierry. Elle n'a pas dit grand-chose d'autre, d'après ce que je me rappelle. Elle ne m'a pas demandé d'être courageux ou des trucs dans le genre, elle ne m'a pas demandé si j'étais triste, si mes parents me manquaient. Elle ne devait pas être très à l'aise, elle non plus. Pour ma part, je crois que je préférais que ça se passe comme ça, sans en parler. Brigitte ne m'a rien demandé. Thierry non plus, il attendait dans la salle à côté.

Pendant dix ans, nous n'en avons jamais reparlé. C'est aussi simple que ça. Les jours ont défilé les uns après les autres, sans jamais évoquer à nouveau ma mère et mon père, Anne et Jean.

Un accord tacite entre nous.

Un tabou, comme on dit.

Je l'ai compris aujourd'hui, ne pas me parler de mes parents, c'est la meilleure chose que Brigitte et Thierry aient faite pour moi. Ne pas me harceler avec des câlins, des discours psy ou des souvenirs nostalgiques.

Ne pas en parler, oublier, me foutre la paix.

Je n'ai pas une grande affection, pas une grande admiration pour mon oncle et ma tante. Ils ne sont pas mon genre, disons. Je commence à exploser dans leur univers mesquin de petits-bourgeois. Leur racisme ordinaire. Leurs amis lourdingues. Leurs petites relations médiocres. Mais au moins ils ne m'ont jamais fait chier avec mes sentiments pour mes parents, avec des retours larmoyants sur le drame. Ils ne m'ont jamais fait le coup de la bête curieuse qu'on montre aux invités à la fin du repas : *Le pauvre petit, il a perdu ses parents, il n'avait pas six ans... On l'a recueilli. Ça doit être dur, hein, mon petit ?*

Malgré tout, tonton et tata.

Merci au moins de m'avoir évité ça.

6

Intuitions fugitives

Mercredi 16 août 2000, 16 h 02,
centre de détention pénitentiaire Mazarin,
île de Mornesey

Simon Casanova et le lieutenant Dullin demeurèrent silencieux quelques instants, s'évaluant mutuellement. Deux Jeep quittèrent la citadelle, pied au plancher. Le lieutenant se fendit d'un sourire presque amusé, attendant celui de Simon en retour. Une façon de rechercher son adhésion sans avoir besoin de s'expliquer.

— Ne vous méprenez pas, monsieur Casanova. Il ne s'agit que de manœuvres.

— Des manœuvres ? s'étonna Simon.

Le lieutenant le gratifia d'un nouveau sourire complice, comme s'ils avaient fait l'Afghanistan ou le Katanga ensemble. Le gradé se rapprocha, parla sur le ton de la confidence.

— Exactement, monsieur Casanova. Des manœuvres. Un entraînement, si vous préférez.

— Ils ont l'air sacrément motivés, vos gars, pour un simple entraînement. Vous avez prévu un feu de camp et des guitares sur la plage pour finir la soirée ?

Le lieutenant ne put retenir un tic d'agacement. Sa main gantée se crispa sur le ceinturon blanc.

— Monsieur Casanova. Je ne pense pas avoir besoin de vous en dévoiler davantage. Nous comptons sur vous. Vraiment. Votre rôle est crucial auprès des habitants et des touristes. Je suis sincère. Pour leur assurer qu'il n'y a aucun danger, aucune raison de s'inquiéter.

Un rôle crucial ? Lui, l'emploi jeune de l'île. Simon Casanova trouva la ficelle un peu grosse.

Trois nouveaux gardiens sortaient de la citadelle, retenant trois bergers allemands qui semblaient avoir purgé vingt ans de détention tellement ils tiraient sur leur laisse en reniflant l'air libre.

— Les chiens aussi, je suppose qu'ils s'entraînent, siffla Simon. Faut bien qu'eux aussi se dégourdissent les pattes.

Le gradé ne broncha pas. Droit dans ses galons amidonnés. Simon essaya de soutenir le regard du militaire sous sa casquette.

— Lieutenant. Parlons franchement. Si vous voulez que je collabore, il faudrait m'en dire davantage.

Le lieutenant Dullin rajusta sa visière qui n'avait pourtant pas bougé d'un millimètre. Ses paupières tombèrent comme deux rideaux de fer devant ses yeux. Ravalé, le sourire. Tout son corps se raidit comme un surveillant qui siffle la fin de la récréation.

— Je vous ai déjà dit tout ce que vous aviez à savoir, monsieur Casanova. Nous allons donc faire chacun notre travail. Je connais le mien. Vous connaissez le vôtre : faire en sorte qu'il n'y ait pas de panique sur l'île de Mornesey.

Les maîtres-chiens et les bergers allemands s'enfonçaient dans la lande, plein sud. Une dizaine de gardiens de prison les suivaient, quadrillant méthodiquement l'espace en une impeccable ligne droite. Simon Casanova ne céda pas.

— Des riverains ont entendu des coups de feu. Du côté du cimetière. Des touristes ont appelé la mairie.

Le lieutenant Dullin allait moucher l'impertinent. Il n'en eut pas le temps. Une 106 Peugeot rouge et blanche slaloma entre les véhicules militaires pour se garer dans un nuage de poussière à quelques centimètres des douves.

Simon reconnut sur la portière le logo de *L'Ilien*, le quotidien de Mornesey. Avant même que l'occupant de la Peugeot n'ait le temps d'esquisser un geste, trois fusils-mitrailleurs se braquèrent sur lui.

Le conducteur sortit de la voiture, avec calme, les mains en l'air, tout sourire.

— Holà, du calme, jeunes hommes…

Il évalua le cercle de gardiens, regards et canons pointés sur sa chemise blanche immaculée.

— Je suis juste le patron de *L'Ilien*, le journal de Mornesey. Didier Delpech. Pas reporter de guerre.

Simon connaissait Didier Delpech. Du moins de vue et de réputation. Delpech était responsable du seul journal de Mornesey, *L'Ilien*. Un journal hebdomadaire pendant l'année, mais qui devenait quotidien les deux mois d'été, où il multipliait son tirage par dix. Quelques milliers d'exemplaires. Didier Delpech, ancien de *Libération,* avait fondé *L'Ilien* après avoir repris sa liberté. Delpech s'accrochait. Ça ne devait pas être facile tous les jours, mais le journal faisait de lui le notable du coin. Il connaissait tout le monde. Il était l'incontournable de Mornesey. Toujours à traîner sur le port de Saint-Argan. Le tutoiement facile et la mémoire des prénoms. La poignée de main ferme, à l'aise pour claquer la bise aux hommes et l'accolade dans le dos. Doué d'une plume affûtée, cynique, drôle. Simon devait l'avouer, il se régalait à la lecture de ses éditoriaux.

Enfin, Delpech jouait les beaux gosses. Il affichait fièrement sa cinquantaine grisonnante. Dents et chemise blanches. Le prédateur. L'été, il se régalait : photos de playmates de l'île attirées par un appareil photo à méga zoom comme on n'en fait plus. Rubriques astrologiques délirantes. Bons plans en pagaille aux quatre coins du littoral. Objectivement, pensait Simon, Delpech devait bien s'amuser tout l'été à fabriquer sa feuille de chou.

Le journaliste gardait les mains levées, presque par défi. Avec sa chemise blanche ouverte de trois boutons sur un torse argenté, il se donnait une allure de héros de la liberté, seul et désarmé face à la tyrannie, comme tout droit sorti d'un tableau de Goya.

Le lieutenant Dullin se rapprocha du journaliste et débita le même couplet qu'à Simon. Non, il n'y avait rien d'inquiétant à signaler sur l'île. Oui, il s'agissait d'un simple entraînement. Non, les habitants de l'île ne couraient aucun danger.

Delpech écoutait, presque hilare, sous la mire croisée des canons, l'air aussi convaincu que si Dullin lui avait annoncé qu'il préparait avec ses hommes une chorégraphie du *Lac des cygnes* pour la fête patronale de l'île.

— Je compte sur votre sens de la responsabilité, conclut le lieutenant Dullin, à la fois à l'adresse de Didier Delpech et de Simon Casanova. Vraiment.

Le gradé n'attendait pas de réponse. Une dernière Jeep sortit dans un nuage de poussière ocre. La main gantée du lieutenant Dullin effectua quelques arabesques à destination de son escorte. En trois secondes, les derniers hommes armés rentrèrent dans la citadelle, à l'exception de deux gardiens qui se statufièrent devant le pont, avec un sérieux digne de la relève du palais de Buckingham. Les alentours du centre de détention Mazarin redevinrent étonnamment calmes. On entendait à nouveau les mouettes, espiègles espionnes, narguer les détenus en rasant les meurtrières de la citadelle, étroites fissures de liberté.

— T'en penses quoi, toi, petit ? fit Delpech. Qu'ils se foutent bien de notre gueule, hein ?

Simon n'apprécia pas. Doublement. Que le journaliste l'appelle « petit » et qu'en plus il fasse les questions et les réponses. Il hocha pourtant la tête avec docilité.

— Ils mijotent quoi, à ton avis ? continua Delpech. Pour moi, un type s'est fait la malle de la prison. Je vois que ça. Alors, ils jouent la montre, ils espèrent le coincer avant d'avoir à sonner le clairon et être obligés de paniquer toute la population. Evacuation des campings, battue dans la lande, ratissage de la plage… Un pari sacrément risqué, non ?

Simon s'immisça entre deux tirades du journaliste.

— Pas forcément. Si dans la balance on met d'un côté la taille de l'île, ses quelques kilomètres carrés, et de l'autre les moyens déployés, le commando d'élite qu'on vient de voir passer, ça ne penche pas vraiment en faveur du fugitif.

Delpech le toisa.

— T'es nouveau sur l'île ?

Simon n'apprécia toujours pas, mais encaissa.

— T'es embauché pour l'été, fit Delpech, pour la sécurité des vacanciers, c'est ça ? Tu vois, mon petit, dans ta balance, du côté du type en cavale, il faut ajouter un peu de poids. L'île de Mornesey par exemple, tu ne la vois qu'à travers ses campings, ses parties de pétanque, le vélo en famille, les filles les seins à l'air. Mais il ne faut pas oublier qu'en dessous, pendant huit siècles, les moines ont creusé un véritable dédale, des kilomètres de galeries à partir de l'abbaye Saint-Antoine. Les entrailles de l'île, dont plus personne ne possède le moindre plan.

Simon allait répondre, mais Didier Delpech ne lui en laissa pas le temps.

— Il ne faut pas oublier non plus que de 1794 à 1946, l'île de Mornesey fut un bagne... Les braves gens de Mornesey ont eu pour voisins, pendant tout ce temps, les pires truands de France et de Navarre. Ça crée des liens, non ? Tu vas avoir du mal à me croire, mon petit, tu vas penser que je te fais la réclame pour mon journal, mais l'île de Mornesey est l'endroit de France où il y a le plus de crapules au kilomètre carré. Donc, si le type qui s'est fait la belle a préparé un minimum son coup, ils ne sont pas près de le serrer, malgré leurs jumelles et leurs clébards, et le secret défense pourrait bien leur péter à la gueule !

Delpech souriait. Il avait sorti un petit appareil photo et prenait quelques clichés de la citadelle. Simon pensa que le journaliste dramatisait. Normal. Ça fait vendre, la trouille.

Simon n'était pas client. Le journaliste se retourna vers lui :

— Tu bosses à la mairie ? Je t'ai déjà croisé, je crois. Tu pourrais peut-être me glaner des infos ?

Simon soupira. Delpech n'allait pas le lâcher. Une insistance de mouette effrontée lorgnant sur un paquet de chips.

— Petit, poursuivit Delpech, tu m'as l'air d'un type astucieux. Tu…

Le téléphone de Simon vibra à sa ceinture.

Clara.

Simon s'éloigna de quelques mètres. Le journaliste semblait essayer de lire sur ses lèvres. Si ça se trouve, il en était capable !

— Casa ? C'est Clara. Ramène-toi à la mairie. J'ai besoin de toi.

— C'est urgent ? temporisa Simon. Je suis à la prison, là. Ça bouge et…

— Ramène-toi, je te dis ! coupa Clara. C'est à propos de la prison, justement ! Je viens de recevoir des nouvelles fraîches. Des putains de nouvelles fraîches. On est dans la merde, Casa !

7

Papa !

Mercredi 16 août 2000, 16 h 37,
au large du port
de Saint-Argan, île de Mornesey

Armand, à côté de moi dans le bateau, ouvrit un œil.

— Tu dors pas ? me fit-il.

— Non, je réfléchis.

— T'as raison, ça rend moins con. Tu me réveilles pour l'apéro ?

Armand ferma à nouveau les yeux en se retournant sur le côté, tout en glissant presque inconsciemment sa main dans son slip de bain. Un sourire de contentement s'afficha sur ses lèvres. Le moins débile des ados de ce camp était néanmoins un obsédé.

Qu'est-ce que je fichais là ?

Sur la mer d'huile, les petits triangles blancs des voiles des autres voiliers se perdaient à l'horizon. Pour une fois, j'appréciais la voile, la mer, le calme. Perdu dans mes pensées.

Il y a six mois, en regardant ce catalogue de camps d'ados d'été, j'étais tombé sur ce camp voile, sinistre et sans intérêt, mais qui se déroulait... sur l'île de Mornesey.

Immédiatement les souvenirs, pas enfouis bien profond, m'étaient revenus. Des impressions, plutôt. Le soleil et les grandes tables d'adultes. L'ombre de la croix Saint-Antoine. Les pierres et la poussière. La citadelle peut-être, ou le phare. Je ne sais plus. Je m'étais assis dans le faux voltaire de mon oncle.

Un sacrilège !

Plus je tentais de reprendre mes esprits et plus cette envie se faisait pressante : retourner sur l'île de Mornesey !

A cause de ce doute, ce doute lancinant, depuis ce jour où ma nourrice m'avait annoncé la mort de mon père. En insistant tellement. « C'est un accident. » En insistant trop sur ce mot.

J'ai beaucoup réfléchi depuis. Si ce n'était pas un accident, alors mon père s'était sans doute suicidé. C'est ce que j'ai toujours pensé, du moins depuis que j'ai l'âge de penser à ces choses-là. C'est ce que des demi-mots de conversation espionnés auprès de Thierry et Brigitte m'ont toujours laissé imaginer. Il s'était produit une catastrophe du côté de l'abbaye. Quelque chose de grave, un fait-divers tragique. Toute l'équipe avait été obligée de fermer les fouilles dans la panique la plus complète. De quitter l'île. Mon père était le responsable du chantier, une sorte d'association qu'il présidait. Il se serait suicidé à cause de cette affaire. Ma mère ne l'aurait pas supporté et se serait tuée en voiture. Un accident officiellement, un autre suicide officieusement.

Voilà où j'en étais après dix ans de recoupements de bribes de conversations volées et d'indices disparates. C'est la version à laquelle j'avais abouti.

La version la plus probable...

Celle qu'on voulait me faire croire.

Pendant longtemps, j'avais échafaudé l'hypothèse d'un crime. On me protégeait d'un monstre ! Mes parents avaient été assassinés. On m'avait mis précipitamment à l'abri chez ma nounou. Evacué de l'île de Mornesey avec peut-être pour me protéger toute une escorte de flics que moi, gamin, je ne remarquais pas. J'étais jeune. J'étais en danger. Le syndrome Harry Potter ! Je regardais, lorsque j'allais à l'école, si des gardes du corps discrets me suivaient.

C'était fini ce temps-là. Même si parfois encore, je cherchais des indices. Dans mes souvenirs, je traquais une marque de panique chez les adultes autour de moi. Dans mon lit, je dressais l'oreille aux sirènes soudaines qui hurlaient dans la ville, aux crissements de pneus, aux gyrophares dans la rue. Des flics qui vont débarquer. Pour venir me chercher.

Elle m'était passée, cette obsession. L'intuition qui m'avait poussé à revenir sur Mornesey était pourtant plus étrange encore. Etrange et si simple à la fois.

Au fond de moi, au fil des années, une évidence était née. Un petit doute qui avait pris de plus en plus de place, jour après jour, pour devenir depuis quelques années une certitude, surtout ces derniers mois.

Mon père n'était pas mort !

Toute une série de signes me poussaient à le penser. Ma tante Brigitte, par exemple, dans son agenda, n'avait jamais rayé le nom de mon père. Elle changeait d'agenda tous les ans et, chaque année, elle recopiait à la lettre R tous les noms de notre famille : *Remy Madeleine*, ma grand-mère… et *Remy Jean*, mon père. Depuis dix ans, elle recopiait une même adresse : *1012, route de l'Abbaye,* et un même numéro de téléphone. Je n'avais jamais osé téléphoner, ou écrire à cette adresse. J'avais peur, je crois, d'une réponse trop brutale. Je n'avais pas appris à affronter la réalité. Je m'étais habitué aux non-dits et aux sous-entendus.

L'indice pourrait sembler maigre, je le reconnais, un simple nom et une adresse dans un agenda, mais il y en avait d'autres, beaucoup d'autres… Alors, lorsque j'avais vu sur ce catalogue de camps d'ados, « île de Mornesey », je n'avais pas regardé si on y faisait de la voile ou du macramé. J'avais seulement pensé : *C'est un signe du destin, une chance unique à saisir, l'occasion ou jamais.* Lorsque Brigitte et Thierry étaient rentrés le soir, je leur avais dit que, finalement, j'étais d'accord pour partir en camp, que je n'allais pas rester dans leurs pattes tout l'été, que j'avais choisi.

Aux anges, ils étaient, le tonton et la tata.

Mais lorsque je leur ai annoncé que j'avais choisi un camp voile, ils ont senti le coup fourré. La voile, ce n'était pas franchement ma passion. Alors, je leur ai montré la plage sur le catalogue, avec détermination, presque la première fois depuis dix ans.

— C'est là que je veux aller !

Ils étaient blêmes.

— Tu crois que c'est une bonne idée ? avait demandé Thierry, sans oser se dévoiler davantage.

En dire plus, c'était briser le tabou.

Sur le moment, cela avait failli me faire exploser, cette façon de ne jamais parler de mon père. Mais non. On savait tous les trois pourquoi je voulais aller sur l'île de Mornesey. On savait tous les trois pourquoi ils n'avaient pas envie que j'y aille. On discutait en sachant quels étaient les mots interdits. Alors, quel besoin de les prononcer ? La conversation était ridicule, aberrante, mais il était impossible de la tourner autrement.

— C'est là que je veux aller, avais-je insisté.

Calmement, fermement.

Brigitte avait feuilleté le catalogue et m'avait appâté avec le camp théâtre ou le camp jeux de rôle. Elle connaissait mes goûts. Mais ils avaient vite compris que je ne céderais pas. Thierry, c'était toujours Thierry qui décidait, avait fini par céder.

— Après tout. Si c'est ce qu'il veut…

*
* *

Voilà comment je m'étais retrouvé, ce 16 août 2000, sur un 420 au milieu de la Manche, à me geler les fesses pendant qu'un mono crétin me gueulait dessus parce que j'avais peur de me mettre en rappel.

Depuis dix jours !

Armand dormait toujours. Je laissais ma main doucement tomber dans l'eau pour sentir le contact froid.

Brr…

Je n'étais vraiment pas fait pour ça. Au loin, plein ouest, j'observais l'élégante silhouette du phare des Enchaînés. Un instant, l'image des forçats emmenés de force de l'île de Mornesey vers les bagnes de l'outre-mer me traversa l'esprit. Le père Duval nous racontait parfois l'histoire de l'île à la veillée. Il était assez doué, mais cela n'empêchait pas la majorité des ados de ricaner ou de dragouiller pendant ces cours d'histoire imposés.

Des milliers de forçats, pendant des siècles, eurent pour dernière image d'un monde qu'ils quittaient à jamais ce phare des Enchaînés.

Quitter Mornesey.

Revenir à Mornesey ?

Avant de revenir sur l'île, j'avais pris soin de copier sur l'agenda de Brigitte la vieille adresse de mon père, 1012, route de l'Abbaye. La route de l'Abbaye est difficile à manquer. Elle va de la capitale de l'île, Saint-Argan, au terminal du ferry, vers le continent, en passant devant l'abbaye Saint-Antoine, qui se situe plutôt au centre de l'île, en longeant grosso modo la mer. Le seul problème, c'est que route de l'Abbaye, il n'y avait pas de 1012 !

La numérotation des maisons étant kilométrique, 1012 signifiait que le pas de porte devait se situer à exactement mille et douze mètres de la mairie de Saint-Argan. Mais à mille et douze mètres de la mairie, il y avait… un champ ! Un petit champ de maïs. Un peu avant, une vieille ferme qui portait le numéro 987. Un peu après, une autre ferme portait le 1225.

Entre les deux, rien !

Impossible de se tromper, c'était la route que l'on prenait tous les jours pour aller et revenir de la voile. Le fermier que j'avais réussi à interroger m'avait affirmé qu'il n'y avait jamais eu de maison entre les deux fermes. Juste un champ ! Depuis toujours. La route de l'Abbaye s'arrêtait au 1521 : à gauche, l'abbaye ; à droite, la presqu'île sauvage où notre camp était planté.

Mystère…

Peut-être que Brigitte s'était trompée en recopiant l'adresse ? Peut-être…

A bien y penser, en revenant ici, sur l'île de Mornesey, qu'est-ce que je cherchais ? Ce n'est pas la peine de tourner autour du pot, j'imaginais que les souvenirs allaient me revenir par gros flocons. Que les lieux allaient m'inspirer des images. L'abbaye Saint-Antoine. Le port de Saint-Argan. Le phare des Enchaînés. La citadelle Mazarin. L'anse de Rubis. La presqu'île sauvage. Je pensais que j'allais revoir les six premières années de ma vie défiler comme un film en continu.

Le résultat était sans appel : une désillusion totale.

Mes souvenirs étaient quasi inexistants.

Rien de plus qu'avant.

Et de l'île, je n'avais presque rien reconnu. L'abbaye était désormais en ruine. Juste ouverte pour quelques touristes perdus. Autour de Saint-Argan et du port s'étaient construits des lotissements en pagaille, tristement banals. Les campings aussi avaient poussé comme des champignons partout où l'on voyait la mer, c'est-à-dire presque partout sur l'île. La citadelle, le phare, l'anse de Rubis ressemblaient exactement aux photos que je collectionnais secrètement à la maison de Cormeilles-en-Parisis, depuis huit ans. Des clichés. Rien de plus.

Une banale île touristique, moche et envahie de touristes l'été.

Chiante et ventée.

Tout ce que je détestais. Sans mystères. Plate. Moderne. Une île de beaufs en tongs et bobs. Une île surpeuplée. Impossible d'y être seul, de se recueillir. Avant le camp, je m'imaginais marcher dans les traces de mon père et du mystère de sa disparition.

Fouiller l'abbaye.

Fouiner. Découvrir.

Rien ! Rien de rien ! Aucune trace de rien.

Je me faisais chier dans le camp d'adolescents où je n'avais pas ma place. Jour après jour, la réalité m'explosait à la figure, évidente, inéluctable : ma petite aventure personnelle était d'une banalité affligeante. J'avais vécu sur cette île lorsque j'étais enfant, jusqu'à six ans. Un jour, mon père était mort, dans un accident, à la suite d'un fait-divers local. Peut-être s'était-il suicidé. De même pour ma mère. J'étais devenu orphelin. On avait quitté l'île. Plus personne ici ne se souvenait de cette histoire ancienne.

Ou tout le monde s'en fichait !

Peut-être que mon père trompait ma mère. Peut-être qu'il avait des dettes. Un truc glauque, sûrement, mais rien de bien mystérieux. Je m'étais monté un film tout seul. Loin de cette île, de mon enfance.

Il me restait à jeter dans un grand sac mes délires et à oser en parler avec Brigitte, Thierry, ou ma grand-mère Madeleine. A adopter une attitude adulte. A sortir de l'enfance, à sortir de cet imaginaire peuplé de disparus sur le point de ressurgir, de fils de rois à qui on cache leur noble origine pour les faire élever en secret par des paysans loin du palais. Il me restait à vieillir. A en finir avec le passé et à regarder l'avenir.

Finalement, ce séjour sur l'île de Mornesey était salutaire.

Indispensable même.

Il m'avait permis de faire le deuil.

Définitivement.

Le clapotis des vagues continuait de me bercer. Avais-je les yeux ouverts ou fermés ? Fermés, sans doute. En tout cas, j'étais perdu dans mes pensées. C'était la première fois depuis dix jours que j'arrivais à y voir aussi clair.

Mon père était mort, et il me fallait venir, revenir, sur cette île pour m'en rendre compte, pour solder mon enfance et ses fantômes.

Adieu, papa !

J'avais toujours eu énormément de mal avec ce mot, « papa », à l'écrire, le dire, le penser ainsi, « papa ».

Mais puisque c'était la dernière fois, alors j'acceptais de faire l'effort.

Adieu, papa.

C'était décidé, j'allais voler de mes propres ailes !

Plus que sept jours dans ce camp de dégénérés. J'allais bien parvenir à tenir le coup. En plus, dans quatre jours, Brigitte et Thierry passaient au camp. Ils débarquaient le jour de mon anniversaire, le 19 août. Ils avaient eux aussi saisi l'occasion pour revenir sur l'île. Peut-être pour me surveiller. Peut-être eux aussi pour faire le deuil d'une période trouble de leur vie, ou pour retrouver de vieux amis. Peut-être aussi pour me faire plaisir.

Non, je n'étais pas subitement devenu aussi naïf.

On devait rester ensemble, sur l'île, quelques jours après le camp.

J'allais enterrer le passé.

Bonjour, la vie !

*
* *

J'ouvris les yeux. Le soleil m'inonda. J'étais bien, très bien. Notre 420 avait gentiment dérivé. Armand dormait toujours. Je restai quelques instants sans penser à rien. Le bruit de moteur du Zodiac de Yoyo et Stéphanie me fit sursauter tout en réveillant Armand.

— Fini la récré ! gueula Yoyo. On rentre. J'espère ne pas avoir à vous remorquer, pour une fois !

C'est vrai qu'il était assez rare que l'on parvienne seuls à retrouver l'entrée du port. Les vents prenaient toujours un malin plaisir à souffler à l'envers de ce qu'il fallait. Je secouai Armand, encore à moitié endormi.

— Allez, remue-toi, mon gros !

Il me fit quelques secondes des yeux de hibou.

— Hein ? Quoi ?

Où pouvait-il bien être parti ? J'insistai.

— On rentre, Tabarly !

— On n'attend pas qu'ils nous remorquent ?

— Il a pas l'air décidé, Yoyo, aujourd'hui.

— Il préfère rester peinard avec Steph, l'enfoiré. Rien à foutre ! Le client est roi. C'est nous qui réglons son salaire, au Yoyo. On le paye pas pour qu'il drague sa copine sous mon nez.

— Tu charries, Armand…

Armand n'en démordit pas. Il fit des grands signes de bras jusqu'à ce que Yoyo et Stéphanie reviennent.

— On n'y arrive pas, Yoyo.

— Vous n'avez même pas essayé, soupira Stéphanie.

— Si, mais c'est trop chiant !

Yoyo souffla, désespéré.

— T'es vraiment une plaie, Armand.

— Même si on y met de la bonne volonté, répondit le nabot, tu sais bien qu'on sera pas rentrés avant 14 heures. A cette heure-là, toutes les filles de la plage seront déjà rhabillées.

Stéphanie rit franchement et Yoyo soupira à son tour.

— C'est la dernière fois, les boulets. Demain, je vous sépare !

— Demain, répliqua Armand, y a pas voile ! C'est jeudi, et le jeudi, c'est relâche.

— Tant mieux, ça nous fera des vacances, dit Yoyo en lançant une corde sur notre bateau.

Le moniteur nous remorqua avec son Zodiac jusqu'au port. On y arriva avant les autres. La plupart en nous voyant les doubler ne se privèrent pas de protester.

— A la voile, comme tout le monde ! criaient-ils à pleins poumons pour couvrir le bruit du moteur.

Armand, désormais réveillé et déchaîné, lançait des bras d'honneur et pointait des majeurs à la volée. Le vent me semblait être tombé d'un coup. Les autres ados galéraient. Après avoir tiré le 420 sur la plage, je m'assis sur le sable en attendant les retardataires.

Il faisait bon. Le soleil, sur le gilet de sauvetage qui me serrait, m'offrait une agréable sensation de chaleur.

Armand n'en avait pas assez. Debout sur la plage, il se redressait de son mètre cinquante et engueulait les autres ados qui rentraient.

— Qu'est-ce que vous foutez ? Magnez-vous un peu ! On a pas que ça à foutre. J'ai rencard ce soir.

Ça faisait rire la plupart de ceux qui arrivaient. Eux adoraient la voile. Des passionnés. Alors, les conneries d'Armand, ça glissait sur eux. Finalement, je me disais que j'étais plutôt bien. Du soleil, quand même un peu. Des mecs de mon âge. Plutôt prêts à rigoler, pour la plupart. Quelques filles dans le camp, six exactement, dont aucune vraiment canon… mais je ne leur avais pour ainsi dire pas adressé la parole depuis le début. Les filles deviennent souvent plus mignonnes quand on les connaît mieux. Elles devaient penser pareil pour nous. Les derniers jours de camp pouvaient devenir agréables, si j'y mettais du mien, si je laissais les fantômes au placard et que j'acceptais mon statut d'ado normal.

D'ado sans ego.

Banco ?

Pris de courage et nourri de bonnes résolutions, j'empoignai ma voile sous le regard admiratif d'Armand et je la remontai vers le local du club. Je passai par le parking sans esquinter les voitures garées.

Une première !

En fin de journée, le port s'animait. Les terrasses se remplissaient. Quelques mareyeurs vendaient leur poisson, et les touristes venaient en masse avec leurs enfants prendre en photo l'agonie des crabes et des crevettes. La rue était dégagée. Il y avait juste en face une camionnette blanche, une Ford Transit Connect, qui attendait que les touristes s'écartent pour passer. Je m'avançai, au moment même où le camion de livraison redémarrait.

Le conducteur freina.

En me voyant empêtré avec ma voile plus haute que moi, il sortit sa main par la vitre ouverte de sa portière et me fit signe de traverser. Je m'avançai donc, levant juste la tête pour remercier le chauffeur, qui me regardait d'un air distrait.

C'était lui !

Dès l'instant où je vis son visage, je sus que c'était lui. Pas quelqu'un qui lui ressemblait, non.

L'expression, le regard, l'ensemble de son visage ne me laissaient aucun doute. Même s'il portait une barbe qui n'existait pas dans mon souvenir.

C'était lui.

La camionnette continua sa route sans que le chauffeur me jette un autre regard. Mais, aussi impossible que cela puisse paraître, cette certitude me submergeait.

Le conducteur de la camionnette était mon père.

La Ford Transit disparut au bout du port sans que j'aie le temps ni la présence d'esprit de relever la plaque d'immatriculation. Ni même de courir après. Je restai là, avec ma voile mouillée dans les bras, et un grand brouillard dans le crâne.

Sans l'ombre d'un doute, cet homme était mon père.

Vivant.

8

Pas de panique

Simon Casanova actionna avec dextérité les vitesses du grand plateau de son VTT. La piste cyclable défilait le long de la Manche, tel un long ruban que ses roues avalaient. L'adrénaline était retombée. Il se trouvait un peu ridicule à pédaler ainsi en danseuse. Il pensait que dans les films, les héros qu'on appelle au secours chevauchent des pur-sang, des 500 centimètres cubes, pas des VTT de fonction aux couleurs de la mairie.

— Au galop, Tornado, plaisanta-t-il intérieurement.

Moins de dix minutes plus tard, il entrait dans Saint-Argan, qu'il traversa en trombe sans se soucier des passants. Il connaissait par cœur les ruelles aux volets rouges, les étroits passages entre les étalages des commerçants et le trottoir. Il prit à contresens la place centrale et sa statue du cardinal Mazarin pour pénétrer sans ralentir dans la cour de la mairie, juste derrière le port. A moins d'un mètre des marches de l'entrée, il bloqua les deux freins, s'autorisant un dérapage contrôlé dans les graviers. Il laissa tomber sans ménagement le VTT et gravit d'une foulée les trois marches de la porte de la mairie.

Clara l'attendait. Elle tendit à Simon une feuille presque blanche.

— Je sais que je ne devrais pas, que c'est confidentiel, mais il n'y a personne d'autre que toi à la mairie. A part moi. Alors lis ça, Casa !

Simon reconnut l'impression d'un e-mail. Il était daté de moins d'un quart d'heure. Il remarqua tout d'abord l'expéditeur : centrededetentionmazarin@interieur-gouv.fr.

La citadelle…

Son regard descendit. Le mot était signé directement du directeur de la citadelle. Le texte était bref.

A l'attention de Monsieur le Maire de Saint-Argan.
16 h 31. Deux détenus du centre de détention Mazarin – île de Mornesey, Jonas Nowakoski et Jean-Louis Valerino, sont portés disparus. Ils se sont échappés lors d'un transfert entre le centre de détention Mazarin et le continent. Jean-Louis Valerino est un détenu en fin de peine, condamné pour escroquerie, qui devait être libéré dans moins de deux mois. Jonas Nowakoski est un détenu a priori beaucoup plus dangereux, plusieurs fois condamné pour braquages à main armée et blessures graves sur des représentants de la loi. Il lui restait sept ans de détention à purger. Les forces de sécurité du centre de détention ne doutent pas que les fugitifs seront très rapidement repris. Il est assuré qu'ils n'ont pas pu quitter Mornesey. Afin de faciliter leur arrestation,

*il semble capital d'éviter dans l'immédiat tout mouve-
ment de panique sur l'île, notamment en une période
de très forte fréquentation. C'est pourquoi, monsieur le
maire, en tant que responsable de la sécurité municipale, nous vous invitons à la plus grande discrétion à
propos de cette affaire. Nous vous tiendrons au courant
aussitôt que nous aurons de nouvelles informations.*

Simon jubila.

— Il n'est pas en République dominicaine, le maire ?

— Si !

— Il faut à tout prix le prévenir.

— C'est fait, répondit Clara d'un ton naturel.

Simon se fit la réflexion qu'il avait toujours tendance
à prendre Clara pour une cruche, alors qu'en réalité,
elle était une secrétaire parfois d'une surprenante efficacité. Elle avait déjà réussi à joindre le maire, Bertrand
Garcia, à l'autre bout de la planète.

— Ah ouais ?

— J'ai son portable. Je l'ai eu il y a dix minutes.

— Et alors ?

— Et alors rien. Il ne va pas revenir d'Afrique pour
ça. La consigne, c'est de ne rien faire, de ne rien dire,
de laisser travailler les matons ou les flics, ou l'armée.
Enfin, c'est leur boulot !

Simon haussa les épaules et ne releva pas les lacunes
géographiques de Clara. Il tourna quelques instants
comme un lion en cage. Didier Delpech avait vu
juste. Ou presque. Le commando déployé dans l'île
ne recherchait pas un détenu en cavale… mais deux !
Il se retourna vers Clara et demanda :

— Qu'est-ce que je fais, moi, pour la sécurité de l'île ?

— Rien ! Ordre du maire, Casa. Pas d'initiatives, pas de vagues…

— Tu me connais.

— Justement… J'ai été conne. Je n'aurais jamais dû te faire lire ce mail.

Clara fit pivoter son siège vers son ordinateur, comme si sa mission était accomplie. Visiblement pas plus paniquée que cela par la nouvelle. Simon resta sidéré par le détachement de la secrétaire. Sidéré, mais pas vraiment étonné.

Simon partageait avec Clara Bonnamy les locaux de la mairie désertée depuis plus d'un mois et avait appris à la connaître. Clara avait fêté le mois dernier ses trente-huit ans. Elle appartenait à la catégorie des femmes multi-séparées. Un cœur d'artichaut appellation d'origine contrôlée. Elle avait une fâcheuse tendance à tomber amoureuse des salauds et à finir dans leur lit. Pourtant, Simon devait le reconnaître, Clara était une fille plutôt sexy. Blonde et mince. Bronzée en professionnelle dès le mois de juin. Un visage pas vraiment harmonieux, mais côté silhouette, ses efforts sans doute extrêmes portaient leurs fruits. Elle supportait presque la comparaison avec les jeunes serveuses des restaurants du port. Côté travail par contre, ce n'était pas tout à fait ça. Clara passait la plupart de sa journée sur Internet à fréquenter les sites de karaoké. Elle était spécialisée dans les mélodies de Michel Berger et de ses diverses interprètes. Ça faisait enrager Simon, tout comme cette manie énervante de l'appeler Casa. Personne ne l'avait plus surnommé ainsi depuis le collège.

Simon regardait, interdit, Clara télécharger une chanson de France Gall.

— Et on va rester là comme ça ? demanda-t-il.

Clara se retourna.

— T'enflamme pas, Casa. Ils vont pas aller loin, les gars. Sur une île de cinq kilomètres sur trois. Remarque, c'est con de s'échapper sur une île, tu ne trouves pas ? C'est quand même moins facile de s'y cacher.

Simon était énervé.

— C'est peut-être un peu pour ça qu'on construit les prisons sur les îles ?

Clara se sentit idiote et ne répliqua pas. Elle posa un casque sur ses oreilles.

Babacar
Où es-tu ?
Où es-tu ?[1]

Simon relut le mail.

— Clara, hurla-t-il pour que la secrétaire entende.

Elle ôta son casque à contrecœur.

— Quoi ?

— Toi qui es au courant de tous les faits-divers du coin depuis quarante ans, tu as déjà entendu parler de ces deux types en cavale ?

Clara se redressa comme pour mieux faire apprécier à Simon sa poitrine bronzée sous son chemisier décolleté.

— Y a quarante ans, j'étais pas née, puceau !

— OK, OK. Alors ?

— Alors. Jonas Nowakoski est inconnu au bataillon. C'est pas un gars d'ici. Jean-Louis Valerino, par contre…

---

1. Extrait de *Babacar*, paroles et musique de Michel Berger
© Universal Music Publishing, 1987.

— Par contre ?

— Par contre, je le connais bien. Il a été employé à la mairie, il y a une dizaine d'années. Je l'ai croisé pendant deux ans, quand je suis arrivée. Il est tombé pour une magouille fiscale. Il trafiquait les appels d'offres et les marchés publics. C'est lui qui s'en occupait pour la mairie. Il filait les chantiers aux boîtes qui lui refilaient le plus gros pourcentage. Tu vois le genre ?

— Je vois le genre… Et ensuite ?

— Et ensuite, rien. Ça a fait un gros scandale il y a à peu près deux ans. Ça a éclaboussé tout le monde mais Valerino est le seul qui s'est retrouvé en taule.

— Et c'est tout ?

— C'est tout. Moi, tu me connais, les éclaboussures, si je peux éviter… Je préfère les hommes propres sur eux.

Simon demeura quelques instants silencieux.

Alors que Clara reprenait sa chanson, Simon sortit brusquement de la mairie. Quelques instants plus tard, il revenait en portant un grand escabeau.

— *Babacar… Où es-t…* Mais qu'est-ce que tu fais avec cette échelle, Casa ? Tu veux mater les filles sur le port ?

— Les archives municipales, elles sont bien toutes rangées dans le grenier ?

Clara soupira :

— Tu vas nous foutre dans la merde, Casa.

9

Gyrophares sur la lande

*Mercredi 16 août 2000, 17 h 10,
route de l'Abbaye, île de Mornesey*

— Ta gueule ! ai-je crié à Armand avant même qu'il ouvre la bouche, sans doute pour tester sur moi une de ses vannes creuses préférées.

L'avantage était qu'Armand comprenait vite. Il n'insista pas et partit en asticoter un autre, mieux luné.

Il fallait que je m'isole ! Je suivais le groupe mécaniquement. Ranger les voiles, récupérer les habits secs, les enfiler, repartir à pied vers le camp. Quitter le port, traverser le village de Saint-Argan, la place du 20-Mai-1908, passer devant la statue de Mazarin, emprunter les ruelles aux volets rouges jusqu'à la sortie du village. En troupeau. Le même itinéraire, les mêmes gestes, depuis dix jours.

Je pouvais les effectuer sans cesser de penser.

Mon père, vivant ! Au début, au tout début, c'était comme deux pôles qui s'opposaient dans mon esprit.

D'un côté, la dimension impossible de la situation. L'irrationnel. Un orphelin à qui tout le monde a affirmé que son père était mort… le croise bel et bien vivant dix ans après ! Un truc de dingue.

Mais d'un autre côté, l'autre pôle, l'enchaînement logique des événements.

Je raisonnais tout en marchant. Avancer à pas réguliers structurait ma pensée. Non, à bien y réfléchir, il n'y avait rien d'irrationnel. Tout était très logique. Les derniers mots de ma mère, sa prophétie, étaient clairs. *Un jour, tu retrouveras papa.*

Qu'avait-elle voulu dire ?

Qu'il était parti loin… Mais qu'il n'était pas mort ?

Alors, tout s'expliquait. Mes sentiments profonds d'abord. Cette absence de pleurs, lorsque j'avais six ans. Cette absence de tristesse, depuis dix ans. Cette absence de réaction normale, la réaction que l'on attendrait d'un enfant à qui l'on annonce que son père est mort : les larmes, l'hystérie, la dépression. Comment l'expliquer autrement, cette indifférence ? Sinon parce que je savais qu'on me mentait. Que mon père était encore vivant. Qu'il m'attendait.

Bien entendu, j'y avais songé, m'inventer un père vivant, c'était une façon commode de me déculpabiliser. Une espèce de travail sournois de mon inconscient.

Devant moi, Yoyo et trois ados se mirent à entonner *Le Jour le plus long*, beuglant plus que chantant en rythmant leur pas, tapant lourdement sur le sol poussiéreux de la route : « Sous le fer et la mitraille… par la poudre et le canon… nous irons vers la victoire…

car ce jour est le plus long[1]. » Ces crétins se faisaient une joie d'accompagner leur marche par les chants militaires les plus ringards qui soient. Yoyo le premier. Quand ils ne se souvenaient plus des paroles, ils sifflaient.

M'enfermer dans une bulle.

La bulle noire de mon deuil.

Je n'avais pas vu mourir mon père. Je n'avais pas vu son corps. Je n'avais jamais vu sa tombe. J'ignorais même comment il était mort. Logiquement, en l'absence de deuil, l'esprit d'un enfant recherche toutes les ruses pour ne pas accepter la mort. J'avais lu tout ça, des tas de livres ou de sites sur le deuil, pendant toutes ces années, toutes les théories sur l'acceptation d'un décès. Mais ça n'avait pas suffi à fragiliser ma certitude… Tout simplement parce que mon père était vivant, parce qu'on m'avait trompé, toutes ces années !

On quittait Saint-Argan et on longeait les nouveaux lotissements. Des petites constructions neuves, blanches et affreuses sur deux étages. Toutes identiques. Comme une injure aux maisons de granit du centre de Saint-Argan, des hameaux, des fermes de Mornesey. Ce matin, à l'aller, ces pavillons modernes m'apparaissaient banals, juste banals. Désormais, au retour, ces lotissements me semblaient fragiles. Fragiles et sinistres à la fois. Comme des pièges tendus aux

1. Extraits de *Le Jour le plus long*, paroles d'Eddy Marnay, musique de Paul Anka © EMI Hastings Catalog, Inc., pour la première édition, 1962.

voyageurs. Une sournoise prison à touristes. Ce pay-sage que je trouvais sans saveur il y a quelques heures se teintait tout d'un coup de mystères.

Sorti de Saint-Argan, il ne restait plus que la lande déserte que traversait sur cinq kilomètres la longue route de l'Abbaye. Pour éviter les voitures, nous marchions sur la piste cyclable. Le bruit du vent dans l'herbe haute me sembla tout à coup angoissant. On aperce-vait au loin, comme de presque toute l'île, la croix de l'abbaye Saint-Antoine. Elle était construite sur une petite butte, une motte féodale, précisait le père Duval. La croix, qui se détachait dans un ciel qui commen-çait à s'assombrir, donnait au paysage une allure de mauvais film d'horreur. Les autres, indifférents à ma perception lugubre des alentours, s'étaient mis à siffler avec entrain *La Grande Evasion*.

Le ciel qui se couvrait semblait révéler une face cachée de l'île. Les créatures de la lande, les fantômes des moines. Je savais que la lande était truffée de sou-terrains, qui reliaient l'abbaye Saint-Antoine à la cita-delle Mazarin, au port de Saint-Argan, aux plages de l'anse de Rubis ou à la Crique-aux-Mauves. Tout un réseau souterrain que mon père fouillait. Un véritable dédale. J'avais l'impression que les joyeux braillements de Yoyo et des ados, leurs bruits de bottes sur le sentier poussiéreux réveillaient des êtres endormis dessous, dans les entrailles de l'île. Un peu comme ces lotisse-ments en cubes modernes qui par leur seule présence profanaient des lieux sacrés.

Quelque chose était rompu.

Cette île actuelle, ce n'était plus celle de mon père, celle de mon enfance. Et pourtant, elle existait toujours, enfouie, cachée, en attente, prête à ressurgir.

Comme mon père.

La route bifurquait légèrement vers la mer. Elle se rétrécissait et surplombait sur trois cents mètres la plus belle plage de l'île, la fameuse anse de Rubis. Bizarrement baptisée ainsi, puisque la plage était au contraire entourée d'arbres et de buissons que le vent panachait de toutes les teintes de vert.

L'anse de Rubis ?

Pour la première fois, je me posais la question : pourquoi ce nom étrange ? Pourquoi cette couleur rouge ? Quel sang l'eau de cette plage avait-elle dû charrier pour que les anciens se transmettent un nom si sordide ? L'anse de Rubis. Celui des marins échoués sur les écueils à marée basse ? Ces centaines de rochers que dévoilait au large la plus grande marée d'Europe, lorsqu'elle se retirait. Stéphanie tentait de nous apprendre les noms. Je les confondais tous. Le Caillou Bouillon. Le Dormeur. Les Trois Frères. Le Puceau… J'étais aussi incapable de retenir les noms des rochers au large que ceux des constellations, la nuit dans le ciel.

A moins que ce nom, l'anse de Rubis, ne soit simplement lié à la couleur la plus présente sur cette île… Le rouge. Une teinte utilisée pour peindre presque tous les volets des maisons de l'île. Surtout à Saint-Argan. L'île aux maisons rouges, comme Belle-Ile-en-Mer est celle aux volets bleus. Ces tons rouges de Mornesey si célèbres, vantés dans tous les prospectus touristiques de Normandie et d'ailleurs.

Que dissimulaient-ils ?

La chorale des ados attaquait *Le Pont de la rivière Kwaï*. Ils braillaient la chanson des détenus britanniques. Je semblais le seul à faire le rapprochement entre ce refrain et cette île connue pour son bagne. On laissait les ruines de l'abbaye à notre gauche et on arrivait au grand carrefour. A droite, la presqu'île sauvage et notre camp. Assez loin à l'opposé, au nord-ouest, on apercevait la prison Mazarin.

Soudain, la troupe s'arrêta de siffler.

Devant la grille de la citadelle, on devinait, malgré la distance, une agitation anormale. Des command-cars, en grand nombre, des fourgons, des cris, des aboiements de chiens. D'habitude, tout était calme, juste quelques flics discrets, quelques touristes. Mais là, on percevait distinctement cette lumière caractéristique des gyrophares qui tournent.

Toute une foule qui s'agitait.

— On va voir ? suggéra Madiha.

Un écho d'approbation se fit entendre.

Yoyo hésita un instant, il était tenté. Mais Stéphanie veillait.

— C'est ça, les jeunes. Pas question. On rentre !

Les rangs grognèrent, résignés. Sans pour autant assouvir leur curiosité : que se passait-il là-bas, à la prison ?

Armand cassa l'ambiance en haussant les épaules.

— C'est juste un transfert de détenus. Un type qui arrive ou un autre qui ressort. Ça doit se produire au moins trois fois par jour dans une prison. Si c'est deux Jeep et trois gyrophares qui vous excitent…

Personne n'osa le contredire. Surtout pas moi. Mais je ne pouvais pas m'empêcher de penser qu'il avait tort. Les autres jours, les transferts de détenus s'effectuaient sans toute cette mise en scène. Il se tramait à la citadelle quelque chose d'important, d'inhabituel, d'anormal. Mais ce n'était pas mon problème, j'avais d'autres choses en tête.

Quand on entra dans le camp, plus personne ne chantait. De toute façon, il n'était pas vraiment question de défiler au pas de l'oie et au son du clairon devant le père Duval.

— A la douche, les putois, gueula Yoyo.

Le père Duval sortit sur le pas de son bureau, un poulailler vaguement rénové, et nous regarda passer avec ce petit sourire inimitable qu'ont les curés, qu'on peut selon notre humeur prendre pour de la bonté pure ou une façon non dissimulée de se foutre de notre gueule.

Le père Duval maintenait sur le camp une discipline de fer. Le curé devait dépasser les soixante-dix ans et pouvait se définir comme un détonant mélange entre l'écolo et le paramilitaire. Le camp avait posé ses bases dans un vieux corps de ferme, au cœur de la partie la moins peuplée de l'île. Nous étions enfermés sur cette presqu'île, dans d'anciens bâtiments dont les murs tenaient encore suffisamment debout pour nous parquer comme des veaux. Nous dormions dans des tentes marabouts plantées entre les bouses de vaches. Les quartiers libres étaient strictement réglementés. Une heure, pas plus. Et jamais seul. Entre la voile et les tâches collectives, il ne restait pas beaucoup de temps. En bref, il était presque impossible de s'isoler.

Stéphanie cria à son tour les consignes.

— Emilie, Nico, Audrey, dans vingt minutes à la cuisine !

Les tâches collectives s'exécutaient par groupes de trois. Préparer le repas, faire la vaisselle, ranger... Ça revenait assez vite, tous les six jours exactement. Mais comme j'avais été de corvée la veille, j'étais tranquille pour les jours suivants.

Coup de chance.

J'y voyais encore un de ces petits signes du destin.

10

L'île des brigands

Mercredi 16 août 2000, 17 h 15,
mairie de Saint-Argan, île de Mornesey

Simon Casanova traversa le couloir de la mairie la tête en l'air, cherchant du regard la trappe du grenier.

Clara soupira.

— Tu vas faire une connerie, Casa !

Sans répondre, Simon installa l'escabeau sous la trappe. Elle céda sans difficulté. Simon se hissa à la force des bras et se retrouva dans le poussiéreux grenier de la mairie. Il avait une idée précise de ce qu'il cherchait : les archives municipales de la citadelle Mazarin. La prison, ses détenus. Simon se sentait à l'aise avec ce type de documents : pendant ses cinq ans de droit public, il avait multiplié les stages dans les collectivités locales et les services déconcentrés de l'Etat. L'urbanisme stratégique, c'était son affaire. Les plans d'occupation des sols, les droits de préemption, d'expulsion, les marchés publics.

Simon eut l'impression que personne n'avait pénétré dans le grenier depuis des années. Epaisse couche de poussière, odeur de moisi et crottes de souris, une sensation de spéléologue l'envahit. Si ses études ne l'avaient mené nulle part jusqu'à présent, son goût pour les archives lui avait au moins permis de voyager dans le temps.

Simon tenta de concentrer sa recherche sur ce qui pouvait concerner la citadelle : les transformations des bâtiments, les décisions municipales, les réactions des associations de riverains. Les résidents secondaires avaient sûrement cherché à faire fermer le pénitencier, il n'était sans doute pas facile de faire cohabiter une prison de haute sécurité avec un site touristique en développement. Simon ignorait où tout cela pouvait le mener, mais il refusait de rester les bras croisés. Alors, pour l'instant, il se documentait.

Au cas où...

Simon tomba rapidement sur une série de boîtes archives sur lesquelles les mots CITADELLE MAZARIN étaient inscrits en lettres majuscules au marqueur noir. La première, la plus lourde, ne contenait qu'un très gros ouvrage. Une thèse de doctorat ! Un volume de sept cents pages, soutenu en 1957, rédigé par un certain Daniel Sadournant, professeur agrégé à Caen. La thèse portait un titre étrange : *L'Ile des brigands.* Le sous-titre était plus explicite : *Etude de la population carcérale du bagne de l'île de Mornesey entre 1794 et 1946.* 1794 était l'année où la citadelle avait été transformée en bagne. 1946, l'année de sa transformation en prison et, surtout, la fin des transferts de l'île de Mornesey vers Cayenne ou les autres bagnes des territoires d'outre-mer.

La thèse avait tout du travail d'historien auquel un professeur a consacré sa vie. Un parfum de félicitations du jury à l'unanimité. Simon s'adossa à une poutre du grenier, particulièrement inconfortable, et se plongea dans les sept cents pages. Il devait être l'un des premiers à lire ce pavé. A part les membres du jury de la thèse... Et encore... Simon s'attendait à un long pensum aride, une somme de faits érudits mais soporifiques. Des tonnes de chiffres... Pourtant, à peine se plongea-t-il dans l'avant-propos de la thèse qu'il ressentit un mélange de curiosité immédiate...

... et d'étrange malaise.

Daniel Sadournant commençait bizarrement sa thèse, en évoquant la Tasmanie, l'île au sud de l'Australie, un territoire aussi vaste que l'ensemble du Benelux. La Tasmanie, comme toutes les îles de l'océan Indien, était peuplée d'indigènes mélanésiens. Les Anglais eurent l'idée de transformer l'île entière en prison, comme les Français le firent ensuite avec la Nouvelle-Calédonie. Les soixante-huit mille kilomètres carrés de l'île de Tasmanie devinrent la cour d'une prison. Les bagnards pouvaient cultiver, posséder une ferme, vivre normalement... tant qu'ils restaient sur l'île. Au bout de quelques générations, tous les indigènes moururent pour cause d'épidémies transmises par les forçats. Conséquence inéluctable, l'île de Tasmanie se retrouva intégralement peuplée de repris de justice, d'habitants condamnés pour vols, trahisons ou crimes de sang. Ils prirent des femmes, firent des enfants. Le temps est passé… L'île s'est ouverte au monde. Elle compte aujourd'hui plus de cinq cent mille habitants. Mais pratiquement tous les habitants de la Tasmanie ont pour ancêtre… un criminel !

Simon ne chercha pas longtemps le rapport entre la Tasmanie et Mornesey. L'introduction de la thèse était explicite. Entre 1794 et 1946, 12 538 prisonniers étaient passés par le bagne de l'île de Mornesey. Tous n'étaient qu'en transit vers leur destination finale, l'outre-Atlantique. Les prisonniers restaient le plus souvent quelques mois en attendant un bateau qui parte de Granville. Mais Daniel Sadournant avait étudié les archives du bagne, les comptes des directeurs successifs de la citadelle retrouvés aux archives départementales ainsi que des actes notariés, des testaments, des legs, des dons sur l'île.

Il en était arrivé à une stupéfiante conclusion.

La plupart des bagnards en transit sur l'île de Mornesey étaient des prisonniers politiques, des aristocrates en disgrâce, des bourgeois peu scrupuleux, des penseurs libertaires, et surtout des criminels enrichis. Dans tous les cas, les prisonniers de la citadelle étaient plus riches et plus influents que les pauvres paysans de l'île, qui regardaient arriver sous l'escorte de la maréchaussée les fourgons blindés et repartir les enchaînés dans les cales des bateaux vers de nouveaux continents. Rapidement, une pratique lucrative sur l'île s'était mise en place.

Les bagnards qui en avaient les moyens payaient pour se faire remplacer dans la galère !

Cette pratique supposait un accord tacite entre tous : bagnards, paysans, gardiens de prison, autorités carcérales, et ne concernait pas les prisonniers les plus dangereux. De plus, les prisonniers qui échangeaient leur place dans la galère s'engageaient à rester sur l'île. Sur le continent, ils étaient des prisonniers recherchés ; sur l'île, ils bénéficiaient d'une sorte de liberté surveillée. A la place des bagnards qui pouvaient payer leur libération conditionnelle, on envoyait des pauvres types des environs qui n'avaient rien à perdre. Il fallait qu'au bout du compte, le nombre y soit, que les galères de Granville soient remplies du nombre exact de bagnards prévus. Parfois, certains acceptaient librement de tenter l'aventure en négociant la somme de l'échange. Un fils ou un père s'engageait pour sauver une famille trop nombreuse. Parfois, à l'inverse, certains parents vendaient leur fils. Parfois encore, certains enfants vendaient leur père malade. Parfois aussi, la maréchaussée corrompue de l'île embarquait discrètement un gars, un peu trop saoul, un peu trop seul.

Ce type de pratique n'est pas spécifique à l'île de Mornesey. Ces rafles pour échanger une place dans les galères semblaient, selon l'historien, une pratique classique des voisinages de tous les bagnes du monde. Daniel Sadournant présentait cela comme un secret de Polichinelle. Mais la grande question, et c'est avant tout celle que l'auteur posait dans sa thèse, était la quantification de ces pratiques. La plupart des historiens considéraient ces échanges dans les bagnes comme marginaux, limités à la corruption d'un gardien ou d'un juge. Selon Daniel Sadournant, la grande originalité de l'île de Mornesey était double : ces pratiques avaient été directement organisées et programmées par la direction du pénitencier et elles s'étaient avérées durables dans le temps. C'était, selon lui, le seul cas de ce type en France. Au final, il estimait qu'entre 15 et 25 % des bagnards arrivés en transit dans le bagne de l'île n'en étaient jamais partis, et avaient continué à vivre à Mornesey. Au total, cela représentait une population d'environ deux mille cinq cents individus. Certains avaient par la suite fait venir leur famille sur l'île. Mais la plupart s'étaient mariés sur place.

Deux mille cinq cents bagnards en liberté, en soi, ce n'était pas beaucoup.

Mais sur une île de moins de trois mille habitants !

Le reste de la thèse, la plus grande partie des sept cents pages, apportait des preuves, développait des témoignages. Simon tournait les pages rapidement. Tout avait l'air sérieux, précis, sans faille. Un excellent travail d'historien, à ce qu'il pouvait en estimer.

La poutre lui torturait le dos.

Simon passa directement à la conclusion. Daniel Sadournant osait une hypothèse audacieuse : quelle pouvait être la conséquence de ces échanges carcéraux pendant cent cinquante ans sur l'île actuelle ? Selon lui, au moins 40 % des habitants de l'île possédaient un ancêtre criminel. C'était une fourchette basse… Il n'avait pu repérer que les pratiques officielles, du moins celles dont il avait retrouvé une trace, un nom, une preuve. Il lui était impossible de dénombrer celles négociées de façon informelle, souterraine, sûrement les plus fréquentes.

40 % de la population ayant un ancêtre criminel. Au minimum.

Qu'est-ce que cela signifiait ?

Daniel Sadournant laissait planer le doute. Il n'existe pas de gène criminogène, précisait-il, personne ne l'a jamais isolé. On pouvait naïvement penser que les criminels s'étaient gentiment réinsérés, étaient revenus dans le droit chemin et avaient toute leur vie cultivé la terre de l'île, aimé leur femme, élevé leurs enfants.

On pouvait penser cela.

Mais on pouvait aussi penser qu'ils avaient continué leurs pratiques criminelles, qu'ils les avaient transmises à leurs enfants. Leurs petits-enfants…

D'évidence, concluait Daniel Sadournant, Mornesey n'est pas la Sicile. On ne connaît sur l'île ni criminalité organisée, ni réseaux mafieux, ni règlements de comptes entre bandes. L'île est calme. On ne recense pas véritablement ici plus de crimes qu'ailleurs. Mais une rumeur a couru pendant des siècles : l'île servait de base arrière aux bandits. Mornesey était parfois surnommée « l'île des brigands ». On ne pratiquait pas les larcins sur l'île, par prudence, par convention avec les autorités carcérales. Il n'y avait rien à prendre sur l'île, d'ailleurs. La plupart des îles Anglo-Normandes, Jersey, Guernesey, Sercq, Aurigny, abandonnées par la France à la Couronne britannique, étaient devenues de riches lieux de villégiature pour des Anglais en mal de Sud, et même des paradis fiscaux aux statuts dérogatoires. Les petites îles normandes oubliées et restées françaises, Chausey, Tatihou, Aneret, Mornesey, sombrèrent à l'inverse dans une apparente misère paysanne. On commettait les crimes plus loin, sur le continent, en Angleterre, en Europe. L'île servait seulement de refuge, de centre névralgique, de siège social, comme on dirait aujourd'hui. Ne parlait-on pas également depuis des siècles de ce fameux trésor de l'île, ce trésor enfoui dans les entrailles de Mornesey, la fameuse Folie Mazarin ?

Mais surtout, « l'île des brigands » n'abritait pas une organisation criminelle, comme la Sicile, elle abritait simplement une extraordinaire concentration géographique d'individus dangereux, hors la loi, peu scrupuleux. Mais le plus souvent des individus sans relations entre eux. Daniel Sadournant concluait par ces lignes ouvertes :

Qu'en reste-t-il aujourd'hui ? Qui peut savoir ?

Simon referma la thèse, stupéfait. Il découvrait pour la première fois la face cachée de l'île derrière la vitrine touristique. La thèse à la main, il descendit voir Clara, le casque toujours vissé sur les oreilles.

— *Débraaaanche tout.*

Elle lui accorda à contrecœur un peu d'attention. Simon commença à lui résumer la thèse. Clara l'écoutait la bouche en cœur, tout en regardant ses ongles peints d'un air un peu las. A la fin de l'exposé de Simon, elle explosa d'un rire un peu forcé.

— Vous êtes un peu trop tordus, vous autres, les intellos.

Sa réaction énerva Simon.

— Ecoute, Clara. C'est du sérieux. C'est une thèse. Tout ce qu'il raconte est prouvé. Il y a sept cents pages de preuves !

Clara soupira.

— Casa. Ça fait trente ans que je me dore ici au soleil sur la plage. Et j'ai pas l'impression d'être cernée par les serial killers.

— Toi, d'accord. C'est la vitrine, ça. Mais tu es d'ici. Tu dois bien avoir des exemples. Tes voisins ? Dans ta famille, peut-être.

Simon avait tout de suite touché le point sensible. Brutalement, Clara lâcha :

— Ma famille, ce n'est pas pareil, ce n'est pas un exemple.

Simon sentait qu'il avait repris l'ascendant sur Clara. Dans le même temps, il ressentait chez la secrétaire un trouble nouveau, une complexité, une profondeur qu'il ne lui soupçonnait pas. Et si elle en savait beaucoup plus qu'elle ne voulait en dire ?

— Alors ? demanda Simon. Détaille !

Clara soupira, partagée entre la gêne et l'envie de se confier.

— Il n'y a pas grand-chose à dire, mon père est un salaud ! Avec son frère, ils ont fait les quatre cents coups sur le continent. Trafics en tout genre. Ils sont tous les deux en taule depuis des années.

— A Mazarin ?

— Non, sur le continent. En banlieue parisienne. Ma mère en crève de chagrin. Et mes deux crétins de grands frères prennent leur père et leur oncle pour des héros.

Simon hésita à insister, mais il ne put s'en empêcher.

— Tu vois…

— Faut pas généraliser, se défendit-elle.

Simon s'en voulait d'enfoncer le clou. Clara semblait pensive. Il revint pourtant à la charge.

— Et tes copains d'école ? Les familles originaires de l'île que tu connais ? Elles sont dans le même cas que la tienne ?

— Arrête, se défendit Clara. Tu me fiches la trouille…

Simon insista encore.

— Ça n'a sûrement jamais été étudié, mais si ça se trouve, Mornesey détient le record du monde d'incarcérations. Pas facile à vérifier, pour une si petite île, surtout si les crimes ont tous été commis ailleurs.

— Arrête ! cria presque Clara en se tortillant sur sa chaise à roulettes. Tu me fous les boules avec toutes tes histoires. J'ai l'impression de voir des truands partout. Tous ceux que je connais et qui sont un peu louches.

— Tu vois, plaisanta Simon. Je te répète depuis un mois que tu ne sors qu'avec des salauds. Mais en fait, ça ne vient pas de toi. Tu n'as pas le choix sur l'île, il n'y a que ça !

— Rigole pas.

Simon sentait que Clara devait faire défiler dans sa tête la liste des types pas trop fréquentables qu'elle avait connus sur l'île. Il porta l'estocade.

— Tous des truands, Clara. Tous du sang de criminels dans les veines. Même toi, Clara. Tu verras, un jour. Je te prédis un crime passionnel !

Clara frissonnait.

Elle avait véritablement peur, maintenant. Simon la trouva soudain bouleversante, ainsi mise en face de ses certitudes qui vacillaient, des drames familiaux qu'elle avait dû supporter en s'inventant un personnage de secrétaire bronzée et délurée. Troublante à trembler dans son chemisier blanc décolleté et sa minijupe en jean. Pour un peu, Simon se serait laissé tenter à la consoler dans ses bras. Voire davantage. Mais non,

Simon se fit la réflexion qu'il la trouvait plutôt jolie, mais vraiment trop âgée.

Clara se leva, semblant incapable de se contrôler.

— T'es plus drôle, Casa. Plus drôle du tout. En plus, après tout ce que tu m'as dit, quand je pense qu'il y a deux malades en cavale dans l'île…

— Un, surtout ! précisa Simon. Ce Jonas je ne sais pas quoi. Jean-Louis Valerino m'a plutôt l'air d'un escroc minable. Ça ne m'étonnerait pas que le Jonas l'ait choisi parce qu'il connaissait bien l'île. A mon avis, il va s'en débarrasser dès qu'il n'aura plus besoin de lui. On va retrouver le cadavre de ton ex-collègue de la mairie dans les heures qui viennent, dans un coin de l'île.

— Tu me fous vraiment les jetons !

Une illumination traversa l'esprit de Simon.

— Ah oui, aussi. J'ai failli oublier. C'est quoi, cette histoire de trésor enterré dans le sol de l'île ? La Folie Mazarin ? L'historien en parle.

Clara le regarda avec incompréhension.

— Décidément, aujourd'hui, t'as décidé de faire dans les contes et légendes.

— Allez…

— C'est pas à moi qu'il faut demander ça. La Folie Mazarin, c'est le rayon de Delpech.

Delpech, bien entendu… Simon savait que Clara craquait pour le journaliste de l'île. Par l'intermédiaire de Clara, il cherchait à récupérer une mine de renseignements sur les coulisses de la mairie. Delpech prenait très au sérieux son indépendance. Il était capable de disserter, devant un pastis, de son rôle indispensable à la démocratie locale sur l'île. Clara était son indic. Simon était au courant de leur manège.

Clara était une romantique. Elle rêvait restaurant, boîte de nuit, promenade sur la plage, et ensuite, seulement ensuite, passer à l'acte. Delpech était pressé, il voulait de l'info, en y perdant le moins de temps possible. C'était un jeu entre eux, Clara l'avait raconté à Simon.

Delpech cherchait à lui tirer les vers du nez et Clara cherchait à le faire mariner. Parfois, Delpech faisait mine de s'en foutre, ou il finissait par dire qu'il aurait le renseignement ailleurs. Parfois, il partait vraiment après l'apéritif et Clara avait alors tout perdu. Clara devait donc elle aussi jouer serré. Elle l'appâtait. Des indices au restaurant, pour le retenir jusqu'en discothèque. *Tout à l'heure, mon chéri*... Parfois, elle craquait. Delpech lui faisait les yeux doux, regardait sa montre ou promettait la lune, et elle balançait ses scoops entre le fromage et la poire. Et elle rentrait se coucher seule à 23 heures.

Delpech et Clara, tout un poème !

— Donc, insista Simon. Pour le trésor de la Folie Mazarin, le spécialiste, c'est Delpech ?

— Tous les étés, il remet ça, expliqua Clara. Cette histoire de Folie Mazarin, je crois d'ailleurs que c'est lui qui l'a remise au goût du jour. Une histoire de trésor, ça fait vendre, tu parles. J'ai jamais lu en détail, mais tu en trouveras plein les pages de *L'Ilien* des années précédentes.

— Un marronnier, précisa Simon.

— Quoi ?

— Non, rien. Continue. C'est sérieux, cette histoire de trésor ?

— Tu parles ! C'est un attrape-touristes. C'est une légende vieille comme tout. J'en ai toujours entendu parler. Il paraît qu'il y aurait un trésor enterré sous l'île.

— Qui s'appellerait la Folie Mazarin ?

— Oui, j'ai jamais trop suivi. Ça a un rapport avec ce type, Mazarin. Un peintre connu, je crois.

Simon pensa un instant qu'elle le faisait exprès, qu'elle jouait un rôle. Il réagit.

— C'était un cardinal ! Un Premier ministre, si tu veux. Le type en statue, sur la place !

— OK. Me prends pas pour une conne. Donc il paraît que ce Mazarin venait parfois sur l'île de Mornesey, et dans une lettre, il aurait écrit qu'il y avait sur l'île un trésor, un trésor sur lequel tous les rois et princes de France louchaient. Après lui, d'autres auraient plus ou moins retrouvé le trésor, mais seraient morts avant de dévoiler le secret. Il y a aussi une histoire de jeune paysan de l'île qui avait redécouvert le trésor, au début du siècle. Ça s'est su, puis il est parti à la guerre en 14 et il y est resté, enfin il y est mort, et depuis… plus de nouvelles, jusqu'à ce que Delpech en reparle tous les étés. Avec cette histoire, il fait courir les touristes aux quatre coins de l'île avec des pelles. Tu penses bien que personne n'a jamais rien trouvé…

La légende excitait la curiosité de Simon. Il se fit la réflexion qu'il fallait qu'il en parle à Delpech.

En apprendre davantage sur ce trésor. Continuer à fouiller les archives. Se tenir au courant sur la cavale des deux prisonniers. En quelques heures, cette île banale était devenue bigrement intéressante. Simon se

95

sentait particulièrement en forme. Clara, à l'inverse, semblait dépassée.

— Faut t'en remettre, Clara.

— T'es vraiment un gamin, Casa, répliqua-t-elle. Un inconscient ! Je te vois partir dans tes délires sur cette île de truands au moment où je te signale qu'il y a deux timbrés en liberté dans l'île. Le maire fait peut-être la connerie du siècle en ne prévenant personne. S'il y a le moindre pépin, ça va faire un scandale pas possible. Et toi, ça te réjouit ?

— Ça devrait te réjouir aussi, Clara.

Clara regarda Simon, sans comprendre.

— Pourquoi ça, Casa ?

— Arrête de m'appeler Casa. C'est Simon ! Mais pour toi, c'est le bon plan. J'ai croisé Delpech devant la citadelle Mazarin. Il a déjà flairé le scoop. Il a même essayé de me soutirer des infos. Ça ne m'étonnerait pas qu'il vienne tourner autour de la mairie pour en savoir plus.

— Tu parles, fit Clara, soudain sérieuse. Là-dessus, je peux rien dire. Je me ferais virer !

— Justement. Toi tu le sais, mais pas lui. Avec une info comme celle des tarés en cavale, pour peu qu'ils ne se fassent pas prendre tout de suite, tu peux faire mariner ton Delpech pendant une semaine, avec bouquet de roses, dîner aux chandelles et tout le tintouin…

— Et voyage à Venise ! ajouta-t-elle, le moral regonflé.

Simon sortit sur le palier de la mairie, huma un peu l'atmosphère de la fin d'après-midi. La voiture de Delpech, au logo de *L'Ilien*, était déjà garée devant la mairie. Il attendait sur le trottoir, détendu, tranquille, la cigarette au bec. Il était presque 19 heures. La mairie allait bientôt fermer et Clara sortir. Didier Delpech fit à Simon un petit signe de tête complice, sans même lui adresser la parole, comme un faucon déjà certain de tenir sa proie.

11

Impertinente incontinence

*Mercredi 16 août 2000, 19 h 15,
camp de la presqu'île sauvage,
île de Mornesey*

Le reste de la soirée passa très vite. La douche, froide, comme d'habitude. Selon les jours, je ressortais soit avec des fringues mouillées, parce qu'accrochées trop près du jet, soit des fringues sales parce que tombées par terre.

Parfois, les deux.

Aujourd'hui, mon short et mon tee-shirt n'étaient qu'humides. Le dîner fut un peu moins immangeable que les autres jours, peut-être parce que deux filles sur les cinq du camp faisaient partie de l'équipe. Les pommes de terre du hachis Parmentier étaient même presque cuites. Puis la veillée. Veillée libre aujourd'hui. Armand vint me chercher pour faire un tarot. Quand je lui dis que j'allais me coucher, il me regarda avec ses yeux ronds de hibou.

— A 9 heures et quart ?

Je restai énigmatique, à la fois pour qu'il me foute la paix, et tout de même un peu pour tester sur lui ce parfum de mystère que j'espérais dégager.

— Faut que je fasse le point, Armand. Excuse-moi.

— Le point ? Sur quoi ? T'as une touche ?

— J'en suis plus là, Armand. Il m'est arrivé un truc incroyable ce soir. Un truc de dingue. Alors il faut que je mette de l'ordre dans ma tête. Que je monte un plan.

— Un plan ?

J'avais connu Armand plus doué en conversation. C'était la preuve que je l'avais attrapé à mon hameçon.

— Ouais, un plan. D'ailleurs, je vais sûrement avoir besoin de toi.

— Sans problème, répondit sobrement Armand.

Avant d'ajouter :

— Je vais en profiter pour draguer un peu. Vanessa m'a l'air chaude à point. Je fonce. Surtout s'il faut que je m'occupe de toi les prochains jours.

Armand était persuadé que je le baratinais. J'adorais. Il allait voir, quand j'allais lui déballer mon histoire, demain matin, si je bluffais.

Armand me laissa. Tous les autres étaient répartis en petits groupes. Certains discutaient ; d'autres chantaient autour d'une guitare ; un troisième groupe jouait au foot. J'étais bien, seul. Je pris le temps de coiffer mes cheveux raides, un peu trop longs, pas assez pour paraître vraiment rebelle. De me brosser les dents. D'enfiler un tee-shirt sec. Puis, seul, j'entrai sous le marabout où nous étions douze à nous entasser pour dormir, une grande tente divisée en deux par un rideau, sept gars d'un côté et cinq filles de l'autre. Je m'enfonçai dans mon duvet, pour ordonner mes pensées.

Je ressentais un bien-être profond. Je ne l'associais pas directement au fait que mon père soit vivant. Une euphorie face à la résurrection d'un être cher, que l'on a tant aimé, que l'on croyait disparu et que l'on retrouve.

Non, ce n'était pas ce sentiment qui m'habitait.

Mon père, je gardais simplement de lui son visage en mémoire, et quelques rares flashs.

Rien ne pouvait me faire dire que « j'aimais mon père ».

Etait-ce monstrueux ou non de penser cela ?

Me mentais-je encore en pensant cela ?

Je n'avais pas la réponse, je constatais seulement que ce sentiment d'amour perdu puis rendu n'était pas celui qui dominait. Ce qui dominait, c'était la logique absolue d'un enchaînement d'événements qui confirmaient mes intuitions. Chacune de mes suppositions tenait du délire, du rêve, du fantasme. Et pourtant, elles se révélaient vraies. C'est cette évidence qui m'emplissait.

J'avais toujours eu raison !

Cette certitude me gonflait d'une force incroyable. Je la sentais pénétrer en moi. Une impression de supériorité sur tous les autres garçons et filles de ce camp. Déjà mon statut d'orphelin me plaçait au-dessus de la mêlée. Mais là… Ça dépassait tout ce que j'espérais. Armand, son tarot et ses plans amoureux minables, Madiha et sa petite fauche de lunettes de soleil ou autres conneries dans les magasins de souvenirs du port, le foot et les vannes vaseuses… Elles me semblaient tellement mesquines, les préoccupations des autres jeunes du camp. Tellement limitées et prévisibles, leurs ambitions. Ils en étaient encore à discuter des derniers films gore qui avaient cartonné. *Promenons-nous dans les bois*. *Blair Witch*. C'était fini pour moi, je n'épiloguais plus sur les films à frissons pour ados en manque de sensations.

J'étais dans le film.

J'en étais le héros.

Une chance ! C'était exactement ce que je pensais. Une chance ! Comme un ado qui découvre qu'il est le plus doué de sa génération pour jouer de la musique, taper dans un ballon ou danser comme un dieu. Un tel ado est certain de ne jamais finir comme les autres, parmi le troupeau. Quel miracle quand on a seize ans ! Avoir la certitude que là où on ira, on sera le seul.

Les onze autres arrivèrent pour se coucher, filles et gars chacun de leur côté. Je fis immédiatement semblant de dormir. J'étais un champion à ce jeu-là, depuis l'âge de six ans. Je me mettais en apnée dans le duvet et je pouvais tenir des heures. Respiration au ralenti. Le corps qui se soulève et qui se baisse, qui se retourne de temps en temps en grognant. Mais bien éveillé, aux aguets. Ma spécialité !

— Il pionce déjà, le fils à papa ?

C'était la voix de Madiha. Dès que les monos étaient sortis, elle quittait le dortoir des filles pour venir chez les garçons s'installer sur un lit vide. Pas pour draguer, tout le camp était au courant qu'elle sortait avec un gars de dix-huit ans qui l'attendait dans son quartier, au Château Blanc, dans la banlieue de Rouen. Mais elle disait préférer les conversations des garçons aux conneries des filles. Madiha, la femelle alpha. La chef de meute au sein de notre communauté, la générale en chef de la chambrée.

Le fils à papa ! Je jubilai. Quand elle allait savoir, Madi. Sa banlieue, son foyer, ses frères en taule, ça pèserait pas lourd, comme déterminisme familial, face à mon destin.

Le rituel classique commença.

Le concours de pets. Les simulations d'orgasmes. Les vannes.

— Arrête de te masturber, Dav, tu fais un trou au matelas.

Petit à petit s'installaient les conversations plus profondes. C'était la voix de David.

— Putain, elle a quand même une sacrée paire de nichons, la Stéphanie. J'arrêtais pas de bander sur le bateau.

— En plus, ils sont vachement fermes, fit la voix d'Armand.

— Comment tu sais ?

— Ben je les ai touchés, tu parles.

Eclat de rire général dans toute la tente marabout. Même moi : j'avais aussi appris à rire, en apnée sous le duvet.

— Tu les as touchés ? demanda Kévin.

— Ouais, fit Armand. Enfin presque, je les ai frôlés. Comme si j'avais pas fait gaffe. J'ai juste mis ma main et j'ai dit pardon.

Silence.

Et dire que ces crétins étaient en train de gober tout ce qu'inventait Armand ! Ces débiles n'avaient toujours pas compris son jeu ?

— C'est vrai ? fit l'un d'eux, Yohan sans doute.

— Ouais ! continua Armand. Je te dis, fermes comme des petits melons.

— C'est peut-être des faux, dit une voix que je reconnus pour être celle d'Hugo. Des nénés en plastique.

— En silicone, crétin ! lança une voix indéterminée.

— Ils ont pas fait pouet-pouet non plus, les nibars de Steph, quand tu les as pelotés ?

C'était Madiha ! Bien envoyé. Je souriais sous mon duvet.

L'éclat de rire fut général sous la tente.

Trop général.

J'entendis distinctement des bruits de pas dehors, les cailloux de l'allée. Les pas de Madiha qui filait dans le dortoir des filles. Puis, aussitôt, la lampe torche dans la figure de chacun des sept ados. Yoyo gueula :

— C'est pas bientôt fini, votre bordel ? Ça va pas recommencer comme tous les soirs ?

— Eh oh, fit Yohan, on est plus des mômes !

— Montre-le, alors ! Il y en a qui veulent dormir. Ça s'appelle le respect.

— Qui ça ? Qui veut dormir ? insista Hugo.

Ce crétin de Yoyo braqua sa lampe torche sur moi.

— Colin Remy, par exemple.

Quel con, ce Yoyo, je ne lui avais rien demandé ! Il était encore en train de me mettre toute la tente à dos. Il insista, en plus.

— Il s'est couché à 9 heures parce qu'il était crevé. Déjà qu'à la voile, c'est pas drôle pour lui !

Mais quel con, ce Yoyo ! Si je ne m'étais pas retenu, j'aurais surgi de mon duvet pour lui faire avaler sa torche. Patience. Dans mon silence de faux dormeur, je dominais la situation.

— Et nous, on a du boulot, continua Yoyo. On a la journée de demain à préparer. Alors soyez sympas. Vous causez en silence.

Nouvel éclat de rire dans la tente.

— OK, Yoyo, on va causer en silence, insista Kévin.

Yoyo finit par essayer de la jouer complice.

— Je vous fais confiance, les gars. On est crevés, nous aussi.

Il y eut plusieurs « Oui » ou « OK » compréhensifs. Yoyo devait être content. Il s'en sortait bien. Mais Armand remit le couvert.

— La prochaine fois, ça peut pas être Stéphanie qui vient nous voir ?

Yohan enchaîna.

— Elle peut pas, elle est déjà à poil !

— Pas grave, fit une voix anonyme.

Armand reprit la main.

— Soyez sympas, les gars. Laissez Yoyo aller retrouver Steph. Il vous l'a dit. Ils ont du boulot tous les deux…

Nouveau fou rire sous la tente. Yoyo finit par sortir furieux.

— Si vous arrêtez pas votre bordel, c'est le père Duval qui va venir !

Pas un n'osa demander : « A poil ? »

Le père Duval, c'était un autre calibre. Même Madiha et Armand rampaient devant lui. Il était quasiment impossible de prévoir ses réactions, mais le bouche-à-oreille du camp évoquait des châtiments terribles. Le père Duval se déplaçait rarement. C'était presque toujours Yoyo qui s'y collait. Pour ma part je participais peu à ces joutes verbales nocturnes. Mais j'appréciais. Sauf que ce soir, Yoyo m'avait foutu dans la merde. Une fois Yoyo parti, Madiha poussa le rideau et revint dans le dortoir des gars.

Elle fut la première à reprendre la parole, plus doucement que tout à l'heure, chuchotant presque, comme pour ne pas me réveiller.

— Il commence à nous faire chier, le fils à papa. Je la connais, cette race de fayots. Y en a plein au foyer. Va falloir lui faire comprendre.

Elle parlait de moi.

Ne rien répondre. Faire semblant de dormir. Puis agir, au bon moment.

Petit à petit, ils se turent. Il y en avait toujours un pour tenter une dernière vanne, et quand alors personne ne répondait, c'est que c'était la fin. On entendait généralement un dernier « Hé, vous dormez ? », plus chuchoté que parlé. Puis c'était terminé.

Dodo tout le monde.

De mon lit, j'entendais les respirations de plus en plus régulières. Il ne me restait qu'une poignée de jours dans ce camp. Thierry et Brigitte arrivaient samedi. Je voulais à tout prix retrouver mon père avant qu'ils soient là. Ensuite, ce serait compliqué. Affronter le tabou. S'expliquer. Les croire ?

Croire quoi ?

Il fallait agir avant.

Je listai les questions auxquelles je devais répondre : que faisait mon père sur l'île ? Où habitait-il ? Comment s'appelait-il aujourd'hui ? Et surtout : pourquoi m'avait-on fait croire qu'il était mort depuis dix ans ?

Il me fallait repartir de zéro. Tout vérifier. Des noms et des lieux m'apparaissaient comme évidents : téléphoner à mamy Madeleine. Retourner voir Martine, ma nourrice, si elle habitait toujours sur l'île. Visiter l'abbaye Saint-Antoine pour retrouver des informations sur ce fait-divers, il y a dix ans, et sur l'association de mon père. Peut-être trouver un journaliste de *L'Ilien*, ce quotidien local, dont le siège est à Saint-Argan. Ils possédaient sûrement des archives. Ce n'était pas le boulot qui allait me manquer... Ni la détermination.

Ce qui allait me manquer, c'était du temps.

Les quartiers libres d'une heure, et en groupes, n'allaient pas suffire. Comment agir ? Tout expliquer au père Duval ou à Yoyo ? Autant aller directement tout raconter à Thierry ou Brigitte. A partir de ce moment-là, je ne pourrais plus faire un seul pas tranquille. En parler à Steph ? Pourquoi pas ? Mais ça me semblait tout de même trop risqué. Elle n'allait pas s'amuser à couvrir un mineur, orphelin, dans une telle histoire de fous.

Fuguer ?

C'était bien sûr la solution. Mais pour faire mes recherches, il fallait que j'agisse à découvert, dans des lieux publics. Fuguer pour me cacher ne servirait à rien. Et puis, fuguer sur une île... Non, la seule solution était simple, évidente : mettre quelques copains dans le coup, qui pourraient me couvrir en cas de besoin.

Dès demain, j'allais quitter le camp aussi tôt que je pourrais. Si un adulte me cherchait, mes complices me couvriraient : « Colin ? Il est sous le marabout, en train de dormir », ou bien « Il est parti pisser, il revient », « Je l'ai vu il y a cinq minutes, il est parti poster une lettre », « Il est un peu plus loin, dans le champ, il lit, il voulait s'isoler. »

Armand, évidemment, était le pote idéal pour ça. Il comprendrait, il mentirait à merveille, il avait l'imagination et l'aplomb nécessaires. Le seul problème, c'est qu'on était tellement toujours fourrés ensemble, tous les deux, qu'il ne pourrait pas me servir très longtemps de couverture crédible. Mon absence ferait rapidement très louche.

Il me fallait un autre complice… Si possible le moins con de la bande, après Armand, et plus courageux que lui pour avoir le cran de me défendre devant Yoyo et même le père Duval. Il fallait enfin que personne ne puisse se douter d'un deal entre ce complice et moi. Son nom s'imposa tout de suite comme une évidence. Madiha.

Sans aucun doute, Madi, la chef de meute, était la complice idéale.

Restait à la convaincre !

Il était 2 heures du matin.

Accroupi près de son lit, je secouais Madiha. Elle ouvrit un œil fatigué.

— C'est vrai que tu sors avec Armand ?

Elle mit un certain temps à se convaincre qu'elle ne rêvait pas. Juste au moment où elle allait attraper le col de mon tee-shirt et sans doute me balancer les pires injures à la figure, je me reculai et répétai en chuchotant :

— C'est vrai que tu sors avec Armand ?

Par instinct, Madiha chuchota aussi.

— Tu me fais quoi, là ?

— Il paraît que tu sors avec Armand.

— Tu me réveilles pour me balancer une telle connerie ?

Elle s'était assise dans son lit. Elle me fit penser à un cobra qui se redresse avant de piquer.

— C'est pas une connerie. Armand me l'a dit. Il paraît que vous vous embrassez dans les chiottes. Et même plus que ça. Moi aussi je vous ai vus, on sera deux à confirmer.

— T'es un malade… Grave. On va te tuer !

Je m'assis sur son lit. Sans lui demander la permission.

— Qui ça, on ? Je crois que les autres, ça va plutôt les faire marrer que tu te tapes le petit poilu à lunettes. Tu les connais, les mecs, et pire encore les filles. Madi et le gremlin. Et tu te doutes qu'Armand sait bien les alimenter, les ragots, et moi aussi, tu verras. Il a de l'imagination, le fils à papa de la race des fayots (je laissai filer un court silence). Ton autorité va en prendre en sacré coup ! Sans oublier ton copain, ton fameux copain qui t'attend, s'il apprend la rumeur…

Les yeux noirs lançaient des poignards.

— Je sais pas à quoi tu joues, le fils à papa, mais attends-moi là, je me lève, je vais chercher mon Opinel, je reviens et je te crève !

— OK, vas-y, pendant ce temps-là, je pisse sur ton lit.

— Qu'est-ce que t'as dit ?

— Je crois que t'as bien compris. Je pisse sur ton lit. Ou j'attends demain matin, quand tout le monde sera à la douche… Ou en pleine nuit pendant que tu dors.

Madiha ne comprenait toujours pas.

— T'es un pervers, c'est ça ? Un putain de pervers ? Dès ce matin, je réunis un jury populaire et on te fait ton affaire. Quand je vais tout raconter aux autres, je crois direct qu'on va te les couper.

Je me forçai à lui sourire. Sûr de moi. En apparence du moins.

— Et tu penses qu'ils vont te croire ? Que le fils à papa qui dort à poings fermés, c'est lui qui vient pisser sur ton lit ? T'imagines qu'ils vont avaler ça ? Ils vont peut-être faire semblant de te croire pour te faire plaisir, mais qu'est-ce qu'ils vont se foutre de toi dans ton dos ! Madi, la terreur. Elle pisse au lit !

Madi avait compris. Le cobra ramollissait façon polochon. Je devinais ce qu'elle pensait : passe encore que tout le camp croie qu'elle ait pu embrasser Armand, mais rien ne pouvait lui arriver de pire que de se faire traiter de pisse-au-lit. Par-derrière. De ne pas pouvoir se défendre. Tout ce qu'elle ferait pour argumenter, ses explications ou ses menaces, persuaderaient encore un peu plus les autres qu'elle se faisait dessus dès qu'elle dormait.

— Je vais te tuer, affirma calmement Madiha le cobra dans un dernier sursaut. Pas besoin des autres. Je vais te buter.

Elle fit mine de se lever. Je posai ma main sur son épaule.

— Bouge pas ! Sinon, c'est moi qui fais du bruit et qui réveille les autres. Avant de foncer dans mon lit. Et je reviens dans une heure, ou demain, ou après-demain. Tu vas pas pouvoir toujours me surveiller. Faut bien que tu dormes !

Madiha commença à me regarder autrement. C'est ce que je voulais. Elle décelait en moi une absence totale de peur. Elle devait savoir reconnaître ça.

La détermination. Ça devait la surprendre de la découvrir chez moi. De la découvrir aujourd'hui.

— Qu'est-ce que tu veux ? C'est parce que je t'ai traité ?

— Non. Je m'en fous.

Je marquai un nouveau silence calculé.

— Il faut que tu m'aides, Madi.

Elle me fixa et je compris qu'elle me considérait comme un fou dangereux. Tant mieux.

— Que je t'aide ?

— Ouais.

Je lui balançai alors mon histoire, toute mon histoire. Cela prit une demi-heure. Elle semblait fatiguée mais elle écouta tout. Fascinée. A aucun moment elle ne mit en doute ma version, avec des questions du genre : « Tu es sûr que c'est bien ton père ? » A ses yeux, j'avais pris une autre dimension. Elle devait voir en moi quelque chose d'un peu mystique. J'avais l'impression que désormais je pourrais tout, absolument tout demander à Madi. Elle avait l'air maintenant fière que je l'aie choisie comme complice. Au moment où j'allais retourner dans mon lit, elle me glissa simplement :

— OK, Colin. Je te couvrirai. T'as bien fait de faire appel à moi !

Et elle ajouta en se marrant :

— C'était pas la peine de me menacer de pisser sur mon lit. Et encore moins de raconter ces craques avec Armand !

— Tu t'en sors bien, répondis-je. Pendant un moment, j'avais pensé raconter que t'invitais des filles à jouer sous tes draps.

— Qui te dit que je ne l'ai pas fait ?

12

Bain de minuit

Mercredi 16 août 2000, 23 h 49,
plage de l'anse de Rubis, île de Mornesey

— Tu viens te baigner ?

Candice était allongée à côté de Simon. Elle portait une petite robe de tissu dont la texture rappelait le lin. Jaune paille. Dans l'obscurité de la plage, seulement éclairée par un réverbère lointain, le tissu se confondait avec le sable. De Candice, Simon ne distinguait que deux jambes bronzées coupées à mi-cuisses, un bras qui s'enroulait sur sa poitrine en cherchant à déboutonner sa chemise et un buste gracile, sculpté jusqu'à la naissance des seins. Les cheveux blonds de Candice se dissimulaient eux aussi dans l'or du tissu et du sable : le visage de la jeune fille paraissait flotter dans l'air, jolie figure dont un marion-nettiste invisible animait le sourire et les yeux de chatte.

Simon ne bougea pas. Il n'arrivait pas à penser à autre chose qu'à cette histoire de détenus en cavale et cette thèse qui présentait l'île de Mornesey comme un nid mafieux.

Il s'était en partie confié à Candice, sans donner de détails ni de noms. Elle l'avait écouté, patiente, compréhensive. Attendant la suite. Pour l'instant, l'absence d'initiative amoureuse de Simon semblait exciter Candice.

Tactique osée, risquée… et éphémère.

— Candice, tu bosses bien au guichet des ruines de l'abbaye ? demanda Simon. T'es étudiante en histoire, c'est bien ça ?

Le premier bouton de la chemise de Simon sauta. Une main explora sa poitrine. Le contact froid d'un bracelet le fit frissonner.

— Ouais, en cinquième année. Je prépare un mémoire sur les tyrans antiques. Périandre de Corinthe, plus exactement. Un type sans scrupules qui a tué sa mère et sa femme. J'adore… Je ne sais pas quel travail je trouverai avec ça, mais ça m'a au moins permis de décrocher un taf à l'abbaye, au bord de la mer, pour cet été… D'ailleurs, on y va, se baigner ?

Un deuxième bouton sauta. La main experte descendait. Le bracelet roulait sur sa peau. Simon insista.

— Tu dois bien connaître l'histoire de l'abbaye Saint-Antoine ? Les souterrains, les trésors cachés, Mazarin ?

Troisième bouton.

— Je suis en vacances, là, mon grand ! Excuse-moi mais je ne suis pas venue te rejoindre pour parler de ces ruines qui attirent moins de dix pékins par jour… C'est plutôt à toi de m'en dire plus, non ? T'es bien chargé de la sécurité de ton île de truands ? Tu dois bien avoir une affaire glauque à me raconter, un meurtre, quelque chose d'excitant.

— Tu n'imagines même pas… Mais tu ne sauras rien. Désolé. Confidentiel défense !

— Comme tu veux.

Les doigts de Candice agacèrent un instant les poils blonds du torse de Simon, puis, brusquement, s'envolèrent.

— Si tu ne te décides pas, moi j'y vais !

Candice se leva d'un bond. La robe de sable tomba d'un coup, sans un bruit.

La belle savait ce qu'elle faisait.

Les brigands de l'île depuis deux siècles, Jonas Nowakoski et Jean-Louis Valerino, Mazarin et ses moines, tous disparurent comme par enchantement de la scène des pensées de Simon. Fin de l'acte. Cachés par un délicat rideau de dentelle blanche, un fin string blanc et un soutien-gorge à balconnet dont Simon n'avait pu admirer jusqu'à présent que les bretelles sur les épaules brunes de Candice.

La jeune fille dominait Simon. Elle acheva de se déshabiller avec un naturel désarmant. Le soutien-gorge sauta en un tournemain, chuta négligemment, disparut dans l'ombre comme s'il n'avait jamais existé.

Le cœur de Simon battait à se rompre.

La belle leva une jambe dans un équilibre de danseuse étoile. La culotte en dentelle glissa le long d'une cuisse, puis de l'autre.

Simon détourna les yeux, galant, pudique.

Un court instant.

L'offrande de dentelle atterrit par surprise sur son visage, recouvrant tout à la fois ses yeux, son nez et sa bouche.

Presque tous ses sens. La diablesse savait viser.

— Tant pis pour toi.

Un rire de nymphe joyeuse se perdit dans l'immensité de l'anse de Rubis.

— C'est… c'est interdit, bredouilla Simon.

Aucune autorité !

Candice lui tournait déjà le dos, marchait vers la mer.

Les vagues venaient lécher le sable à une vingtaine de mètres d'eux. La mince écume s'étirait en un trait de clarté, dessinant des lignes improbables, changeantes, comme des mots griffonnés puis jetés dans l'océan, vers le continent, dont on devinait les lueurs, au loin.

Simon s'assit sur le sable. Subjugué. Ses yeux remontèrent successivement sur l'adorable paire de fesses qui s'éloignait, la fine taille qu'une bouée d'enfant aurait pu entourer, la ligne d'un dos nu accrochant la fragile luminosité.

Parfaite.

L'ombre étirait la silhouette de Candice, transformant son corps de petite poupée en déesse longiligne.

Elle disparut dans l'eau. Quelques minutes, tout au plus. Simon n'eut même pas le temps de s'inquiéter, ou d'hésiter à la rejoindre.

Elle ressortait déjà. Souriante. Ruisselante. Soutenant le regard de Simon, l'appelant à l'indécence.

Ses deux tétons pointaient sous l'effet du froid, pigmentant deux petits seins, presque sans aréoles, comme les deux cratères d'un jeune volcan.

L'eau gouttelait le long de son corps.

Tout en marchant, Candice pivota en une volte discrète. Elle se cambra, lissa d'une main ses cheveux sur sa nuque, offrit son visage, ses seins, son sexe à la lune.

Au regard de l'homme, aussi.

Tout était préparé, Simon n'était pas dupe. Chaque geste avait été calculé, répété. Il n'était sûrement pas le premier à assister au spectacle. Il s'en fichait bien, pourvu qu'il ait droit à sa séance privée.

Candice prenait son temps, progressait à pas lents, d'une démarche de crabe sexy. Comme si le sable la désirait pour lui aussi.

Une fille de carte postale érotique, pensa Simon, un corps de rêve sur fond de coucher de soleil.

Bons baisers de Mornesey.

Une fille de papier glacé dont il allait pourtant serrer la chaleur contre lui, dans quelques instants.

Simon resta assis. Candice avança encore.

Trop lentement. Simon n'en pouvait plus.

Pas une seule marque claire ne défigurait son corps bronzé. Par quel miracle, toute la journée coincée derrière son guichet ?

Mystère féminin.

Quelques centimètres encore.

Elle se tenait debout devant lui. La ravissante Candice était une vraie blonde.

*
* *

Candice renversa Simon d'une chiquenaude. Elle minauda d'une voix sensuelle :

— Alors, mon détective, toujours pas d'enquête sordide à me confier ?

Le corps nu s'allongea sur Simon. Mouillé. L'inonda.

Elle prit à peine le temps de déposer un baiser sur ses lèvres, descendit sur son torse.

— Mon petit Bruce Willis. Rien que pour moi…

Descendit encore. Simon ferma les yeux, empêtré de désir, les mains ballantes, hésitantes, entre les fesses de Candice et la boucle de son ceinturon.

La détonation déchira la nuit.

Un coup de feu.

A quelques mètres d'eux.

Simon bascula, en un réflexe, protégeant de tout son poids le corps de poupée qui l'embrassait encore.

Le silence, à nouveau.

— Attends-moi.

Le ton de Simon ne souffrait aucune discussion. Candice resta allongée. Vivante. Tremblante.

Simon rampa dans le sable. La détonation venait du nord. Une arme à feu, sans aucun doute. Dans la pénombre, il ne distinguait pratiquement rien devant lui.

A la réflexion, le coup avait peut-être été tiré de plus loin, le vent pouvait avoir porté le bruit sur des centaines de mètres. L'anse de Rubis était la plus grande plage de l'île, elle s'étendait sur plusieurs kilomètres. Simon se redressa un peu, continua d'avancer, recroquevillé, presque à quatre pattes, s'aidant de ses mains pour progresser dans le sable fin. Analysant à toute vitesse la situation. Un coup de feu en pleine nuit, sur la plage. Deux fugitifs, Jonas Nowakoski et Jean-Louis Valerino. Faire le lien, aller voir, progresser dans l'obscurité.

Le second coup de feu le cloua au sol.

Simon demeura quelques instants immobile. Pétrifié. Il cracha le sable qu'il avait avalé dans son plongeon.

La seconde détonation provenait également du nord. Dix mètres ? Cinquante mètres ? Cent mètres ?

Comment savoir ?

Simon écarquilla les yeux.

Nom de Dieu ! Il savait, maintenant.

Vingt mètres exactement !

Deux corps immobiles gisaient, empilés l'un sur l'autre, sur le sable, juste devant lui. Abattus presque devant ses yeux.

Simon rampa à nouveau, sans réfléchir, sans calculer. Les deux corps n'étaient plus qu'à quelques mètres, peut-être toujours sous la mire du tueur invisible.

Il était une cible idéale. Il était fou !

Il avança encore pourtant. Sa main se posa sur le premier corps. Une veste de toile grise. Un frisson parcourut Simon. C'était la première fois qu'il touchait un cadavre. Le corps était encore chaud.

Comme si…

Le cadavre se redressa d'un coup, son bras troua l'obscurité et s'abattit violemment contre la poitrine de Simon. Avant de s'écrouler, Simon parvint à s'agripper au pan de la veste. Les deux corps roulèrent dans le sable. Simon reprit un court avantage et tenta d'immobiliser le bras de son adversaire en le lui bloquant dans le dos.

— Bouge pas ou je te le casse, ordonna Simon.

En guise de réponse, l'ombre tendit son bras libre et empoigna à pleine main une touffe de cheveux. Simon hurla, lâcha sa prise. Un coup de pied dans le ventre le tordit de douleur. Le cadavre, particulièrement en forme, crut qu'il pouvait se relever, mais

Simon n'abdiquait pas, il roula sur lui-même, entraînant l'homme dans sa chute. Le poing de Simon toucha une épaule, les reins. L'autre encaissa en grognant, se préparant à répliquer. L'individu pesait dix bons kilos de plus que Simon. Il s'arc-bouta en soufflant.

— Petit enculé...

Simon respira un instant. Recula d'un pas.

— Séc... sécurité de l'île.

Formule magique !

Le cadavre retrouva soudain une position statique. Les deux hommes se dévisagèrent, exténués par la brève et intense lutte. Une voix féminine perça le silence, deux mètres derrière eux. Le second macchabée, pensa Simon, pas plus mort que le premier.

— Denis, arrête !

Simon hoqueta. Devant lui se tenait un type d'une cinquantaine d'années, la chemise déchirée sur un ventre de représentant de commerce, des gouttes de sueur dégoulinant de son crâne chauve. Une tête de brave type. La femme derrière lui devait avoir à peu près le même âge et tenait serrée contre elle une veste mi-longue. Le regard indiscret de Simon glissa, se posa sur un fin string rouge abandonné dans le sable, juste à côté d'une jupe, rouge également.

La femme grelottait. Ecarlate de honte.

— Vous... vous avez aussi entendu les coups de feu ? fit Simon, dissimulant mal sa gêne.

— Heu, oui, admit le quinquagénaire. On savait pas d'où ça venait, on a cru qu'on nous tirait dessus. Surtout après le deuxième coup de feu. J'ai... j'ai protégé ma Suzanne. On... on a fait les morts.

Un couple d'amoureux ! Vraisemblablement sans strip-tease ni bain de minuit, mais d'amoureux tout de même.

Simon pesta intérieurement contre sa stupidité.

— C'est… c'était quoi ? continua Denis.

Simon ne répondit pas. Tout semblait calme désormais sur la plage. Il n'y avait pas grand-chose à faire, à part attendre le lendemain matin, effectuer un signalement. Il y aurait sûrement d'autres témoins. D'autres couples.

Et peut-être bien un cadavre, ou deux, quelque part sur l'île.

13

Hibou incrédule

Jeudi 17 août 2000, 2 h 47,
camp de la presqu'île sauvage,
île de Mornesey

En me recouchant, je sentais à nouveau cette immense force m'habiter. Rien ne pourrait m'arrêter.

A 5 heures du matin, alors que tout le monde dormait encore, y compris Madi, je réveillai Armand. Il me fit encore une fois le coup des yeux de hibou. Je le secouai un peu avant de lui servir mon histoire. Il s'endormit plusieurs fois pendant mes explications. J'étais en permanence obligé de le bousculer. Il faut dire que j'essayais de ménager le suspense, de ne pas parler tout de suite de mon père vivant, sur le port. Lorsque j'en arrivai à l'épisode des menaces sur le lit de Madi, leur pseudo-flirt inventé, il se réveilla d'un coup.

— T'as pas fait ça ? Je vais pas sortir avec cette Walkyrie !

— Cette quoi ?

— Cette Walkyrie. Les guerrières de la mythologie nordique qui entraînent les hommes en enfer.

— Madi n'a pas vraiment le type nordique !

— T'inquiète, je me comprends. L'Internationale des castratrices qui n'aiment que les connards body-buildés.

Je soupirai, puis je racontai ma seconde menace, pisser sur le lit de Madi. J'eus l'impression qu'il s'agissait cette fois pour lui d'un acte incroyablement chevaleresque. Enfin, je conclus sur la Ford Transit Connect blanche et mon père vivant, la conduisant. Tout de suite, la réaction d'Armand ne fut pas celle que j'attendais. Il me regarda droit dans les yeux.

— Tu délires, Colin ! J'y crois pas une seconde, à ton histoire.

— Comment ça, t'y crois pas ?

— Non, j'y crois pas !

— Tu penses que je baratine ?

— Non. Je ne pense pas que tu baratines. Ni que tu mentes. Je pense que tu te trompes. D'abord, comment tu as pu le reconnaître, ton père ? Tu ne l'as pas vu depuis des années. Quand on a six ans, on ne se rappelle pas les visages des gens qu'on ne revoit pas.

— Si, à six ans, on se rappelle ! Et le visage de mon père, je le vois tous les jours depuis dix ans. Tous les matins et tous les soirs ! Mon oncle et ma tante, quelques jours après le décès de mes parents, m'ont laissé une photo de mon père et de ma mère. Un agrandissement. Une photo encadrée. Je l'ai mise sur ma table de nuit. Ils ne m'ont jamais parlé de mes parents, mais au moins, pour éviter que je ne les oublie tout à fait, ils ont fait ceci. Une photo de nous trois.

Moi, mon père, ma mère. On pose tous les trois avec un grand sourire devant l'abbaye, sous le soleil de l'île de Mornesey. En gros plan. Alors tu vois…

— Mouais…

— Et il y a un peu plus d'un an, en fouillant dans les tiroirs de mon oncle, j'ai découvert une boîte de photos. Des photos de moi de zéro à six ans. Et des dizaines de photos de mes parents. Sur l'île et même avant. De leur mariage. De leurs vacances. J'ai même trouvé un film !

— Un film ?

— Ouais, une cassette vidéo. Un petit film tourné au caméscope par ma tante, sur l'île. Deux trois minutes, pas plus.

— Et il y a quoi, sur ce film ?

— Presque rien. Des adultes en train de bouffer dehors, autour des ruines de l'abbaye. Je suis aussi sur le film, j'ai cinq ou six ans. Je joue à côté.

— Et il y a ton père sur le film ?

— Oui.

— Ton père et ta mère ?

J'hésitai, imperceptiblement :

— Oui.

Effectivement, j'avais bien reconnu mon père et ma mère sur ce film. Ma mère riait tout le temps. Elle portait une grande assiette de crudités et servait les convives, belle, heureuse. Mais mon père n'était pas assis à côté d'elle. Il était placé à l'autre bout de la table, à côté d'une fille très jeune, très jolie aussi, sportive, rousse, coiffée très court à la garçonne, habillée très court aussi. La caméra effectuait un lent travelling, plan large, le long des convives. Sous la table, ma mère ne pouvait pas le voir, elle se tenait en face, mon père caressait la cuisse dénudée de la jeune fille, qui n'avait pas l'air de s'en plaindre. L'attitude de mon père ne laissait aucun doute. Discrètement mais longuement, il glissait même sa main sous la jupe de la fille. D'après mon âge, le film avait dû être tourné quelques mois avant le décès de mes parents.

— On vieillit, en dix ans, continua d'argumenter Armand.

— Pas tant que cela. On ne vieillit pas vraiment entre trente-cinq et quarante-cinq ans. Et puis merde, puisque je te dis que je l'ai reconnu, que je sais que c'est lui. Tu peux me croire, non ?

Armand n'était toujours pas convaincu.

— Tu trouves ce que tu es venu chercher ! A cause de la prophétie de ta mère, comme tu dis. « Tu le retrouveras, ton papa. » Tu crois ton père vivant alors qu'en réalité, elle te parlait du paradis et du bon Dieu. Logique ! Alors tu reviens ici en espérant revoir ton père vivant. Le premier type qui passe et qui lui ressemble, tu le prends pour lui. Comme le caneton qui prend pour sa mère la première chose qu'il voit en sortant de l'œuf, même si c'est un pneu ou une godasse. Logique, je te dis.

— Il n'y a pas que la prophétie de ma mère, Armand. Il y a des preuves aussi. Des tas de preuves.

Armand se redressa dans le lit, me regarda avec un sourire de juge d'instruction devant les arguments de l'avocat d'un mafioso.

— Vas-y. Je t'écoute !

— Tu vois, mon oncle et ma tante savent que mon père est vivant. Jamais ils n'en ont parlé devant moi, mais ils ont fini par se trahir, de temps en temps. Du genre, j'ai surpris des conversations au téléphone, entre Thierry ou Brigitte et d'anciens amis restés sur l'île de Mornesey, des phrases comme « Dis-lui bonjour. Dis-lui que tout va bien. Que Colin va bien ». Et quand je demande : « Qui ça, lui ? », leur réponse est toujours gênée : « Personne. Tu ne te souviens pas. »

— Tu appelles ça des preuves ? fit Armand en bâillant.

Armand me gonflait ! Madi avait accepté ma version sans poser la moindre question !

— C'est pas tout. Il y a aussi cette façon, de la part de Thierry et Brigitte, de parler de mon père au présent, de dire « Jean est ceci », « Jean pense cela »… Mais tu vois, jamais ils ne prononcent le prénom de mon père en ma présence. Ils ne le font que lorsqu'ils parlent entre eux, toujours lorsqu'ils me croient endormi. Avec le temps, je vais te dire, je suis devenu un véritable professionnel de la simulation du sommeil profond.

— T'as de la chance.

Armand peinait à garder les yeux ouverts. Je le secouai par les épaules.

— Attends. J'ai pas fini ! J'ai accumulé d'autres preuves. Bien avant le film, j'ai découvert des cartes postales signées *Jean*, dans le vieil album de photos de famille, caché dans l'armoire de la chambre de mes oncle et tante. Interdiction formelle d'y pénétrer. J'ai fouillé et trouvé une dizaine de cartes postales, reçues sur une période de dix ans, la première envoyée lorsque j'avais moins de sept ans. Toutes les cartes ont été postées de l'île de Mornesey ou des environs, de plages ou de villes de la Manche, Portbail, Barneville, Chausey,

Siouville. Elles contiennent à chaque fois des conneries du style : *Il fait beau, à part le vent. Tout se passe bien. J'espère que vous aussi. Je pense au petit.* Mais surtout, écoute-moi bien, elles sont toutes signées *Jean*. Alors, qu'est-ce que tu en dis ?

La réponse d'Armand cingla.

— Qu'il y a plus d'un Jean au bord de la Manche, ducon, et que tu ne connais sûrement pas l'écriture de ton père.

Ce type était capable de raisonner tout en dormant debout. Qu'il m'énervait !

— OK, mais s'il ne s'agit que de cartes postales banales, pourquoi les cacher alors ? Les conserver et les cacher ?

— J'en sais rien. Tout le monde fait ça, non ? Garder ce genre de trucs.

— Attends ! Une fois, j'ai également retrouvé au fond des poches de Thierry, dans le panier à linge, un Post-it griffonné par Brigitte : *Jean a téléphoné. Le rappeler demain, pendant que Colin est à son cours de théâtre.* Je l'ai pas inventé !

Armand bâilla à nouveau, regarda son poignet et sembla regretter qu'aucune montre n'y soit attachée.

— Si tu veux vraiment savoir, j'en pense que fouiller et espionner en permanence son oncle et sa tante, leur faire les poches ou retourner les tiroirs dès que tu te retrouves seul, c'est l'attitude d'un gars qui vire dingo et qui ferait mieux d'aller voir un psy.

Quel abruti !

— Tu fais chier ! Il y a aussi Madeleine, ma grand-mère paternelle. Elle est la seule qui prononce devant moi ouvertement le prénom Jean. A chaque fois, ça me fait sursauter. Je vois bien que ça gêne aussi terriblement mon oncle et ma tante. Ils lui font des signes discrets pour qu'elle se taise devant moi. Mais elle ne se tait pas et parle de mon père au présent. Toujours des compliments. Du genre : « Ton père est quelqu'un qui possède beaucoup d'imagination, comme toi. » Thierry lance à chaque fois des yeux furieux, mais…

— Pourquoi tu leur en parles pas ? coupa Armand.

— A qui ?

— A ton oncle et ta tante, ducon ! Pas au fantôme de ton père. Ils arrivent bien samedi ? Pour ton anniversaire. T'as qu'à attendre !

J'explosai, au risque de réveiller tout le monde sous la tente.

— Tu ne veux pas comprendre ? Si on me cache la vérité depuis dix ans, qu'on me ment, c'est qu'il y a une raison. Quelque chose d'important. Quelque chose de grave, de dangereux peut-être. Ils ne vont pas me le cracher comme ça !

— T'as raison, chuchota Armand. Je peux pas comprendre. Je te filerai un coup de main si tu veux. Demain. Ça pourrait même m'amuser. Mais ne compte pas sur moi pour gober ton histoire de mort-vivant.

Armand se tourna sur le côté et s'endormit presque aussitôt. Un simulateur professionnel, lui aussi ?

Je revins vers mon lit.

Attendre samedi ? En parler à mon oncle et ma tante ? Ça aurait été tellement plus simple.

Sauf que c'était impossible.

Dix ans de non-dits ne se brisent pas.

Armand n'avait rien compris, il était trop rationnel, trop vieux dans sa tête. Je ne voulais pas un instant imaginer qu'il puisse avoir raison. J'inventais tout. Je prenais mes désirs pour des réalités.

Madi m'avait bien cru, elle.

Vers 6 heures du matin, je m'endormis.

*
* *

Un rire terrifiant me réveilla en sursaut.

Une silhouette sombre se penchait sur moi. Je ne distinguais qu'une capuche de moine sans visage, et deux yeux fous, rouges.

Une bouche sans dents.

Et une voix d'outre-tombe qui hurlait : « La Folie Mazarin, la Folie Mazarin ! »

L'ombre sans visage se pencha vers moi comme pour m'aspirer. Comme si j'allais entrer entier sous sa capuche.

Je regardai autour de moi. Tous les autres lits étaient vides.

Je me pinçai pour vérifier que c'était bien un cauchemar, que j'allais me réveiller.

Mais je ne rêvais pas.

J'étais bel et bien réveillé.

Seul sous la tente face à ce monstre.

14

Délit de fuite

Simon Casanova descendit du petit studio qu'il occupait pendant les deux mois d'été, au-dessus du Grand Cormoran. Mal réveillé. Il avait peu dormi, cinq heures, à peine. La veille, sur la plage de l'anse de Rubis, après les coups de feu, il avait retrouvé Candice. Elle l'attendait, toujours aussi nue, sans un centimètre de chair de poule, comme capable de bronzer sous la lune. Ils avaient fait l'amour rapidement. Maladroitement. Lui, au moins. Simon n'arrivait pas à penser à autre chose qu'à ces détenus et ces coups de feu. Ils s'étaient séparés vers 1 heure du matin, Candice ouvrait le guichet des ruines de l'abbaye Saint-Antoine à 9 heures. Elle n'avait pas l'air déçue, au contraire, c'est elle qui lui avait fixé un rendez-vous pour ce soir, dans sa garçonnière cette fois.

Simon renonçait à comprendre la psychologie féminine. En sortant, sur la place, son regard fut tout de suite attiré par les affiches de *L'Ilien*. Didier Delpech avait pris l'habitude de coller très tôt le matin, dans toutes les rues de Mornesey, des affiches blanches et rouges informant des titres de *L'Ilien*.

Ce matin-là, Delpech n'y était pas allé avec le dos de la cuillère. Le titre ne pouvait pas être plus explicite : *Panique sur Mornesey : deux détenus toujours en cavale !*

Simon acheta le journal au comptoir du bar, sans répondre au patron qui visiblement avait envie de discuter de l'affaire. Il marcha quelques dizaines de mètres jusqu'à la place du 20-Mai-1908.

Le village se réveillait. L'agitation était déjà palpable. Les ventes de *L'Ilien* devaient exploser.

Avant de se rendre à la mairie, Simon décida de s'asseoir quelques minutes sur un des lourds bancs de granit de la place, juste face à la statue du cardinal Mazarin. Il se contenta de survoler la une de *L'Ilien*. Incontestablement, le rédacteur en chef, Delpech, avait été rapide. Clara était-elle à l'origine de la fuite ?

Les pensées de Simon s'égarèrent.

Il repensa aux coups de feu sur la plage, la nuit dernière. Quel pouvait être son rôle dans cette affaire de prisonniers en fuite ? Aucun, bien entendu, à part prévenir la police. Et pourtant, il n'allait pas se gêner pour participer à l'enquête et jouer sa propre partition.

Si l'opportunité se présentait…

Simon ne se considérait pas plus intelligent ou plus malin qu'un autre, mais il était conscient de posséder une qualité, qu'il cultivait jusqu'à l'excès : la détermination. Il se savait têtu comme une mule. Comme plusieurs, même. A neuf ans, il était venu à bout d'un puzzle du Mont-Saint-Michel de deux mille pièces ; un mois à s'obstiner sur les trois cents dernières, rien que du ciel bleu ! En terminale, il avait dragué pendant six mois, de décembre à mai, une fille de sa classe qui n'était ni plus sexy, ni plus affolante qu'une autre, simplement parce qu'elle n'avait pas voulu céder à sa première déclaration. Il avait fait le siège de sa chambre pendant six mois, pour la larguer à peine une semaine après qu'elle lui avait ouvert sa porte. L'année dernière, en fac, il avait poursuivi son prof de droit public pendant quinze jours, allant jusqu'à dénicher son mail personnel et son numéro de portable, parce que le prof en question avait oublié un demi-point sur sa copie. Simon avait pourtant obtenu la moyenne à son module, mais c'était pour lui une question de principe ! Il avait fini par coincer le turbo-prof parisien sur un quai de gare, lui avait remis sa copie en main propre… et gagné son demi-point, ainsi que la haine tenace, pour le reste de l'année, du prof et de tout le personnel administratif de son DESS.

Simon referma le journal et trottina jusqu'à la mairie.

Il souriait en pensant à la réaction du maire et du directeur du centre de détention Mazarin face à la une de *L'Ilien*. Raté pour le secret d'Etat ! Garcia, le maire, allait sans doute devoir revenir plus vite que prévu de la République dominicaine. Bien fait ! pensa Simon, il avait qu'à ne pas lui verser un salaire de misère.

Ses pas crissaient sur les graviers de la cour. Son regard s'arrêta sur le fronton de la mairie : curieusement, seul le mot *Liberté* y était gravé. Nulle trace des deux autres, *Egalité* et *Fraternité*. Simon avait cherché à connaître l'explication de cette étrange exception républicaine, mais personne n'avait pu lui répondre précisément. Manque de place ? Manque de moyens ? Disparition subite du graveur ? Oubli ? Accident malheureux ? Vandalisme ?

Quelques guides mentionnaient avec ironie cette originalité de l'île, à destination des touristes. Mais depuis hier et sa lecture de la thèse de Sadournant sur l'île des brigands, Simon ne pouvait s'empêcher d'imaginer une autre hypothèse : et si le maire de l'île, pas Garcia, celui qui avait bâti la mairie, avait volontairement fait graver ce seul mot, *Liberté* ? Rien à foutre, pour tous ces descendants de bagnards évadés, de l'égalité et de la fraternité !

Simon tenta d'évacuer ces réflexions troublantes.

Tout cela, c'était du passé !

Ce qui comptait, c'était l'actualité de l'île, et ce matin, elle était particulièrement agitée. Il repensa soudain à Clara.

Pauvre Clara ! Etait-elle la source du scoop ?

Il trouva la secrétaire assise à son poste, devant son ordinateur, éteint. La mine défaite. La fuite venait d'elle, Simon le devina immédiatement.

Clara avait également acheté *L'Ilien*. Le journal était posé à côté de son clavier.

Pas de karaoké ce matin, pensa Simon.

— Bonjour, Clara.

Pas de réponse.

— Tu fais la gueule ? insista Simon. Tu n'as pas bien dormi ?

— Justement, si ! explosa Clara.

131

Simon ne put s'empêcher de rire. Cela arracha un sourire à Clara.

— Alors, tu lui as craché le morceau ? demanda Simon.

— Eh oui…

— Quand ?

Elle baissa les yeux.

— J'ai honte…

— Quand ?

— A l'apéro !

Pauvre Clara, repensa Simon. Ni restaurant, ni mojito sous la disco, ni jambes en l'air. Rien ! Juste un kir, au muscadet, même pas royal !

Clara continua.

— A 9 heures moins le quart, j'étais devant ma télé. J'ai rien raté du film.

— T'es conne. Pourquoi t'as craqué ? Tu connais Delpech, pourtant.

Clara sourit de ses impeccables dents blanches.

— Il est trop fort, cet enfoiré. Il m'a mis la pression. Il m'a fait le coup de la question de vie ou de mort. Il savait qu'il y avait un problème à la citadelle. Il voulait simplement les noms, l'heure. Il m'a dit des trucs comme : « Ce sera de ta faute si on retrouve demain un gamin étranglé parce qu'il a croisé à vélo un des types en cavale. »

— T'as pas gobé ça, quand même ?

— Pas… pas tout à fait. Mais à l'apéro, il a fait mine de partir. Il a dit qu'il était excédé par mes gamineries. Que ce coup-ci, ce n'était pas un jeu, que c'était sérieux. Il m'a promis que si je lui donnais les noms et quelques détails, il allait écrire l'article en une heure et qu'il me rejoignait après.

— Et alors ?

— Ben… Il m'a téléphoné une heure plus tard pour me dire qu'il n'avait pas le temps de revenir. Remarque, Casa, c'est un peu logique. C'est quand même des circonstances exceptionnelles.

Simon rit franchement.

— T'es vraiment accro à ce type, toi. Faut que t'arrêtes, Clara. Faut que tu trouves un gentil mari.

— Un *beau* mari, précisa-t-elle. Gentil, je m'en fous !

Simon se pencha vers elle en lui passant une main amicale dans le dos. Ils s'installèrent côte à côte pour lire *L'Ilien*. Delpech avait réussi en un temps record à reconstituer la biographie des deux fuyards. Celle de Jonas Nowakoski était effrayante. Son casier judiciaire prenait toute une page, dont trois meurtres avérés. Delpech avait même réussi à dénicher des photos des deux hommes recherchés.

Clara ne put s'empêcher de glisser :

— Il est quand même fort, Delpech, tu ne trouves pas ?

— Ouais… Il va surtout semer une panique pas croyable sur cette île !

Le téléphone de la mairie sonna. Clara décrocha. Simon la vit virer à l'écarlate, pendant qu'elle tentait de bredouiller une réponse :

— Je… je… je vais vous passer une personne plus compétente que moi.

La secrétaire tendit le combiné à Simon tout en murmurant d'une voix paniquée :

— C'est la police de Granville !

Simon se présenta d'une voix forte et assurée.

— Sécurité de l'île de Mornesey, mairie de Saint-Argan.

Un interlocuteur précipité ne lui laissa pas en dire davantage.

— Parfait… On a besoin de vous. Nous venons de recevoir un appel d'urgence en provenance de la plage de l'anse de Rubis. Une mère de famille en pleine hystérie. Ses propos n'étaient pas très cohérents, mais on a compris qu'elle parlait d'un cadavre. Ça a l'air sérieux. On est déjà en route, mais vous devez pouvoir y être avant nous.

— Comptez sur moi, je fonce ! hurla Simon Casanova.

15

Souvenirs en ruine

Jeudi 17 août 2000, 8 h 45,
camp de la presqu'île sauvage,
île de Mornesey

Le moine sans visage continuait de se pencher vers
moi. J'allais hurler lorsque j'entendis l'ensemble de la
bande de crétins derrière. Le moine fou fit tomber sa
capuche et la figure hilare de Yoyo apparut.

— Debout, moinillon ! Monseigneur vous attend.
Tous les autres bénédictins prient déjà dans la salle
capitulaire.

Il fit sur moi un signe de croix à la con et repartit.

— Premier couché, dernier levé, lança la voix
d'Armand dehors. Tu vas péter la forme, Colin.

Il se croyait visiblement déjà obligé de me couvrir.
C'est vrai que je n'avais pratiquement pas dormi de
la nuit. Je sortis de la tente, pas encore très réveillé.
Hugo, un ancien du camp, qui revenait depuis cinq ans,
nous mit au parfum.

135

— C'est tous les ans la même chose. Le jour de relâche, quand il n'y a pas voile, ils nous font le coup du jeu de piste. C'est bien rodé, leur truc. Les costumes commencent à être un peu usés, mais ça surprend toujours les nouveaux. Ils demandent aux anciens de ne pas vendre la mèche. Normal, non ?

— Et ensuite ? interrogea Armand.

— On fait des équipes et on part toute la journée chercher des indices. On a une espèce de parchemin avec des questions sur l'île. Le parcours est balisé par du papier crépon, chacun sa couleur.

— Super, soupira Madi.

Stéphanie était elle aussi déguisée en moine, ce qui ne la rendait pas trop sexy. Le père Duval dans une espèce de robe rouge devait se prendre pour un cardinal.

— Un peu mégalo sur ses vieux jours, papy Duval, tu ne trouves pas ? murmura Armand à mon oreille.

Le cardinal et ses deux moines nous servirent un discours parfaitement huilé. Il nous fallait retrouver le trésor, nous montrer courageux, rusés, intelligents, adroits. Il y avait des bons et des mauvais indices. Des aides et des embûches. Ils nous distribuèrent un parchemin en papier cartonné de couleur avec plusieurs dizaines de questions. Ils ajoutèrent qu'on devait constituer des équipes de trois ou quatre.

Coup de bol !

Logiquement, Madi et Armand se rapprochèrent de moi, en se regardant un peu en chiens de faïence.

— Ça fait louche, dit aussitôt Armand. Tous les trois ensemble, ça fait louche.

— Ouais, confirma sobrement Madi.

Armand insista en fixant la fille qui faisait trente centimètres de plus que lui. Elle portait une casquette, des lunettes de soleil, un tee-shirt qui flottait sur ses épaules larges et son buste sans formes.

— Par souci de crédibilité, fit Armand à l'adolescente, tu pourrais m'offrir un french kiss ?

— Tu peux crever avec ta crédibilité !

Armand se hissa sur la pointe des pieds, comme s'il voulait s'admirer dans le reflet des lunettes de soleil de Madi.

— Je rigolais, ma grande. T'es pas du tout mon genre, j'aime que les filles avec des gros lolos et un cerveau… Et il te manque les trois !

Madiha se statufia dans une position de combat de capoeira.

— Toi aussi, têtard, il va bientôt te manquer les trois. Tes deux couilles et ton zizi de moineau.

Ça promettait pour la journée !

Et Armand ne lâchait pas le morceau.

— On est deux mecs, ajouta-t-il en me regardant, le plan parfait, ça serait de trouver une autre fille. Une vraie.

— Et la mettre dans la combine ? fit Madi.

Je protestai.

— On ne va pas mettre tout le camp au courant !

— Si tu me l'avais dit hier, continua Armand, je me serais bien glissé dans la tente des filles pendant la nuit, mon zizi de moineau à l'air pour aller faire pipi sur leur lit.

Madi comprit qu'Armand était au courant et encaissa très moyennement l'allusion. Ce con allait tout faire foirer ! Heureusement, Madi était le bon choix. Elle avait les nerfs solides et ne s'embarrassait pas de débats philosophiques.

— Les filles, les vraies, ne savent pas tenir leur langue.

Sentant qu'Armand allait faire une nouvelle allusion graveleuse, je coupai.

— OK, on s'en fout. On fait équipe tous les trois et je vous lâche au premier tournant.

Nous prîmes le pique-nique. On commença à sortir du camp, parchemin en main. Il faisait encore un peu frais, mais le bleu du ciel s'intensifiait déjà. Un léger vent promenait autour de mes narines un parfum d'iode et colportait les cris assourdis de quelques mouettes, très haut, au-dessus.

Une belle journée.

Armand rompit la poésie.

— Tu fais chier, Colin, grogna-t-il. On va se retrouver seuls tous les deux comme des cons toute la journée. Tout ça pour tes délires.

La perspective de passer toute la journée seul avec Madi ne semblait pas enchanter Armand. L'adolescente parut surprise par son égoïsme.

— C'est pas des conneries, Armand.

J'appréciais de plus en plus la maturité de Madi, sa détermination tranquille. Je la trouvais à la fois dangereuse et rassurante. De moins en moins dangereuse d'ailleurs, et de plus en plus rassurante.

— Si, c'est des conneries, s'entêta Armand. T'es frappé, Colin. Tu te crois dans un film. Tu te la joues. On dirait le héros de *Vertigo*.

— De quoi ? demanda Madi.

Je soupirai. Ça y est, Armand avait trouvé un prétexte pour sortir sa science.

— *Vertigo*, précisa Armand. En français, si tu préfères, *Sueurs froides*. Un film d'Hitchcock. Je te la fais
courte. Un type, un ancien policier, est engagé pour
surveiller une fille qui finit par se suicider… Il s'en
veut à mort, il déprime. Du coup, la première fille
qu'il croise et qui ressemble à la morte, il la prend
pour elle. Il lui demande de s'habiller comme la fille
qui est morte. Comme pour la ressusciter. Vous voyez
le genre ?

Armand marquait un point, je devais le reconnaître.
Madi mit les pieds dans le plat.

— Et c'était elle, la fille ?

— Comment ça, c'était elle ? fit Armand comme
s'il ne comprenait pas.

— La deuxième fille. C'était vraiment une autre ?
Ou bien c'était la première qui n'était pas morte ?

Armand marmonna. J'insistai, sentant la faille.

— C'était la même, lâcha-t-il. C'était un coup
monté, la fille n'était pas morte le premier coup.

Je jubilais. Merci, Madi !

On arrivait au grand carrefour. Je les lâchai. Ils
prenaient sur leur droite, vers la citadelle, et je cou-
pais directement vers l'abbaye, à moins de deux cents
mètres. Avant de me séparer d'eux, je les encourageai.

— Allez, les moinillons, n'oubliez pas : courageux,
rusés, intelligents… Passez pas la journée à vous béco-
ter. On joue la gagne, je veux le trésor quand je rentre
ce soir !

Devant le sourire gourmand d'Armand, Madi lui tendit un doigt. Armand se retourna vers moi.

— Enfoiré ! T'as le droit tout de même de nous aider. On suit les crépons rouges. Si t'en croises…

Je leur fis un signe de la main et m'engageai dans le sentier vers l'abbaye.

— Fais gaffe à toi, me lança Madi de loin.

Ça me toucha.

Enfin seul !

Je marchais doucement sur le chemin de l'abbaye Saint-Antoine. J'essayais d'organiser mes idées. Si tout se passait bien, j'avais une journée devant moi. Je listai dans ma tête mon programme : visiter l'abbaye ; tenter de revoir ma nourrice ; téléphoner à ma grand-mère ; aller au cimetière voir la tombe de mon père. Pas de temps à perdre.

Je montai sur une trentaine de mètres un chemin qui menait à l'abbaye. La grande croix Saint-Antoine, principal vestige des lieux, se détachait progressivement dans le ciel, juste au-dessus de ma tête.

La force nouvelle qui m'animait depuis la veille continuait de me porter. Jusqu'à présent, j'avais toujours été un adolescent ordinaire. Pas spécialement brillant à l'école. Moyen, sans plus. Pas mauvais en français, largué en maths et dans les diverses sciences. Du classique. Côté physique, rien de bien stimulant non plus. Taille moyenne. Aversion irrémédiable pour le sport. Pas spécialement mignon. Du moins je ne trouvais pas, et je ne lisais pas vraiment d'enthousiasme particulier dans le regard des filles que je croisais.

Banal… Quoi de pire qu'être banal, à quinze ans, presque seize ?

Surtout quand on déteste tout ce qui est dans la norme.

Heureusement, il y avait mon statut d'orphelin. Mon atout, mon joker ! Tout le monde n'a pas eu ses deux parents morts à six ans. A chaque fois que j'avais exposé mon histoire, les regards des autres sur moi avaient ensuite été différents. A chaque fois, je prenais de l'épaisseur dans leur regard. Mes hésitations devenaient autant de mystères, ma timidité devenait un masque ; ma gentillesse, une force intérieure contre le désespoir.

J'étais plutôt du genre réservé, voire coincé. Je ne l'avais pas racontée souvent, mon histoire. Mais par exemple, avec les deux filles au bahut sur lesquelles j'avais flashé, les deux fois, le coup de l'orphelin avait fonctionné. La dernière en date, Laurine, une fille nettement au-dessus de mes moyens, avait accepté un rendez-vous avec moi au bar du bahut. Je lui avais vendu mon histoire, et bingo. Bon, d'accord, ça n'avait pas duré. Un cinéma après, elle m'avait plaqué. Mais tout de même, on ne peut pas me retirer cela, j'étais sorti avec Laurine !

Etait-ce choquant ? Instrumentaliser, comme on dit maintenant, mon statut d'orphelin ? Une seule chose était certaine : raconter tout cela, toute mon histoire, oser le faire devant une fille, ou une bande de garçons dont j'espérais l'estime, me faisait aussi du bien.

Je n'en rajoutais pas.

Je racontais juste la mort de mes parents. Puisque je n'en parlais jamais avec Thierry ou Brigitte, ni avec aucun autre adulte, je suppose que ça m'aidait… à faire le deuil. C'était ma méthode personnelle. Je devenais quelqu'un, enfin. Un petit phénomène au lycée dont on parlait dans mon dos : « Tu sais pas ? Colin, il a perdu ses parents à six ans. Oui, son père et sa mère. Les deux ! »

Le Harry Potter du quartier !

Sans la marque de l'éclair sur le front, mais je suis certain qu'il y avait des crétins pour le croire. C'était assez génial de pouvoir laisser croire que ma banalité apparente, c'était pour mieux masquer mes traumatismes internes, mes blessures, mes crevasses.

Voilà aussi pourquoi j'avais eu envie, besoin même, de retourner sur l'île de Mornesey, dix ans après.

Pas par nostalgie.

Par vanité plutôt.

Pour trouver de nouveaux indices, de nouvelles anecdotes, des références inédites. Pour ajouter quelques pages à ma petite légende personnelle. Lorsque j'avais six ans, je priais pour que tout redevienne normal, sans ombre ni mystère. A quinze ans, c'était tout l'inverse… Et j'avais été exaucé, au-delà de mes espérances. Tout, autour de moi, n'était que mensonge, et la vérité m'attendait, quelque part sur cette île, à condition de rembobiner ma vie. Dix ans plus tôt. Aux confins de mes souvenirs.

En haut du chemin, je me retrouvai face aux ruines de l'abbaye, bordées par un petit parking bitumé et trois voitures garées. La grande croix offrait une ligne d'ombre. Il devait être moins de 10 heures du matin et la chaleur était déjà étouffante. Au bout du parking était installé un petit guichet en bois. Devant, quelques cartes postales et le journal de l'île, *L'Ilien*. Je levai les yeux.

La fille au guichet était un canon !

J'étais assez difficile… Mais là, rien à dire. Blonde et queue-de-cheval. Petit nez retroussé. Grand sourire engageant. Petit caraco sexy à dentelle et fines bretelles sur une peau au bronzage parfait. Waouh… Tout ce que j'aimais. Mon enquête ne pouvait pas commencer mieux. Je me disciplinai. Rester concentré !

Je pris un air sage et poli.

— Une entrée, s'il vous plaît.

— Voilà. Vous êtes étudiant ?

Elle avait un petit accent. Mes fantasmes tendaient à me faire pencher pour un accent scandinave. Et elle m'avait pris pour un étudiant, du haut de mes seize ans après-demain.

— Heu non, fis-je en rougissant comme un débile.

Elle continua de sourire et me tendit le billet.

Quinze francs.

En plus, ce n'était pas donné, pour des ruines ! Elle devait être étudiante en archéologie ou quelque chose comme ça et me prendre pour un intellectuel. Ça ne devait pas courir les rues, les adolescents qui venaient visiter ces ruines.

Au passage, je jetai un coup d'œil sur la une de *L'Ilien*. Un titre énorme, rouge, barrait la une : *Panique sur Mornesey : deux détenus toujours en cavale !*

Ça m'intrigua. Je mis tout de suite cette information en relation avec les gyrophares près de la citadelle, la veille. La une, bien fichue, donnait envie d'en savoir plus, mais il fallait retourner le journal pour découvrir la suite, et donc l'acheter. Heureusement que le père Duval n'avait pas eu l'information ce matin, sinon il ne nous aurait jamais laissés sortir.

A l'intérieur des ruines, je ne croisai que deux couples de touristes. Un couple de retraités et un autre plus jeune. Genre profs. Lui avec des lunettes et les chaussettes remontées dans les sandalettes, accroupi à regarder les pierres. Elle le Guide Bleu à la main. Une osmose pathétique. Je me promenai lentement sous le cagnard.

Les ruines étaient inintéressantes au possible. Quelques pierres posées les unes sur les autres. Il restait aussi les traces d'un ancien cloître, et de ce qu'ils appelaient la salle capitulaire, la pièce la mieux conservée. Je m'approchai d'un petit panneau qui donnait des explications. Je lus que cette salle était la seule pièce où les moines avaient le droit de parler. J'avais au moins appris quelque chose, je me souvenais que Yoyo avait employé ce terme le matin.

Ces ruines m'ennuyaient ! Elles ressemblaient à un chantier. Un terrain vague. Il y avait d'ailleurs des barrières, des cordes à ne pas dépasser. Des panneaux : *Danger d'éboulements*, *Accès interdit au public*.

Aucun souvenir ne me revenait, aucun souvenir nouveau du moins. Oui, je reconnaissais la poussière, la couleur gris rosé des pierres, la même que sur les photos, que sur le court film volé.

De la poussière et des vieux cailloux.

Un décor familier, certes. Mais aucun indice sur mon passé ! Rien sur ces panneaux n'avait d'intérêt pour moi : la date de la fondation de l'abbaye, 1337, son appartenance à l'ordre des Bénédictins, sa restauration par le cardinal Mazarin, les activités viticoles des moines jusqu'à la Révolution... Tous ces détails glissaient. Je m'en fichais.

Un vague sentiment de culpabilité m'habitait : mes parents étaient des passionnés de ces vieilles pierres.

Pas moi !

Qu'y pouvais-je ?

Je me doutais que le plus intéressant dans ces ruines se situait au-delà des barrières : l'entrée des souterrains. Les véritables fouilles. Mes souvenirs aussi, peut-être, s'étendaient au-delà des barrières. L'idée germa vite. Passer discrètement du côté interdit. Aucun des rares touristes ne faisait attention à moi. A part la Suédoise à l'accueil, je n'avais repéré aucun gardien.

En un instant, je me baissai et passai sous la corde. Le terrain descendait rapidement dans une sorte de petite cuvette. Plus personne ne pouvait me voir, mais s'il m'arrivait quelque chose, je pourrais toujours crier. La Suédoise du guichet viendrait me masser ou me faire du bouche-à-bouche.

Au fond de la cuvette, les herbes hautes, ronces et orties me cinglèrent les jambes. J'avançai doucement, en essayant de marcher sur des vieilles pierres taillées.

Je ne reconnaissais toujours rien.

Un peu plus loin, j'aperçus une forme sombre, entre plusieurs blocs de pierres qui me semblaient particulièrement instables : l'entrée d'un souterrain, ou quelque chose de ressemblant.

Je m'approchai.

Je passai ma tête dans le trou. On n'y voyait rien, même en plein jour. Tout semblait près de s'écrouler. Quelques marches descendaient dans la pénombre. J'hésitai à rentrer, pestant contre ma stupidité : je n'avais pas pris de lampe. Même si je voulais jouer les héros, je n'allais rien voir.

Quel aventurier amateur je faisais ! Il était ridicule de s'aventurer dans ce tunnel. Je rebroussai chemin, en faisant un détour pour éviter cette fois-ci les ronces. Mes pieds écrasèrent un objet métallique enfoncé dans l'herbe. Je me penchai et découvris un vieux panneau indicateur en métal émaillé, tombé et recouvert par la végétation. Je le retournai et lus l'écriteau de chantier rouillé : *Fouilles archéologiques de l'abbaye Saint-Antoine. Autorisation 1982-04-511. Jean et Anne Remy. Association Saint-Antoine.*

Rien de plus.

Pas le moindre indice.

Seulement un signe, ce signe, ce vieux panneau tordu. Si l'envie me prit de détruire tout ce qui restait de ces vieilles pierres, une voix sournoise dans ma tête me soufflait que mes parents avaient passé leur vie dans ces ruines, à les remonter à la surface, à les trier, les classer, les empiler, pendant des années.

Ils en étaient morts.

Pourquoi ?

Pour ces ruines désertées ?

Visitées par des fantômes. Quelques touristes égarés que je maudissais et qui en plus n'entendraient jamais parler de leur existence.

Jean et Anne Remy.

Pas une fois leur nom n'était inscrit à l'entrée de l'abbaye, sur le billet à quinze francs, sur une affiche. Sans doute pas non plus sur le Guide Bleu de la prof. Juste un panneau cabossé et oublié.

Quel gâchis…

Qu'avaient-elles de si important pour mes parents, ces pierres ? De si important qu'ils en soient morts ?

Je tournai encore quelques minutes, puis ressortis. J'avais le blues. La Suédoise dans son guichet avait mis des lunettes et ne leva même pas le nez de son bouquin pour me regarder.

Tout m'énervait.

Il fallait que je me calme. Il fallait que je me concentre sur l'étape n° 2. Je réfléchissais.

Mon second objectif de la journée était de retrouver ma nourrice. Je rassemblai mes souvenirs. Elle habitait près de l'abbaye, un peu au sud, une maison isolée. Je me souvenais que j'y allais souvent avec ma mère, le matin, et nounou Martine me ramenait à midi pour manger avec toute la tribu d'archéologues. Même chose dans l'après-midi et le soir. Je faisais donc le trajet quatre fois par jour, de l'abbaye à la maison de ma nourrice.

J'avais six ans.

Face aux lieux, la mémoire allait forcément me revenir.

Une fois passée l'abbaye, machinalement, je pris à droite. Deux cents mètres plus loin, j'arrivai à un croisement qui ne me rappelait absolument rien. Au hasard, je pris encore à droite. Au bout de cinq cents mètres, je m'enfonçais toujours dans la lande. Je ne voyais plus aucune maison, seulement les touffes d'herbe sur le talus, de part et d'autre de la route déserte. Stéphanie depuis onze jours essayait de nous apprendre à les reconnaître : l'euphorbe maritime, la queue de lièvre, la ravenelle, l'oyat.

Odorant, passionnant, mais je n'avais pas de temps à perdre pour un cours de botanique appliqué. Je m'étais trompé de route ! Au loin, plein ouest, j'apercevais déjà la mer, une petite plage baptisée la Crique-aux-Mauves.

Raté. Demi-tour.

Revenu au croisement, je pris donc tout droit, direction Saint-Argan. Juste après un virage, je découvris un hameau. Trois petites maisons basses aux murs épais de granit piquetés de mousse sombre telles des taches de vieillesse sur une peau flétrie, aux façades rajeunies de roses trémières de toutes les nuances de mauve. Et les volets rouges, vifs, bien entendu.

Un panneau bleu indiquait *Les Charmes*.

Une vague impression de paysage familier me revenait.

C'était là, du moins il me semblait.

Ma nourrice s'appelait Martine, mais je n'avais aucun souvenir de son nom de famille. Le propriétaire de la première boîte aux lettres s'appelait Michel, celui de la seconde, Bernard. Sur la troisième, une petite plaque de fer noire était gravée.

Martine Chamarre.

Gagné !

Le jardin de la petite maison grise était fermé par une barrière de bois, rouge elle aussi, de la même teinte que les volets. Une descente de garage assez raide. Des poules au fond du jardin.

Des souvenirs enfouis semblaient me revenir.

La descente de garage où je courais ? Mais tout me paraissait tellement plus grand, dans ma tête. Beaucoup plus grand que cette fermette tassée.

Je sonnai.

Un chien aboya derrière la porte. Une main un peu tremblante tira le rideau de la fenêtre. J'aperçus un visage ridé derrière la fenêtre sale.

La main toujours tremblante ouvrit la fenêtre.

— C'est pour quoi ?

C'était elle ! J'en étais persuadé, même si j'étais incapable d'identifier d'où provenait cette certitude.

Sa voix ?

Ses gestes ?

L'ensemble, l'ambiance ?

Sans rien reconnaître de particulier, tout ici m'apparaissait désormais familier. Sans me souvenir de rien distinctement, j'avais pourtant l'impression d'être capable de décrire l'intérieur de la maison, de pouvoir retrouver sans me tromper la cuisine, le salon ou la chambre.

— C'est pour quoi ? insista-t-elle à nouveau d'un air méfiant.

J'hésitai.

Une boule terrible me coinçait la gorge.

Qu'allais-je dire ?

Madame ? Nounou ? Martine ?

Jamais depuis dix ans je n'avais ressenti une telle émotion.

Je me décidai, enfin.

— C'est moi. Colin. Colin Remy.

16

Pâté de sable

Sur son VTT rouge, Simon Casanova battit un nouveau record de vitesse sur la distance « port de Saint-Argan – anse de Rubis ». Il continua de pédaler quelques mètres sur la plage, puis, s'enfonçant dans le sable et n'avançant plus que très lentement, laissa tomber son vélo et termina en courant. Il avait repéré l'objectif.

Aucun doute.

Un attroupement d'une petite dizaine de personnes s'était constitué sur la vaste plage. Simon parvint au milieu des badauds, à peine essoufflé. Entraîné. Il fendit la foule d'une voix forte.

— Laissez passer. Sécurité !

Il était le premier. Aucun autre flic. Aucun pompier.

Devant lui, une mère de famille pleurait.

Elle tenait dans ses bras deux petits garçons blonds, identiques. Des jumeaux habillés avec le même maillot de bain. Les deux enfants, quatre ou cinq ans peut-être, fixaient leur mère avec un regard hébété. Simon se pencha.

— Que se passe-t-il, madame ?

La femme hoquetait, incapable de prononcer d'autres mots que : « Mes enfants. Mes enfants. » Simon insista.

— Que s'est-il passé ?

— Mes enfants. Oh, mes enfants.

Simon s'approcha encore pour attraper le regard de la femme. Il posa sa main sur la sienne.

— C'est important, madame. Qu'est-il arrivé à vos enfants ?

Elle renifla. Simon sortit un mouchoir. La femme s'essuya un peu le visage. Les jumeaux affichaient toujours le même air figé.

— Calmez-vous. Racontez-moi. Que faisaient vos enfants ?

— Ils… ils jouaient sur la plage. Là. Juste à côté. Comme tous les matins. Ils construisaient un château de sable.

— Et ensuite ?

— Ils… ils ont creusé.

Elle désigna à Simon un petit cratère dans le sable. Simon sentit le regard de la dizaine de badauds présents sur la plage se poser sur lui. Lourd et froid.

Eux savaient déjà.

Simon se pencha. La femme en pleurs cacha les yeux de ses jumeaux derrière ses bras.

Tout d'abord, Simon crut qu'il s'agissait d'une algue. Il toucha le fond du cratère, un frisson atroce le traversa.

Ce n'était pas une algue, mais des cheveux !

Avec dégoût, il épousseta le sable autour de la touffe. Il avait compris ce qu'il allait trouver, ce que les frères jumeaux avaient découvert.

Un visage, un visage humain.

Simon dégagea un front. Continuant de ratisser le sable avec ses mains, il dévoila deux yeux immenses, injectés de sang et de sable mêlés, grands ouverts vers le ciel. Une remontée de bile submergea le fond de son palais. Simon déglutit. Afin de se donner du courage, il pensa à un minutieux travail d'archéologue, de fouille pour désensabler des momies millénaires. Sauf que le cadavre qu'il déterrait n'avait pas deux mille ans. Simon n'avait aucune expérience en la matière, mais il était certain que la mort ne devait pas remonter à plus de vingt-quatre heures.

Il faisait évidemment le rapprochement avec les deux coups de feu dans la nuit, sur la plage. Deux détonations. Deux fugitifs. Il était en train de désensabler le corps de Jean-Louis Valerino, le fonctionnaire escroc, assassiné de deux balles par son compagnon de cavale.

Il dégagea l'ensemble de la tête et souffla. Cet étrange visage posé sur cette plage immense rappelait une sorte de masque primitif, de démon sculpté. Un homme attentionné avait entrepris de faire s'éloigner la mère et ses jumeaux.

— C'est l'un des deux types en cavale, fit une voix derrière Simon. Ils étaient en photo dans *L'Ilien*.

Le touriste avait même le journal sur lui. Il l'ouvrit et, avec une curiosité macabre, compara la photographie du journal avec le visage planté au milieu du sable.

— C'est lui, pas de doute, confirma le type.

Comme je l'avais prévu, pensa Simon.

— C'est curieux, commenta l'un des badauds sur un ton presque amusé. Si j'avais eu à parier sur un macchabée, j'aurais plutôt misé sur l'autre. C'est pas banal que ce soit le plus dangereux des deux qui se soit fait étendre.

Simon se releva, stupéfait. Il arracha le journal des mains du touriste et détailla les photos du quotidien. Il n'y avait pas de doute, sauf si *L'Ilien* s'était trompé.

Le cadavre était celui de Jonas Nowakoski, le braqueur multirécidiviste.

Dans les instants qui suivirent, les sirènes des fourgons de police de Granville rugirent. En quelques minutes, un périmètre de sécurité fut établi sur la plage, les touristes évacués, et le corps entièrement déterré. Simon regarda de loin les professionnels établir les premiers diagnostics. Le cadavre était bien celui de Jonas Nowakoski. La mort remontait à moins de dix heures. La cause du décès fut également facile à déterminer : deux balles, l'une tirée dans le dos puis l'autre dans la nuque.

Simon resta encore de longues minutes à observer l'agitation. Le véhicule bleu de France 3 Normandie était déjà arrivé. On annonçait les médias nationaux dans les heures qui allaient suivre. La foule des badauds s'intensifiait derrière le ruban fluorescent interdisant l'accès à la plage.

Il n'y avait pourtant plus rien à voir.

Bientôt, Simon se sentit inutile. Il avait effectué sa déposition, laissé ses coordonnées à un commissaire particulièrement excité. De nombreux estivants avaient entendu les détonations, dans la nuit. Simon ressassait une question dans sa tête, une question qui, loin d'être un détail, lui apparaissait comme le point de départ d'une énigme complexe, d'une machination redoutable : pourquoi était-ce le cadavre de Jonas Nowakoski que l'on avait retrouvé sous le sable et pas celui de Jean-Louis Valerino ?

La réponse, en tout cas, ne se trouvait pas sur cette plage.

Il enfourcha son VTT pour retourner vers la mairie. Il savait où rechercher cette réponse et il possédait une courte longueur d'avance.

Il voulait la découvrir seul, le premier, avant tous ces flics.

17

Langues-de-chat

Jeudi 17 août 2000, 10 h 45,
chemin de la Crique-aux-Mauves,
île de Mornesey

— Colin ?

Nounou Martine restait silencieuse, plus incrédule que méfiante, me dévisageant avec insistance.

Elle répéta :

— Colin ?

Je sentais qu'elle cherchait à faire le rapprochement entre le gamin qu'elle avait connu jusqu'à ses six ans et ce grand dadais de seize. Soudain, elle explosa.

— Colin ! Mon tout-petit ! Mon Dieu.

Son visage disparut de la fenêtre et apparut presque aussitôt dans la porte qu'elle ouvrit. Un roquet noir et blanc s'échappa et se rua dans le jardin. Elle l'attrapa par le collier et m'ouvrit la barrière rouge.

— Pacha, dégage !

Martine demeura un moment debout à me regarder dans les yeux. Les siens étaient déjà humides.

— Colin, mon tout-petit.

Sans me laisser le choix, elle lâcha le chien, me prit dans ses bras et me serra très fort. Cela me fit tout drôle, ses gros seins contre ma petite poitrine. Je me fis la réflexion que c'était la seule femme qui m'ait jamais pris dans ses bras. Dans mon souvenir, au moins. Pourtant, aucune pensée érotique ne me venait. Je ressentais juste un environnement protecteur, un cocon. Martine se recula et me regarda à nouveau, me contempla plutôt.

— Et moi qui ne t'avais pas reconnu ! Pourtant, tu commences à lui ressembler, à ton père.

Elle pressa encore mon visage, émue, tremblante.

— Entre, entre.

Les pièces se situaient exactement où je les avais devinées : la cuisine à droite, le salon à gauche, la chambre au fond du couloir. Pacha me bavait avec affection sur les poils des jambes. Berk !

— Tu te souviens de Pacha ? me demanda Martine. Tu l'aimais tant ! Il est né quand tu avais quatre ans. Les parties que vous faisiez tous les deux !

Je plongeai en immersion totale dans mes souvenirs.

Un chien ?

Des parties avec un chien ?

Je creusai au plus profond de ma mémoire. Oui, bien entendu. Cela faisait partie des souvenirs rangés quelque part et qui me revenaient par bribes. Je me revoyais courir dans la descente du garage avec un chiot.

Une boule serrait à nouveau ma gorge. Une envie de fondre en larmes, par pure émotion, comme un enfant.

Martine me fit asseoir dans la cuisine. Je jetai un regard circulaire sur le décor. Toujours cette impression familière. Je me rappelais maintenant les goûters que je prenais ici. Une vieille boîte à gâteaux, une grande boîte avec du chocolat, des biscuits secs, des langues-de-chat, sur l'étagère la plus haute de l'armoire.

— Tu mangeras bien quelque chose ?

Je n'avais pas faim mais je dis oui, rien que pour le plaisir. Elle ouvrit l'armoire. Sans lui laisser le temps, je lui dis :

— Attends, je vais l'attraper.

La boîte en fer était toujours à sa place. Martine sourit.

— Tu t'en souviens !

Nous nous étions retrouvés.

Martine ouvrit la boîte à gâteaux secs. Je piochai au hasard et j'en attrapai un, une langue-de-chat, évidemment.

Je goûtai.

Le biscuit était infect. J'espérais simplement qu'il ne datait pas de dix ans. Tout en mâchant, j'observais. Sur un buffet, au milieu d'un bric-à-brac de souvenirs divers, une tour Eiffel miniature, un éventail, un Mont-Saint-Michel en plâtre, je repérai une grande photo en couleurs, encadrée. Elle représentait une tablée pleine de soleil, de bouteilles de vin, d'hommes jeunes, bronzés et torse nu, de jeunes femmes en robes légères. Une photo très proche de celles que j'avais découvertes chez mon oncle, ou du film que j'avais réussi à visionner.

Je les comptai, ils étaient douze.

Je reconnus ma mère, toujours debout. Thierry et Brigitte aussi, l'un à côté de l'autre. Mon père, presque au bout de la table, et toujours cette jeune fille aux cheveux courts, presque roux, à côté de lui, qui tournait son regard vers lui, un regard que je trouvais amoureux. Peut-être n'était-ce qu'une impression.

Allais-je oser en parler à Martine ?

Je remarquai un autre détail. Pacha, allongé sous la table. Je n'avais pas fait attention à lui, dans mes précédentes recherches. Je me reconnus également sur la photographie. Je devais avoir cinq ans. Je jouais par terre, dans la terre, accroupi, avec des jouets en plastique. Sans doute jouais-je à l'apprenti archéologue. J'imitais. Je creusais autour de moi avec ma pelle et mon râteau en plastique rouge.

Nounou se rapprocha de la photographie. Je me levai aussi.

— C'est toi, par terre, Colin. La photo a été prise il y a onze ans. Onze ans. Ça me semble une éternité. C'est une photo du paradis. Du paradis ! Ils étaient si joyeux. Si jeunes. Si beaux. Si heureux. Si intelligents. Que du soleil, pendant huit ans. Ils vivaient de rien. De rires, d'amour. C'était pas un cliché. J'étais déjà leur mamy à tous. Je leur préparais les repas, je m'occupais de toi. Ça a duré huit ans. Dont six avec toi. Tu étais le petit ange de ce paradis sur terre.

Elle resta muette. Emue. Nostalgique.

Curieusement, pourtant, le souvenir obsédant qui me revenait était différent. J'avais dans la tête l'image floue d'une dispute, d'adultes qui parlaient fort. La main de mon père qui s'agitait. Dans mes visions, il tenait un verre à la main. Parfois, il le reposait, pour le reprendre ensuite. Il s'agissait sûrement d'un souvenir précis d'un repas, un autre jour que celui où avait été prise cette photo, ou que celui où avait été tourné le fameux film.

Martine émergea de ses pensées.

— Qui aurait pu prévoir un tel drame ? Qui ?

Elle m'invita à retourner m'asseoir à la table.

— Tu veux boire quelque chose ?

Elle avait dû s'apercevoir que le gâteau passait mal. Elle m'apporta une limonade, avec un bouchon qui se décapsule attaché par un fil de fer. Ça aussi, je m'en souvenais désormais. Elle tendit à nouveau vers moi la boîte de gâteaux.

Non, finalement, elle ne s'en était pas aperçue…

— Qu'est-ce que tu fais sur l'île, Colin ?

Je ne détaillai pas, j'évoquai simplement le camp, la voile, le hasard de me retrouver ici.

— Et ça te plaît, la voile ?

Je répondis par un oui peu convaincu. Elle me connaissait. Après un court silence, je me lançai, je plongeai dans le vide.

— Nounou. Parle-moi de papa.

Elle arbora un large sourire rassurant. Comme si ma question était la plus naturelle du monde.

— Il ne te reste plus beaucoup de souvenirs de lui, hein ? Colin, il faut que tu saches que ton père était un savant. Un scientifique, comme on dit aujourd'hui. Un archéologue. C'était sa passion. Mais une passion joyeuse, gaie. Il entraînait toute sa petite troupe dans cette passion. Ses associés, des amis à lui. Son grand copain, Maxime. Tu ne dois pas te souvenir d'eux. Le frère de ta mère, Thierry, et sa femme Brigitte. Ta mère, bien sûr. Comme ils s'aimaient, tous les deux.

Quel couple merveilleux. Quelle famille magnifique vous formiez, tous les trois.

Elle me regarda avec ses yeux pleins de tendresse.

— Colin, si ça te fait du mal, tout ce que je te raconte, tu me le dis et j'arrête.

Du mal ?

C'était du bonheur concentré que Nounou m'injectait.

— Non, non, m'empressai-je de dire. Continue.

Martine se retourna vers la photo du repas.

— Regarde cette photographie, Colin. Regarde comme vous étiez tous unis. Comme ils étaient beaux, ton père et ta mère.

Une nouvelle fois, je me jetai dans le précipice. Je demandai :

— Nounou ?

— Oui ?

— Sur la photo, j'ai reconnu presque tout le monde. Mais la fille rousse, dans le coin, celle aux cheveux courts, qui c'est ?

Martine me regarda avec étonnement. Ma question la surprenait.

— Elle ? C'est Jessica. Une étudiante en histoire qui faisait ses stages de fin d'études sur le chantier. Elle a dû venir trois fois, sur des périodes de trois mois. Surtout vers la fin. C'est logique que tu ne te souviennes pas d'elle. Elle n'était pas là tout le temps. Et puis à l'époque, elle s'intéressait aux garçons un peu plus vieux que toi…

Un trouble terrible m'envahissait. Je revoyais le film, mon père, sa main posée sur la cuisse de cette Jessica, sous sa jupe. Nounou était au courant, évidemment.

Je n'eus pas le courage d'insister. Je revins à des questions plus faciles à formuler.

— C'était quoi, exactement, leur travail à l'abbaye ?

— Ils fouillaient les souterrains sous l'île, qui presque tous partent de l'abbaye. Ils trouvaient toutes sortes de choses. Des pièces de monnaie, des sculptures, des assiettes, des armes. Rien de valeur, ou pas grand-chose. Ton père était un passionné. Il ne vivait que pour l'île et pour l'abbaye. Il voulait transformer ce secteur en parc naturel, en zone non constructible. S'il avait eu le temps, il serait parvenu à remonter l'abbaye pierre par pierre. Tu sais, Colin, Jean, ton père, était calme, doux, intelligent. Quel malheur, ce qui s'est passé. Quel malheur !

— Qu'est-ce qui s'est passé, Nounou ?

Elle me regarda une nouvelle fois avec étonnement. Plus j'observais le vieux papier peint au mur de cette fermette, la vaisselle empilée, les corbeilles de fruits, plus je me sentais à l'aise dans cette cuisine, un peu comme un « chez-moi », un « chez-moi » que je n'avais jamais vraiment connu.

— C'est vrai ? Tu ne sais rien ? Thierry et Brigitte ne t'ont rien dit ?

J'agitai la tête négativement.

— Ils auraient dû. Ils auraient dû. Enfin bon, je ne sais pas si c'est à moi…

— Si, si.

— De toute façon, tu finiras bien par l'apprendre. Sur la fin, ton père et son association devaient faire face à de gros problèmes d'argent. L'abbaye ne rapportait rien. Ils vivaient de subventions, mais ça ne suffisait plus. Les premières disputes ont commencé dans l'équipe. Et surtout, beaucoup de gens sur l'île lorgnaient sur le terrain de ton père. Tu penses, plusieurs hectares, en bord de mer, sur une île qui devenait de plus en plus touristique, où l'on ne pouvait presque plus construire. Lorsque le conseil général a mis en place la ligne de ferry quotidienne avec le continent, ça a été encore pire, les prix ont explosé.

— Le terrain était à mon père ?

— Oui. Il l'avait acheté avec un ami d'enfance. Un type très riche, un peu bizarre, qui habite dans le Sud. Un Raphaël, je crois... Non, plutôt Gabriel. Enfin, l'un ou l'autre. Son nom de famille, par contre, je l'ai oublié.

— Et il a fini par vendre ?

— Non ! Jamais ! cria presque Martine. Tout le monde lui faisait pourtant des propositions mirobolantes. La mairie, les promoteurs. Mais ton père ne voulait pas céder. Ta mère le soutenait, mais la plupart des autres membres de l'association étaient partagés. Ça faisait des débats à n'en plus finir. Entre ton père et son beau-frère, Thierry, notamment. Avec son copain Maxime aussi. La décision ne revenait pas seulement à Jean. Ton père était le président de l'association Saint-Antoine, mais les décisions devaient être prises par l'ensemble des membres. Alors, ils ont fini par passer un marché avec un promoteur, pour ce qu'ils appelaient un site touristique intégré, écologique, avec un plan d'urbanisme très contraignant. Ils avaient baptisé le projet « les Sanguinaires ». Le nom peut te sembler curieux, mais c'est celui que porte ce coin de l'abbaye, depuis le Moyen Age. Ton père avait tenu à le garder. Ils allaient construire des logements touristiques, d'accord, mais pas du béton. Du moins, ton père le croyait, il avait presque fait les plans lui-même. La société s'appelait Eurobuild, tout le monde s'en souvient sur l'île. C'était la société de l'ami d'enfance de ton père, ce Gabriel ou Raphaël, celui qui l'avait aidé à acheter le terrain. A part ton père, pas grand monde ne faisait confiance à ce type.

Martine marqua une pause.

Je pensais qu'elle devait avoir plus de soixante-dix ans. Pourtant, je trouvais dans son visage ridé et son corps fatigué une incroyable énergie communicative. Elle fit mine de me proposer à nouveau des gâteaux, mais je dus faire malgré moi une grimace, car elle n'insista pas. Elle toussa.

— Après trois semaines de chantier, continua Nounou d'une voix soudainement plus grave, une grue s'est effondrée. Elle était installée sur un souterrain qui s'est éboulé sous le poids de l'engin. Trois ouvriers qui travaillaient sur le chantier sont morts dans l'accident. L'association de ton père a été accusée. Ça a fait un énorme scandale. La mairie, qui n'avait pas apprécié de voir le marché lui passer sous le nez, s'est acharnée sur lui. Cela faisait un bout de temps que ton père était en conflit avec elle. Il a assumé l'entière responsabilité du drame. Il était président de l'association. Il a dit publiquement que tout était de sa faute. Il n'a accusé personne d'autre. Personne n'a été inquiété à part lui. Lorsque la police est venue le chercher, il était déjà parti, en voilier, la nuit. Il avait simplement laissé une lettre d'adieu expliquant son geste. Il ne pouvait pas supporter d'avoir causé la mort de trois hommes, de trois pères de famille. On a retrouvé son voilier en pleine mer, quelques jours plus tard.

Presque malgré moi, je demandai :

— On a retrouvé son corps ?

Martine secoua la tête doucement.

— Ne va pas te faire d'illusions, Colin. Ton père est décédé. Il y a dix ans. Ne commence pas à te mettre d'autres idées dans la tête.

— Mais son corps ?

— C'était en pleine mer. On a retrouvé son corps une dizaine de jours plus tard.

— Il… il était reconnaissable ?

Martine continua de sourire.

— C'était bien lui, Colin. Il portait ses habits. Il était reconnaissable. Tous les membres de ta famille étaient présents pour identifier le corps. Tous les membres de l'association aussi. Tous sauf ta maman.

Martine souriait toujours, un sourire de clown triste. Ses yeux étaient embués de larmes.

Je la revoyais dix ans plus tôt.

Ou plutôt, j'entendais ses paroles. *C'est un accident, Colin. C'est un accident.*

Martine m'avait menti.

Elle l'avouait, aujourd'hui.

Martine poursuivit.

— Personne n'a jamais eu aucun doute, Colin. Tout le monde a simplement cherché à te protéger. Ne va pas rechercher de faux espoirs. Ton père s'est donné la mort, volontairement. Si tu l'avais connu comme nous, tu le comprendrais. C'était un homme à prendre ses responsabilités.

Martine se rapprocha soudain de moi et me prit dans ses bras. Elle me serra une nouvelle fois, fort.

— Colin, ne va surtout pas t'inventer des histoires. Il faut que tu écoutes ce que je vais te dire. Il ne faudra croire personne d'autre ! Il ne faudra croire rien d'autre. Ton père était quelqu'un de formidable. Ce qui arrivé, c'était la fatalité. La fatalité. Mais ton père était un être extraordinaire. Ne laisse jamais personne dire le contraire.

Martine se leva, observant une nouvelle fois la photographie. Ses yeux étaient à nouveau humides.

— Quel malheur ! Ces huit ans auront été les plus belles années de ma vie. Les plus belles…

Au fond de moi, je pensais déjà à d'autres choses : un corps qui a trempé dans l'eau pendant dix jours devait être méconnaissable, j'avais lu ça dans des romans policiers ; des habits, ça s'échange ; ils n'avaient certainement pas procédé à des tests ADN ou ce genre de techniques. Mon père était sans aucun doute quelqu'un de formidable, j'étais d'accord avec Nounou…

Mais il n'était pas mort.

Subitement, j'eus envie de partir. Mes recherches ne faisaient que commencer. Je pouvais revenir ici n'importe quand pour en apprendre plus. Je me levai. Je jetai un dernier coup d'œil à la photographie. Pour la première fois, j'aperçus qu'il y avait d'autres photos. Nounou et sa famille : papa Nounou, le mari de Martine, et ses deux enfants. Je n'avais même pas eu un mot pour eux.

Je tentai de me rattraper.

— Et papa Nounou, il va bien ?

Martine prit à nouveau son air doux.

— Il est mort il y a trois ans. Le cancer.

J'eus l'air con.

Je ne savais pas quoi dire. On pardonnait sûrement ce genre d'impolitesse à la jeunesse. Après un silence, je demandai :

— Et... et ? Je ne me rappelle plus le prénom de tes grands fils ?

— Tristan et Paul ?

Son regard se fit plus triste encore.

— Ils ont mal tourné, tu sais. C'est la calamité, sur l'île. Ils ont tous les deux trempé dans des trafics. Des cambriolages. Ils sont en prison à Cherbourg et à Caen. Ils en ont encore pour six mois.

J'avais l'air encore plus con. Martine, avec une délicatesse infinie, vint à mon secours.

— Toi, je sais que tu tourneras bien. Ça se voit. Tu as de l'éducation. Tu es intelligent. Comme ton père. Tu lui ressembles. Tu iras loin, Colin.

Elle me serra encore dans ses bras. La chaleur de ses gros seins me réconforta. Nounou pleurait franchement maintenant. Finalement, elle desserra son étreinte.

— Allez, sauve-toi !

— Je reviendrai, Nounou. Thierry et Brigitte arrivent après-demain. On passera te voir ensemble.

— D'accord, répondit-elle sans conviction.

Je sentais qu'elle ne voulait pas me confier le fond de sa pensée. Je sentais qu'elle ne portait pas vraiment dans son cœur Thierry et Brigitte. Je la comprenais. Après tout ce qu'elle m'avait révélé sur mon père et ma mère, mes deux parents adoptifs ne supportaient pas la comparaison.

Je ressortis de la maison de Nounou. Elle me regarda partir par la fenêtre. Je la sentais à la fois heureuse et triste.

Sur le chemin, m'éloignant du hameau des Charmes, je me faisais la réflexion que les nounous sont certainement ce qui nous arrive de mieux. Dans leurs yeux, toute notre vie, on a moins de six ans. Elles ne voient en nous que le petit ange.

Je jetai un coup d'œil à ma montre.

11 h 50.

Il fallait encore que j'appelle ma grand-mère. Elle était la seule jusqu'à présent à m'avoir ouvertement parlé de mon père. La seule avec Nounou, désormais. Je ressentais une impression étrange. Pendant dix ans, j'avais vécu avec ce terrible tabou à propos de mon père. Et finalement c'était si simple. Nounou m'en avait parlé si naturellement. Elle m'avait confirmé tout ce dont j'avais eu l'intuition depuis si longtemps : mon père était un héros, et il pouvait être vivant ! Ce bateau en pleine mer, ce corps qu'on n'avait pas vraiment identifié, tout sentait la mise en scène.

Oui, mon père était vivant !

Oui, il était un homme extraordinaire !

Oui, j'allais le retrouver !

Mais auparavant, il me fallait téléphoner à ma grand-mère. Pour lever un ultime doute. Pour tirer un trait définitif sur une hypothèse complètement folle.

18

Les Sanguinaires

Jeudi 17 août 2000, 11 h 45,
mairie de Saint-Argan, île de Mornesey

Lorsque Simon entra dans la mairie, il trouva Clara en plein stress.

— Casa ! Te voilà enfin. Ça n'arrête pas d'appeler ! Les télés, les radios. Ils veulent tous savoir qui est le cadavre retrouvé sur la plage.

— Je connais la réponse, fit Simon d'un ton joueur.

Le téléphone sonna à nouveau. Clara hurla.

— J'en ai marre !

Simon sourit.

— Tu n'as qu'à laisser le téléphone décroché. Ça sonnera toujours occupé pour ceux qui appellent. Ils ne verront pas la différence.

— T'as raison !

Clara décrocha le téléphone, pour le raccrocher aussitôt, sans répondre. Puis, elle décrocha de nouveau le combiné et le laissa sur la table.

— Ouf. Un peu de calme, soupira-t-elle.

Elle se laissa tomber sur sa chaise et sortit de son sac à main un nécessaire de maquillage. Simon pensa que Clara s'attendait peut-être à ce que les télévisions, n'arrivant pas à joindre la mairie par téléphone, débarquent directement avec les caméras.

L'éphémère silence permit à Simon de se concentrer et de réfléchir. Il pensa à haute voix.

— Quelque chose ne colle pas.

— Quoi ? fit Clara sans se retourner.

Elle tentait de se noircir le contour des yeux en se regardant dans un minuscule miroir de poche.

— La cavale des deux fugitifs. Si un criminel plutôt aguerri, qui purge une lourde peine, souhaite s'échapper, on peut penser qu'il a besoin d'un type qui connaît l'île pour se faire la belle.

— Mouais, articula Clara.

Elle attaquait l'autre œil.

— Mais alors, c'est le type qui connaît l'île qui doit se faire descendre, pas le criminel endurci. Pourtant, c'est Jonas Truc-en-ski qui s'est fait buter, pas Valerino, ton collègue.

— Mon collègue, c'est vite dit, protesta vaguement Clara.

— Donc, il nous faut inverser tout notre raisonnement de départ. Puisque le dénouement n'est pas celui que l'on attendait, c'est donc que notre hypothèse de départ était fausse. La vérité, ce n'est donc pas un braqueur qui a besoin d'un type qui connaît l'île pour s'échapper. C'est tout le contraire. C'est un type de l'île qui, pour s'échapper, a besoin d'un détenu qui n'a pas froid aux yeux, qui est prêt à prendre des risques.

Une fois dehors, le gros bras ne sert plus à rien, on le descend.

— Ça change quoi ? demanda Clara tout en choisissant une teinte parmi ses dix rouges à lèvres.

— Ça change que le cerveau de tout ceci, c'est Jean-Louis Valerino ! Et donc, une question se pose forcément.

— Laquelle ? articula avec difficulté Clara tout en étalant son rouge, qu'elle avait finalement choisi très vif.

— Pourquoi Valerino avait-il besoin de s'évader alors qu'il ne lui restait plus que quelques mois à purger ? Pourquoi prendre autant de risques, juste avant sa libération ?

— Tu le sais, toi ?

— Oui !

— Super ! Casa, t'es le meilleur !

Clara remuait goulûment ses lèvres devant le petit miroir pour étaler le rouge.

— Je le sais, et je vais avoir besoin de ton aide.

— Mmmmm !

— La réponse possible est la suivante : Valerino a sur la conscience des affaires beaucoup plus importantes que l'histoire de marché public pour laquelle il est tombé. Il cache son jeu. Il n'est pas seulement un petit fonctionnaire qui a détourné du fric. Il y a plus. Il y a autre chose.

— Super, Casa, tu avances. Il y a autre chose… Mais quoi ?

— A toi de me le dire. Tu l'as connu. Tu connais la mairie.

Clara envoya de loin un baiser rouge à Simon.

— Ben voyons… Sorry. Ma pause est terminée.

Elle raccrocha le téléphone.

Beaucoup trop maquillée, pensa Simon. Trop vieille et trop maquillée. Il n'accorda pas un regard à Clara en sortant de la mairie. Moins d'une minute plus tard, il repassait devant elle en portant l'escabeau. Clara répondait déjà au téléphone, en prenant des poses que son interlocuteur ne pouvait évidemment pas voir.

Simon haussa les épaules.

Direction la trappe, le grenier et les archives.

Simon retrouva la poutre qui épousa immédiatement la forme de son dos. Dans les piles de boîtes archives, il finit par en dénicher une étiquetée *Personnel municipal – 1985/1995*. Il consulta les organigrammes détaillés du personnel de la mairie pendant la période. Au bout d'une demi-heure, il avait reconstitué le curriculum vitae de Jean-Louis Valerino. Valerino était spécialisé dans le droit de l'urbanisme. Il avait effectué un stage à la mairie de Saint-Argan en 1989, puis un autre à la Direction départementale de l'équipement de Saint-Lô, juste avant d'être embauché à la mairie de Saint-Argan. Lors de ses stages, il s'occupait des plans d'occupation des sols, à la mairie comme à la DDE. Lorsqu'on l'embaucha à Saint-Argan, ce fut dans un autre service, celui des marchés publics. Environ huit ans plus tard, il se fit inculper pour avoir touché des dessous-de-table lors de la négociation des marchés.

Que chercher de plus ?

Simon commença par éplucher tous les marchés publics que la mairie avait signés entre 1989 et 1997. Trois boîtes archives complètes ! Plus les minutes passaient, plus Simon se persuadait que ce qu'il faisait ne servait à rien… La police avait déjà dû effectuer toutes ces vérifications lorsque Valerino avait été mis en accusation. Qu'est-ce que Simon pouvait espérer trouver de plus ? Pourtant, entêté, il alla jusqu'au bout des trois cartons.

Aucune illumination ne vint.

Raté. Raté sur toute la ligne, pesta Simon. Une matinée pour rien !

Simon redescendit. Clara était toujours au téléphone et prenait des intonations d'adolescente tout en minaudant. Elle devait sans doute parler à un journaliste parisien. Simon se tint debout près de Clara pour lui signifier qu'il avait vraiment besoin d'elle. Quelques longues minutes plus tard, elle raccrocha, toute rougissante.

— C'était M6.

Simon décrocha le combiné du téléphone et le posa sur le bureau.

— Clara, sérieux, j'ai besoin de toi.

— T'as rien trouvé, là-haut ?

— Rien de neuf…

— Qu'est-ce que tu veux savoir ?

— Tu l'as connu, toi, Valerino ?

Clara simula un effort terrible de concentration.

— Waouh. J'étais jeune et désirable à l'époque. On a bossé deux ans ensemble. J'ai le souvenir d'un type très banal. Assez moche. Cravaté. Genre petit con. Un peu fourbe sur les bords. Mais pas du tout le genre de type à aller buter un caïd de sang-froid.

— Je suis d'accord avec toi… Il y a un truc qui cloche.

— Et alors ? Qu'est-ce que t'espères trouver de plus que les flics, Casa ? Reprends plutôt ton vélo pour faire la circulation. Vu la panique ambiante, ça doit être un joyeux bordel. Tu seras plus utile là-bas !

Simon encaissa le coup, vexé. Clara ne l'avait même pas fait exprès. Simon enchaîna.

— Clara, est-ce qu'il y a un autre scandale, sur Mornesey, dans lequel il aurait pu être mouillé ?

— Tu sais, les scandales… sur l'île… il n'y en a pas eu des tonnes.

Elle ajouta, ironique :

— Même si on vit sur une île de brigands.

— Je t'ai dit, ils font leurs coups ailleurs… En général. Alors ? Les scandales de l'île ?

— Eh bien… Il y a eu le coup des marchés publics pour lequel Valerino a plongé, bien sûr… L'affaire de la touriste écossaise qui a disparu, il y a trois ans. Le voilier du milliardaire qui a coulé avec deux passagers, il y a quatre ans. Le coup de folie du vieux fermier, il y a six ans. Toute sa famille y est passée. Heu, quoi encore ? Le viol de la Hollandaise, il y a huit ans… Et puis sinon, il y a dix ans, les trois ouvriers morts sur le chantier des Sanguinaires.

Simon laissa tomber ses fesses sur le bureau, interloqué.

— Eh bé, à part ça, il ne se passe rien sur Mornesey ?

— Ben non… C'est pareil partout, non ?

— Franchement, je ne suis pas certain. Bien, on peut évacuer les histoires de meurtre et de viol. J'ai l'impression que ce n'est pas le genre de Valerino.

— Tu trouves ?

— C'est pas ce que je veux dire. Fais un effort ! S'il avait été mêlé à ces crimes, les flics auraient fait le rapprochement. Qu'est-ce qui nous reste ? C'est quoi, cette affaire des Sanguinaires ?

— C'est vieux, cette histoire. En plus, Valerino venait tout juste d'être embauché.

— Justement. Je me méfie des coïncidences. Alors ?

— C'est un complexe touristique qui devait être construit en bord de mer, sur le terrain de l'abbaye Saint-Antoine. Le champ s'appelait « les Sanguinaires ». Ça a fait des tas d'histoires parce que le terrain appartenait à une association de défense du patrimoine. La mairie a essayé de le racheter, si je me souviens bien. Finalement, c'est un groupe immobilier inconnu, Eurobuild, personne n'a oublié le nom sur l'île, qui a décroché le marché. Et au bout de trois semaines de chantier, une grue s'est écroulée. Ils construisaient sur du gruyère, les anciens souterrains de l'abbaye. Trois morts, trois ouvriers ! Faut croire que le nom, les Sanguinaires, leur avait porté la poisse. Tu vois, rien à voir avec Valerino.

Simon repassait dans sa tête ses cours de droit public, en particulier le droit de l'urbanisme.

— Et ils ont eu le droit de construire ?

— Ben, oui, évidemment, pourquoi ?

— Parce que logiquement, si le terrain était comme du gruyère, il n'aurait pas dû être constructible.

— Tu me dis ça à moi…

Clara regarda sa montre.

— Faut me rendre le téléphone, Casa, faut que j'y retourne. Je ne voudrais pas rater Fun Radio ou Skyrock.

Simon ne releva pas. Un engrenage s'agençait dans sa tête. Avant d'être embauché, lorsque Valerino était en stage à la mairie, il travaillait sur le plan d'occupation des sols ! Quelques mois avant le scandale du chantier des Sanguinaires.

— Clara, demanda Simon, on a les POS de l'île ?

— Bien sûr, on n'a même que ça !

Quelques minutes plus tard, dans la salle jouxtant le secrétariat, Simon étalait les quatre immenses plans de zonage de l'île de Mornesey sur la grande table ovale du conseil municipal. Quatre plans de deux mètres sur trois, pour couvrir toute la surface de l'île.

— Où il se situait, le projet touristique des Sanguinaires ? demanda Simon.

Clara pointa son ongle verni rouge un peu à l'est de l'abbaye Saint-Antoine, quelques centaines de mètres au-dessus de l'anse de Rubis. Simon se pencha sur le lieu que Clara avait désigné.

— Tu vois, sur le POS, la parcelle est en zone ND. Ça signifie qu'elle n'est pas constructible !

Clara regarda Simon comme s'il proférait une ânerie.

— Evidemment ! Après l'accident, la zone n'a plus été constructible. Tu penses !

— Logique. Un POS devient caduc au bout de cinq ans, environ. Il a forcément été révisé, depuis 1990.

Simon lut en haut du plan de zonage : *POS de Saint-Argan. Date de révision : 1996.*

— On l'a, l'ancien POS ? demanda Simon, excité.

Clara se contenta de lever les yeux au plafond. Simon comprit.

Archives. Escabeau. Trappe. Poussière.

Trois minutes plus tard, il redescendit avec l'ancien plan d'occupation des sols, daté de janvier 1990, soit quelques mois avant l'accident du chantier des Sanguinaires.

Entre-temps, Clara avait réussi à répondre à trois coups de téléphone, mais elle était déçue : elle n'avait parlé à aucun journaliste, seulement à des touristes paniqués qui voulaient quitter l'île au plus vite.

— Ils me gavent, soupira Clara en rejoignant Simon dans la salle du conseil municipal.

Simon étala à nouveau les quatre immenses plans de zonage. Il se pencha, promenant son doigt à l'est de l'abbaye, au nord de l'anse de Rubis. La même parcelle, entre l'abbaye et la mer, était classée en zone NA, c'est-à-dire, selon le code de l'urbanisme, en zone constructible !

— Je te l'avais dit, fit Clara.

— C'est sidérant qu'un tel terrain ait été constructible, s'étonna Simon. Ce document est rédigé par des experts, des géologues, des écologues, des architectes. On était en 1990, pas en 1970. On ne faisait pas n'importe quoi avec l'environnement et la sécurité. Pas si près de la mer, en plus ! La loi Littoral était déjà applicable. Elle date de 1986. Pas de construction, sauf exception, à moins de deux cents mètres de la mer.

— Et pourtant, insista Clara, la zone est constructible !

Simon réfléchissait.

— Valerino travaillait sur les plans d'occupation des sols. Mais il ne prenait aucune décision. Il n'était que stagiaire. Il assistait aux réunions. Au mieux, il prenait des notes, il faisait des photocopies. Il n'a pas pu influencer la nature du classement des parcelles avant que le POS ne soit approuvé par le conseil municipal. Par contre…

— Par contre ?

— Par contre, explosa Simon en donnant un coup de poing sur la table, il a pu trafiquer le POS après coup. Une fois le POS approuvé ! Ni vu ni connu. La parcelle qui n'était pas constructible le devient ! En échange d'une commission quelconque. D'une commission versée par cette boîte, Eurobuild… Ou par l'association de défense du patrimoine qui possédait le terrain. En devenant constructible, la valeur du terrain se trouvait multipliée par dix, par cent, peut-être plus.

— T'as de l'imagination, Casa, rien à dire. Mais comment tu veux prouver ça ? Dix ans plus tard ?

Simon ne répondit pas. Il se pencha et observa plus précisément le plan d'occupation des sols. La parcelle NA incriminée possédait une forme curieuse. Tout le littoral de l'île était classé en zone ND, c'est-à-dire strictement inconstructible, de même que la plus grande partie des terrains autour de l'abbaye. La parcelle constructible NA couvrait un morceau de landes et de champs, d'une forme régulière proche d'un losange, mis à part une sorte d'excroissance, un peu incongrue, tel un tentacule, s'étendant sur une centaine de mètres, jusqu'à proximité des ruines de l'abbaye.

— Regarde, Clara. La forme de la parcelle. Elle est tout de même curieuse. Comme si on avait ajouté un doigt. Juste là.

Clara haussa les épaules.

— Tu vois ce que tu veux voir. Toutes les parcelles ont des formes tordues.

Simon observa encore.

— Fais un effort, Clara. Regarde. Le dessin du trait de la parcelle en forme de doigt. Si on fait très attention, on dirait qu'il n'est pas tout à fait aussi régulier que les autres traits !

Clara prit le temps de détailler le dessin et finalement se releva.

— Je ne vois rien. Tu délires !

Simon lui-même n'était pas très sûr de lui.

Les plans de zonage des plans d'occupation des sols étaient tracés à la main par des architectes-urbanistes. On pouvait vaguement avoir l'impression que le trait de la zone NA incriminée avait été retouché, mais c'était très subjectif. Après un nouveau temps d'observation, Simon osa ajouter :

— Clara, tu ne trouves pas que le grain du papier est plus blanc, par endroits, sur la zone ?

— Ça me bousille surtout les yeux, ton truc. On finit par tout confondre à fixer comme ça ta carte. Tu peux voir ce que tu veux sur ce vieux plan jauni. Ton scénario tient peut-être la route, Casa, mais c'est pas en jouant au jeu des sept différences que tu apporteras des preuves. Si Valerino a manié le scalpel et de l'encre de Chine dans le dos des experts, ce qui est possible, il l'a fait proprement et, malgré tes doutes, t'en auras jamais aucune certitude.

Simon encaissa.

— Bon, excuse-moi, continua la secrétaire, je baisse le rideau de fer, c'est ma pause-déjeuner ! Avec tous ces événements, il faut que je garde des forces. Crois-moi, tu devrais faire pareil !

Clara sortit de son sac à main un yaourt aux fruits, dont l'indication *Light* barrait l'étiquette. Simon haussa les épaules. Il sortit de la mairie pour aller s'acheter à manger sur le port, un sandwich, une pizza ou autre chose de rapide à avaler.

Il avança dans les ruelles ombragées de Saint-Argan, perdu dans ses pensées. Clara avait raison, parfaitement raison. Il devait bien y avoir un autre moyen de prouver la fraude.

Simon revint un quart d'heure plus tard, tenant dans sa main un kebab gras débordant de frites, déjà à moitié dévoré. Clara finissait à peine de racler le fond de son yaourt. Elle eut un haut-le-cœur un peu forcé à la vue du repas choisi par Simon. Il ne le remarqua pas. Il marchait dans la pièce, lentement, grignotant mécaniquement son kebab, puisant au plus profond de son esprit de déduction.

Après quelques minutes, il exulta.

Bien entendu, il y avait un autre moyen de prouver la fraude !

Il avala une dernière bouchée, lança le reste de viande et de pain dans la poubelle la plus proche et demanda d'une voix déterminée :

— Clara, excuse-moi de troubler ta digestion. Je peux te poser une question : t'es bonne en calcul ?

19

L'exode

Je marchais en direction de Saint-Argan. Le port devait se situer à un peu plus d'un kilomètre. J'étais sur la partie la plus haute de l'île, mais la route était bordée d'un talus planté de noisetiers et on ne distinguait aucun panorama. Beaucoup de voitures me croisaient, beaucoup plus que d'habitude. Toutes filaient dans la même direction. Comme si le camping les Dauphins, le plus à l'est de l'île, se vidait d'un coup de tous ses vacanciers.

Bientôt, le flux ininterrompu des véhicules me lassa. Je grimpai les trois mètres de talus. Je savais qu'en coupant par la lande, on arrivait sur la route de l'Abbaye, juste en face de l'anse de Rubis. Il y aurait peut-être moins de monde. Je marchai péniblement dans un petit chemin, mélange de sable, de terre blanche et d'herbes éparses. Rapidement, la terre et les herbes se firent plus rares : j'entrais dans une pinède un peu vallonnée. Avec détermination, j'enfonçai mes pieds dans les petites dunes, essayant tant bien que mal de profiter de l'ombre des pins maritimes.

Après moins de trois cents mètres, je débouchai directement route de l'Abbaye, dominant de plus de quarante mètres la grandiose anse de Rubis. Tout de suite, l'incroyable agitation de la plage me sidéra.

Des voitures de flics partout.

Pas une ou deux. Tout un parking, comme dans les films.

Un long ruban orange servait de périmètre de sécurité pour interdire la plage. Des dizaines de badauds se tassaient derrière la rubalise. L'immense plage était d'ailleurs vide, ou vidée plutôt. La marée basse rendait l'étendue de sable désertée plus impressionnante encore. Seuls quelques types en bleu, en uniforme, comme des fourmis, occupaient l'espace : ils discutaient, se penchaient pour prendre des mesures, des échantillons de sable. Evidemment, l'idée première qui me vint fut celle d'un noyé. Mais tout ce remue-ménage semblait bien disproportionné pour un accident de baignade.

Des requins ?

Ça me fit sourire.

Il y avait aussi ces deux fuyards, sur l'île. C'était peut-être l'explication. Une certaine angoisse commençait à monter en moi. Les événements prenaient une drôle de tournure sur cette île depuis quelques jours, comme si quelque chose était en train de craquer. Comme si le décor paradisiaque de Mornesey se déchirait et partait en lambeaux.

Que découvrirait-on derrière ?

Je poursuivis mon chemin vers Saint-Argan. La route était plus bondée encore que celle de la Crique-aux-Mauves. Les voitures étaient obligées de rouler au ralenti. En observant l'intérieur des véhicules, j'avais l'impression qu'une majorité des vacanciers pliaient bagage.

Pourquoi décamper un jeudi ? En plein milieu de la journée ? Sous un soleil magnifique ?

Etrange ! J'imaginai qu'il devait y avoir un bouchon considérable pour embarquer sur le ferry. Heureusement, sur la piste cyclable qui longeait la route, je pouvais marcher sans avoir à me faufiler entre les pots d'échappement. Un peu plus loin, dans la file d'automobiles, désormais presque arrêtées, je repérai une voiture de journalistes aux couleurs de France 2. Il devait se passer un truc vraiment dingue pour que les journalistes du continent rappliquent aussi vite.

J'arrivai à Saint-Argan.

Curieusement, tout était calme. Les excités étaient certainement à la plage, ou avaient déjà fui ce mystérieux cataclysme. L'unique cabine téléphonique de l'île que je connaissais se situait sur la place centrale du village, la place du 20-Mai-1908. J'ignorais ce qui avait pu se passer ce jour-là.

J'entrai.

J'introduisis une pièce et je composai le numéro de ma grand-mère, Madeleine.

Trois sonneries dans le vide et mamy Madeleine me répondit.

— Mamy ? C'est Colin.

Mamy fut un peu surprise et très heureuse.

— Colin ! Comment vas-tu ? C'est gentil de m'appeler de ton camp. Surtout que tonton et tata m'ont dit que les téléphones portables y étaient interdits. Tu as beau temps ? Ça te plaît, la voile ?

Je la laissai dérouler les banalités d'usage. Depuis vingt-quatre heures, j'avais pris de l'assurance. Lorsque mamy reprit son souffle, j'attaquai sans sommation.

— Mamy. Est-ce que papa avait un frère jumeau ?

Mamy Madeleine resta scotchée à l'autre bout. Son pauvre petit cœur… Elle parvint tout de même à articuler :

— Qu'est-ce que tu me racontes, Colin ?

Son étonnement semblait sincère. C'était un test volontaire, l'effet de surprise. Je répétai :

— Est-ce que papa a un frère jumeau ?

Elle commençait à organiser ses idées.

— Mais non, voyons ! Qu'est-ce que tu vas chercher là ? Bien sûr que non ! Pourquoi tu me demandes une chose aussi idiote ?

J'avais décidé de jouer franc jeu. Pour la déstabiliser. Pour être certain.

— J'ai vu papa hier. Vivant. Sur l'île. Il conduisait une fourgonnette, sur le port.

Sa réaction fut celle que je craignais : l'inquiétude, l'inquiétude pour son petit-fils et sa santé mentale.

— Mon petit Colin. Non ! Ne va pas t'inventer des histoires comme celle-ci. Ne commence pas à te rendre fou avec ça. Ce n'était pas Jean que tu as vu sur le port. Ce n'était pas ton papa, ni son frère jumeau. Ton papa est mort. Il était fils unique. Je peux te le jurer sur ce que j'ai de plus cher au monde. Tu as simplement vu quelqu'un qui lui ressemblait. Tu as cru !

Une certitude se cognait aux parois de mon crâne : *Mais non, je n'ai pas cru. Je sais.*

Mamy continuait au bout du fil.

— Tu n'aurais jamais dû retourner sur cette île de malheur. Au début, j'étais d'accord. Mais ce n'était pas une très bonne idée au bout du compte.

J'avais l'information que je souhaitais. Elle avait l'air sincère. La piste du frère jumeau, à laquelle je ne croyais pas trop, m'avait effectivement l'air d'une impasse.

Je rassurai mamy Madeleine.

— Tu as raison, mamy. C'est sûrement quelqu'un qui lui ressemblait. Je voulais être sûr. Ne t'inquiète pas.

Mamy Madeleine me lança encore quelques « Tu es certain que ça va ? », mais je réussis tout de même à raccrocher.

Je regardai ma montre.

13 h 07.

Il fallait que je sois rentré au camp pour 16 heures… J'hésitai. J'avais faim. Entre ma nuit blanche et mon réveil d'épouvante, je n'avais mangé depuis hier soir que les langues-de-chat de Nounou !

Je jetai un coup d'œil aux alentours. Personne, ou presque. Le cardinal Mazarin, au centre de la place, sur son piédestal de pierre, regardait sans broncher en direction du port et de la mer, la barbichette finement taillée, les cheveux ondulés tombant sur ses épaules, les bras croisés sur sa soutane, les doigts crispés sur un parchemin aux inscriptions indéchiffrables. Indifférent, depuis longtemps, au chaos de l'île.

Direction le port, Mazarin avait raison !

Je décidai finalement de m'installer trente minutes au Grand Cormoran, la plus belle terrasse du village. Pour ne pas trop entamer mon timing serré. Je commandai une salade et un panaché. Je jetai un regard circulaire sur la terrasse et sur le port, au cas où le père Duval, Steph ou Yoyo se pointeraient, et aussi un peu pour mater les starlettes de Saint-Argan. Avec l'agitation sur l'île, le père Duval et les autres devaient être vigilants. J'imaginai leur réaction s'ils me voyaient seul à la terrasse, une bière à la main.

La terrasse du Grand Cormoran était presque vide.

Toujours cette impression qu'un raz de marée avait traversé l'île. Je réfléchissais pour organiser mon après-midi. Le plus important d'abord : me rendre au cimetière. Depuis dix jours, j'avais repoussé ce moment. Sans savoir pourquoi, il me semblait urgent de me rendre sur la tombe de mes parents. Comme un pèlerinage. Peut-être parce que si, devant la tombe de mon père, je restais encore persuadé qu'il était vivant, c'est qu'il l'était vraiment.

Ma salade arriva. Pour trente-cinq francs, trois radis, une dizaine de dés de jambon sur une montagne de salade verte. Les voleurs ! C'était vraiment une île de truands. A la table la plus proche de moi, j'avais repéré un vieux beau, le regard de faucon, la veste nickel, le portable greffé à l'oreille. Il se tapait à lui tout seul un méga plateau de fruits de mer accompagné d'une bouteille de vin blanc déjà à moitié descendue. Au prix de la laitue, j'avais du mal à imaginer celui des langoustines.

Malgré moi, j'écoutai le vieux beau hurler dans son portable.

— Mais non, criait-il. Je ne suis pas au Rubis. Qu'est-ce que je foutrais au Rubis ? Tu parles. Tous les nationaux y sont. Oui, radios et télés. Il en manque pas une. Y a embouteillage au Rubis. C'est pas là-bas que je vais décrocher de l'inédit.

Je repérai qu'il tenait dans sa main un stylo griffé *L'Ilien*. J'en conclus que ce devait être un des journalistes. Bon plan.

Le journaliste continuait.

— T'inquiète pas pour moi. J'ai mes tuyaux. Je suis introduit dans le milieu…

Il partit dans un immense éclat de rire, à faire s'envoler toutes les mouettes du port.

— Je les ai tous doublés, ce matin ! La panique sur l'île ! J'aurais bien voulu voir la gueule du maire et du directeur de la prison quand ils ont lu ma une. Cela dit, il faut pas que je tape trop fort non plus. Si tous les touristes foutent le camp, c'est aussi mes lecteurs qui se cassent.

Un silence.

L'autre devait lui poser une question. Le journaliste en profita pour vider son ballon de blanc puis cria la réponse.

— Si, si. C'est l'exode. Les campings commencent à se vider. Ça bouchonne sur un kilomètre, au terminal, il paraît. Le ferry en est aujourd'hui à son quatrième aller-retour avec le continent. Ils parlent de faire venir celui de Jersey en renfort. Ça décampe sec. Surtout depuis 9 heures ce matin. Tu penses. Les gamins sont pas près de revenir faire des pâtés de sable sur la plage de Rubis après ça.

Il partit à nouveau dans un immense éclat de rire.

— Oh putain, ça me change quand même de la Folie Mazarin. J'avais dix pages là-dessus au frais. Tu penses, pour l'instant, je les garde au frigo.

J'attendais. Je voulais poser quelques questions à ce journaliste, c'était l'occasion ou jamais. Un signe du destin. Il y avait longtemps que j'avais englouti ma salade et roté mon panaché, mais j'attendais. Le vieux beau n'arrêtait toujours pas. Il était au téléphone depuis près de trois quarts d'heure. C'était ça, le métier de journaliste ? La tchatche ?

Dire que c'était un métier qui me tentait ! Et il continuait.

— Tu te rends compte ? C'est la seule fois en huit ans que mon stock est épuisé. A 10 heures, tout était vendu. Là, je me repose un peu. Ce matin, ça n'a pas arrêté, les interviews. France Info, Europe 1. Tu vas même peut-être voir ma tête sur LCI. Remarque, faut en profiter. Demain, ils seront tous passés à autre chose. Pas grave. Je ressortirai la Folie Mazarin pour les survivants. Hein ? Ouais, je te laisse. Comme tu dis, il faut que je retourne m'introduire dans le milieu.

Il rit une dernière fois à pleines dents.

— Allez, tchao.

Enfin !

Je ne lui laissai pas le temps de respirer, de s'enfiler un bulot ou de se resservir un verre.

— Vous êtes journaliste à *L'Ilien* ?

— Oui.

Il n'eut même pas l'air surpris. Souriant. Plutôt sympa.

— Rédacteur en chef, même, mon garçon.

187

J'avais pris l'habitude. J'attaquai une nouvelle fois sans préambule.

— Excusez-moi. Je suis à la recherche de renseignements, de détails précis sur une affaire qui s'est déroulée sur l'île de Mornesey il y a dix ans. Elle concernait un archéologue, Jean Remy. Je ne sais pas si cela vous rappelle quelque chose ?

Le journaliste me dévisagea, longuement, comme on regarde une bête curieuse. Je devinai sa réaction. Il se passait un truc dingue dans l'île. Ces deux prisonniers en cavale et autre chose d'au moins aussi grave qui avait été découvert dans l'anse de Rubis. Tout le monde ne parlait que de ça depuis ce matin. Et moi, je débarquais avec des fantômes vieux de dix ans.

Hors sujet ?

Pas certain.

Le rédacteur en chef me dévisagea avec intérêt. Incontestablement, c'était un bon journaliste. Il savait se laisser surprendre. L'instinct. Il aurait dû m'envoyer chier, il avait mieux à faire aujourd'hui. Mais non, il avait flairé quelque chose. Sans saisir encore quoi.

— Pourquoi tu viens me demander ça, aujourd'hui ?

— Je suis le fils de Jean Remy. Je suis au camp du père Duval, sur la presqu'île…

Il en profita pour avaler une huître.

— Le fils de Jean Remy. Quelle journée ! Un cadavre. Un revenant.

Il me regarda à nouveau en sifflant une seconde huître.

— Ça va t'étonner, mais je me souviens un peu de toi. Tu étais haut comme trois pommes. C'est comment, déjà, ton prénom ?

— Colin.

— Colin, c'est ça. Bon, mon garçon, je ne vais pas pouvoir te parler, là. C'est un peu bousculé, aujourd'hui. Mais tu peux passer à *L'Ilien* quand tu veux. On a tous les numéros depuis quinze ans. T'auras tous les détails sur ton affaire.

Je le regardai avec un regard d'épagneul. Il compatit tout en remplissant son verre.

— Une sale histoire, tu sais, commença-t-il. Pas de chance pour ton père. C'était un brave type, mais il était mal entouré. Très mal entouré. Lui, je lui aurais fait confiance. Mais ses associés n'étaient pas fiables. Son grand pote, Maxime Prieur. Même son beau-frère. Il aurait dû se méfier. Il s'est laissé déborder. C'était un pur, ton père, mais tu sais, la pureté, face au fric… Ils l'ont broyé. Il n'était pas à sa place, je crois, sur cette île de truands. Il dérangeait tout le monde avec ses idéaux.

Je n'avais pas beaucoup de temps. J'allai droit au but.

— Vous n'avez jamais eu de doute sur sa mort ?

Le journaliste, surpris, hésita un peu.

— Non. Personne ne s'est vraiment posé la question. Il a laissé une lettre d'adieu… On a retrouvé le corps… Et puis, c'était presque prévisible… Avec trois morts sur la conscience.

Je m'enfonçai.

— Vous ne l'avez jamais croisé sur l'île, alors ? Croisé vivant, je veux dire.

Le rédacteur en chef de *L'Ilien* me fixa alors avec cet air de compassion que je détestais, ce regard que l'on adopte face à quelqu'un dont on doute de la santé mentale.

— Bien sûr que non, petit, je ne l'ai jamais revu. Et pourtant je fréquente cette île jour et nuit depuis quinze ans. Ton père est enterré au cimetière de l'île, avec ta mère, la plus belle fille de l'île à l'époque. Ton père avait beaucoup de chance, de ce point de vue-là. Petit, tu sais, je l'aimais bien, ton père. C'était quelqu'un de fidèle, à ses principes comme au reste. Sois fier, fiston. Ton père est mort avec dignité.

Le journaliste leva son verre.

— A la mémoire de ton père, Colin. Il aurait aimé cette modeste bouteille. Un petit vin blanc de Jersey, le dernier vignoble encore produit aujourd'hui dans les îles Anglo-Normandes.

— J'ai... j'ai cru le voir. Hier, sur le port.

— Ton père était très connu à Mornesey. S'il se promenait dans l'île, il serait immédiatement reconnu. Et alors, crois-moi, je serais au courant. C'était quelqu'un qui lui ressemblait...

Ses arguments ébranlaient mes convictions, mais il ne fallait pas que j'y pense, il ne fallait pas que je le lâche.

— Quand vous dites que mon père dérangeait tout le monde. Vous pensez à qui ?

Il reposa à contrecœur son bulot.

— C'est une longue histoire, compliquée... Il vaudrait mieux que tu lises les articles de l'époque. Tout le dossier. Là je ne vais pas avoir le temps. Ça mettait en jeu un gros groupe immobilier, Eurobuild, des illuminés ; ça mettait en jeu aussi l'Etat à cause de l'abbaye, un patrimoine historique. L'association de ton père et ses membres. La mairie de Saint-Argan aussi, à cause des permis de construire.

Subitement, il se figea, comme un chien en arrêt. Un instant, je crus qu'il faisait un malaise. Ses yeux se ranimèrent soudain.

— Po po po po, fit-il. Les permis de construire. Mon garçon, tu viens de me donner une idée.

Je le regardai sans comprendre.

— Ça m'était sorti de la tête, m'expliqua-t-il. Avec Valerino, j'étais resté sur son histoire de détournement de marché public. Mais au moment de l'affaire du chantier des Sanguinaires, il était déjà à la mairie, le gaillard.

Il posa sa main, impeccablement manucurée, sur mon épaule.

— Petit, tu es un cadeau du ciel. Ton papa va refaire la une du journal !

A partir de là, il ne s'intéressa plus à moi. Il reprit son portable et téléphona à quelqu'un qui devait être sa secrétaire.

— Ouais, à propos de Valerino. Le survivant. Je cherchais pour l'édition de demain ce qu'on pourrait écrire que les médias nationaux ne sortiront pas. Son affaire de corruption, tout le monde va se jeter dessus. Nous, on va ressortir l'accident des Sanguinaires. Oui, je sais qu'il n'avait rien à voir avec ça. Mais on peut tout de même fouiner, suggérer. Il était tout de même à la mairie, à l'époque. Tu es gentille. Tu me ressors le dossier. J'arrive.

Il partit en trombe dans la minute qui suivit, sans avoir touché à la moitié de son plateau de fruits de mer.

J'avais encore faim, mais je n'allais tout de même pas jouer les pique-assiettes.

Je consultai ma montre : 14 h 30. Je devais être de retour au camp à 16 heures. Il me fallait au moins trois quarts d'heure pour me rendre au cimetière, au nord de l'île. Puis encore un quart d'heure pour retourner au camp.

Le soleil jouait désormais à cache-cache avec les nuages qui s'accumulaient dans le ciel. Un léger vent se levait, comme si le temps était en train de changer.

J'avais un peu mal au crâne. Le panaché me tournait la tête. J'avais encore du boulot avant de devenir un héros ! A défaut de tenir l'alcool, j'avalais des kilomètres. Une nouvelle fois, je me retrouvai route de l'Abbaye. A pied, j'allais plus vite désormais que les voitures qui bouchonnaient. Au loin, j'apercevais encore des gyrophares.

L'exode !

Le journaliste n'avait pas tort. Les vacanciers avaient entassé à la va-vite tentes et bouées à peine dégonflées sur leurs galeries. Les coffres de toit débordaient. Les enfants pleuraient leurs jouets oubliés et leurs vacances terminées. Les plus grands guettaient avec curiosité par la fenêtre l'agitation des policiers.

Tout cela pour deux fuyards ?

Le journaliste avait aussi parlé d'un cadavre. Et de ce Jean-Louis Valerino. Un règlement de comptes entre les deux fugitifs, l'un était mort et l'autre courait toujours. J'avais bien saisi que le journaliste imaginait un lien entre cet évadé et le chantier de cette boîte, Eurobuild. Ça faisait aussi partie des points à éclaircir.

Plus tard.

Pour l'instant, une question principale me taraudait, une question que cet enfoiré de journaliste m'avait mise en tête.

Pourquoi étais-je la seule personne de l'île de Mornesey à avoir reconnu mon père ?

Au bout d'un kilomètre le long de la route de l'Abbaye, la chaleur et l'odeur des gaz des voitures, pare-chocs contre pare-chocs, devinrent insupportables. Nauséeux, je décidai de couper par un sentier au cœur de la lande, qui passait un peu au nord de l'abbaye Saint-Antoine et rejoignait ensuite la route de la Citadelle, presque face au cimetière.

A peine quittée la grand-route, j'eus immédiatement l'impression de me retrouver seul au monde. J'entendais juste le bruit des klaxons énervés, vite couverts par le vent dans la lande soufflant vers la mer.

Je marchais, et plus je marchais, plus la peur me gagnait.

Une peur irrationnelle.

La même peur irrationnelle qui poussait tous ces vacanciers à fuir ?

La route était à moins de cent cinquante mètres, surplombant la plage, avec un flic par mètre carré. Pourtant, cette histoire de détenus en cavale faisait peu à peu son chemin dans mon esprit. Le père Duval recommandait de ne jamais se promener seul. Obsédé par mon histoire personnelle, n'avais-je pas oublié les consignes les plus élémentaires de sécurité ? M'isoler, sur une île grande comme un timbre-poste, avec un criminel en fuite… Dans les broussailles qui entouraient chaque côté de l'étroit chemin, n'importe qui pouvait se cacher. Je progressais dans une jungle d'herbes folles, d'arbustes et de vieux pieds de vigne abandonnés depuis longtemps. Même à un mètre de moi, je ne pouvais rien voir.

Ça me rassurait un peu, finalement. Si les évadés se planquaient là, quelque part dans la lande, ils n'avaient pas intérêt à se montrer. Je tentai alors de chantonner les airs militaires que ces crétins du camp connaissaient par cœur.

Sous le fer et la mitraille...

Je chantais en marchant bruyamment, comme on le fait pour éloigner les vipères quand on avance sur des pierres sèches.

Par la poudre et le canon...

Si les types en cavale étaient devant, ils m'entendraient et auraient le temps de se cacher.

Nous irons vers la victoire...

Je devais avoir l'air complètement débile, à chanter tout seul dans la lande l'air du *Jour le plus long*, avec l'envie de vomir ma bière. J'aurais dû poursuivre par la route. Quitte à gerber...

Car ce jour est le plus[1]...

J'entendis soudain un bruit, un peu devant moi, distinctement.

Tout de suite, je me forçai à penser à un animal. Et, très vite, je raisonnai : « Fais comme si de rien n'était, marche de façon naturelle. Si c'est le fugitif, ce Valerino dont le journaliste a parlé au téléphone,

---

1. Extraits de *Le Jour le plus long*, paroles d'Eddy Marnay, musique de Paul Anka © EMI Hastings Catalog, Inc., pour la première édition, 1962.

et qu'il a l'impression que tu l'as repéré, tu es mort. Ta seule chance, c'est de faire comme si tu n'avais rien entendu. »

Je continuai de chanter. Malgré mes pensées qui s'affolaient, je parvenais à tenir la mélodie sans trop trembler. Ça pouvait être aussi un couple en train de faire l'amour. Je n'avais aucune envie de jouer les mateurs pour vérifier.

Devant moi, les branches d'un arbre bougèrent.

Quelqu'un était caché là !

Chanter. Continuer. Ne pas tourner la tête. Ne pas réagir.

J'avançai.

Tenir au même rythme. La route de la Citadelle ne devait plus être très loin.

Malgré moi, mes pas s'accéléraient.

Je ressentais une impression étrange. Je devinais une menace invisible. Tout en avançant, j'arrêtai de fredonner. J'entendis des bruits de pas en écho aux miens.

Un râle, une respiration difficile.

Quelqu'un marchait derrière moi !

Je luttais contre moi-même.

Continuer.

Faire comme si je n'avais rien entendu.

D'énormes gouttes coulaient dans mon dos. Rester naturel ? Et me prendre une lame de couteau par-derrière sans même me retourner. La respiration se rapprochait de moi. Je baissai les yeux vers mes pieds : une ombre, une deuxième ombre, s'étirait juste derrière la mienne.

Ma gorge s'étrangla.

Terrifié, je m'attendais à ce que de grosses mains velues s'enroulent autour de mon cou. L'ombre se rapprochait, se confondait avec la mienne. Elle était sur moi. Impossible de lutter. Je me retournai.

Je hurlai !

Devant moi se tenait un monstre. Visage édenté. Vêtu de haillons. Des longs cheveux blancs. Une allure de marin ivrogne sorti d'un film de pirates. Ce n'était pas Yoyo ni quiconque déguisé. C'était un fou assoiffé d'alcool.

Il se pencha vers moi, avança sa main sale tout en cherchant à articuler quelque chose.

20

Zone NA

Jeudi 17 août 2000, 14 h 15,
mairie de Saint-Argan, île de Mornesey

Clara léchait d'une langue gourmande les dernières traces de yaourt sur sa petite cuillère. Elle se retourna vers Simon.

— Comment ça ? Bonne en calcul ?

Clara éclata de rire.

— Tu sais parler aux femmes, Casa. Tu as tout de suite su repérer mes qualités.

Elle rit à nouveau.

— J'avais déjà du mal à faire les leçons de mes frangins. Et tu te doutes qu'ils ont pas été bien loin à l'école…

— OK, fit sérieusement Simon. Alors, tu tiens la calculette. On va tout recompter.

— Quoi ?

— Pour voir si le plan est trafiqué, il n'y a qu'une solution. Comparer les surfaces du plan de zonage avec celles calculées dans le rapport de synthèse du plan d'occupation des sols.

— Tu me traduis ?

Simon attrapa le dossier cartonné qui contenait le POS. Il sortit un cahier orange qu'il feuilleta rapidement.

— Voilà, page 63, total des superficies des parcelles de l'île, par type de zonage. L'île de Mornesey fait 1 512 hectares, dont, selon le POS, 345 hectares de zones urbanisées, 852 hectares de zones non constructibles et 315 hectares de zones NA, c'est-à-dire constructibles dans l'avenir. Il suffit de calculer sur le plan de zonage si cela correspond. Si ça ne correspond pas, c'est que le POS a été trafiqué en 1990.

Clara se prit la tête entre les mains.

— T'es malade, ça va prendre des plombes.

— Mais non… C'est juste un peu de géométrie. J'ai fait ça toute ma vie. Trafiquer discrètement le plan de zonage, effacer une frontière et en mettre une autre, c'était sans doute possible. Trafiquer le rapport de synthèse, c'était certainement plus difficile pour Valerino.

— Avec un traitement de texte, ce n'est pas très dur.

— A condition d'avoir le fichier… Allez, on s'y met.

Clara soupira. Elle alla chercher à contrecœur une calculette dans le secrétariat, puis s'installa dans le fauteuil le plus confortable de la salle municipale, c'est-à-dire le fauteuil de velours rouge du maire.

— Au moins je n'aurai pas tout perdu. J'ai toujours rêvé d'enfoncer mes fesses ici !

Simon pensa qu'il était utile d'encourager Clara.

— Votre rouge à lèvres est parfaitement assorti avec le fauteuil, madame le maire.

— Cause pas. Balance ta science. J'ai les doigts qui s'engourdissent.

Le calcul prit près de trois heures. Simon avait présumé de ses compétences en géométrie. Le recensement des parcelles s'avérait finalement très complexe. Il se contenta de recalculer sur le plan de zonage l'ensemble des zones NA. Simon mesurait les coordonnées avec une règle et transmettait les chiffres à Clara qui multipliait et additionnait l'ensemble. Lorsque Simon annonça les dimensions de la dernière parcelle NA, il demanda avec inquiétude à Clara :

— Alors, combien ?

Clara prit une profonde inspiration.

— 315 hectares. Pile-poil ! La bonne nouvelle, c'est qu'on sait compter tous les deux. La mauvaise, c'est que le plan d'occupation des sols n'a pas été trafiqué ! 315 hectares NA dans le rapport des experts. 315 hectares NA sur le plan. On s'est tapé trois heures de géométrie pour rien. Remarque, Casa, pour s'occuper, c'est pas plus idiot que des mots fléchés. Mais moi, la prochaine fois…

— Clara ! cria Simon.

Il était visiblement vexé et avait du mal à accepter les sarcasmes de la secrétaire.

Clara sifflotait.

— Chier ! Merde ! s'énerva Simon. L'enfoiré, il a bien verrouillé son affaire.

— Ou il n'a rien trafiqué du tout !

Clara sortit de son sac à main un vernis à ongles rouge vif. D'un geste souple, elle envoya valser sa sandalette de cuir sur le plan de zonage et posa son pied sur la grande table ovale. Délicatement, elle commença à se vernir les ongles des doigts de pied.

Simon soupira.

Il fixa le dossier du plan d'occupation des sols. Une chemise cartonnée orange. En haut à droite de la couverture, il repéra le nom du bureau d'études qui avait réalisé le POS : *Sites et Territoires. Architecte urbaniste conseil.* Simon releva la tête. Clara, pour peindre les ongles de ses orteils, se tenait dans une position particulièrement impudique : sa jupe orange à grosses fleurs vertes avait glissé le long de sa jambe levée, jusqu'en haut de ses cuisses.

Simon toussota.

— Ils doivent toujours exister, ces architectes ? demanda-t-il. Tu les connais ?

— Laisse tomber, lâcha Clara sans même relever le regard vers lui.

Elle terminait le premier pied.

— Jamais !

La secrétaire haussa les épaules.

— Inconnue au bataillon, cette boîte. Mais c'est forcément une boîte du coin. Pour les POS, on prend pas des Parisiens.

— T'as l'annuaire ?

— On est en août, Casa. Ils doivent être en vacances.

— D'accord. Neuf chances sur dix pour qu'ils soient en vacances. Je mise sur la dixième.

Clara souffla sur ses orteils pour les faire sécher.

— T'as de la chance, c'est sec…

Elle se redressa et passa en lui lançant un regard frondeur.

— Comment tu dis ?

— Sites et Territoires.

— Je vais voir ce que j'ai sur ma bécane.

Une minute plus tard, elle revenait et tendait une feuille imprimée à Simon.

— Voilà ton bureau d'études. Adresse, téléphone, fax, e-mail, raison sociale. Je téléphone ou tu vas pouvoir te débrouiller tout seul ?

Simon jeta un coup d'œil à la sandalette restée sur le plan de zonage.

— Fais l'autre pied avant que M6 débarque !

— T'as aimé ça, hein, te rincer l'œil ?

— J'ai adoré. Tes cuisses sont ce que t'as de mieux conservé !

— Connard !

Clara retourna s'asseoir dans le fauteuil du maire et fit valser sa seconde sandalette sur le plan de zonage, presque à côté de la première. Elle reprit sa pose provocante. Mais avec l'autre jambe.

Simon attrapa le portable accroché à son ceinturon et composa le numéro du bureau d'études. Il poussa presque aussitôt un juron.

Clara jubila.

— Personne ?

Simon lui fit signe de se taire d'une grimace. Il prit une voix solennelle et déclama :

— Police de Saint-Argan, île de Mornesey. Nous avons besoin d'un renseignement très précis et particulièrement urgent concernant le POS de Saint-Argan révisé en 1990. Vous aviez réalisé le rapport et le plan de zonage. Je dois connaître la surface exacte des zones NA de l'île de Mornesey. C'est inscrit dans le POS dans le rapport de synthèse, page 63, si vous l'avez conservé en archive. Merci de rappeler le plus rapidement possible au 06 11 26 36 31. C'est peut-être une question de vie ou de mort.

— Répondeur ! fit Clara, goguenarde.

— Ils vont rappeler !

— Sûr… Tu leur as mis la pression ! A condition qu'ils aient ton message avant fin août. En attendant, une autre idée ?

— Tu commences à me connaître. Je ne renonce jamais.

Simon se mit à réfléchir à haute voix.

— Les plans d'occupation des sols, c'est simple. Il y en a deux exemplaires officiels : un à la mairie, pour qu'ils puissent être consultés par tous les habitants, c'est la loi. Et un autre centralisé à la Direction départementale de l'équipement, pour que l'Etat puisse contrôler sa légalité, et ensuite la conformité des décisions municipales vis-à-vis du POS. Plus éventuellement une copie au bureau d'études qui a fait le boulot…

— Eventuellement, ironisa Clara.

— Clara, avant de prendre ton deuxième pied, peux-tu me trouver le numéro de la DDE, à Saint-Lô ?

Clara prit un air faussement nostalgique.

— Ah… Prendre mon deuxième pied…

— Delpech peut plus ?

— Petit con ! Fais le 12 !

Elle saisit à nouveau son vernis à ongles et leva le plus haut qu'elle put sa jambe, découvrant même ostensiblement une petite culotte rouge. Simon détourna les yeux et composa le 12.

— Passez-moi la DDE de Saint-Lô. C'est urgent. Commissaire Simon Casanova. Ile de Mornesey.

Clara ne put s'empêcher de pouffer.

Dix secondes plus tard, Simon obtenait la DDE de Saint-Lô.

— Mademoiselle, commissaire Simon Casanova, en mission spéciale sur l'île de Mornesey. Vous êtes au courant, je suppose, les infos ne parlent que de ça, la cavale sur l'île, le meurtre sur la plage. Vous êtes la secrétaire de la DDE ?

— Oui, répondit une voix timide.

— OK. Vous savez où sont archivés les POS ?

— Oui, aux archives…

Simon soupira.

— OK, mademoiselle. Vous allez me chercher dans les archives le POS de la commune de Saint-Argan, sur l'île de Mornesey. Attention, mademoiselle, pas l'actuel, celui de 1990.

— Oh là là, fit la secrétaire peu enthousiaste. Je ne sais pas si on l'a encore. On ne m'a jamais demandé ça. Il a été révisé depuis 1990 ! Vous êtes certain que vous ne voulez pas le plus récent ?

— Non ! hurla presque Simon. 1990 ! Vous ne jetez rien à la DDE. Je le sais.

— Ben justement. Si ça se trouve, il est tout en dessous de la pile.

Simon s'énerva.

— On a un assassin en cavale sur l'île, mademoiselle. Il peut frapper d'un instant à l'autre. Alors foncez !

Simon entendit des pas s'éloigner. Pas si rapidement qu'il l'aurait souhaité. Il attendit plus de dix minutes.

Clara avait terminé son second pied et laissait sécher ses orteils.

— J'aimerais bien me faire poser un piercing. Mais j'ose pas. T'en penses quoi, Casa ?

— Hein, quoi ?

— Un piercing ? A mon âge, ça fait pas trop…

— M'en fiche !

— Ils l'ont paumé, ton dossier, Casa. Ou, mieux, Valerino l'a fauché !

Au même instant, Simon entendit des pas qui se rapprochaient.

— Je l'ai, monsieur !

— Commissaire.

— Pardon.

— Ouvrez la page 63, s'il vous plaît. Vous y êtes ? Lisez-moi, dans le tableau *Total récapitulatif du plan de zonage*, le chiffre qui est inscrit dans la colonne NA.

— La colonne NA ?

— Oui…

— 315, monsieur le commissaire !

— 315 ? Vous êtes certaine ?

— Absolument, monsieur le commissaire.

Devant la mine déconfite de Simon, Clara tenta de lui faire un signe de réconfort. Mais Simon n'abandonnait pas.

— Il y a le plan de zonage, dans le dossier ?

— Oui, monsieur le commissaire.

— Dépliez-le. Vous allez suivre le trait de côte jusqu'à l'anse de Rubis. OK, vous y êtes ?

— Oui, monsieur le commissaire.

— Vous n'êtes pas obligée de dire « monsieur le commissaire » à chaque fois.

— Oui… Monsieur… Casanova.

Simon souffla avec lassitude.

— Au-dessus de l'anse de Rubis, il y a une zone NA, qui possède à peu près la forme d'un losange. Vous la voyez ?

— Oui… Mons… Mais ce n'est pas exactement un losange. Il y a un losange plus une bande de terrain, près de l'endroit qui est appelé abbaye Saint-Antoine. La zone, c'est un losange plus cette espèce de doigt.

— Je vous remercie, mademoiselle.

Simon claqua le téléphone de rage et hurla.

— Et merde ! C'était certain. Valerino a fait son stage à la DDE, après celui à la mairie. Il a eu tout le temps de faire l'échange du texte et du plan de zonage.

Clara se leva puis se pencha sur la table pour récupérer ses sandalettes. Elle se tourna vers Simon.

— Ou bien il n'a rien échangé du tout et tu délires ! Rends-toi à l'évidence. Les deux exemplaires des POS à la mairie et à la DDE sont rigoureusement identiques. Même s'ils avaient été trafiqués, comment veux-tu trouver une preuve, dix ans après ?

Simon réfléchissait. Il regardait le plan de zonage un peu jauni étalé sur la table.

Un plan de trois mètres sur deux.

— Tu te rends compte, fit Clara. Trafiquer un tel truc !

Simon ne répondit pas. Il resta longtemps le regard fixé sur la gigantesque carte. Un éclair passa enfin devant ses yeux.

— Bien sûr ! Tes doigts sont encore capables de taper sur un clavier ?

Clara fit une grimace.

— Prépare l'annuaire électronique, continua Simon. J'ai encore une idée de génie, une autre...

— Jamais il fait une pause, le génie ? soupira Clara.

— Non. Et là, tu vas être épatée.

21

Profanation

Jeudi 17 août 2000, 15 h 03,
route de la Citadelle, île de Mornesey

Je n'avais jamais été très bon en sport. Pourtant, cet après-midi, j'avais dû battre tous mes records personnels. Avant que le type à figure d'ivrogne ait le temps de baisser ses bras sur moi, de prononcer le moindre mot, je me mis à courir sans penser à rien d'autre. A la vue de l'état physique du zombie, je me disais qu'il avait peu de chances de me rattraper, sur la durée, en endurance…

A condition qu'il ne cache pas d'arme à feu dans sa poche.

Le dos trempé, je sprintais sans me retourner. Les herbes hautes fouettaient mes jambes. Je n'osais pas les regarder, mais j'avais l'impression qu'elles étaient en sang.

Mon cœur cognait comme jamais. J'étais parti trop vite.

Jamais je n'allais tenir à cette allure. J'avais été stupide. J'allais craquer, m'effondrer sur le côté. Il allait me rejoindre. Je n'avais pas couru depuis au moins un an. Pourtant, par miracle, mes jambes parvenaient encore à me porter. Pour combien de temps ? Surtout, regarder devant.

Courir.

Etait-il encore derrière moi ?

Courir jusqu'à la route.

La route ?

Oui !

Elle m'apparut, enfin, deux cents mètres plus loin. Je ne pouvais plus craquer, plus maintenant.

J'entendais à nouveau les klaxons, les cris, les bruits. Je ne sentais plus mes jambes, ni le fouet des herbes sur elles.

Ne pas se retourner. Continuer jusqu'au bitume. Jusqu'à cette file ininterrompue de voitures qui me sembla soudain si rassurante.

J'arrivai à la route.

Les voitures n'avançaient pas.

Sur ma lancée, sous les regards étonnés des automobilistes, je traversai sans ralentir la départementale, accélérant encore, et enfin, de l'autre côté de la chaussée, protégé de mon agresseur par un mur d'automobiles pleines à craquer de bons pères de famille prêts à me défendre, je m'effondrai.

Je vomis presque instantanément mon panaché, ma laitue et mes dés de jambon. Finalement, je ne regrettais pas l'assiette de fruits de mer. Une fillette de six ans, le nez collé à la vitre de l'Audi 80 immobilisée de ses parents, me regardait avec une attention gênante. Au point mort. Je m'essuyai comme je pouvais avec un mouchoir en papier, la fille continuait de me dévisager.

Je jetai un coup d'œil à travers la file de voitures. Aucune trace de mon poursuivant. Je l'avais visiblement décroché.

Qui était ce monstre ? Le fugitif, Valerino ?

Possible…

Il allait falloir que je prévienne la police. Peut-être.

Pourquoi aller chercher des ennuis ? Je marchai le long de la route de la Citadelle. La file de voitures me faisait face : toutes se rendaient au terminal du ferry pour rejoindre le continent.

Comme pour accentuer la sinistre impression que laissait la fuite des vacanciers, le soleil lui-même avait déserté le ciel de l'île. Des nuages gris menaçants s'accumulaient jusqu'au continent. C'était la première fois depuis que j'étais sur l'île. Un vent insistant glaçait mon dos trempé de sueur.

Je reprenais mes esprits, petit à petit. Après tout, cet ivrogne n'avait peut-être rien à voir avec l'évadé. Il pouvait s'agir d'un type surpris dans son sommeil, d'un ancien marin, d'un clochard. Plus effrayant que dangereux. Il ne m'avait rien fait, il ne m'avait pas agressé, il ne m'avait peut-être même pas suivi.

J'avais pris peur tout seul.

J'arrivai au cimetière. Son long et haut mur bordait la route sur une centaine de mètres. Qu'il soit si près des voitures me rassurait. Une fois dans le cimetière, je n'allais pas me retrouver seul. Pas vraiment.

Je poussai la grille. Bien entendu, elle grinçait, comme dans les pires films d'horreur.

J'entrai.

Tout de suite, je déchantai. Les hauts murs du cimetière ne permettaient pas, à l'intérieur, de voir la route. Je m'avançai un peu. Même les bruits de la rue semblaient se dissoudre dans l'étrange ambiance silencieuse de ce lieu macabre. Je m'avançai encore. Le cimetière était désert.

Evidemment.

Je me fis la réflexion que si le type de tout à l'heure entrait, j'étais coincé. Personne ne pourrait nous voir, à moins de se positionner devant la grille. De l'autre côté du mur, personne ne pouvait deviner ce qui se passait dans le cimetière. Je serais pris au piège.

Je regardai avec inquiétude derrière moi. J'avais bien refermé la grille. Si quelqu'un l'ouvrait, je l'entendrais. Et pourquoi ce type m'aurait-il suivi jusqu'ici ?

Le cimetière n'était pas immense, mais je n'avais aucune idée de l'endroit où pouvait se trouver la tombe, ou les tombes, de mes parents. Je pensai que le tour serait vite fait.

Le temps couvert, l'absence de soleil, rendait encore plus lugubre le lieu. Derrière les deux grands ifs plantés sur le côté ou les plus hautes stèles, n'importe qui aurait pu se dissimuler dans la pénombre.

Je commençai à chercher. Tout de suite, les dates me fascinèrent. Je me fis la réflexion que l'on n'écrivait jamais sur les tombes l'âge auquel la personne était morte. Et pourtant, instinctivement, c'était la première chose que l'on calculait en regardant une tombe.

Devant chaque sépulture, je faisais machinalement la soustraction entre l'année de mort et celle de naissance.

Quatre-vingt-trois ans.

Soixante-sept ans.

Lorsque la différence descendait sous les soixante ans, j'imaginais le drame. La vie brisée. Le désarroi de ceux qui restent. D'ailleurs, ces tombes, que dans ma tête j'appelais « les moins de soixante », étaient généralement mieux entretenues.

Etait-ce aussi le cas pour la tombe de mes parents ?

Qui l'entretenait ? Nounou ?

Pas Thierry et Brigitte, en tout cas. A moins qu'ils ne payent quelqu'un pour cela, sur l'île. Jamais je n'en avais entendu parler.

Dans la rangée suivante, je me retrouvai face aux enfants. Des petites cages en fer forgé rouillé. Moins d'un mètre. Et toujours mon macabre calcul.

Quatre ans. Six ans. Un an. Trois mois.

Des photos, parfois. Je frissonnais, le dos mouillé, gelé.

Je n'avais jamais rien vu de plus atroce que ces petites cages. Je réalisai que j'entrais dans un cimetière pour la première fois. Je sentais l'angoisse monter en moi.

Se dépêcher. Trouver la tombe de mon père et de ma mère.

J'accélérai le rythme. M'attarder sur chaque emplacement, chaque nom, chaque année de décès augmentait ma frousse. J'essayai alors de rechercher plus mécaniquement, de lire seulement le nom. Mais parfois, il n'y en avait pas, ou il était presque effacé.

Petit à petit, je gagnai en efficacité. Lorsque les plaques mortuaires indiquaient *A ma grand-mère*,

A mon grand-père, je les contournais. Et c'était la plupart des cas…

J'allais vite désormais, je me sentais entraîné dans un étrange tourbillon. Lire tous ces noms d'hommes et de femmes morts, de plus en plus vite, comme pour battre un record funèbre. L'idée idiote me traversa qu'il serait plus simple de ranger les tombes par ordre alphabétique.

Pourquoi pas après tout ? Ou par ordre chronologique.

Pourquoi un tel bordel ?

Je ne trouvais aucune trace du nom de mon père ou de ma mère. Mon angoisse augmentait à nouveau. J'avais presque parcouru les trois quarts des allées.

Et si je l'avais ratée ?

Et si la tombe n'était plus ici ?

J'avais souvent entendu mamy Madeleine dire que papa et maman étaient enterrés là. Mais c'était il y a longtemps.

Et peut-être m'avait-elle menti ?

Non… Le journaliste, tout à l'heure, avait lui aussi parlé de la tombe de mon père, ici. Ou bien, il existait un autre cimetière sur l'île ? Pourquoi pas ?

Tout en marchant, je continuais à désespérer. Qui l'entretenait, cette tombe ? Si personne ne s'en chargeait, peut-être qu'au bout d'un certain temps, on donnait l'emplacement à un autre. Ça pouvait paraître logique. Mais il y avait dans les cimetières de très vieilles sépultures, très peu entretenues. En dix ans, la tombe de mes parents ne pouvait pas avoir atteint l'état de délabrement de celles d'avant-guerre. Encore une nouvelle allée.

J'attaquai les dernières.

Soudain, mes yeux se figèrent.

Jean et Anne Remy, 1959-1990 ; 1960-1990.

Une tombe pour deux.

Mon cœur chavira.

Devant moi, la tombe de mes parents était entièrement souillée.

Profanée.

A l'aide d'une bombe de peinture rouge, quelqu'un avait grossièrement tagué le marbre.

Une tête de mort.

Des sexes d'homme.

Des croix.

L'ensemble de la tombe avait été vandalisé.

Je restai blême, incrédule, meurtri au plus profond de ma chair.

Qui pouvait bien avoir commis un tel acte ? Qui pouvait avoir osé une telle profanation ? Quelle folie avait pu générer une telle horreur ?

Et pourquoi ?

Pourquoi s'attaquer à la tombe de mes parents ?

Pourquoi était-ce la seule dans ce cas dans le cimetière ? La seule taguée dans ce cimetière tranquille ?

Pourquoi ?

Je me baissai. La peinture semblait encore fraîche. Le vandale avait agi il y a moins de deux jours. Toutes les plaques mortuaires, très nombreuses sur la tombe, étaient elles aussi souillées. *A mon fils. A ma belle-fille. A ma sœur.* Une plaque originale, offerte par les membres de l'association Saint-Antoine, rappelait les pierres de l'abbaye. Il y avait même une plaque de la mairie : *Aux plus fidèles amoureux de l'île de Mornesey.*

Une autre, imposante, en marbre, non signée, était gravée *A mon meilleur ami.*

Qui pouvait l'avoir offerte ? Ce fameux Raphaël ou Gabriel, le promoteur plein aux as ? Ou bien ce Maxime Prieur dont j'ignorais tout ?

Je m'approchai encore.

Sur la tombe, un cadre de verre incrusté dans le marbre contenait une photographie de mon père et de ma mère.

Un nouvel électrochoc de fureur me secoua.

Dans son cadre de verre, la photographie de mes parents était méconnaissable. Quelqu'un, à l'aide d'une pointe ou d'un couteau, s'était acharné sur le verre, entaillant presque l'ensemble de la surface. Il était impossible de distinguer le visage de mes parents.

Qui pouvait avoir pour eux une telle haine, jusqu'à vouloir faire disparaître leur visage ?

Un profond sentiment de colère me submergeait.

Qui ?

Pourquoi ?

Toute la journée, chacun m'avait convaincu que mon père était un type bien, digne, apprécié. Pourtant, quelqu'un avait sali sa mémoire. Quelqu'un lui en voulait au point de profaner sa tombe, de vouloir détruire son image.

Je pensai aux familles des ouvriers tués sur le chantier.

Mais pourquoi un tel acte, dix ans plus tard ? Aujourd'hui, le jour de mon retour ? Mon père était-il réellement cet homme admirable que Nounou m'avait décrit ? Est-ce qu'on ne me mentait pas, une nouvelle fois ? Mon père fidèle, père et mari modèle, le plus beau couple de l'île, uni dans la mort, faisant même désormais tombe commune avec sa femme... Cela aussi, c'était une fable qu'on me servait. Puisque ma mère reposait seule sous cette plaque de marbre. Mon père découchait, même dans son cercueil !

Je le savais.

Il ne dormait pas dans cette tombe ! Il se promenait librement sur l'île dans une camionnette blanche.

Pour aller retrouver cette fille rousse qu'il pelotait sous les yeux de ma mère ?

Qu'était-elle devenue, cette fille ?

Avait-elle quelque chose à voir dans la disparition de mon père ?

Tout n'était que mise en scène. Tout le monde me mentait.

Qui était mon père, en réalité ?

Le grincement de la grille du cimetière me sortit brusquement de mes pensées.

Je me retournai.

Malgré le ciel bas, la pénombre du lieu, je reconnus immédiatement sa silhouette sombre.

C'était lui !

Le marin fou, l'ivrogne sans dents. Je ne l'avais pas réveillé sur la lande, je ne l'avais pas croisé par hasard.

Il me suivait.

C'est bien à moi qu'il en voulait.

22

CQFD

Jeudi 17 août 2000, 15 h 09,
mairie de Saint-Argan, île de Mornesey

Clara se planta devant Simon, provocante.

— Alors, Casa ? Epate-moi !

Simon sourit de satisfaction.

— Voilà l'idée de génie, Clara. A l'origine, deux plans de zonage exacts, un ici et un à la DDE. A l'arrivée, deux plans de zonage trafiqués.

— Que tu dis !

— Que je prouve ! Deux bons plans et deux mauvais plans, c'est deux plans en trop.

— Les mauvais plans, ça me connaît, ironisa Clara.

— Concentre-toi un peu. Ecoute ça. A ton avis, combien y avait-il de boîtes dans le coin, en 1990, capables de photocopier un tel document, deux mètres sur trois ?

— J'en sais rien.

— Eh bien on va savoir... C'est toi la reine d'Internet !

Après quelques recherches, ils constatèrent qu'en 1990, il n'existait dans un rayon de cinquante kilomètres qu'une seule entreprise capable d'effectuer des photocopies sur de très grands formats. Une entreprise toujours florissante aujourd'hui, Copie Plus, quelque part dans la zone industrielle de Granville.

Simon téléphona dans la minute qui suivit au standard de Copie Plus. Il avait mis l'ampli et Clara écoutait, amusée. Il refit le coup du commissaire Casanova, du fugitif sur l'île, de l'urgence, de la question de vie ou de mort. La secrétaire fut tout aussi paniquée d'apprendre que cette question de vie ou de mort dépendait d'elle, et de sa capacité à retrouver une facture datant de… 1990.

— Oui, bien sûr, tout est archivé, mais tout de même…

— Foncez, mademoiselle, chaque seconde compte !

La secrétaire galopa. Elle avait emporté avec elle son téléphone sans fil.

— Je suis devant les boîtes archives de 1990, monsieur le commissaire. C'est énorme. On a là toutes les commandes et toutes les factures depuis dix-sept ans que la boîte existe. Je ne savais même pas qu'on gardait tout ça. Quel mois vous voulez ?

— Janvier ou février.

— Et on cherche quoi ?

— Des tirages du plan d'occupation des sols de Saint-Argan. Un plan de zonage de trois mètres sur deux. Ça ne doit pas être banal comme commande.

Il entendit la secrétaire s'activer. Cela dura moins d'une minute.

— Ça y est, je l'ai. Le 12 janvier 1990. Deux impressions du POS de Saint-Argan. Le client est

Sites et Territoires. On les connaît bien, c'est une boîte d'architectes-urbanistes. On bosse pas mal avec eux.

— D'accord, d'accord. Continuez à chercher, mademoiselle.

— Quoi, encore des plans ?

— Oui, le même.

— Le même ?

Le silence dura moins de dix secondes.

— Vous aviez raison, monsieur le commissaire.

— Quoi ?

— Deux photocopies ont été commandées, le surlendemain, le 15 janvier. Même taille, même titre, *POS de Saint-Argan.*

— Et même client ?

— Non. Là, on n'a pas de nom de client… Ni sur la commande, ni sur la facture. Ça arrive. Le client a dû payer en liquide.

— Je vous remercie, mademoiselle.

Simon reposa le téléphone en criant sa victoire :

— CQFD, Clara. CQFD ! Quatre impressions du plan de zonage. Deux commandées par le bureau d'études… Deux par le mystérieux client.

Clara se fit l'avocat du diable.

— Les deux premiers ont peut-être été tachés… Ou bien déchirés. Ou bien il en fallait deux exemplaires supplémentaires pour quelqu'un d'autre.

— Et ils seraient où, ces deux exemplaires ? Non, Clara. Quatre plans de zonage, c'est deux de trop. Les deux premiers ne sont pas falsifiés, ils arrivent en mairie et à la DDE. Valerino récupère celui de la mairie, le trafique, en fait faire deux photocopies dans

218

les quarante-huit heures qui suivent, et remplace les vrais plans de zonage par les faux. Quelques jours ou quelques semaines plus tard, il fait de même à la DDE. C'est aussi simple que ça. Plus personne ne va faire attention à ces quelques hectares parmi les mille cinq cents de l'île. Et même, dans ce cas, qu'est-ce qu'on peut dire, à part que le bureau d'études a fait une boulette ? Le terrain devient constructible. Les promoteurs peuvent venir. Les enchères montent... Ton petit collègue Jean-Louis a dû toucher une belle somme pour un tel tour de passe-passe.

Clara semblait ébranlée, mais admirative.

— Casa, tu sais que tu finirais bien par me convaincre. Tu ferais peut-être un bon flic, finalement. C'est juste tes méthodes...

— Qu'est-ce qu'elles ont, mes méthodes ? s'étonna Simon.

— Tu as un peu trop tendance à faire tourner en bourrique les secrétaires.

Simon regarda Clara d'un air ahuri.

— Les autres, pas toi, se défendit-il maladroitement.

— N'essaye même pas, commissaire Casanova de mes fesses.

Clara détailla avec impudeur l'anatomie de Simon, de la tête aux pieds.

— En plus, tu serais même plutôt pas mal, physiquement... Et tu serais le premier à découvrir cette arnaque ? C'est un peu gros, tout de même. Même Delpech...

Simon répliqua aussitôt, paniqué.

— Non ! Tu ne vas surtout pas raconter tout ça à Delpech !

— Pour qui tu me prends ? répliqua Clara, vexée. Et puis on n'a aucune preuve !

— Comment ça, aucune preuve ?

— Ben oui. Tu m'as presque convaincue. Mais tu n'as toujours pas de preuve que le véritable POS établi par le bureau d'études a été trafiqué.

Simon soupira. Au même moment, son téléphone vibra.

Un texto.

— C'est la boîte d'architectes, jubila Simon, Sites et Territoires, ceux qui étaient censés être en vacances jusqu'à la fin août.

— Et ils ont laissé un message ?

— Non, pas un mot !

— Pas un mot ? Comment ça ? Qu'est-ce qu'il y a sur ton texto, alors ?

— Pas un mot. Juste un chiffre et deux lettres. NA = 275.

23

Chemin de croix

*Jeudi 17 août 2000, 15 h 31,
cimetière de la route de la Citadelle,
île de Mornesey*

L'inconnu me fixait. Il ne referma pas la grille du cimetière derrière lui. Il s'avança vers moi, doucement. Je ne bougeai pas. J'étais coincé. Je cherchai une issue mais il n'y en avait pas. Il avançait encore, en prenant soin de rester entre la grille et moi.

Piégé !

Il chercha à articuler quelque chose. Il avait une voix étrange, très grave, comme certains chanteurs. Une voix qui lui raclait la gorge.

— Petit, articulait-il difficilement. Petit. Ne bouge pas.

Il fallait que je trouve une solution. Mon salut n'allait pas venir de l'extérieur. Personne ne m'entendrait si je criais. Le monstre n'avait pas l'air très rapide. Une idée folle germa. Si je restais dans une allée entre les tombes, j'étais fichu, je tombais sur lui. Je devais le contourner pour lui échapper… Mais alors, je n'avais qu'une solution : marcher sur les tombes ! Sauter sur les sépultures, le plus vite et le plus loin de lui possible. L'idée de les piétiner me révulsait, mais c'était ma seule chance.

Je calculai.

Il me fallait laisser s'avancer le zombie, encore un peu, pour qu'il n'ait pas le temps de réagir. Réduire l'angle entre lui et moi pour qu'il soit incapable de couper ma fuite. Démarrer au dernier moment.

— Petit, continuait-il d'éructer de sa bouche noire. Tu ne m'as pas reconnu ? Moi oui.

Je le laissai progresser encore deux mètres. Il me montra ses trois dernières dents, essayant quelque chose qui devait sans doute pour lui être un sourire.

— Je t'ai reconnu, petit, je sais ce que tu cherches.

Encore un mètre.

— Tu cherches ton père, petit. Je sais…

Maintenant !

Avant même que ma raison ne commande, mes jambes s'élancèrent. Je sautai sur la première tombe à ma gauche, écrasant une couronne de fleurs artificielles.

Sans me retourner, je continuai, de tombe en tombe. Dans ma course folle, je renversai des plaques de marbre, des pots de fleurs. Le sacrilège me laissait indifférent. J'étais déjà loin.

J'entendis derrière moi une nouvelle fois la voix d'outre-tombe de l'individu.

— Petit, je sais où est ton père.

Imperceptiblement, malgré moi, je ralentis ma course. Même si la panique me poussait à foncer sans me retourner. Les images de gyrophares de la police me revenaient. La raison me soufflait que c'était un piège, un piège grossier. J'étais à moins de cinquante mètres de la grille.

Encore un effort, j'étais sauvé.

Je sautai dans l'allée. Ma cheville droite était douloureuse, elle avait heurté de plein fouet un ex-voto de marbre blanc sur un des caveaux. Mais la souffrance m'indifférait.

Me concentrer sur ma course, y penser uniquement, ne rien écouter d'autre que les battements de mon cœur.

Je franchis la grille de fer.

J'étais dehors, libre, vivant. Sous le regard protecteur d'une file indienne d'automobiles et de leurs occupants entassés.

Je soufflai, sans cesser de marcher, vite.

Par prudence.

Ma cheville allait mieux. La presqu'île sauvage et le camp n'étaient pas loin.

Les premières gouttes tombèrent alors, les premières du mois d'août, presque chaudes. J'accueillis comme une bénédiction la pluie sur mon visage fatigué, sur mes habits gras. Comme une douche réparatrice, comme si elle pouvait laver cette accumulation soudaine d'événements poisseux me collant à la peau.

Un quart d'heure plus tard à peine, j'arrivai à un carrefour : tout droit, en suivant la route de Saint-Argan, la presqu'île sauvage et le camp. A gauche, le terminal du ferry et le continent. Tous les véhicules, strictement tous, tournaient. Enfin, pour être précis, la file immobile de voitures se prolongeait à gauche, vers le ferry. Phares allumés et essuie-glace en route.

Au loin, on distinguait des gyrophares. La police devait fouiller chaque véhicule avant qu'il monte sur le bateau. Le petit ferry de Mornesey était la seule issue pour le fugitif de l'île.

J'approchais du camp. La pluie redoublait d'intensité. J'étais trempé. Peu importe. Au fur et à mesure, la panique s'estompait et les dernières paroles de mon agresseur résonnaient plus fort dans ma tête.

Je sais où est ton père.

Un doute me rongeait : et si ce n'était pas un piège ? Quel piège, d'ailleurs ? Ce type semblait presque impotent. N'avais-je pas été le dernier des idiots de m'enfuir sans réfléchir ? Ce fou était le premier à me proposer un véritable indice. *Je sais où est ton père.* Et moi, j'avais détalé ! Je m'aperçus que, tout en me maudissant, j'avançais toujours vers le camp : je me sentais incapable de faire demi-tour, de retourner au cimetière.

Ma peur me dominait. Je regardai ma montre trempée : 15 h 52. Ça me fournissait une bonne excuse, je n'avais plus le temps, il fallait que je rentre au camp. Il était important que je sois à l'heure si je voulais pouvoir m'échapper le lendemain. J'accélérai le pas, non sans regarder de temps en temps derrière moi, entre les gouttes.

Personne !

Au carrefour, je tournai à gauche. J'étais sur la presqu'île sauvage.

Tiens !

Tout au long du chemin, accrochés aux arbustes mouillés, je repérai des petits rubans de crépon rouge accrochés. La piste de notre équipe ! Instinctivement, je les décrochai et les mis dans ma poche. Si on me posait des questions, j'allais pouvoir les sortir comme preuve que j'avais bien participé au jeu.

J'entrai dans le camp à 16 h 07, précises.

Stéphanie m'attendait, indifférente à la pluie, entre les deux colonnes de pierre marquant l'entrée de la ferme. Elle avait retiré sa tenue de moine et enfilé un short de cycliste moulant et un tee-shirt ample qui se collait à ses seins. Ses cheveux mouillés lui tombaient dans les yeux. Ça la rendait très jolie. Elle devait être du genre à aimer braver les éléments naturels, l'orage en montagne, la houle par avis de tempête. Elle me fixa tel un cerbère.

— Qu'est-ce que tu fiches ? Tout le monde est déjà rentré. On avait dit de rester en équipe. T'as vu le temps ? Et c'est le bordel, sur l'île, t'as dû remarquer.

Je sortis le crépon rouge trempé de ma poche. L'instinct… L'inspiration.

— J'ai pris le temps de retirer le papier crépon de notre parcours. On va quand même pas laisser nos papiers partout sur l'île. C'est crade ! On n'est pas des touristes.

Je savais que Stéphanie était un brin écolo, le genre voile en juillet et trekking en août. Elle me sourit et me donna une tape affectueuse dans le dos.

— T'as raison, Colin. T'es le seul à y avoir pensé. Bon, va rejoindre ton équipe, on ramasse les copies dans vingt minutes.

Je rejoignis Madi et Armand. Mes complices s'étaient installés sous la charreterie, à l'écart des autres, à peu près à l'abri des gouttes malgré les trous béants du toit. Armand remplissait le questionnaire. Madi m'accueillit avec un sourire inquiet et des « Alors ? » empressés. Je m'assis à côté d'eux, respirai un peu, grelottant, et racontai ma journée sans entrer dans les détails. Madi n'en perdait pas une miette. Armand écoutait discrètement. Il semblait réellement pris dans le jeu. Ça me surprenait un peu de sa part. Devant mon étonnement, Madi me fit un clin d'œil.

— Il est devenu fana d'archéologie !

Fana d'archéologie ? Armand ? Soudain, je compris.

— Vous avez été faire un tour aux ruines de l'abbaye Saint-Antoine !

Je repensai à la blonde à l'accent scandinave qui tenait l'accueil. Si Armand était tombé sur elle, il avait dû lui faire le grand numéro. Armand releva enfin la tête.

— On n'est pas entrés. Quinze francs, c'est l'arnaque ! J'ai dragué la caissière pendant une heure mais elle n'a rien voulu céder. Pas un centime de moins. Par contre, elle nous a rempli presque tout le questionnaire. La brave petite Candice. Elle a même fini par me lâcher son prénom. C'est la gagne à coup sûr… Je peaufine.

Il étira avec fierté son corps blanc et maigrichon. Madi se tourna vers moi en riant.

— Il croit qu'il a un ticket avec la blonde… Un ticket à quinze francs, le blaireau ! Il est grave, ce gars ! La honte que j'avais. J'ai cru qu'il allait jamais la lâcher à la caisse. Elle a fini par tout lui remplir pour qu'il lui foute la paix.

Je continuai mon histoire et je terminai par l'ivrogne édenté dans le cimetière. Madi me lança des yeux étonnés.

— Et t'es parti comme ça ? C'était sûrement juste un poivrot. Il t'a dit qu'il savait où était ton père… et tu t'es tiré ?

J'expliquai que j'avais paniqué à cause de l'agitation sur l'île, des deux prisonniers en cavale. Madi et Armand en avaient appris plus que moi. Madi précisa :

— Rien à voir avec ton type. Les fugitifs sont plus jeunes. Quarante ans maxi. J'ai vu leur photo dans le journal que j'ai piqué à l'abbaye. Apparemment, ils ont retrouvé un des deux, pas très en forme, sur la plage de l'anse de Rubis.

A 16 h 30, Stéphanie et Yoyo ramassèrent les questionnaires. Une heure plus tard, ils nous réunirent pour donner les résultats. J'avais eu le temps de prendre une douche et de me changer. La pluie s'était arrêtée aussi rapidement qu'elle était survenue. Déjà, le vent de la Manche dispersait les nuages en flocons pour laisser la place à un soleil timide.

Nous étions assis sur des chaises dehors, en arc de cercle. Seul le père Duval était encore déguisé en cardinal. Il semblait prendre son rôle très au sérieux.

— On gagne quoi ? cria Armand.

— Le trésor des moines de l'île, répondit le père Duval toujours dans son personnage. Le trésor des frères bénédictins. La Folie Mazarin, jeune ami. La Folie Mazarin. Le trésor enterré.

— On n'a pas le droit à la bise de sœur Stéphanie ? ajouta Armand.

Eclat de rire général. Armand n'avait décidément pas peur, même devant le cardinal Duval. Celui-ci n'eut pas le temps de répondre, Armand enchaîna.

— Ou alors, plutôt que la bise de sœur Stéphanie, moi je préférerais directement une pelle !

Silence sur les chaises.

Le père Duval fronça les sourcils, semblant sortir du jeu pour répondre à l'impertinent. Armand avait dépassé les limites et allait dérouiller, le père Duval ne plaisantait pas avec le respect. Presque aussitôt, Armand précisa :

— Une pelle pour déterrer le trésor, je veux dire.

L'éclat de rire fut une nouvelle fois général. Même Yoyo et Stéphanie ne s'en privèrent pas. Le père Duval se contenta d'esquisser un sourire. Les résultats furent annoncés dans les minutes qui suivirent.

Notre équipe était avant-dernière.

C'était une équipe uniquement composée de filles qui avait gagné, haut la main. Armand s'étouffa.

— La salope ! La salope de Suédoise, elle m'a raconté que des craques… Putain, j'y retourne et…

— Et ? fit Madi.

— Et… fessée déculottée !

Dans ma tête, je réfléchissais.

J'étais déjà ailleurs.

Ce soir, j'étais coincé au camp. Il serait ridicule, ridicule et dangereux, de tenter quelque chose en pleine nuit. Mais le lendemain, c'était décidé, Madi avait raison, il fallait à tout prix que je retrouve cet ivrogne qui prétendait savoir où se trouvait mon père.

24

La Folie Mazarin

Jeudi 17 août 2000, 23 h 00,
port de Saint-Argan, île de Mornesey

Torse nu, vêtu d'un simple caleçon, dans son minuscule studio Simon contemplait Candice, allongée dans son lit, endormie sur le ventre. La jeune fille était arrivée tard, avait dévoré tout ce qu'elle avait trouvé de comestible dans la chambre, deux tomates, un paquet de chips entamé, du Nutella à même le pot. Elle avait fait valser son caraco de dentelle blanche, sa petite jupe de toile beige et ils avaient fait l'amour, pressés, plus rapidement encore que la veille.

— Epuisée ! avait soupiré Candice en s'écroulant sur le matelas. Quinze jours que je dors quatre heures par nuit !

Simon ne fit aucun commentaire. Il n'avait pas renoncé pour autant à joindre l'utile à l'agréable. Têtu jusque dans l'intimité.

— Candice, avec ton travail, tu dois sûrement avoir des détails sur le terrain de l'abbaye Saint-Antoine ? Le terrain autour des ruines. Les fouilles. Les projets…

Candice poussa un soupir tout en s'étirant dans les draps.

— Je ne vois pas ce que tu trouves comme intérêt à ces ruines sinistres ? Je pensais que tu allais plutôt me parler du cadavre retrouvé sur la plage. Ce type au nom polonais ! Déterré par un môme ! On ne parle que de ça, de l'île, sur toutes les télés ! Les flics ont l'air largués. Et toi, t'as une piste ?

Candice jouait les chattes alanguies sur un matelas brûlant. Simon hésita un instant à rejouer la touche « Bruce Willis », à révéler à Candice qu'il était loin devant les flics, détailler ses découvertes de l'après-midi. Une sorte d'instinct lui conseilla la prudence. Il se retint donc et revint à la charge par une voie détournée.

— Je ne peux rien dire, tu te doutes. Mais je pourrais avoir besoin de toi, par contre, si tu avais des données sur ce foutu terrain de l'abbaye. Je ne sais pas, n'importe quoi, un détail, une info, des archives…

Candice se releva. Le drap glissa. Ses petits seins-cratères jaillirent, presque en éruption.

Bruce Willis pouvait aller se rhabiller.

— T'es lourd à la fin ! Tu ne vas pas t'y mettre, toi aussi.

— Comment ça, moi aussi ?

— Des putains de gosses m'ont déjà pris la tête toute la journée. Des morveux indécollables avec des questions à la noix, sur l'abbaye, les moines et la Folie Mazarin. Alors tu vois, Navarro, les ruines, j'en ai ma dose aujourd'hui !

Elle se coucha à nouveau sur les draps défaits, allongée sur le ventre, ne dissimulant qu'une seule partie de son corps nu : sa tête, sous l'oreiller.

Simon pesta. Il s'occupa les mains en rangeant avec méthode le paquet de chips et le pot de Nutella sous l'évier. Candice avait tout laissé en plan, comme si son emploi du temps était minuté. Repas en quelques minutes, câlin en à peine plus. Dodo.

La belle en savait-elle davantage qu'elle ne voulait en dire ? Pourquoi cherchait-elle systématiquement à éluder tout ce qui concernait son travail à l'abbaye... tout en s'intéressant à son enquête ?

Si secrète. Si impudique, aussi.

Simon se baissa pour ramasser les habits que Candice avait éparpillés en hâte dans la chambre, quelques pièces légères de coton et de nylon qu'il n'avait même pas eu le temps de caresser, les posa pliées au pied du lit, et admira la longue pente de son dos bruni par la lumière tamisée de la chambre mansardée, la respiration de ses petits seins, écrasés sous elle, la courbe de ses fesses entre les plis des draps. Dans le creux des reins de Candice, un détail attira son regard : un petit papillon bleu et noir tatoué. Simon ne l'avait pas remarqué la veille, dans la pénombre de la plage, à moins que l'insecte ne soit venu se poser sur sa peau depuis hier.

*
* *

Simon tournait en rond, inactif. Sa chambre de bonne mesurait moins de quinze mètres carrés. Un scandale, le traitement des emplois jeunes par la mairie, même s'il était logé gratuitement et ne pouvait donc pas se plaindre. Un accord obscur entre le patron de l'hôtel et le maire. Unique avantage, de sa garçonnière, il avait une vue imprenable sur le port. Une vraie tour de contrôle à bimbos. Petit, mais pratique… C'est là qu'il avait repéré Candice, à une terrasse, la première fois. Simon repensait à cette histoire de plan d'occupation des sols falsifié.

Il tenait la preuve. Formelle.

Seul Jean-Louis Valerino avait eu la possibilité de monter un tel coup.

Etait-il le premier à faire le rapprochement, dix ans après cette affaire ? A l'époque, en 1990, personne ne pouvait soupçonner un jeune stagiaire. Mais aujourd'hui, quel pouvait être le lien avec l'évasion de Valerino ? Cette affaire de permis de construire semblait simple et bouclée : on rend frauduleusement constructible un terrain qui ne devrait pas l'être. Le résultat est presque logique, accident sur le chantier, morts, scandale. Mais Jean-Louis Valerino passe à travers les mailles des enquêteurs.

La chaleur était suffocante, Simon alla ouvrir la fenêtre de sa chambre. L'air du large fit voler les rideaux. Il respira profondément. Candice frissonna un peu, se retourna, tira un drap sur elle, qui retomba presque aussitôt.

Simon se demandait ce qu'il pouvait bien faire d'une telle information, au moment même où Valerino se cachait quelque part sur l'île. Lui fallait-il livrer la preuve à la police ? Oui, sans doute, mais il serait alors immédiatement mis sur la touche. Un simple emploi jeune. De quoi se mêlait-il ?

Pourtant, ce tueur se cachait sur l'île. Même si, finalement, rien ne prouvait que Valerino soit l'assassin de son compagnon d'évasion. Qu'avait-il à révéler, au final, à la police ? Une histoire de fraude vieille de dix ans ? Non, il fallait continuer d'enquêter sur ce terrain, sur cette fameuse parcelle, passée du code ND au code NA, ce terrain entre l'abbaye et la mer, ce fameux projet immobilier, les Sanguinaires.

La clé était là !

Qu'avait-il de si particulier, ce terrain de l'abbaye ? De si particulier aujourd'hui, pour pousser Valerino à prendre tous les risques pour s'échapper, pour tuer ? Cette vieille histoire de Folie Mazarin, de trésor des bénédictins, ressurgit dans la tête de Simon.

Le lien ?

Pourquoi pas, après tout ?

Candice semblait profondément endormie.

Il passa la tête par la fenêtre et, de sa tour de contrôle, observa le port. Jamais encore depuis le début de l'été il ne l'avait connu aussi désert. Le contraste était saisissant avec l'affluence des autres soirs. Il faisait pourtant un temps magnifique, une belle chaleur de nuit tamisée par une brise légère. Tout le monde avait vraiment fichu le camp !

La catastrophe pour le tourisme local. L'effet des médias ! Même l'hôtel du Grand Cormoran s'était vidé. Avec de la chance et un peu de négociation, il pourrait peut-être récupérer une chambre plus correcte que ce trou à rat. Ce n'était même pas certain. Le patron n'était pas du genre à faire des cadeaux, plutôt le genre dur en affaires, comme tous les gens sur cette île, d'ailleurs. Bien fait pour eux, finalement, ce cataclysme touristique, ce raz de marée du 17 août. Ça leur apprendra à soutenir des associations de malfaiteurs dans le dos des touristes innocents. Cette mafia insulaire ! Cette Sicile discrète version anglo-normande.

Eh patron, elle est vide, ta terrasse ! Et pas à cause de l'averse de cet après-midi.

En réalité, sur la terrasse, on pouvait tout de même compter quelques clients. Surtout des autochtones. En se penchant un peu, Simon reconnut Delpech. Il dînait en couple. Il était attablé avec une somptueuse blonde qui tournait le dos à Simon. Il ne distinguait pas son visage, mais seulement une superbe robe très échancrée qui dévoilait un dos idéalement bronzé, presque jusqu'à la raie des fesses. Sans parler de cette chevelure blonde qui tombait en cascade sur des épaules caramel.

Un canon.

Encore un…

A croire que seules les plus belles femmes de l'île étaient restées sur Mornesey, après l'exode.

Comment faisait-il, Delpech, à son âge ? Où allait-il les chercher, ses poupées Barbie ? Le regard de Simon descendit sur les jambes cuivrées de la compagne de Delpech, jusqu'aux étroits mollets, aux pieds nus, aux ongles peints… en rouge vif !

Clara !

Nom de Dieu, jura Simon, Clara ? C'était vraiment Clara ?

Incroyable, pensa-t-il, l'effet de son bronzage sous les lampions du soir. Merde, jura à nouveau Simon, elle va tout déballer au journaliste, elle va lui servir toute mon enquête ! Simon attrapa un tee-shirt, enfila un pantalon, jeta un regard à Candice, toujours endormie, et quelques instants plus tard, se frayait un chemin parmi les chaises et tables vides de la terrasse du Grand Cormoran.

*
* *

En le voyant, Delpech afficha un grand sourire, apparemment sincère et s'écria :

— Simon Casanova, le dernier homme juste de l'île de Mornesey !

Clara se retourna et le gratifia également d'un large sourire.

— Ouah, monsieur le commissaire sort de sa tanière.

Simon avait craint d'être accueilli froidement, comme un gêneur. Surtout par Clara. Finalement, ce n'était pas le cas... Sans doute trouvait-elle flatteur d'être accompagnée de deux hommes. Clara avança vers lui une chaise basse en rotin. Non, décidément, le visage de la secrétaire était trop fané. Même si le corps... Surtout de dos... Je te la laisse, Delpech, pensa Simon. Il souriait intérieurement de ses pensées machos.

Il commanda une bière blanche avec une rondelle de citron.

— On était en train de parler de Valerino, expliqua le journaliste avec entrain. Tout le monde ne parle que de ça, tu penses... Du moins ceux qui restent.

Simon chercha le regard de Clara, mais celle-ci fixait, les yeux dans le vague, les guirlandes lumineuses accrochées aux mâts des bateaux de plaisance, dans le port.

— Alors, ton enquête avance, petit ? demanda Delpech.

— Si on veut. Comme on peut.

— Sois pas modeste, ironisa Clara.

Simon tenta de lui donner un coup de chaussure sous la table, mais il ne parvint qu'à atteindre le pied de la chaise. Clara continua.

— En trois coups de téléphone et rien qu'une calculette, tu verrais ce qu'il sait faire...

L'œil affûté de Delpech brilla.

— Et ?

— Tu tu tut, s'amusa Clara. Top secret. Didier, c'est toi qui as une dette pour hier soir, pas moi...

Simon respira, amusé. Ainsi, Delpech se faisait appeler Didier par Clara. Simon pensa que cela cassait le personnage. Tout le monde sur l'île ne l'appelait que par son patronyme, Delpech, celui avec lequel il signait tous ses articles. Clara se pencha pour attraper avec sa petite cuillère la chantilly de sa pêche Melba, prenant bien soin d'offrir au journaliste une vue plongeante sur son décolleté.

Curieusement, Delpech n'insista pas sur cette histoire de téléphone et de calculette. Cela surprit Simon : Tiens, il ne mord pas à l'hameçon. Ou bien il attend que je ne sois plus là ?

En fait, Delpech avait déjà rédigé ses articles pour le numéro du lendemain. Tout était sous presse : il titrait sur le lien entre Valerino et l'accident des Sanguinaires, la responsabilité de la mairie, où Valerino travaillait à l'époque. Il n'avait rien de plus, mais était au moins certain que l'effet de surprise de la une suffirait à faire vendre.

Seule Clara savait que les deux hommes suivaient la même piste, et que Simon Casanova possédait d'ailleurs une bonne longueur d'avance. La secrétaire observait leur petit jeu, comme on regarde une partie de poker en connaissant la main des différents joueurs. Elle dévora avec envie une cuillère de glace à la vanille et but sous le nez de Simon une gorgée de sa bière blanche. Delpech insista cependant, pour la forme, pour donner le change.

— Allons, Clara. Au train où vont les choses, on va bientôt avoir l'île de Mornesey entièrement pour tous les deux. Regarde, on a déjà presque la terrasse pour nous. Alors, tu ne vas pas me faire la tête parce qu'hier soir il fallait que je travaille ? Vous faites quoi avec une calculette ?

— De la géométrie, lança Clara, mystérieuse, en léchant de sa langue un morceau de chantilly sur ses lèvres.

— De la géométrie ? interrogea Delpech, surpris.

Simon eut peur qu'elle n'en dise trop. Il n'en fallait sûrement pas beaucoup à Delpech pour comprendre. Vite, trouver une diversion.

— Pendant que je vous tiens, Didier, lança Simon. Cette histoire de Folie Mazarin, c'est quoi au juste ?

Delpech regarda le jeune homme avec amusement.

— On abat son jeu, Casanova ? On a peur que la belle Clara en dise trop ? Alors, on tente de détourner l'attention ? Tu préfères la jouer cavalier seul, alors ?

Tu te méfies de tout le monde sur l'île, hein ? Tu as raison, remarque. Mais d'un autre côté, faire cavalier seul, ici, sur cette île, c'est plutôt dangereux… Surtout en ce moment. Tu dois commencer à voir ce que je veux dire ? Il ne doit pas manquer d'archives surprenantes, le grenier de la mairie. Si tu as mis le nez dedans…

Simon se redressa.

— Vous n'avez pas répondu à ma question. C'est vous qui faites diversion.

Delpech prit le temps de vider son whisky.

— OK. Tu veux tout savoir sur la Folie Mazarin ?

Clara poussa le soupir de celle qui connaît l'histoire par cœur.

— Alors, c'est parti, mon garçon. Tu as affaire au meilleur spécialiste de la question de l'île. C'est pas difficile, remarque, tous les autres sont morts !

Il arbora un étrange sourire qui fit frissonner Simon. Le journaliste commença son récit.

— Mazarin était un personnage important de l'île. La prison de l'île, l'ancienne citadelle, porte son nom. On ne peut pas non plus rater sa statue, juste à côté, au beau milieu de la place du 20-Mai. Une belle statue commandée par le maire de l'époque il y a plus d'un siècle, sous la Troisième République : le regard droit vers l'horizon, en grande tenue de cardinal, son parchemin serré entre ses bras croisés. Si l'île de Mornesey n'a jamais été abandonnée aux Anglais, comme la plupart des autres îles Anglo-Normandes, ce serait grâce au souvenir de Mazarin. En fait, on raconte que le cardinal est tombé amoureux de Mornesey. Il venait souvent ici, presque tous les mois. S'il n'a pas fondé l'abbaye Saint-Antoine c'est lui qui l'a relevée, reconstruite, après son déclin au quinzième siècle.

— Pourquoi avait-elle décliné ?

— Une épidémie de peste, à ce qu'on raconte. Sous Mazarin, le nombre de moines dans l'île aurait triplé. C'est du moins ce que les ruines semblent révéler. C'est lui aussi qui aurait fait percer la plupart des souterrains. La prospérité de l'île vient de ce temps, bien avant le bagne.

Clara tournait le regard ailleurs. Simon, lui, ne lâchait pas Delpech des yeux.

— Pourquoi un tel amour de l'île, chez Mazarin ? demanda-t-il. Il était d'ici ?

— Pas du tout. Il était italien, d'origine sicilienne. Et Mornesey n'était pas sa seule maîtresse… On le surnommait le « cardinal aux vingt-cinq abbayes ». Il collectionnait les plus riches du royaume. Cluny, Saint-Denis, La Chaise-Dieu… Un record, dans l'histoire de France ! Un record en termes de bénéfices ecclésiastiques également.

La culture de ce Delpech fascinait Simon. Incontestablement, il maîtrisait son sujet. Le journaliste poursuivit.

— Avec sa fortune, il finança, par exemple, avec un faste sans précédent, le sacre du jeune Louis XIV, son filleul… Ses bénéfices sans limites, issus de ses abbayes, firent aussi de lui le plus grand mécène de son époque : livres, peintures, sculptures, y compris des nus peu en rapport avec son statut de cardinal.

— Mais alors, pourquoi Mornesey ? demanda Simon.

— On évoque souvent des raisons stratégiques. La lutte millénaire contre les Britanniques dans les îles Anglo-Normandes. Les Anglais ne sont jamais parvenus à prendre Saint-Malo ou le Mont-Saint-Michel, mais la citadelle de Mornesey, comme les forts voisins de Chausey ou Tatihou, fut plusieurs fois attaquée au cours des siècles, bombardée, incendiée. Avant que Mazarin ne s'en mêle et ne la fortifie façon Vauban. Mais le plus souvent, bien entendu, on parle de sa Folie…

— On y arrive, fit Clara qui grattait les résidus de chantilly dans le fond de sa coupe Melba.

— Alors, la Folie ? reprit Simon.

— T'as qu'à lire *L'Ilien*, trancha Clara. Même ritournelle depuis dix ans. Ça ferait onze cette année si quelqu'un n'avait pas eu la bonne idée d'enterrer un cadavre sur la plage.

Delpech rit de bon cœur.

— Bon, je vous la fais courte ou sinon je sens que Clara va aller se coucher et nous laisser tous les deux.

Il alluma une cigarette. Une Djarum, une marque rare, indonésienne, qui sentait le clou de girofle. Clara bâilla.

— Toute cette histoire de Folie Mazarin, commença-t-il, est partie d'une référence très précise. Une seule. Dans une des lettres de Madame de Sévigné. Vous voyez de qui il s'agit, Casanova ?

— Heu…

— Madame de Sévigné est la plus célèbre chroniqueuse de la vie à la cour du Roi-Soleil, pendant le Grand Siècle, le siècle de Mazarin. Elle aura écrit plus de mille lettres, principalement à sa fille. La plupart ont été publiées, certaines sont encore inédites. Dans une de ces lettres, datée du 12 avril 1659, on peut lire ces phrases étranges : *Mazarin l'Italien a conquis la cour par son talent d'orateur, son sens des intrigues politiques et sa profonde érudition, mais surtout par sa fortune qui lui venait de la petite île de Mornesey. Ce trésor unique dont il était fou, avec lequel il sut corrompre la noblesse de France, cette source inépuisable de richesse dont la cour de France était folle. Sans ce trésor, le sacre de Louis XIV n'aurait pas eu le même éclat.*

— Qui a exhumé cette citation ?

— Jean Remy. Un historien archéologue, tombé amoureux de l'île. Un type étonnant. Moi qui l'ai croisé un peu... Une culture, pfou...

— Et plus précisément ? demanda Simon. Il consistait en quoi, ce trésor ?

Clara prit un air supérieur en affichant ses bagues de verre colorées :

— Or... Bijoux. Pierres précieuses. Il n'y a que l'embarras du choix...

Delpech enchaîna :

— Ou trésor romain... Butin viking. Trésor des Templiers. Economies millénaires des moines. Coffre-fort discret de la fortune inépuisable de Mazarin. En fait, on ne sait rien de plus... Rien de plus que les six lignes de cette lettre.

— Tout ça pour ça ? s'étonna Simon. Six lignes perdues parmi plus d'un millier de lettres ?

— Il n'y a pas de fumée sans feu, commenta Delpech en tirant une bouffée. Madame de Sévigné était une chroniqueuse très fiable. Donc il y avait bien un trésor sur l'île, du temps de Mazarin. Et comme elle évoque une source « inépuisable » de richesse, on peut supposer…

— Personne n'a jamais rien trouvé ? coupa Simon.

— Jean Remy a cherché toute sa vie. Toute sa courte vie, je devrais dire. Moi, je me suis contenté de trouver un nom accrocheur, la « Folie Mazarin », et de faire rêver avec cette histoire les touristes, tous les étés. Folie Mazarin, ça rappelle un peu Chilly-Mazarin, ça parle aux Parisiens…

— Vous leur racontez quoi, aux touristes ? A part les six lignes de Madame de Sévigné.

Delpech regarda Clara, qui lui rendit un sourire résigné.

— La totale, alors ? C'est parti. On sait que l'île de Mornesey a été une île prospère, très prospère, jusqu'à la Révolution française. En 1789, l'abbaye fut rasée, les moines chassés, les biens vendus… L'île tomba dans un profond marasme. La seule activité fut la transformation de la citadelle en bagne. C'est dire ! Le terrain de l'abbaye, celui qu'on appelait « les Sanguinaires », fut vendu aux plus riches agriculteurs de l'île, qui achetèrent le terrain à prix d'or, d'après les archives dont on dispose. On ne sait pas pourquoi ce morceau de lande entre une abbaye rasée et la mer valait tant, à l'époque. Une famille de quatre frères. Ils devinrent rapidement encore plus riches, toujours si l'on se fie aux archives. Ils investirent sur le continent. Pourtant, dans les deux ans qui suivirent, ils s'entretuèrent, sans que l'on sache pourquoi, là encore. Les histoires de famille figurent rarement dans les actes notariés. Le terrain restera alors sans propriétaire ou presque, pendant plus de cent ans.

— C'est vous qui avez retrouvé tous ces détails ?

— Non, c'est toujours Jean Remy qui me les a racontés. C'était lui le chercheur, l'historien. Il était fou de ces archives. De l'histoire de l'île en général. On a passé quelques belles soirées autour de cette histoire.

— Et le trésor ?

— Plus de nouvelles pendant un certain temps. On peut noter, si ça vous intéresse, l'histoire d'un bagnard passé par l'île et devenu richissime, en 1819. Un genre abbé Saunière, le curé de Rennes-le-Château. Il a fait fortune à Cleveland et y a fait construire une sorte de petite église vaguement ésotérique. Je m'amuse avec cette histoire, dans *L'Ilien*. Mais entre nous, à la différence du curé de Rennes-le-Château, mon bagnard enrichi miraculeusement était un escroc notoire. Reste tout de même l'affaire du jeune Lucien Verger…

— Lucien Verger ?

— Un métayer de dix-huit ans qui exploitait les terres à l'abandon de l'abbaye. Un pauvre gars de l'île. C'est évidemment Jean Remy qui a exhumé cette histoire. Elle raconte que ce Lucien Verger aurait déclaré avoir découvert un trésor. Un véritable trésor. C'était en 1914. L'année suivante, il est parti à la guerre, et n'en est pas revenu, il a emporté son secret avec lui… Enfin, dernière trace, en 1937, l'aumônier de la citadelle, qui faisait aussi office de curé des ruines et de la croix Saint-Antoine. Il était devenu fou et racontait que le diable l'avait tenté avec le trésor de l'île, mais que jamais il n'avait osé puiser dans le trésor, le trésor maudit.

— Des témoignages toujours recueillis par Jean Remy ?

— Oui. Un fou de plus, ce Jean Remy. Il s'était notamment beaucoup intéressé à l'histoire du jeune métayer, Lucien Verger. Et surtout, on prétend qu'il a fini par le trouver, le trésor, la Folie Mazarin. Mais lui aussi a emporté son secret dans sa tombe. Il s'est suicidé.

— Suite à l'accident du chantier des Sanguinaires ?

— Exact. Le terrain lui appartenait. Ils effectuaient des fouilles, d'abord parce que c'était un archéologue passionné, mais aussi sans doute parce qu'il espérait trouver ce fameux trésor. Un soir, il y a dix ans, on discutait tous les deux au pied de la croix Saint-Antoine, une bière à la main. Il me confia qu'il pensait avoir compris, avoir découvert le mystère de la fortune de Mazarin. Il a refusé de m'en dire plus. Quelques semaines plus tard, la grue s'est effondrée…

Clara regarda sa montre avec énervement. Simon fit mine de ne pas remarquer.

— Et vous, Delpech ? Vous n'avez pas envie de creuser davantage cette histoire ? D'aller plus loin ?

— Pas vraiment, non. Tous ceux qui se sont mis à y croire sont morts… Et puis la Folie Mazarin, c'est mon gagne-pain. Le jeu, c'est d'appâter les touristes. Quelques illuminés qui viennent avec des poêles à frire pour détecter de l'or sur les plages. Des touristes qui visitent le coin, qui du coup, en lisant mes articles, vont avoir envie de découvrir les ruines de l'abbaye. Ça ne fait de mal à personne. Ça rapporte à tout le monde.

Simon insista.

— Mais vous, Delpech, vous y croyez, à la Folie Mazarin ?

Delpech prit le temps de réfléchir avant de répondre. Clara le coupa.

— Il est bien trop trouillard pour te répondre oui. Mais évidemment qu'il y croit. Comme tout le monde sur cette île de mabouls. Mais il a peur de je ne sais quelle malédiction. Alors il joue les incrédules qui abusent les crédules.

— C'est exactement ça, sourit Delpech en allumant une nouvelle cigarette indonésienne.

L'odeur était insupportable. Delpech poursuivit.

— Sans peur, mes enfants, on ne survit pas longtemps sur cette île. Si je suis encore là, quinze ans après, avec mon journal, c'est parce que j'ai toujours su ne pas aller trop loin. Rester à la surface. Etre prudent. Ne pas faire trop de vagues. Tenir le seul journal de cette île, c'est tenir une position d'équilibriste très instable… Mais bon, j'ai l'habitude… Et des dossiers… Bien à l'abri. Ça aide à se protéger.

Un silence s'installa. Clara bâilla à nouveau.

— Je retourne me coucher, fit Simon.

Il crut que Clara allait dire « Moi aussi », mais non. Elle allait rester en terrasse avec son bellâtre qui jouait le journaliste libertaire seul contre tous. Avant de partir, repoussant sa chaise, il lança un regard de policier sévère à Clara, lui signifiant de continuer à se taire lorsqu'il aurait le dos tourné.

Si jamais demain, pensa Simon, *L'Ilien* fait sa une sur le lien entre Valerino et l'accident des Sanguinaires, tu vas m'entendre, Clara !

Il consulta sa montre.

Près de 1 heure du matin. Le joli corps de Candice l'attendait, juste au-dessus. Une peau à caresses pour s'endormir.

De toute façon, il savait, rassuré, qu'à cette heure tardive, il était impossible pour Delpech de modifier la première page de son édition du lendemain matin.

25

La grange de la Crique-aux-Mauves

Vendredi 18 août 2000, 1 h 17,
camp de la presqu'île sauvage,
île de Mornesey

Tout le monde dormait sous la grande tente. Seule une légère pénombre permettait à mes yeux habitués de distinguer les six corps allongés. Une nouvelle fois, je ne dormis pas beaucoup pendant la nuit. J'avais longtemps réfléchi aux informations glanées pendant cette journée.

D'un côté, la certitude de tous ces témoins, Nounou, ce journaliste, mamy : mon père était bien mort !

Mais, de l'autre, les faits : ce corps retrouvé dix jours après sa noyade, les silences de Thierry et Brigitte, et surtout cette évidence : j'avais croisé mon père avant-hier ! Cette évidence qui m'était personnelle, mais qui obligeait à repenser tout le problème à l'envers. Tous les témoignages convergeaient : mon père était un héros, un passionné, quelqu'un de bien, plus que bien, quelqu'un d'exceptionnel. Quelqu'un d'aussi exceptionnel avait tout à fait la carrure d'un être capable de maquiller sa propre mort.

Pour vouloir disparaître.

Cela pouvait sembler logique, après tout. Il devait se méfier de tout le monde, avait dit ce journaliste, même de son beau-frère ! Il était menacé. Il l'était encore aujourd'hui. Sa tombe profanée en était une preuve, récente.

Mon père était vivant, vivant mais en danger. Il s'était fait passer pour mort parce qu'il était traqué. Tout s'emboîtait de façon logique.

Je me retournai dans mon duvet. Un des garçons sous la tente, Yohan, toussait régulièrement, une toux grasse, lancinante, pénible.

J'avais discuté longtemps avec Madi et Armand. Ils m'avaient écouté, surtout Madi, conseillé, mais j'étais le seul à pouvoir trouver une explication à ces contradictions. Le seul à pouvoir aider mon père. Je sentais désormais qu'il avait besoin de moi. Maintenant.

Je revoyais les gestes du clochard, dans le cimetière. J'avais acquis la certitude qu'il n'avait rien à voir avec les évadés de la citadelle : il était beaucoup plus vieux qu'eux et, surtout, il se promenait presque sans se dissimuler. Un fuyard, avec toute la police de l'ouest de la France à ses trousses, n'aurait pas agi ainsi. Ses mots résonnaient dans ma mémoire : « Je sais où est ton père. »

Quel idiot j'avais été !

Paniquer ainsi, fuir. Cet homme était mon seul indice. Un guide vers mon père, peut-être. Il me fallait le retrouver.

Sur une île aussi touristique, il ne devait pas y avoir beaucoup d'épaves dans son genre. Il devait se remarquer. Le journaliste de *L'Ilien*, par exemple, devait forcément connaître ce clodo.

Je calculai dans ma tête l'emploi du temps du lendemain : la voile tout l'après-midi, impossible d'y couper ! Ou alors simuler une maladie, un malaise… Mais dans ce cas le père Duval me garderait avec lui. Il me surveillerait. Non, ce serait le meilleur moyen d'attirer l'attention. Se faire remarquer était une stratégie suicidaire. Il me restait toute la matinée. Vers 11 heures, tout le camp allait à la plage. Avant 11 heures, c'était plutôt calme : lever échelonné, petit déjeuner, toilette, rangement, vaisselle, glandouille. Avec de la chance, couverte par Madi et Armand, mon absence pouvait passer inaperçue une bonne partie de la matinée.

Si je me levais tôt, je pouvais avoir près de deux heures de libres sans me faire repérer. Il me fallait agir au plus vite ! Thierry et Brigitte arrivaient demain, il serait alors impossible de s'isoler.

Et ils me mentaient sur toute la ligne depuis le début.

C'est aujourd'hui, dès ce matin, qu'il fallait que j'accumule les indices, que je retrouve mon père.

Demain, ce serait trop tard !

Demain… J'y repensais seulement à l'instant : demain, samedi, le 19 août, j'aurais seize ans !

Mon anniversaire… Cette série de coïncidences me sembla soudain plus étrange encore : l'apparition de mon père, l'arrivée de mes tuteurs, la tombe profanée, ce clochard qui voulait me parler, le jour de ma naissance… Tout cela en quelques heures. Comme si tous ces événements avaient été orchestrés, prévus, organisés par quelqu'un de tout-puissant dans un but que j'ignorais.

Vers 2 heures du matin, je luttais encore entre la veille et le sommeil. Je repassai devant mes yeux les photos du repas au soleil dans les ruines de l'abbaye. Le film de la même scène, aussi.

Le sommeil l'emportait.

Je me frottai les yeux.

La poussière me piquait. Je regardai, au-dessus de moi, les adultes assis, immenses, autour de la table. Je ne voyais pas de visages, rien qu'une forêt de jambes. Des jambes nues. Des jupes. Des shorts. La main de mon père qui se penchait vers moi. Je la reconnaissais à son alliance à l'annulaire, une alliance toute simple, en argent. Ma mère portait la même. C'était une des dernières images que je gardais d'elle, l'alliance à son doigt, lorsqu'elle m'avait parlé pour la dernière fois, dans mon lit, la nuit, avant de se tuer dans cet accident de voiture. La main de mon père m'ébouriffait les cheveux. Je riais. C'était agréable.

Puis, soudain, l'image tournait au cauchemar. Les cris remplaçaient les rires.

Je ne comprenais pas, je ne voulais pas entendre, je me bouchais les oreilles. La main de mon père était pourtant toujours là, rassurante. Elle tenait ma petite main, comme pour me dire que ce n'était pas important, ces adultes qui se disputaient. Puis, la main de mon père commençait à s'ouvrir, lentement, comme pour lâcher la mienne. Je ne voulais pas, je criais. J'avais l'impression que j'allais m'enfoncer dans la terre.

Je voyais la table s'éloigner, les cris devenir plus sourds. Je ne tenais plus qu'un doigt de mon père. Il glissait. Il finissait par m'échapper. Je tombais dans un puits sans fond. C'était fini. La dernière image qui me restait était la main de mon père se refermant sur son verre de vin. Je me réveillai en sueur. Il était 3 heures du matin.

Le matin, j'attendis que Yoyo passe, comme chaque jour à 8 heures et demie, faire son inspection sous la tente, vérifier qu'on était tous bien là. J'étais déjà habillé sous mon lit. Je m'étais levé une demi-heure plus tôt. Dès que Yoyo fut hors de la tente, je jaillis de mon duvet. Madi et Armand connaissaient les instructions, on avait mis au point un plan de bataille : il est aux chiottes, il est avec Madi, il est avec Armand, on vient de le croiser, il est là-bas… Je leur faisais confiance.

Je sortis de la tente en faisant attention de ne croiser personne. Je pouvais à tout moment me retrouver face à Steph, au père Duval ou à Yoyo. Heureusement, la cour de la ferme était suffisamment arborée pour me permettre d'avancer à couvert. Je quittai le camp sans difficultés. L'air frais du matin me faisait du bien. Un petit vent venait de la mer et me fouettait le visage. Déjà deux nuits que je n'avais presque pas dormi. Je marchai à nouveau le long de la route de l'Abbaye. C'était la première fois que je me promenais aussi tôt sur l'île. Sur le sentier, au-dessus de l'anse de Rubis, le ciel du matin prenait des teintes roses incroyables. C'était peut-être à cause de la couleur du ciel, finalement, que l'anse portait ce nom.

J'étais bien réveillé maintenant. Je sentais en moi cette force incroyable. Demain, j'avais seize ans ! Un an de plus. J'avais plutôt l'impression d'avoir pris dix ans en un jour. Tout semblait redevenu calme sur l'anse de Rubis. J'observai le ruban fluorescent qui interdisait l'accès à la plage. Mais pour le reste, il n'y avait plus personne, ni badauds, ni fourgons. L'île était étrangement redevenue silencieuse et les routes désertes. Marée basse ! Même les pêcheurs à pied avaient déserté les rochers et les trous d'eau oubliés par la mer en se retirant.

Le calme après la tempête. Comme si presque toute l'île avait été évacuée. J'avais pris le temps de lire *L'Ilien*, hier soir, d'observer le visage des fugitifs, d'écouter les informations, d'apprendre les détails du règlement de comptes sanglant, sur la plage.

Deux balles, une dans le dos et l'autre dans la nuque. Brrr.

Avec toutes ces histoires, si jamais quelqu'un au camp s'apercevait de ma disparition, j'allais sacrément dérouiller. Le père Duval devait commencer à flipper : encadrer un camp avec un criminel en cavale dans les parages ! Alors, dans ce contexte, un ado fugueur… Ils nous avaient administré plus d'une demi-heure de recommandations hier : ne jamais s'éloigner, ne jamais sortir seul, toujours rester vigilant. Pourtant, rien ne semblait dangereux ce matin. Je croisais à intervalles réguliers des joggeurs, quelques cyclistes… Toujours en groupe, néanmoins.

Il était un peu plus de 9 heures lorsque j'atteignis le port de Saint-Argan. Quelques habitués buvaient leur café à la terrasse du Grand Cormoran. Pas de journaliste en vue. J'interpellai le serveur pour lui demander s'il avait vu ce matin le rédacteur en chef de *L'Ilien*. Il me répondit en riant que Delpech émergeait rarement avant 11 heures. Il finissait généralement le tirage du journal tard dans la nuit…

Néanmoins, il m'indiqua que le siège du journal se situait dans une rue parallèle au port, la rue d'Aurigny, quelques mètres plus loin.

Je fonçai vers l'adresse. En traversant la place du 20-Mai-1908, je jetai un coup d'œil en coin à la statue de Mazarin. Mon regard s'attarda sur le reste de la place, au cas où mon mendiant dormirait sur un carton dans un coin de rue.

Personne.

Dans la rue d'Aurigny, le siège de *L'Ilien* se repérait facilement. L'enseigne était spectaculaire : un coquillage, selon un système de morphing en une dizaine de dessins superposés successifs, se transformait en point d'interrogation. C'était assez bien fichu. La une du matin était déjà affichée sur les vitres du local. Je lus le plus gros titre : *Jean-Louis Valerino rattrapé par son passé*.

De quel passé parlait ce journaliste ? Je me souvins de ses propos, hier, sur le port. La lecture du début de l'article me le confirma : le journaliste évoquait l'accident du chantier des Sanguinaires, et l'implication éventuelle de Valerino, qui travaillait à la mairie à l'époque. Cet accident qui concernait avant tout… mon père, même s'il n'était pas cité sur la une du journal. Ça m'intrigua, mais je devais être patient. Je devais prendre les problèmes un par un. Pour l'instant, je voulais retrouver la trace de l'inconnu du cimetière. Il fallait pourtant me rendre à l'évidence. Le siège social de *L'Ilien* était fermé. Une affichette collée indiquait : *Ouverture à partir de 14 h.*

Raté !

Il était près de 9 h 30. Il me fallait au moins une demi-heure pour retourner au camp. Je n'avais aucun indice. Qui allait pouvoir me renseigner sur ce clochard ? Demander dans la rue ? Aux commerçants ? Pourquoi pas ? Je restai un instant à réfléchir. A ma droite, la rue commerçante. Derrière, le port et la mer. Devant moi, la place du 20-Mai et, immédiatement sur le côté, la mairie.

La mairie, pourquoi pas ?

J'arrivai dans la cour lorsque j'aperçus un VTT rouge qui s'avançait vers moi.

Je le reconnus aussitôt. C'était le type qu'on appelait entre nous « le garde champêtre » : il travaillait pour la commune et faisait la circulation sur son vélo. On le voyait souvent passer sur la plage, ou sur les pistes cyclables, lorsqu'on allait à la voile. Toujours l'air de se prendre au sérieux, à demander à Yoyo si ça allait, sinon, qu'il n'hésite pas, il était là pour ça.

Il nous faisait marrer, ce flic à vélo !

Sacrément ringard, comme travail d'été.

Pourtant, sur l'île, si quelqu'un avait pu repérer mon clochard, c'était lui. C'était tout de même son boulot, l'ordre public. Il gara son VTT devant les marches de la mairie, façon cow-boy, l'air débordé.

— Monsieur ? lançai-je.

Il se retourna.

— Hein ?

— Je peux vous poser une question ?

Il me fit le coup du gars surbooké qui n'a pas le temps. Je posai tout de même ma question.

— Je cherche un type. Un vieux, genre clochard. Mal habillé, les cheveux gris, longs. Presque plus de dents. Vous devez bien voir, il y en a pas beaucoup de comme ça dans l'île. Il fait un peu peur.

Le garde champêtre me sourit.

— Sur l'île, il y a plus de gens que tu crois dont tu devrais avoir peur, mon petit.

Ce gars m'énervait. M'appeler « mon petit ». Il devait avoir moins de dix ans de plus que moi. Sans oublier les dix que je venais de prendre en un jour. Mais je la jouai enfant sage.

— D'accord, monsieur.

— Et qu'est-ce que tu lui veux, à cet ogre ?

Le con ! Je n'avais même pas prévu de parade.

Pour gagner du temps, je tournai la tête et regardai la façade de la mairie. Pour la première fois, je remarquai que sur le fronton, seul le mot *Liberté* était gravé, pas les deux autres…

Etrange.

Le type avait suivi mon regard et sans doute expliqué mon hésitation par ce détail. J'avais gagné quelques secondes pour improviser une réponse.

— Heu, je suis en vacances dans l'île. Je suis au camp du père Duval, sur la presqu'île sauvage. Je crois que ce type est de ma famille. Heu, un cousin… J'ai cru le reconnaître. Je voudrais le retrouver.

Il me regarda bizarrement.

— Ton cousin ?

Il regarda sa montre, il avait réellement l'air pressé.

— Tu sais, celui que tu cherches, ce n'est pas un clochard. C'est juste un pauvre type. Un type qui boit trop. Un ancien marin. Pas méchant à ce que je sais, mais les commerçants n'aiment pas trop qu'il traîne dans le village. Rapport aux touristes. Sinon, on n'a rien à lui reprocher. Il ne mendie pas, il boit trop, c'est tout.

— Et je peux le trouver où ?

— C'est vraiment ton cousin ?

Il semblait sceptique. J'insistai.

— Oui, je suis presque sûr. Mes parents arrivent demain, pour mon anniversaire. On ira lui rendre visite ensemble.

J'avais sûrement l'air sincère. Il répondit.

— L'été, il vit dans une espèce de grange, juste au-dessus de la Crique-aux-Mauves. Tu ne peux pas la rater, c'est une baraque avec un toit en tôle. La seule au-dessus de la mer. Le matin, il roupille au moins jusqu'à midi. L'après-midi aussi, d'ailleurs.

Il consulta à nouveau sa montre.

— Bon, il faut que j'y aille, ça chauffe sur l'île. Traîne pas tout seul, petit, surtout. Pas en ce moment.

Il me fit un clin d'œil et entra dans la mairie.

Connard ! Je détestais les adultes qui faisaient des clins d'œil aux plus jeunes qu'eux. Mais bon, j'avais mon info.

Bingo !

9 h 37.

Je calculai. Je situais parfaitement le coin de la grange, à l'autre bout de l'île, c'était à près de quatre kilomètres. Un instant, je regardai le vélo du garde champêtre. Je pensai que, dans les films, ça se faisait, de piquer un véhicule pour gagner du temps. Mais là, c'était un coup à se faire embarquer et ramener illico au camp.

Quatre kilomètres ? Allez, go !

Je pris mon souffle et je me mis à courir. Il ne faisait pas encore trop chaud. Et dire qu'auparavant, dans ma vie, je n'avais jamais dû courir plus de deux kilomètres de suite ! Les tours de piste et les cross au bahut, je m'arrangeais toujours pour m'arrêter une fois hors de vue du prof.

Au bout de cinq cents mètres, j'eus déjà l'impression que mes genoux allaient céder. J'étais en nage. Mon cœur battait beaucoup trop fort.

Je cessai de courir, tout en marchant vite. Je respirai. 9 h 41.

Je repartis, ça allait mieux. Cette fois-ci, je fis près d'un kilomètre avant d'exploser. Je stoppai une nouvelle fois ma course, sans cesser de marcher. Le sentier était légèrement montant. Je continuai au pas tant que la route grimpait. Aussitôt sur le plat, je repris mon sprint.

Je savais que j'allais traverser le hameau des Charmes, devant la maison de Nounou, mais je n'avais pas le temps de m'arrêter. J'avalai les deux ou trois kilomètres qui restaient d'une traite. J'eus juste le temps d'apercevoir les volets rouges de la maison de Martine, fermés. J'avais rythmé mes foulées sur mes pensées. Je me forçais à visualiser ce marin alcoolique, à fixer son visage devant mes yeux, pour ne pas trembler lorsque je me trouverais face à lui, pour ne pas succomber à l'envie de m'enfuir.

Je parvins à une petite colline au-dessus de la mer, dans une forêt de ronces et d'arbustes, une jungle de tilleuls, acacias, châtaigniers, mûriers. C'était la partie la plus sauvage et la plus déserte de l'île, à l'exception des colonies de mouettes. J'avais retenu d'un discours du père Duval que la Crique-aux-Mauves n'avait rien à voir avec la couleur des îlots de granit qui se découvraient au large à marée basse, mais que le terme « mauve » signifiait « mouette » en vieux-normand. Je repérai sans difficulté la grange juste au-dessus de la mer, au fond d'un champ mal entretenu. Une sorte de grange abandonnée. 10 h 17.

Ne pas traîner.

J'entrai dans la cour, criant d'une voix qui se voulait assurée.

— Il y a quelqu'un ?

Silence.

L'angoisse me submergea immédiatement. De grosses gouttes recommençaient à couler dans mon dos. Encore un décor de film d'épouvante. Le champ désert. Le cri des mouettes, tout près, ou peut-être des corbeaux.

L'ouverture noire de la porte de la grange, juste en face.

— Il y a quelqu'un ?

Toujours pas de bruit. Avant d'entrer sous la grange, je me décidai à jeter d'abord un œil par la fenêtre, en fait un trou dans le mur de torchis. Je m'approchai. Il faisait sombre à l'intérieur, j'étais obligé de passer ma tête par l'ouverture. Mon dos dégoulinait de plus en plus. Je distinguai une vieille couverture sur un matelas, des revues, un réchaud à gaz. Il y avait aussi une télévision. Curieusement, alors que tout le mobilier de la grange sentait le rance et l'abandon, la télé semblait neuve, comme tout juste sortie de l'emballage. Cependant, faute d'antenne sur le toit de la bicoque, je me demandai ce qu'on pouvait bien capter ici.

Apparemment, il n'y avait personne.

J'allais pouvoir entrer. Chercher.

Quand je voulus me retourner, je sentis une main se poser sur mon épaule. Un immense frisson me parcourut de l'échine du dos jusqu'au sommet du crâne. Une envie irrépressible me prit de me débattre et de fuir au plus vite. Je commençai un mouvement du bras pour frapper à l'aveuglette derrière moi. Au dernier moment, je retins mon geste et je me retournai.

Lentement.

Le visage défiguré de l'alcoolique me faisait face, presque collé au mien.

26

« *Honestyyy* »

Dans la cour de la mairie, Simon s'interrogea quelques instants à propos de cet adolescent étrange et seul, si tôt le matin.

Quelques instants seulement.

Il avait d'autres priorités. Il tenait *L'Ilien* sous son bras, et ce titre invraisemblable : *Jean-Louis Valerino rattrapé par son passé*. Il pesta. Décidément, ce Delpech était plus malin qu'il n'y paraissait. Comment avait-il pu avoir l'idée d'exhumer ce dossier de l'accident des Sanguinaires ?

Clara ?

Delpech n'avait tout de même pas imprimé son journal après 1 heure du matin !

Il entra dans la mairie. Clara avait déjà les écouteurs dans les oreilles. Elle s'essayait à l'anglais. *Honesty* de Billy Joel. Sans un mot, Simon alla se préparer un café et s'installa à l'accueil pour ouvrir *L'Ilien*. Il le parcourut rapidement, en diagonale. Delpech était bien informé et devait avoir des fichiers bien classés. Il n'y avait cependant rien de neuf par rapport à ce que Simon connaissait de l'affaire. Les arguments de Delpech ne reposaient sur aucun fait précis. Il ne faisait pas de lien direct entre Jean-Louis Valerino et l'accident, il mettait simplement en parallèle le parcours de l'escroc, son embauche à la mairie et le scandale du projet des Sanguinaires, dans les mois qui avaient suivi. Delpech s'étonnait, en une phrase, qu'un terrain aussi dangereux ait été déclaré constructible. Mais il n'allait pas plus loin.

Il n'était au courant de rien ! Clara n'avait pas vendu la mèche. Delpech devait seulement avoir eu la même intuition que lui, hier.

Simon respira : il continuait de posséder une sacrée avance sur le journaliste. Il savait comment le terrain avait été rendu constructible et il avait la quasi-preuve que Valerino était à l'origine de la combine. Par contre, dans la deuxième page de *L'Ilien*, Delpech développait davantage une seconde hypothèse, celle des liens entre Jean-Louis Valerino, la société Eurobuild qui bâtissait le complexe touristique et l'association Saint-Antoine, qui possédait le terrain, par l'intermédiaire de son président, Jean Remy. Simon lut en détail les éléments qu'il ne connaissait pas, de la faillite de l'association jusqu'au suicide de Jean Remy. Un détail manquait, pourtant. Simon pesta.

— Et le terrain ? Ce fameux terrain incriminé. Il appartient à qui, aujourd'hui ? Il ne peut pas actualiser ses données, ce Delpech ?

Simon se campa devant l'ordinateur de Clara. La secrétaire retira un écouteur.

— Salut, Casa, fit-elle avec un sourire charmant.

Simon remarqua qu'elle était déjà parfumée, maquillée, fraîche, alors que lui se sentait à peine réveillé.

— T'as l'air de bonne humeur, ce matin. Merci de n'avoir rien dit hier à Delpech.

— Merci à toi de m'avoir motivée à tenir bon. Didier a tout essayé mais je n'ai rien lâché. T'as raison, c'est la bonne méthode avec les hommes.

— Tu l'appelles Didier au petit matin, maintenant ?

— Eh oui… Maintenant…

Elle s'étira comme pour faire comprendre à Simon qu'elle souffrait de multiples courbatures. Elle enfonça à nouveau son deuxième écouteur.

— *Honestyyy…*

Simon alla se servir un autre café en réfléchissant. Que faire ? Signaler à la police sa découverte à propos des plans d'occupation des sols trafiqués ? Apparemment, Valerino courait toujours. Cela pourrait peut-être les aider ? Pas sûr… Simon n'avait aucune envie de retourner ramasser les crottes de chiens, qui désormais devaient être plus nombreux que les touristes sur l'île.

La question principale demeurait entière : pourquoi ce Valerino s'était-il évadé ? Avant-hier ? Avant-hier précisément ? Quel événement l'avait poussé à ce geste stupide, et même à commettre un crime pour cela ?

Sa tasse de café à la main, il se planta à nouveau devant Clara. Elle soupira et retira une seconde fois un écouteur, un seul.

— Quoi encore ?

Une nouvelle fois, Simon trouva qu'elle sentait bon. Il demanda :

— Il appartient à qui, aujourd'hui, le terrain ?

— Quel terrain ?

— Celui sur lequel on a tenté de construire les Sanguinaires. Celui qui n'était pas constructible… La fameuse parcelle NA.

— T'en es toujours à cette histoire ?

— Oui. Toujours. Alors, il appartient à qui ?

— Comment veux-tu que je sache ? Demande à Delpech !

— N'importe quoi ! Tout sauf à Delpech.

— Alors j'en sais rien… T'es con. Vous avanceriez plus vite si vous pédaliez tous les deux sur le même vélo.

— Je ne fais confiance à personne. Sauf à toi.

— Exactement comme lui ! Il m'a dit exactement la même chose cette nuit…

Simon soupira.

— Tant pis.

Il tenta de changer de tactique.

— Je te trouve très mignonne ce matin, Clara. Bien maquillée, bien parfumée. Tout bien. Vraiment.

Un grand sourire éclaira le visage de Clara.

— C'est l'amour, Casa. Tu devrais essayer.

Simon s'éloigna de quelques pas, sans répondre. Clara céda.

— T'as qu'à aller sonner chez maître Bardon, c'est le seul notaire de l'île. Serge Bardon. Si quelqu'un sait à qui appartient ce terrain, c'est bien lui. Tu peux pas rater son étude. Plein nord, la rue des Pivoines, la dernière du village.

— Merci.

— T'aurais pu me faire un café…

Mais Simon était déjà parti.

*
* *

Simon parcourut rapidement le village sur son VTT. Il connaissait la rue des Pivoines, il s'agissait d'une petite rue étroite, à la sortie du bourg. Comme la plupart des autres ruelles de Saint-Argan, les pavés gris épousaient la forme légèrement convexe de la route. Plusieurs vélos noirs étaient posés sur les épais murs de pierre, entre des jardinières débordant de fleurs multicolores. Une image de carte postale, trop calme, trop jolie pour ne pas dissimuler quelque chose.

Simon n'eut aucun mal à trouver l'étude : l'enseigne dorée pendait discrètement dans la petite rue : *Maître Serge Bardon. Notaire.*

Simon sonna et attendit.

Il entendit du bruit à l'intérieur. Quelqu'un avait réagi, mais celui-ci ne semblait pas pressé de répondre. Finalement, la lourde porte de bois s'ouvrit. Un homme corpulent, qui devait au moins peser cent vingt kilos, s'avança. Il était vêtu d'une veste stricte et d'une cravate rouge minuscule sur son ventre difforme. Chauve ou presque, il était difficile de lui donner un âge. Le notaire jeta un regard méfiant vers l'arrivant. Il barrait toute la porte de son corps.

— C'est pour quoi ? demanda-t-il d'une voix sévère.

Simon ressentit à cet instant une impression étrange : celle d'avoir définitivement déchiré le décor de cette île, ce décor tendu pour les touristes. D'avoir mis le pied dans la fourmilière, d'avancer désormais à découvert, seul, au cœur de l'île des brigands.

27

L'autre témoin

Je m'étais préparé. Mon mouvement de recul fut limité.

— Tu es revenu, alors, fit l'ivrogne de sa voix éraillée.

Je détournai le visage pour ne pas avoir à fixer ses dents jaunies et sentir le moins possible son odeur. Surtout, aller au but le plus vite possible. Je récitai d'un trait :

— Je veux retrouver mon père. Il est vivant, je le sais.

L'autre ne broncha pas, il prit même un air las.

— Je sais, je sais.

Une joie immense m'envahit. Il était le premier à ne pas affirmer le contraire.

Le premier !

— Je sais, répéta le type. Tu veux le voir, pardi. Tu es revenu pour ça. T'as de la chance. Y a que moi qui sois au courant. Y a que moi qui sais quand il est sur l'île. Qui sais quand il n'y est pas. Qui sais où il est. Il vient pas souvent… Et quand il vient, il est discret… Casquette, barbe, lunettes noires. Il faudrait pas qu'on le reconnaisse… Ah ça non…

Il chercha à poser ses mains sales sur moi, mais je me reculai.

— Pourquoi ? demandai-je.

— Ça, il te le dira peut-être. Faut faire confiance à personne ici. C'est une île mauvaise.

Il se retourna, cracha par terre et continua.

— Ça se voit pas du premier coup d'œil. Quand on passe, on voit le soleil, la mer, les mouettes, c'est tout. Mais tout est pourri ici. Les gens ont en eux des secrets qui les pourrissent de l'intérieur, petit à petit. Ils les ont déjà quand ils naissent. C'est comme un poison qu'ils se refilent dans le sang, les pères les refilent aux gamins. Par le sang, par le sperme. Des crimes qu'on ne peut plus raconter. Des meurtriers qu'on ne peut plus dénoncer. C'est comme ça depuis toujours. Je te fais peur, hein ? T'as raison, fais confiance à personne. Surtout pas à moi !

Je regardai l'heure. 10 h 28.

— Et mon père ?

— Ah, c'est sûr. C'est pour lui que tu es là. Moi, tu t'en fous. Tu veux le voir, c'est vraiment ce que tu veux ?

Il dut lire une incroyable lueur d'excitation dans mes yeux.

— Si c'est ce que tu veux… Après tout, c'est pas mes oignons. C'est pas dur. Reviens ici, ce soir. Tu l'attendras sur la petite crique, en dessous. Il a un bateau à moteur. Il accoste le soir, discrètement. Me demande pas ce qu'il fabrique. J'en sais rien. Je m'en fous. Je sais juste qu'en ce moment, presque tous les soirs, il accoste là pour une heure ou deux. A partir de 10 heures du soir à peu près. D'ici, je le vois. Je suis le seul sur l'île. Je suis aux premières loges.

Il s'étouffa dans un rire gras.

Je n'arrivais pas à y croire.

S'il ne délirait pas, j'allais pouvoir retrouver mon père dès ce soir ! Après 22 heures. C'était en plus le moment idéal pour fuguer du camp.

C'était trop beau pour être vrai. Une dernière question me taraudait.

10 h 32.

Merde ! Il fallait que je sois rentré avant 11 heures pour ne pas me faire repérer. C'était vital. Je devais me faire oublier jusqu'à ce soir. Je devais pourtant poser une dernière question avant de partir.

— Comment vous m'avez reconnu ? Comment vous avez su qui j'étais ?

Il me regarda sans surprise, sans mystère.

— Tu demanderas à ton père… Moi, ça ne me regarde pas… J'ai fait ce que j'avais à faire.

— Qu'est-ce que vous aviez à faire ?

— Te dire comment le retrouver !

— Comment vous saviez qui j'étais ?

— Je savais, c'est tout. Tout le monde ment sur cette île. Dis-toi bien que c'est ceux qui ne te disent rien qui sont encore les plus honnêtes.

Il se retourna en bougonnant.

— Ce soir, je pionce. Venez pas me faire chier pendant vos retrouvailles.

10 h 34.

Vingt-six minutes pour retourner au camp.

Plus de trois kilomètres.

Impossible…

28

Cadeau d'anniversaire

*Vendredi 18 août 2000, 10 h 21,
rue des Pivoines, île de Mornesey*

Le notaire s'avança d'un dernier pas, masquant la porte de sa large carrure.

— C'est pour quoi ? répéta maître Bardon.

Simon se présenta en essayant d'y mettre de la dignité, sans en rajouter.

— Simon Casanova, agent de sécurité sur l'île de Mornesey.

Serge Bardon explosa d'un rire énorme qui secoua son corps flasque.

— Nom de Dieu ! Agent de sécurité sur l'île de Mornesey. C'est la meilleure, celle-là. Ça existe, ça ?

Il regarda d'un air navré le VTT aux couleurs de la mairie, adossé au mur. Un peu vexé, Simon répondit d'un ton solennel.

— Je suis l'agent de sécurité de l'île. Mandaté par la municipalité de...

Serge Bardon explosa une nouvelle fois de rire.

— C'est cette bande de brigands de la mairie qui paye des gamins pour faire la sécurité ? On aura tout vu !

Devant la mine dépitée de Simon, il ajouta :

— Allez, te vexe pas, gamin. T'as pas l'air bien méchant. Je vois bien que tu cherches à faire du zèle. T'es pas d'ici, c'est pour ça...

— Je voudrais vous poser quelques questions. Je peux entrer ?

Le notaire se campa sur ses deux jambes.

— Non, tu ne peux pas. C'est réservé aux clients. C'est le bunker de l'île ici. Le coffre-fort. On ne t'a pas dit ? Le dernier lieu où aucune crapule de l'île n'oserait s'aventurer. On n'entre pas et on ne voit rien.

En effet, la corpulence de Serge Bardon dans l'encadrement de la porte masquait presque entièrement l'intérieur de l'étude.

Le notaire rit à nouveau.

— Pour tes questions, vas-y. Je verrai bien. Peut-être même que t'es honnête, après tout. Si t'es pas d'ici et pas là depuis longtemps, c'est possible.

Le notaire, comme essoufflé d'avoir trop ri, s'appuya sur le montant de la porte.

— C'est à propos du terrain de l'abbaye, précisa presque timidement Simon. Celui sur lequel fut lancé le projet immobilier des Sanguinaires, il y a dix ans.

— Mais encore ?

— Je souhaiterais simplement savoir à qui il appartient, aujourd'hui.

Maître Bardon dévisagea avec intérêt Simon.

— Nom de Dieu. Un justicier. Un Zorro. On n'avait pas vu ça dans l'île depuis une paye. Et, mon garçon, pourquoi tu t'intéresses à ce morceau de lande désertique ?

Devant l'hésitation de Simon, le notaire enchaîna.

— Curieux, tout de même. Tu ne crois pas ? Calme plat sur l'île pendant dix ans. Et, coup sur coup, Jean-Louis Valerino qui s'évade et toi qui te pointes pour me questionner sur ce bout de champ. Surtout aujourd'hui…

— Pourquoi ça, surtout aujourd'hui ?

— Pour rien. Je me comprends, j'ai mes raisons. Secret de notaire.

Simon soupira et relança Serge Bardon.

— Au moins, vous pouvez me donner le nom du propriétaire du terrain. Ce n'est pas un secret de notaire, ça ?

Bardon dévisagea avec encore plus d'attention Simon.

— Je ne sais pas où tu t'embarques, mon petit, mais je ne crois pas que monsieur le maire te paye pour fouiner dans ces dossiers-là… Et je ne crois pas qu'il serait très heureux de l'apprendre.

— Vous allez lui rapporter ? provoqua Simon.

— Blasphème pas ! s'énerva brusquement le notaire en haussant le ton. Tu parles à Serge Bardon, gamin. Oublie pas. Moi je dis ça, c'est pour ta santé. Il n'y a pas que le maire. Pas grand monde sur l'île n'aurait envie d'apprendre tes petites recherches. Tout le monde se contente du baratin de *L'Ilien*, ici. Ça donne bonne conscience et, en plus, ça amuse ! Alors ? Tu es encore sûr de vouloir creuser un peu plus profond ?

Simon se redressa et planta ses yeux dans ceux du notaire.

— Certain !

— Bon… Je t'aurai prévenu. Faudra pédaler vite ensuite, mon garçon. On ne te fera pas de cadeaux.

Simon haussa le ton, agacé.

— Ça va, je pédale vite. Ne vous inquiétez pas.

Bardon jeta un regard compatissant sur le VTT adossé à la façade.

— Comme tu veux, après tout. Le propriétaire du terrain se nomme Jean Remy, c'est l'ancien président de l'association Saint-Antoine, l'association qui a fouillé les entrailles de l'abbaye pendant quinze ans. Un brave type qui a racheté le terrain une bouchée de pain avant le ferry et les touristes.

Simon se demanda si le notaire se fichait de lui. Il répliqua sèchement.

— Il est mort, votre proprio. Il y a dix ans qu'il est mort !

— OK. OK. D'accord, il est mort. Tout le monde le sait. Mais le terrain pour l'instant n'appartient à personne d'autre.

— Depuis dix ans ?

— Oui. Depuis dix ans.

— C'est possible légalement ?

— C'est possible parce qu'avant de mourir Jean Remy a laissé des instructions précises. Il m'a laissé des instructions personnelles, avant de…

— Avant de se suicider ? coupa Simon.

— Comme… comme tu le dis. Avant de disparaître, il a confié la gestion du terrain à un ami à lui, Gabriel Borderie.

Simon tentait de tout mémoriser.

— Qui est-ce ? demanda-t-il.

Le notaire sortit un mouchoir et s'épongea le front. Il faisait déjà une belle chaleur, et Serge Bardon ne devait pas avoir trop l'habitude de quitter son étude climatisée dans la journée.

— Vous ne préférez pas qu'on rentre à l'intérieur ? lança Simon, un brin ironique.

— Abuse pas de ma patience, petit malin, souffla le notaire.

— D'accord. Je plaisantais. Et ce Gabriel Borderie ?

— Tu as peut-être entendu parler de la boîte qu'il dirige. Eco-Stone. C'est l'une des trois plus grosses boîtes de BTP sur le bassin méditerranéen. Une boîte cotée en Bourse. Le genre multimillionnaire. Je ne te fais pas un dessin.

— Et pourquoi Jean Remy a-t-il confié son terrain à ce marchand de béton ?

— Sans doute justement parce qu'il ne le considérait pas comme un marchand de béton. Gabriel Borderie est du genre écolo. Ou l'était… Il a fondé ses premières boîtes en surfant sur la vague du développement durable, les énergies renouvelables, les matériaux bio et compagnie. Il a fait fortune là-dedans… Un pionnier, ou un malin, c'est comme on veut.

— Et que vient-il faire sur l'île ?

— Gabriel Borderie était également un passionné d'archéologie, et un ami d'enfance de Jean Remy. Il a sponsorisé pendant des années les fouilles de l'abbaye. Du mécénat. Parfait pour l'image de sa boîte. Avec Jean Remy, ils ont été jusqu'à monter le projet des Sanguinaires.

Simon s'étonna.

— Je croyais que le chantier avait été emporté par une boîte du nom d'Eurobuild ?

— Eurobuild fut le premier nom de l'entreprise de Gabriel Borderie. Après l'accident et le scandale, il a rebaptisé sa boîte. Eurobuild est devenu Eco-Stone. Logique, non ? Un malin, je te dis… Comme tu vois, l'accident de l'abbaye, ça ne l'a pas empêché de prospérer ailleurs.

— L'affaire s'est soldée par un non-lieu, je crois.

— Oui et non. Jean Remy a tout endossé. Sa disparition a arrangé tout le monde.

Bardon s'épongea encore. Il soufflait bruyamment. Simon comprit que le notaire voulait abréger.

— Bien, tu es content ? fit Bardon. Tu as eu tous tes renseignements ?

Il commença à refermer la porte. Simon tenta d'organiser ses pensées le plus vite possible. Le retenir, trouver, demander autre chose.

— Attendez ! cria Simon. Un petit détail. Ce terrain ? Vous avez dit que Jean Remy avait confié la gestion à Gabriel Borderie. C'est quoi la différence entre le gérer et le posséder ?

— Le posséder, c'est définitif. Le gérer, c'est pour une durée déterminée.

— Vous voulez dire que Gabriel Borderie ne doit gérer le terrain de l'abbaye que pour une durée déterminée ?

— Tu ne piges pas très vite, gamin. C'est bien ce que je t'explique. Une durée déterminée. Ce sont les dernières volontés de Jean Remy.

— Et pour combien de temps ?

— Tu deviens indiscret, petit.

— Pour combien de temps ?

Serge Bardon évalua longtemps Simon, comme s'il cherchait à savoir s'il pouvait lui faire confiance ou non.

— OK, finit-il par lâcher. Tu l'auras voulu. Bienvenue dans le monde des initiés qui ne font pas de vieux os.

Simon frissonna, malgré lui. Le notaire respira longuement et continua.

— Gabriel Borderie devait gérer ce terrain pendant dix ans !

Un éclair traversa le cerveau en ébullition de Simon.

— Dix ans ! Mais cela fait déjà dix ans qu'il gère ce terrain. Depuis la mort de Jean Remy…

— Pas tout à fait dix ans. Dix ans moins quelques jours !

— Et… et qui hérite du terrain ensuite ?

Le notaire répondit d'une voix blanche.

— Le fils de Jean Remy. Son fils unique. Colin Remy. Selon les dernières volontés de son père, Colin doit entrer en possession du terrain de l'abbaye le jour de ses seize ans. C'est-à-dire très exactement demain !

29

Un second cadeau d'anniversaire

Vendredi 18 août 2000, 10 h 35,
Crique-aux-Mauves, île de Mornesey

Je repartis à toutes jambes, en hurlant « Merci ! » au vieil alcoolique. Il fallait que je sois à l'heure.

A tout prix.

Curieusement, mes jambes répondirent. Tout est dans la tête, pensai-je. La clé de l'exploit sportif, c'est la volonté et la confiance en soi. Cela démystifiait totalement tous ces garçons plus forts en sport que moi. Peut-être était-ce la même chose pour la réussite scolaire ? Pour séduire les filles ?

La confiance en soi !

J'avalai la distance qui me séparait du camp, en coupant par l'abbaye, en à peine vingt minutes. La certitude de revoir mon père ce soir me portait.

Vivant. Ce soir !

Arrivé près du camp, j'observai un instant, de loin, les positions. Les filles portaient du linge qu'elles venaient de terminer de laver avec Stéphanie. Yoyo grattait sa guitare, l'air inspiré, parti très loin du petit monde qui l'entourait. La Xantia du père Duval n'était pas là, il devait être parti à l'hypermarché sur le continent.

La voie était dégagée !

J'entrai discrètement. Lorsqu'elle me vit, Madi abandonna sa lessive pour venir me questionner. Armand nous rejoignit à son tour sous un pommier.

Je jubilais.

— Vous vous rendez compte ? Ce poivrot est le premier adulte à me certifier, à me confirmer que mon père est bien vivant.

— Super, comme témoin, fit Armand, sceptique.

— Tu ne te rends pas compte, continuai-je. Tous les autres, ils croient mon père mort, c'est logique, puisqu'il a mis en scène son suicide. Mais ce marin, il a vu mon père depuis !

— De toute façon, tu sauras ce soir, fit Madi, réconfortante. Tu veux qu'on vienne avec toi ?

— Non ! hurlai-je presque. J'ai besoin de vous au camp. Il faut que j'y aille seul.

— Ça craint. Ça peut être dangereux, c'est peut-être un piège ? s'inquiéta Madi.

— Dangereux pour son petit cœur surtout, commenta Armand. Le plus gros risque, c'est que tu attendes toute la nuit sur une plage vide. Ça sent le plan foireux, ton histoire. T'emballe pas trop. C'est quand même louche que le seul type de l'île à avoir reconnu ton père soit la pire des épaves.

— J'ai pas le choix, Armand, je prends le risque.

Madi sortit de sa poche un petit Opinel, calibre neuf, et me le confia.

— Tiens, prends-le. On ne sait jamais.

Le geste de Madi me toucha. Je la trouvais jolie avec les cheveux mouillés retenus par une serviette. Le tissu-éponge dégoulinait et mouillait son tee-shirt jusqu'aux mamelons de sa poitrine toute plate. Je serrai le couteau dans mon poing tout en pensant à son petit copain qui l'attendait dans son quartier. Existait-il ou bien Madi l'avait-elle inventé pour qu'aucun mec ne vienne la faire chier ?

— Merci.

Avais-je rougi ? Je le mis dans ma poche. Je poursuivis.

— Je vais avoir besoin de vous ce soir.

— OK, soupira Armand. Tu me rendras la pareille le soir où j'aurai rendez-vous avec Camille pour un bain de minuit.

— A ton service.

Camille était la plus jolie des filles du camp.

Je n'avais plus qu'à attendre le soir, bien sagement. Les doutes d'Armand et l'inquiétude de Madi glissaient sur moi.

Revoir mon père allait être mon plus beau cadeau d'anniversaire.

Tout se déroulait parfaitement. Trop parfaitement, presque. C'en était étrange. Comme si quelqu'un, un ange gardien, s'était soudain mis à vouloir diriger mes pas vers un nouveau destin.

30

Voiture de fonction

Simon enregistrait toutes les informations, stupéfait.

Le fils de Jean Remy devait hériter de cette fameuse portion de l'île, cette zone trafiquée du plan d'occupation des sols, dans moins de vingt-quatre heures. L'enquête prenait un tour nouveau. Les coïncidences étaient décidément trop nombreuses dans cette affaire, même si, pour l'instant, Simon était incapable de percevoir quelle intelligence supérieure reliait tous ces événements.

Bardon affichait un sourire satisfait.

— Il est au courant, ce fils ? demanda Simon.

— C'est bon, mon garçon, grogna le notaire. Je pense que tu en sais assez. Pour le reste, je protège mes clients.

— Il est au courant, ce fils ? répéta Simon.

— Sans doute.

— Où il habite ?

— Au revoir, mon petit. Tu as l'air d'un têtu. Alors, bon courage. Il va t'en falloir. Souviens-toi, mon étude est le seul endroit sur l'île sous haute protection, le seul qui ne sente pas le moisi. Regarde, la preuve, c'est la seule maison de Mornesey qui n'a pas des volets rouges !

C'était vrai.

Simon ne l'avait pas remarqué auparavant. Tous les autres volets des maisons de la ruelle étaient peints en rouge vif, comme la plupart des maisons de l'île, un rouge qui contrastait superbement avec les nuances de vert, bleu et jaune des jardinières posées sur le rebord des fenêtres.

Seuls les volets de l'étude étaient blancs… et fermés !

Le notaire repoussa la porte.

Simon n'avait pas la force physique de lutter contre lui. Ni l'envie. Le notaire n'en dirait pas plus. Il en avait appris assez. Il avait retenu les noms. Retrouver tous ces gens n'allait pas être trop difficile.

En pédalant tranquillement vers la mairie, une certitude montait en lui.

Il avait raison.

Raison sur toute la ligne.

Le terrain des Sanguinaires allait changer de propriétaire le lendemain. Le fils de Jean Remy héritait, dix ans après. Au même moment, Valerino s'échappait de la prison Mazarin.

Deux événements exceptionnels qui se produisent ensemble possèdent forcément un lien.

Valerino s'était évadé quelques jours avant que le jeune Colin Remy n'hérite. Cela ne pouvait pas être une coïncidence. Mais quel était alors le but de Valerino ? Quel était son plan ?

Simon pensait que lui seul pouvait le découvrir. Mais une autre pensée émergeait, pressante : la conviction que ce jeune Colin Remy était en danger.

*
* *

Lorsque Simon arriva à la mairie, Clara était occupée à jouer aux cartes, une réussite, sur l'ordinateur. Elle avait retiré ses chaussures et étirait ses jambes et pieds nus sur une chaise dans un rayon de soleil qui filtrait par la fenêtre.

— Tu n'es pas trop débordée ? lança Simon en entrant en coup de vent.

— Black-out ! Ordre du maire. Black-out total. On ne répond plus aux journalistes. On ne panique pas les estivants. On laisse la police faire son travail.

— Toujours sous les tropiques, Garcia ?

— Oui. De toute façon, qu'est-ce que tu veux qu'il fasse de plus ici ?

Elle montra à Simon le téléphone de la mairie décroché.

— Tous ceux qui téléphonent tombent sur un message rassurant préenregistré par monsieur le maire. *Tout va bien sur Mornesey. Il fait beau. L'eau est chaude. La police contrôle.* Je te passe les détails. Il a envoyé un message aux conseillers et au personnel : il nous indique qu'on ne va pas foutre la saison touristique en l'air pour un type en cavale qui a sûrement déjà rejoint le continent et foutu le camp loin d'ici.

Simon haussa les épaules. Il attrapa délicatement la jambe dorée de Clara, la posa par terre et s'assit à côté d'elle sur la chaise ainsi libérée.

— Je ressors de chez le notaire. Bardon. Il m'a l'air louche, non ?

— Ça m'étonnerait, répliqua Clara. Il fait un peu peur comme ça, mais je peux te dire que tout le monde ici considère que c'est un type intègre.

— Ah ouais ?

— Ouais. Il est âgé maintenant mais, il y a plus de vingt ans, d'après ce qu'on m'a raconté, sa fille aînée est morte d'une overdose, sur le continent, pas loin d'ici. Elle s'était retrouvée dans un réseau de jeunes dealers originaires de l'île. Il les connaissait. Il les a dénoncés. Il a eu beaucoup d'ennuis depuis. Beaucoup de gens sur l'île auraient bien voulu se débarrasser de lui, mais apparemment, il connaît des secrets sur tout le monde. Et il est prudent. On raconte que c'est l'une des rares personnes de l'île à qui on peut faire confiance.

— Mouais, fit Simon, moyennement convaincu. Tu es toujours une pro d'Internet ?

— La meilleure. Tu veux quoi ? Sites de rencontre ? De karaoké ? Potins mondains ?

— L'annuaire !

— Trop simple ! Tu veux qui ?

— Gabriel Borderie.

— T'as rien de plus ?

— Quelque part sur la Côte d'Azur, à ce qu'il paraît. C'est le P-DG d'Eco-Stone. Une grosse boîte de BTP, anciennement appelée Eurobuild…

Clara s'étonna un peu.

— Tu progresses, Casa… Méfie-toi, cherche pas trop à te rapprocher du soleil.

Clara essaya de trouver l'adresse de Gabriel Borderie dans tous les départements du sud de la France. Sans succès. Ils n'eurent par contre aucune difficulté pour trouver celle du siège social d'Eco-Stone, à Saint-André-de-la-Roche, dans la périphérie nord de Nice.

— A priori, il doit pas habiter loin de là, fit Simon.

— Ouais. Mais il est sur liste rouge, ton coco. Pas étonnant si c'est un gros bonnet de la Côte d'Azur.

— Et si on téléphone à la boîte, pour avoir son adresse ?

— Mais oui, bien sûr. Tu peux y croire. Tu prends les secrétaires pour des connes ?

Simon battit prudemment en retraite.

— OK, OK, te fâche pas. Piste numéro deux. L'héritier… Colin Remy. Tu étais sur l'île à l'époque ?

— Ouais. Je n'avais pas trente ans. J'étais jeune et belle et désirable. J'avais toute l'île à mes pieds. C'était le paradis, petit con.

Simon regarda le visage un peu ridé de Clara et n'osa pas glisser jusqu'au décolleté bronzé. Elle portait un petit bustier à fleurs orange.

— Je plaisante, Casa. A l'époque, j'étais fidèle et entichée d'un petit loulou de l'île qui dealait les auto-radios et les pièces détachées de bagnoles… Et qui doit encore être entre deux prisons en ce moment.

— Et le fils de Jean Remy ?

— Aucun souvenir de lui. Je sais juste ce que tout le monde sait. Son père s'est noyé en mer. Sa mère s'est tuée en voiture quelques jours après. L'orphelin a été recueilli par son oncle et sa tante. Ils sont partis sur le continent. Depuis, plus de nouvelles. Ça fait…

— Dix ans, cherche pas. Dix ans jour pour jour. Tu as le nom de l'oncle ?

— Ça arrive ! On a tout scanné il y a quelques années.

Avec une dextérité étonnante, Clara cliqua sur l'ordinateur et ouvrit un dossier archive. Puis elle cliqua à nouveau sur un dossier nommé *Associations*, puis sur un autre intitulé *Association Saint-Antoine*. Une photographie en couleurs, titrée *Jean Remy, président*, s'afficha. Simon fut frappé par le regard franc et le sourire rieur du personnage, bronzé, le front haut, les cheveux longs. Plusieurs autres clichés présentaient l'association. On y voyait de jeunes adultes travailler sous un soleil de plomb, remuer des pierres, creuser, manger autour d'une grande table. Suivaient ensuite des photos plus techniques de ruines, de pierres, de morceaux de faïence, toutes commentées et numérotées.

— Ils avaient l'air heureux, fit Simon. Tu les as connus ?

— Pas trop, répondit Clara. C'étaient des étrangers ici. Des emmerdeurs, des fouineurs. C'est comme ça qu'on m'en parlait, chez moi. Moi, ils me plaisaient plutôt bien, ces babas cool tout bronzés, avec leurs biscotos, à charrier des pierres toute la journée. On les croisait de temps en temps à Saint-Argan. Ils étaient exotiques… Mais moi, j'étais avec mon loulou. Et sur l'île, tout le monde n'avait qu'une envie : qu'ils foutent le camp !

— Ils gênaient ?

— Ouais…

— Bon, et le nom de l'oncle et de la tante ?

— Pas difficile.

Elle descendit un peu, ouvrit un fichier Word et la liste des membres de l'association apparut. Ils s'arrêtèrent sur les noms de Thierry et Brigitte Ducourret.

— Voilà, c'est eux. Pas de doute !

— Retour à l'annuaire ?

Après moins de deux minutes de recherche, ils découvrirent qu'un certain Thierry Ducourret habitait dans la commune de Cormeilles-en-Parisis, 2, square Louise-de-Vilmorin.

— Bingo ! J'appelle.

Clara soupira et relança sa réussite.

Simon attendit un long moment, plus d'une dizaine de sonneries, sans succès.

— Personne ! fit-il, déçu.

— A cette heure, soit ils bossent, soit ils sont en vacances.

— Bordel !

— Tu croyais quoi ? Que tu allais résoudre tout ça par télépathie dans le salon de la mairie ? Tu les auras au téléphone ce midi. Ou ce soir. Ou demain. Cool, Casa. Ça te dit, un petit duo en karaoké pour te détendre ?

Simon ne répondit pas et réfléchit à voix haute.

— Le petit est en danger. Le jeune Colin Remy est dans l'œil du cyclone. Je le sens. T'as raison, Clara, je ne vais pas m'en sortir par télépathie. Je ne vais pas attendre ici comme un con jusqu'à ce midi ou ce soir.

Clara faisait défiler des titres.

— Il était une fois. *J'ai encore rêvé d'elle.* On essaye ?

Simon n'entendait pas. Il se concentrait sur son enquête.

Clara continua, amusée.

— Allez ! Le top ! Peter et Sloane ? Non ? *Paroles… Paroles*, Dalida et Delon ?

Simon pensa à haute voix.

— D'ici à Cormeilles-en-Parisis, il y a quoi ? En comptant le ferry, cinq heures à tout casser !

Clara s'arrêta, tranchante.

— A vélo, si tu fais Mornesey-Paris en cinq heures, faut arrêter garde champêtre et faire maillot jaune.

Simon ne répliqua pas.

— Cinq heures… Je suis là-bas dans l'après-midi. Dix heures maxi aller-retour… Ça se fait dans la journée.

— T'es à VTT ! Y pas de voiture de fonction à Saint-Argan, je te rappelle.

Simon se retourna vers Clara, sourit de toutes ses dents blanches et demanda d'un ton naturel :

— C'est bien une Twingo, ta voiture ?

Clara se redressa et prit une pose de tigresse.

— Pas question ! N'y pense même pas, Casa !

— Sans forcer, je peux être de retour presque à minuit.

— N'y pense même pas.

— Tu ne vas pas te servir de ta voiture aujourd'hui ?

— Insiste pas, je te dis…

Simon regarda Clara au plus profond des yeux. Elle n'avait jamais remarqué qu'il les avait aussi bleus.

— OK, OK, fit lentement Simon. On attend là. Karaokons peinards. Allons-y. Tu proposes quoi ?

Ringo et Sheila. On laisse les gondoles à Venise ? On en a rien à foutre, après tout, de ce type en cavale sur l'île qui enterre ses cadavres sur des plages où jouent des mômes. On apprendra son prochain meurtre, à la radio, ce midi ou ce soir. Quelque part dans la banlieue parisienne. Sans doute ce jeune orphelin, Colin Remy.

Clara se leva en hurlant et se planta, droite, le décolleté dans le nez de Simon.

— Tu me fais chier, Casa ! J'en ai plus que ma claque de vous tous, les mecs ! Les clés de la bagnole sont dans mon short. T'as qu'à venir les chercher.

31

Lui ?

*Vendredi 18 août 2000, 17 h 47,
camp de la presqu'île sauvage,
île de Mornesey*

Au camp, le reste de la journée passa rapidement. Même la voile. J'attendais le soir. Je veillais à adopter une attitude irréprochable pour ne pas me faire remarquer. Un peu avant le repas, je donnai des signes visibles de fatigue devant Stéphanie et Yoyo : bâillements, soupirs. Ce n'était pas très difficile, étant donné le faible nombre d'heures de sommeil que j'accumulais depuis deux nuits. A peine le repas terminé, je me plongeai ostensiblement dans un livre, déclinant les invitations de jeu des autres ados.

— Je suis crevé.

Armand me couvrait.

— C'est vrai. Y a toute sa famille qu'arrive demain, le petit chéri. Faut qu'il soit présentable.

A 9 heures du soir, j'annonçai que j'allais me coucher. Yoyo et Stéphanie ne firent aucune objection. Une fois dans la tente, je bourrai le duvet avec des fringues et des traversins, et je le relevai suffisamment pour donner l'illusion, de loin, que quelqu'un était allongé dessous. La tente était déjà très sombre. Il n'y avait pas grand risque. Par sécurité supplémentaire, Armand et Madi avaient prévu de surveiller à tour de rôle les entrées et sorties sous la tente. Je regardai ma montre.

21 h 04.

Dans une minute, Armand devait appeler Yoyo et Stéphanie et les entraîner à l'écart pour leur faire une confidence. Il avait prévu de leur faire croire qu'il pensait avoir mis enceinte une des filles du camp, Virginie, la plus moche. Yoyo et Stéphanie n'étaient pas assez stupides pour mordre à son baratin, mais ils seraient obligés tout de même de l'écouter un minimum, au cas où…

21 h 05.

La voie devait être dégagée. Je sortis rapidement.

Personne en vue. Armand avait dû parfaitement jouer son rôle.

Toujours en profitant de l'abri des arbres, dans le soir qui tombait, je m'échappai du camp sans me faire repérer. Deux cents mètres après le camp, j'allumai ma lampe torche. Il ne faisait pas encore vraiment nuit, mais le faisceau lumineux me rassurait. Mon cœur battait déjà très fort et j'avais encore une demi-heure de marche. Je prenais mon temps. Je ne voulais pas arriver fatigué, ou paniqué, je voulais donner la meilleure impression de moi-même. Je n'avais jamais connu un tel sentiment d'appréhension.

Ça devait être ce que les artistes appellent le trac. C'était cela, un trac. En très intense.

La route me parut courte, même sans courir. J'arrivai en vue de la mer. En haut de la colline, j'aperçus la grange du marin ivrogne. Je me fis la réflexion que je ne savais même pas son nom. Je distinguai une lueur bleue à travers l'ouverture faisant office de fenêtre de la grange. Je supposai que c'était sa télévision neuve.

J'avançai jusque vers la crique.

Il faisait doux, avec un léger vent. On entendait le va-et-vient régulier des vagues. La colline surplombait la crique d'une vingtaine de mètres.

Il était là.

En bas, dans la pénombre, je pouvais voir distinctement un Zodiac amarré et un homme occupé à décharger des caisses.

De dos.

Impossible de dire si c'était mon père ou non. J'hésitai entre appeler et descendre sur la plage.

Finalement, je me décidai à descendre. Au dernier moment, sans réfléchir, je m'immobilisai et criai, d'une voix un peu étouffée :

— Papa ?

32

Impasse

Simon avait quitté l'autoroute A15 exactement à 17 h 53.

Il était fatigué.

Il avait perdu un temps fou sur le périphérique, après avoir quitté l'autoroute de Normandie. Les joies de la région parisienne un vendredi soir.

Mais il était enfin arrivé ! Cormeilles-en-Parisis s'étendait tout près de la sortie autoroutière. Simon devait reconnaître que la Twingo de Clara tournait comme une petite horloge. Le seul problème concernait la pile de CD dans la voiture. Entre Goldman, Balavoine et Obispo, Simon commençait à faire une overdose de variété française. Au moins, cela lui vidait la tête et lui permettait de penser à autre chose.

A cette affaire, par exemple.

Toutes ces coïncidences.

Goldman chantait pour la troisième fois *On ira* lorsqu'il rata la direction de Cormeilles-en-Parisis. Il voulut bifurquer au rond-point suivant mais se retrouva au beau milieu d'une zone commerciale, dans un flux de voitures roulant au pas.

— Merde ! pesta Simon. Les cons. Même en août, ils remplissent leurs chariots.

La zone commerciale des Châtaigniers lui sembla interminable. Il mit un bon quart d'heure à sortir du piège et à reprendre la route en sens inverse. Quelques ronds-points plus tard, il se trompa encore de direction et se retrouva rue d'Argenteuil. Il avait placé la carte sur le siège du passager avant et tentait de lui lancer des regards en coin, mais ce n'était guère pratique et il faillit plusieurs fois sortir de la chaussée. A la vue du panneau *Argenteuil* qu'il dépassa, il lâcha pour lui-même un nouveau « Merde » retentissant.

Demi-tour.

Finalement, après plus de vingt minutes à galérer entre Argenteuil et Sartrouville, il parvint enfin à entrer dans Cormeilles-en-Parisis. En suivant le boulevard Joffre, comme il l'avait repéré sur le plan que Clara lui avait imprimé sur Internet, il trouva la rue de Chatou, qui devait le mener au square Louise-de-Vilmorin, le lotissement de la famille Ducourret. Il se croyait au bout de ses peines mais il se retrouva successivement dans le square Boris-Vian puis le Guillaume-Apollinaire. Enfin, après plusieurs nouveaux demi-tours, et insultes de Simon à lui-même dans l'intimité de la Twingo, il déboucha sur le square Louise-de-Vilmorin.

Le lotissement était désert. Les volets de deux maisons sur trois étaient fermés. Si je voulais vider une maison, pensa Simon, c'est bien là que je viendrais.

Après avoir au moins emprunté deux fois chaque cul-de-sac du lotissement, il finit par trouver au fond d'une discrète impasse le 2, square Louise-de-Vilmorin. Un petit pavillon anonyme. Peinture blanche, jardin miniature, portail en bois exotique un peu trop monumental pour les dimensions de la maison. Mais surtout…

Volets fermés.

Simon étouffa un nouveau juron. Il gara sa voiture devant le pavillon et vérifia le nom sur la boîte aux lettres.

Thierry et Brigitte Ducourret.

Pas de doute. C'était là !

Il sonna.

Personne, bien entendu.

Il regarda sa montre.

18 h 43.

Il y avait une petite chance qu'ils travaillent, qu'ils soient partis faire une course, qu'ils reviennent bientôt… Mais on ne ferme pas les volets pour aller au supermarché ! Il jeta un regard circulaire dans le lotissement. La maison voisine semblait occupée, une fenêtre était même ouverte. Il s'avança. Avant même qu'il ait eu le temps de sonner, une femme âgée surgit comme par magie juste devant lui. Soit elle le guettait, soit elle vérifiait accroupie si ses fleurs poussaient à la bonne vitesse.

Simon afficha une mine polie.

— Bonjour, madame.

La voisine lui jeta un regard méfiant.

— Je cherche Thierry et Brigitte Ducourret. Ils ne sont pas là ?

La voisine lorgna la plaque d'immatriculation de la Twingo. Pas le genre bavarde, pensa Simon.

— Ils sont partis en vacances, finit-elle par lâcher. Ils ne reviendront pas avant une semaine ! Vous êtes de la famille ?

Simon étouffa un nouveau juron.

— Un ami, plutôt. Vous savez si je peux les joindre ? Ils ont un portable ?

La vieille semblait de plus en plus méfiante. Un ami qui n'avait pas leur téléphone. Louche… Elle coupa court à la conversation.

— J'en sais rien du tout, vous voyez. Je surveille les allers-retours dans le coin, mais c'est tout. Je me mêle pas du reste.

— Au moins, vous savez peut-être où ils sont partis en vacances ?

La voisine ne fut guère plus coopérante.

— Généralement, ils m'envoient une carte postale. Donc leur lieu de vacances, je le connais… Mais après coup vous voyez ! Mais là, comme ils sont partis ce matin, la carte postale, je ne l'ai pas encore reçue, vous voyez ?

— Je vois… Et les autres fois, ils allaient où, en vacances ?

La voisine fronça les sourcils, hésitant avant de répondre.

— Au bord de la mer, toujours. Il fait du bateau, lui, vous voyez ? Pour le reste, ils bougent tous les ans.

Ce n'était pas la peine d'insister davantage. Simon n'apprendrait rien de plus.

— Ce n'est pas grave, finit-il par concéder en affichant malgré lui un sourire.

Il remonta dans la voiture.

Il s'aperçut que la voisine regardait fixement sa plaque d'immatriculation, pour en retenir le numéro.

— Faut qu'elle arrête de regarder *Derrick*, pesta Simon en colère.

Il rebroussa lentement son chemin, tout en hurlant un « Putain de merde » mémorable, à en faire trembler les parois de la Twingo, que la vieille voisine dut d'ailleurs entendre.

Il sortit du lotissement du premier coup, comme par miracle, et se fit la réflexion qu'il ne savait pas, et ne saurait sans doute jamais, qui était cette Louise de Vilmorin. Il se gara sur un arrêt de bus de la rue de Chatou et se prit la tête entre les mains.

Une impasse. La piste 2, square Louise-de-Vilmorin, Cormeilles-en-Parisis, était une impasse ! Cinq heures de route pour rien ! Cette famille Ducourret et l'orphelin Colin Remy pouvaient se trouver n'importe où en France, en Espagne, en Grèce ou en Croatie. Comment les retrouver ?

Il avait bien une idée, mais il avait du mal à prendre la décision définitive. Il regarda à nouveau sa montre et soupira. Il se donna deux petites tapes sur la joue et sortit une autre carte routière.

Une carte de France.

Il fit glisser son doigt le long de l'autoroute A6, jusqu'à Lyon, Avignon, Aix. Son doigt descendit jusqu'à Nice. Il souffla un moment, regarda encore sa montre puis tapota plusieurs fois la carte routière, exactement sur la ville de Nice. En souriant, il chantonna à haute voix : « On ira. »

Tout d'un coup, il tourna la clé de contact. Le moteur de la Twingo ronronna.

— C'est parti, Gabriel. Compte jusqu'à dix : dix heures pile. J'arrive !

Il mit son clignotant et reprit la direction de l'autoroute A15.

33

Papa

Vendredi 18 août 2000, 21 h 57,
Crique-aux-Mauves, île de Mornesey

La silhouette se retourna.

Elle me fit face.

Il faisait encore suffisamment jour, elle était à moins de trente mètres, au-dessous de moi. Il n'y avait aucun doute.

C'était mon père.

C'était lui. Vivant !

J'avais raison, ils se trompaient, tous.

Je braquai ma lampe torche.

Aveuglé, il plaça sa main en visière, semblant s'interroger, pendant de très longues secondes. Enfin, il me lança un immense sourire.

— Colin ?

Nous étions séparés tous les deux par vingt mètres de dénivelé. Nous restâmes stoïques, comme deux idiots.

Il rompit le silence, le premier.

— Descends ! Descends vite.

En quelques secondes, j'étais sur la plage, à quelques mètres de lui. Il y eut encore quelques instants de gêne. Ce fut lui qui me prit dans ses bras.

— Colin ! Tu es venu, alors, tu m'as retrouvé ! Colin, mon fils !

Il se recula pour me regarder. Ses mains tremblaient.

— Dire que tu as seize ans demain. Seize ans ! Plus de dix ans sans te voir…

Moi aussi, je l'observais. Je le reconnaissais. Je me souvenais de chaque détail, maintenant. Il portait une barbe assez longue, il était peut-être méconnaissable pour les gens de l'île, mais pas pour moi : je me rappelais précisément chaque trait de son visage.

Il n'alla pas plus loin dans les embrassades. Cela m'arrangeait. Je n'étais pas très à l'aise avec ces gestes intimes. J'étais terriblement ému. Lui aussi, je le sentais, mais je n'avais jamais eu l'habitude des gestes de tendresse, des câlins et des baisers.

Lui non plus apparemment.

— Assieds-toi, me dit-il doucement.

Il en fit de même et nous nous retrouvâmes face à face sur la petite plage déserte. La lune se reflétait dans l'eau. Un peu au sud, le phare des Enchaînés éclairait la crique de son faisceau lumineux, à intervalles réguliers, comme l'immense projecteur d'un mirador. Tout était calme. Tout me semblait presque irréel. Irréel sauf mon père bel et bien vivant, face à moi.

— Alors, commença-t-il, tu es bien arrivé ? Tu as reçu la lettre du notaire ?

Tout de suite, sa question me stupéfia.

— Quelle lettre ?

Ce fut au tour de mon père de paraître surpris. Nos retrouvailles tournaient au surréaliste.

— Tu n'as pas reçu ma lettre ? Ce n'est pas pour cela que tu es ici ?

Devant mon attitude toujours étonnée, il m'expliqua :

— Le notaire de Mornesey, Serge Bardon, devait t'envoyer une convocation, il y a une semaine environ, pour t'informer que tu devais revenir sur l'île de Mornesey, lorsque tu aurais seize ans, et passer à son étude. Une histoire d'héritage, tu t'en doutes.

Il s'autorisa un petit sourire. Je m'expliquai :

— J'étais déjà ici, il y a une semaine, en camp.

Je lui donnai quelques détails sur mon séjour. Mon père eut l'air ennuyé.

— Thierry et Brigitte ont dû recevoir la convocation. Ils auraient dû te prévenir… C'est tout de même…

Je le coupai.

— Ils arrivent demain, papa.

Il parut une nouvelle fois très surpris.

— Demain ? Sur l'île ?

— Oui, ils viennent me rejoindre pour mon anniversaire. Ils m'apporteront sûrement la convocation du notaire…

— Sûrement, sûrement.

Il resta pensif, laissant courir du sable entre ses doigts. C'était un moment très doux, empli de mystère et de nostalgie. Je me disais que j'avais le temps, tout mon temps. Je continuai.

— C'est pour cela que tu n'as pas été si étonné de me revoir ? Tu t'attendais à ce que je revienne, à cause de ta lettre.

Un temps de silence. Mon père répondit.

— Je ne m'attendais plus à grand-chose, tu sais. Cette lettre, c'est un peu une bouteille à la mer. Envoyée il y a si longtemps. Dix ans. Si, depuis, j'avais pu la rattraper… Finalement, c'est beaucoup mieux ainsi. Je pourrai te parler, t'expliquer. Avant que tu ne la lises. Comment m'as-tu retrouvé ?

Je levai les yeux vers la cabane au-dessus de la plage.

— Le vieux marin.

Il sourit.

— J'aurais dû me méfier, il est plus malin qu'il en a l'air. Mais c'est l'un des rares de l'île que je crois honnête. Il ne m'aurait pas dénoncé à quelqu'un d'autre que toi. Lui aussi, ils l'ont détruit, il y a longtemps. Enfin, c'est une autre histoire.

Il s'arrêta pour me regarder. Sa main jouait toujours avec le sable.

— Tu es devenu un homme, fit mon père.

— Tu parles…

— Si, si.

Il sourit.

— Tu n'as pas le choix, de toute façon.

Visiblement, il ne savait pas par quoi commencer. Je l'aidai.

— Pourquoi tu m'as jamais dit que tu étais vivant ?

Il sembla soulagé de la question.

— Pour ta sécurité, Colin. Parce que tu étais en danger. Parce que je devais me cacher, tout le monde devait me croire mort.

— Raconte-moi…

Je m'installai un peu plus confortablement dans le sable et je me laissai aller à écouter sa voix qui me berçait comme dans ma plus tendre enfance.

— Bien sûr. Tu vas savoir. Mais il faudra être très prudent, Colin. Très prudent. Ne faire confiance à personne. Surtout pas sur cette île. Personne. Tu sais, cette île est un coin de terre très étrange. On la croit calme et tranquille, et pourtant, presque tout le monde cache un crime, commis par lui ou par quelqu'un de proche. Tout le monde se tient. Tu sais, comme ces mafias, en Sicile, en Corse. Comme ces mafias, mais en plus secret. Une mafia du Nord, discrète, insidieuse. Mais c'est la même. La loi du silence. Tout le monde épiant tout le monde, tout le monde ayant des intérêts à perdre. C'est pour cela qu'il fallait qu'on me croie mort. Je n'avais plus personne à qui faire confiance sur l'île. C'était la seule façon.

— Raconte-moi…

— Tu sais, Colin, cette île, bien avant que tu naisses, a d'abord été un paradis pour nous. Comme pour tous les étrangers qui débarquent, les touristes, l'été. Enfin, à l'époque, il n'y en avait pas beaucoup, des touristes. Je suis venu ici après mes études d'histoire. Option patrimoine et archéologie. J'étudiais les ruines de l'abbaye Saint-Antoine, une abbaye de bénédictins oubliée, parce qu'elle avait été presque entièrement détruite à la Révolution. J'y ai d'abord fait des séjours de quelques semaines. Ta maman venait souvent avec moi. On s'était rencontrés à l'université de Caen, en deuxième année. On avait dix-neuf ans tous les deux. J'ai soutenu ma maîtrise sur l'abbaye, puis j'ai continué à fouiller. J'étais surveillant d'internat dans un collège, sur le continent, mais je revenais à chacune des vacances. Plus je fouillais, plus je m'apercevais que le sous-sol de l'île abritait un véritable labyrinthe.

J'étais presque le premier, depuis deux siècles, à me pencher sur ces ruines. Il y avait tout à faire, à découvrir. On s'est mariés deux ans après avec ta maman.

Le mariage de mon père et de ma mère... L'histoire d'amour de mes parents...

Tout en l'écoutant, un souvenir me revenait, toujours ce même souvenir, obsédant : ces photos et ce film, la table d'adultes, et moi jouant dans la poussière, par terre. Mon père, assis, à côté de moi. Cette main qui se tournait vers moi, cette main tenant un verre de vin, le reposant, s'agitant. Cette main qui caressait la cuisse d'une fille aussi, pas celle de ma mère. La cuisse de cette fille rousse, cette Jessica.

La main de mon père glissait sur le sable, jouant à éparpiller les grains. Il marqua une longue respiration, comme si la nostalgie était trop forte.

J'avais le sentiment que cette caresse sous la table était la cause de tout, expliquait tout. Mes parents s'aimaient tant, tout le monde autour de moi me l'affirmait. Une telle passion pouvait tourner au drame à cause d'une simple infidélité. Qu'était-il réellement arrivé à mes parents ?

Je levai les yeux vers mon père. Je frissonnais.

N'étais-je pas encore en train de m'inventer un destin shakespearien ? A cause d'une simple infidélité... D'un simple flirt ? La vérité était sans doute tristement banale. Une seule question importait, finalement : aurais-je le courage d'en parler à mon père ?

Mon père, sans percevoir mon trouble, poursuivit son récit.

— Avec ta mère, nous revenions de plus en plus souvent sur l'île. J'avais créé une association,

302

l'association Saint-Antoine. On commençait à être un peu plus nombreux. Ta mère avait entraîné son frère, Thierry, dans l'aventure, histoire de l'intéresser à quelque chose. Sa copine, Brigitte, avait suivi aussi. Ils étaient assez désœuvrés à l'époque. J'avais réussi à convaincre d'autres copains de la fac, mais il n'y avait personne originaire de l'île. On était déjà assez mal vus. On devait nous prendre pour des fouineurs, mais je ne m'en apercevais pas. J'étais dans ma bulle. L'agriculteur sur le domaine de l'abbaye nous tolérait à peine. Si on tenait, c'est parce que le conservatoire des sites historiques nous soutenait, que j'avais les autorisations officielles. Ils ne pouvaient pas nous mettre dehors…

— Je croyais que le terrain t'appartenait ?

— Pas à ce moment-là. L'agriculteur est mort l'année d'après. Le terrain était en vente. Ta maman avait un peu d'argent de côté, elle avait hérité de son grand-père. Moi aussi un petit peu. Un ami m'aida également, m'avança la somme… Tu ne le connais pas.

— Le P-DG d'Eurobuild, c'est cela ?

Il me regarda, étonné.

— Je suis allé rendre visite à Nounou hier. Elle m'a expliqué, un peu.

— Elle va bien, Martine ?

— Oui…

— Tu as dû lui faire chaud au cœur.

— Je crois, oui. Continue à raconter, papa. Le terrain de l'abbaye ?

— On a été les premiers à se porter acquéreurs du terrain. A l'époque, il n'y avait pas encore trop de touristes. Pas de ferry non plus. Peu de voitures. C'était surtout un champ de cailloux. On ne l'a pas eu très cher… Et le terrain était à nous. C'était comme un rêve de gosses pour ta mère et moi. Peut-être surtout pour moi, d'ailleurs. On est venus s'installer en 1981. Au départ, on était cinq. Nous deux, ta maman et moi. Thierry et Brigitte sont arrivés quelques mois après. Et un copain de fac.

— Maxime ? demandai-je. Maxime Prieur ?

En m'entendant prononcer ce nom, mon père ne put dissimuler un mouvement d'inquiétude. Il se reprit aussitôt.

— Tu te souviens de lui ?

— Non, bafouillai-je. C'est Nounou qui m'en a parlé. Qu'est-il devenu ?

Il hésita. Comme gêné.

— Je ne sais pas…

Il affichait un sourire qui me dérangea sur le moment, comme si ce Maxime Prieur l'avait déçu. Plus même. Trahi.

— On était proches. Très proches, même. Je crois qu'il m'admirait beaucoup. Moi. Ma vie. Ta mère. Notre couple. Je croyais qu'il m'admirait. En réalité, il m'enviait. Mais je ne m'en suis aperçu que bien plus tard. Bien trop tard.

A nouveau, je repensai à la main de mon père sous la jupe de cette Jessica. A ce Maxime jaloux de mon père… A ce Maxime amoureux de ma mère ? Une sordide histoire d'adultes qu'on ne m'avouait pas ?

La lumière du phare éclaira à nouveau la plage, illuminant un bref instant le visage de mon père. Il était calme, rassurant. Qu'allais-je chercher ? Pourquoi le juger, toutes ces années après ?

Mon père continuait son récit.

— A ce moment-là, les premières années, on vivait en communauté, avec trois fois rien. Comme des hippies un peu attardés. On remettait l'abbaye en état. Un chantier permanent. C'était du sérieux, remarque. L'inspecteur des Monuments historiques contrôlait tout ça. On creusait, on grattait, on lustrait, on reconstruisait à l'identique, on fouillait les immenses galeries. Pour des non-initiés, je le reconnais, ça ne devait pas avoir l'air bien passionnant : des pierres taillées, de la vaisselle, des restes de mobilier, des outils médiévaux... Mais pour nous, c'était notre œuvre. Remettre sur pied l'abbaye Saint-Antoine, une abbaye qui avait tout de même assuré la prospérité de l'île pendant des siècles, cela valait bien quelques années d'efforts, non ? Tu es né trois ans plus tard. Sur l'île. Nounou s'est occupée de toi. Elle était l'une des seules sur Mornesey à nous apprécier vraiment. Elle gérait l'intendance, les repas, toutes ces choses. Et quand tu es arrivé, elle s'est occupée de toi, jusqu'à tes cinq ans. On a habité tous ensemble environ neuf ans là-bas. C'était, comment dire, l'âge d'or... Tu étais notre petit prince. Le seul enfant. Tu t'en souviens ?

Mon seul souvenir précis, à l'exception de quelques détails, comme la route de chez Martine ou des courses avec son chien Pacha, c'était toujours cette table, cette table bruyante d'adultes, qui parlaient fort, buvaient et se disputaient.

— Oui, un peu, mentis-je.

Mon père s'en aperçut.

— Tu étais petit. Et puis...

Je l'aidai. On y arrivait.

— J'ai été traumatisé depuis…

— Oui. Il y a peut-être des choses que tu as eu envie d'oublier.

Il marqua un silence et précisa.

— Moi, par exemple.

J'ouvris la bouche mais il me fit doucement signe de me taire. Nous gardâmes le silence quelques instants. Soudain, un bruit me fit sursauter, derrière moi.

Un craquement.

Mon père semblait ne rien avoir entendu. Mon imagination sans doute, un animal. En tout cas rien d'important. La suite du récit dissipa mon inquiétude.

— La vie en communauté, au bout de quelques années, n'a plus été aussi idyllique. Les fouilles ne rapportaient rien. Les subventions des Monuments historiques ne suffisaient plus, et de toute façon, elles baissaient. Et surtout, la motivation n'était plus la même. Certains, logiquement, depuis 1981, avaient vieilli, s'étaient mariés, étaient partis. Sans moi et ta mère, tout le monde aurait laissé tomber notre vieux rêve. On sentait bien que c'était la fin, la fin d'une époque. On avait commencé à ouvrir l'abbaye au public, mais ça restait confidentiel.

L'image des ruines de l'abbaye me revenait. Malgré les liens du sang, l'hérédité, je n'arrivais pas à déceler en moi une quelconque passion pour ces cailloux. Mon père poursuivit.

— Et puis, le conseil général a mis en place une liaison quotidienne en ferry, Granville-Mornesey. Pour promouvoir le tourisme ! Evidemment, la pression sur l'île n'a plus du tout été la même. Le prix des terrains a flambé. Tous les agriculteurs vendaient. Rapidement, tous les regards se sont tournés sur nos quarante hectares de champs, en pente douce en direction de la mer : un balcon immense sur la Manche… Et tous les membres de l'association se sont vite aperçus qu'ils avaient entre les mains une fortune potentielle.

— Même si le terrain t'appartenait ?

— Oui. Légalement, j'étais le propriétaire. Mais par contre, la gestion du terrain de l'abbaye ne pouvait être décidée que par le conseil d'administration de notre association. C'est moi qui avais insisté pour cette gestion collégiale, par idéalisme, ou par naïveté. L'aménagement du terrain, son entretien, sa vente éventuelle ne pouvaient passer que par un vote des membres. De même, les pertes liées à l'exploitation du terrain, comme les bénéfices, revenaient à l'association. Longtemps, il n'y avait eu que des pertes. C'était aussi une façon pour moi de me couvrir financièrement. Le terrain m'appartenait mais je n'avais pas les moyens de financer les fouilles, l'équipement, les salaires. Lorsque l'association a commencé à être déficitaire, certains se sont mis à penser qu'on pourrait tout laisser tomber et vendre le terrain. Ils avaient peur pour leurs petits salaires et, surtout, ils imaginaient qu'il y avait de gros bénéfices à se partager. Officiellement, une association ne peut pas dégager de bénéfices pour ses membres. Mais officieusement… Les offres venaient de partout. Alléchantes… Plus que cela… Mon beau-frère Thierry faisait partie de ceux-là. Lui qui n'avait jamais rien fait de sa vie, aucune étude, jamais pris aucune initiative. Mais à l'époque, on devait être en 1988 ou 1989, personne n'osait vraiment me dire tout ça en face. Je tenais bon. C'est alors que la mairie a lancé son missile. La SEMITIM. La Société d'économie mixte pour l'investissement touristique sur l'île de Mornesey.

— C'est quoi exactement, une société d'économie mixte ?

— Un mélange détonant de capitaux privés et de capitaux publics locaux. C'est légal et très courant en France. Dans la société, les élus locaux gardent le pouvoir de décision, mais les bénéfices ou les pertes sont pour la société et ses actionnaires. Si les élus, ou des amis à eux, sont aussi les actionnaires, tu imagines ce que cela peut donner… Donc, la SEMITIM, par l'intermédiaire du maire de l'époque, Henri Morissot, avait pour projet d'acheter notre terrain et d'en faire un immense complexe touristique. Tu t'en doutes, pour moi, il n'était pas question qu'on vende ! Surtout pour faire du béton ! Des centaines d'appartements empilés les uns sur les autres. D'abord, la mairie a testé la méthode douce : les emplois sur l'île que le projet de la SEMITIM allait créer, les vacances pour tous, pour pas cher. Ensuite, ils ont essayé les dessous-de-table, des promesses, beaucoup d'argent. Enfin, ce furent les menaces. Elles restaient toujours indirectes, mais c'était clair : on ne voulait plus de nous ! On recevait des menaces de mort, anonymes. Des échafaudages qu'on retrouvait par terre au matin. Des voitures embouties. Des vitres brisées. Ils n'avaient pas de mal à trouver des exécuteurs pour leurs basses besognes, la majorité des gamins de l'île avaient déjà fait de la prison. Ça donnait l'impression d'une vaste conspiration contre laquelle on ne pouvait rien, que l'île entière se liguait contre nous. Nous n'avions plus aucun soutien. Indésirables !

Mon père marqua une pause, serrant une poignée de sable entre ses doigts. Sa main tremblait. Je m'en voulais un peu de raviver tous ces souvenirs. D'un autre côté, j'étais fier de voir ainsi naître, renaître, une complicité avec mon père, une complicité mise entre parenthèses pendant dix ans.

Il continua.

— Le plus étonnant, c'est que je n'ai jamais compris comment ce terrain pouvait être déclaré constructible. Il n'aurait pas dû l'être. Avec un sous-sol truffé de souterrains, la vue sur la mer, la proximité d'un monument historique. Ça faisait beaucoup, tout de même ! Mais on n'avait aucun recours. Tout avait été fait dans les règles, légalement. Tout le monde se tenait. La SEMITIM, ce n'était pas seulement le maire, Morissot. Il n'était qu'un truand parmi les autres. La SEMITIM réunissait toute une série de conseillers municipaux, d'agriculteurs, d'artisans, de commerçants, tous habitant sur l'île depuis des générations. Tu sais, Colin, chaque île Anglo-Normande possède sa propre sinistre histoire. Jersey est devenue un paradis fiscal qui blanchit l'argent des escrocs du monde entier. Sercq a toujours gardé son seigneur et son régime féodal. Mornesey est un discret repaire de truands. Les hommes de la SEMITIM possédaient les terrains à côté de l'abbaye, les bras pour construire leurs cages à touristes, les capitaux pour les financer, et ils étaient bien décidés à s'enrichir, en bétonnant, sans se poser de questions sur le littoral. Mais ils étaient coincés ! Notre terrain se trouvait au beau milieu de leur plan.

— Personne ne vous a défendus ? m'étonnai-je.

Mon père laissa passer la lumière du phare, pensif.

— Les personnes de bonne foi étaient peut-être majoritaires sur l'île. Mais elles ne disaient rien, ne faisaient rien, fermaient les yeux. Par peur, bien entendu. Du coup, le pouvoir était aux mains de la SEMITIM, et de la clique sans scrupules qui la constituait. J'étais décidé à tenir bon, mais à part ta maman, comme je te l'ai dit, je me sentais de plus en plus isolé au sein de l'association. La peur faisait son effet sur tous mes amis, la peur et l'appât du gain aussi... Au bout de quelques mois, ce n'était plus tenable. Même ta maman avait peur. Pour toi. Un soir, un mur de l'abbaye s'est écroulé. Pas par hasard, bien sûr. C'était un mur qu'on avait relevé quelques semaines auparavant. Tu avais joué à l'ombre de ce mur pendant toute la journée !

Mon père semblait affecté, comme s'il portait encore la responsabilité de ce qui était arrivé. Il enfouissait toujours sa main dans le sable, jusqu'à trouver des grains encore humides, pour les pétrir. Il poursuivit son récit.

— J'étais seul. Ta mère voulait fuir, quitter l'île, te protéger. Thierry, son propre frère, et Maxime, mon meilleur ami, complotaient dans mon dos : ils hésitaient entre vendre le terrain et entrer eux-mêmes dans la SEMITIM. Je n'ai jamais connu la teneur exacte des propositions qu'ils ont reçues, mais les pots-de-vin devaient être considérables. Pourtant, j'étais têtu à l'époque. Stupide, sans aucun doute. Moi aussi j'avais des relations, alors j'ai décidé de les contrer, de contrer la SEMITIM. Je ne pouvais pas vendre le terrain à quelqu'un d'autre, la mairie aurait usé de son droit de préemption.

Je ne comprenais pas tout, notamment ce qu'était un droit de préemption, mais je l'écoutais sans l'interrompre. Il cria presque, non sans une certaine fierté :

— Alors, je les ai pris à leur propre jeu. Développer le tourisme sur l'île de Mornesey ? Pourquoi pas, après tout ! J'ai fait appel à une autre entreprise.

— Eurobuild ?

— Oui, Eurobuild… Tu es au courant, évidemment. Ça a fait du bruit, à l'époque. C'était une entreprise spécialisée dans les projets intégrés, des militants du tourisme citoyen. Ils utilisaient des matériaux naturels, conservaient des espaces verts, ne construisaient rien, ou presque, en hauteur. Ils avaient déjà développé leur concept sur plusieurs littoraux, en Irlande, en Corse, en Andalousie. Cela marchait assez bien, et surtout, j'avais confiance : le patron de la boîte était cet ami proche, un ami d'enfance, mon mécène sur l'île depuis le début : Gabriel Borderie.

— Les autres membres de l'association ont été d'accord ?

— Plus ou moins… Mais je possédais encore un ascendant moral sur eux. Ils hésitaient à s'opposer à moi frontalement. Et surtout, le projet tenait vraiment la route, même si, tu t'en doutes, il n'était plus question de pots-de-vin ou de bénéfices personnels. J'avais moi-même dessiné les plans avec Gabriel. On avait baptisé le projet « les Sanguinaires ». C'était le nom historique de la parcelle, depuis le Moyen Age. Je tenais à le garder, même si Gabriel ne trouvait pas le nom très commercial ! On intégrait l'abbaye et la croix

Saint-Antoine dans le projet. La SEMITIM était mise hors jeu. Je croyais tenir la solution idéale, même si je m'attendais bien sûr à une très forte hostilité locale… Mais tu sais, Colin, aussitôt que j'ai rendu public mon projet, sur l'île, on m'a témoigné discrètement beaucoup de marques de sympathie, en quelque sorte, des ouf de soulagement face au projet initial. La majorité des îliens étaient de mon côté, même s'ils ne le disaient pas. Tu vois, Colin, à l'époque, je me croyais le plus fort.

J'admirais de plus en plus mon père. Il était bien comme on me l'avait décrit : militant, idéaliste, battant.

Est-ce que je lui ressemblais ? Etais-je digne de lui ?

Il me regarda dans les yeux.

— Tu vois, Colin. Il ne faut jamais se croire le plus fort. Jamais ! Les travaux étaient commencés depuis six semaines quand une grue s'est effondrée. Il y a eu trois morts parmi les ouvriers. La SEMITIM s'est déchaînée contre moi et Eurobuild. Ça a été un véritable lynchage.

Je sentais qu'il s'agissait d'un souvenir douloureux pour lui. J'insistai pourtant.

— Qu'est-ce qui s'est passé ?

— La version, officielle, celle des experts, c'est que la grue était posée sur un souterrain et que tout s'est effondré. Elle était trop lourde. Une erreur de plan. Evidemment, nous, archéologues, avons été montrés du doigt : on aurait dû savoir, on ne pose pas une grue sur du gruyère. D'ailleurs, comme je te l'ai dit, moi aussi, depuis le début, j'étais persuadé que ce terrain n'était pas constructible. Je m'étais piégé moi-même avec cette histoire de complexe touristique. Mais cela n'est que la version officielle…

Il marqua un temps de respiration. Dans le silence, j'eus l'impression d'entendre bouger des feuilles, sur la colline, juste au-dessus de nos têtes. Le vent, sans doute, ou, pourquoi pas, ce marin saoul qui nous espionnait. La lueur du phare des Enchaînés éclaira la plage. Je suivis des yeux le rayon lumineux, comme la lampe torche d'un policier. J'hésitai à demander à mon père de parler moins fort.

Je ne dis rien.

— Ma version personnelle, Colin, c'est que la grue ne s'est pas effondrée à cause du souterrain. Ma version, c'est que la galerie, sous la grue, a été sabotée. Des poutres ont été sciées. Pour moi qui connaissais par cœur ces galeries, c'était évident. Pas pour les experts du continent, hélas. Ils n'ont pas cru à notre thèse du sabotage, du complot, de l'île mafieuse et de tout le reste. Pour eux, l'île était peuplée d'honnêtes gens. L'association Saint-Antoine et l'entreprise Eurobuild étaient les seules responsables. La SEMITIM avait gagné. On était discrédités. Eurobuild se retrouvait en procès et ruiné. On n'avait plus qu'à dissoudre l'association et revendre le terrain. La SEMITIM se tenait à l'affût…

— Tu aurais laissé faire ça ?

— J'étais ravagé. Tu ne peux pas imaginer. J'étais responsable de la mort de ces trois ouvriers. Trois hommes jeunes, trois pères de famille.

La main de mon père se referma, crispée jusqu'à l'extrême, sur une poignée de sable. Une terrible émotion m'étreignait. Je criai presque :

— Ce n'était pas ta faute. C'était un sabotage !

— Si, fit-il calmement. C'était tout de même ma faute ! A cause de mon arrogance, de mon entêtement, de ces principes auxquels je ne voulais pas déroger. Cela représentait quoi, un paysage préservé, des vieilles pierres relevées, face à ces trois morts ? C'était, c'était… la fin de tous mes idéaux. Je ne sais pas si tu peux comprendre. Alors, j'ai dissous l'association, j'ai rédigé une lettre d'adieu où je m'accusais de tout, pour disculper au maximum Gabriel et sa société Eurobuild, puis je suis parti en haute mer et j'ai décidé de disparaître à bord d'un bateau emprunté. Je pensais qu'ainsi, personne ne serait menacé. Ni toi, ni ta maman, ni les autres. J'endossais tout, et la clandestinité allait m'aider à démasquer les véritables coupables, trouver des preuves, inverser le cours des choses.

Il jeta un regard vers les vagues qui venaient lécher le sable. Avant de reprendre son récit.

— Tu remarqueras que j'étais toujours aussi orgueilleux, arrogant, sûr de moi. Je ne pensais une nouvelle fois qu'à ma dignité, ma réputation, mes idéaux ternis. Je n'avais rien compris, Colin. Mais je n'avais pas le temps de penser, je réagissais, c'est tout. J'étais en danger de mort, à l'époque. Je le suis toujours, d'ailleurs. Je leur ai échappé souvent de peu. Il est impossible de savoir ici à qui se fier, à qui faire confiance. C'est aussi pour cela que j'ai choisi la fuite et l'anonymat.

A mon tour, j'observai le va-et-vient des vagues. Ainsi, mon père avait choisi délibérément l'exil. Et de ne pas revoir son fils… Je tentai de refouler une sorte de colère naissante. En choisissant la clandestinité, mon père m'avait sacrifié, moi aussi. Sacrifié mon enfance, gâchée par le mensonge. Je souris dans l'ombre de mon égoïsme. Des milliers de pères agissaient ainsi, partout, et pas pour de tels idéaux... Pour un banal divorce, une fuite médiocre. Tous mes copains de classe qui vivaient sans vrai père, dans des familles recomposées.

La lueur du phare glissait au loin, sur la mer.

Les nobles idéaux, la dignité perdue, étaient-ils les seuls motifs de mon père, pour nous abandonner ? N'y avait-il pas une autre raison ? Cette Jessica, par exemple ? J'eus envie de prendre la main de mon père, de la serrer fort, mais malgré moi, je n'osai pas. Une dernière distance n'avait pas été abolie. Mes idées se brouillaient, mais cette réserve me semblait naturelle, une relation normale entre un adolescent et son père. Une gêne physique qui n'entamait en rien mon admiration, une envie de lui ressembler plus que de le toucher.

Normal ?

Dans mon cas, pouvait-on considérer mon œdipe comme normal ?

Mon père me regardait.

Ressentait-il les mêmes émotions ? Cette timidité, après toutes ces années. Un manque de ne m'avoir jamais pris dans ses bras pendant dix ans. L'envie de le faire, mais cette pudeur, aussi... Malgré tout, nous n'étions encore que deux étrangers. Il sentit que je m'égarais dans mes pensées.

— Où es-tu parti, Colin ?

Je me contentai d'un sourire. Un nouveau craquement nous fit cette fois-ci nous retourner tous les deux.

— C'était quoi ? fis-je.

Mon père me fit signe de me taire. Nous restâmes tous les deux de longues secondes aux aguets.

Rien !

Mon père m'adressa à son tour un sourire rassurant.

— Les bruits de la nuit. J'ai fini par me méfier de tout. J'espère que tu ne vas pas finir comme moi, une proie apeurée, au visage mangé par la barbe, des lunettes et une casquette, pour que personne ne puisse t'identifier.

Je bottai en touche. La question me brûlait les lèvres.

— Et maman ?

La main de mon père se crispa une nouvelle fois dans le sable.

— Maman… Bien sûr, tu l'appelles maman. Pour moi, c'est toujours Anne. Je ne sais pas. C'est terrible… Je ne sais pas ! Lorsque je me suis enfui en bateau, en laissant ma lettre d'adieu et en me faisant passer pour mort, j'ai rejoint Gabriel, qui m'avait trouvé une planque, sur un de ses chantiers près de Vannes. Ta mère était au courant. On se téléphonait régulièrement. Elle était très inquiète, elle avait peur pour moi, elle n'appréciait pas du tout cette idée de lettre d'adieu, cette stratégie, me faire passer pour mort. Même si j'avais réussi à la convaincre que c'était la meilleure solution pour la protéger. Pour te protéger, Colin.

Toute ma vie s'éclairait sous un jour nouveau. Je comprenais maintenant les derniers mots de ma mère : « Ton papa est parti loin, très loin. Mais tu le reverras, tu le retrouveras. » Elle ne voulait pas me mettre en danger en m'apprenant la fuite de mon père, mais elle voulait tout de même me rassurer.

— Comment est-elle morte ? demandai-je d'une voix basse.

Ces mots me brûlaient la gorge. Mon père parla d'une traite, sans respiration.

— Sa voiture est sortie de la route, en pleine nuit. Elle était seule. Elle s'est encastrée dans un arbre. Elle retournait à Mornesey. Personne ne sait ce qui s'est passé. Personne ne saura jamais, sans doute. Ici encore, la version officielle, c'est un accident, mais presque tout le monde a pensé que c'était un suicide, qu'Anne n'avait pas supporté ma disparition. Mais Colin, écoute-moi bien. Ce n'est pas ça. Oh non ! Cela au moins, j'en suis certain. Elle savait que j'étais vivant, elle m'attendait. Nous nous étions parlé quelques heures avant. Tu étais vivant, toi aussi. Tu avais besoin d'elle. Non, Colin, elle n'avait aucune raison de se suicider. De t'abandonner, de nous abandonner. Nous nous aimions ! Nous formions une famille !

Malgré moi, l'image de la main de mon père sur la cuisse de cette Jessica ressurgit, obsédante. Mon père ne me disait pas tout ! Il s'était passé autre chose. Et si tout simplement, mon père avait fui, abandonné ma mère, son fils ? Et si tout simplement, ma mère n'avait pas supporté une telle rupture ?

Non ! Ne pas penser ainsi ! Il fallait écouter, croire la version de mon père.

Il dut percevoir mon trouble. Enfin, il me prit la main. La voix de mon père était descendue dans les graves.

— Un accident de la route ? Je n'arrive pas à croire à ce hasard. Non. La disparition de ta mère les arrangeait, ils savaient que ta maman serait aussi inflexible que moi sur la vente du terrain, surtout après ma disparition. Elle était devenue la propriétaire du terrain.

Mon père marqua un silence. Un frisson me parcourut.

— Oui, même si je n'en ai pas la certitude, je pense qu'ils ont tué ta mère. Elle connaissait des noms, aussi. Elle était au courant de tout, on parlait beaucoup tous les deux, elle représentait une menace pour eux. Oui, j'ai été imprudent à l'époque de la laisser seule. J'ai eu le temps de repenser à tout cela depuis dix ans. Elle était menacée, mais je ne m'en suis pas rendu compte. Je ne les croyais pas aussi dangereux, aussi puissants. Elle était condamnée, elle aussi. Avec l'accident, le sabotage du souterrain, ils avaient déjà du sang sur les mains. Ce sont des criminels, Colin, des criminels organisés, qui sont parmi nous, que l'on connaît, dont on ne se méfie pas, mais qui sont près de nous, autour de nous, prêts à tout.

J'avais froid désormais. Ces révélations avaient quelque chose d'irréel. Je commençai à frissonner de partout. Il me restait une question sans réponse. On avait retrouvé un noyé qui portait les habits de mon père.

Qui était ce noyé ?

Comment avait-il fait ?

Mon père avait-il à son tour dû tuer quelqu'un pour le remplacer ?

Un de ceux qui l'avaient trahi ?

Je n'osais pas poser la question. J'en avais assez de toutes ces révélations effroyables. J'avais envie de me serrer contre mon père, mais je n'osais toujours pas. Cette pudeur stupide me retenait. Je sentais qu'il me prenait pour un homme, pour plus grand que mon âge, pour plus courageux. Je regardai autour de moi : la nuit partout, distraite par le faisceau régulier du phare. Le bruit des vagues. Je ressentais une grande peur monter en moi, je repensais à ce marin édenté, au-dessus de nos têtes, peut-être devant sa télé, peut-être à nous espionner. A ce Valerino, ce forçat en cavale, sans doute un membre actif de la SEMITIM.

Un assassin.

Peut-être celui de ma mère.

Mon père se rapprocha un peu plus de moi.

— Ce n'est pas tout, Colin. Je ne t'ai pas encore parlé de ton rôle, dans toute cette histoire.

Il posa sa main sur mon épaule. Elle me sembla glacée.

— J'ai un service à te demander, Colin. Un immense service. Je n'ai pas le choix. Ce sera peut-être dange-reux, mais cela le sera encore beaucoup plus pour toi si je ne te le demande pas.

34

Conduite de nuit

Vendredi 18 août 2000, 22 h 01,
péage de Nemours

Coincé dans les ralentissements avant le péage de Nemours, Simon jeta un regard circulaire.

Pas de flic !

Il sortit son portable et composa le numéro de la mairie de Saint-Argan.

Une sonnerie.

« Mesdames et messieurs, habitants de l'île de Mornesey, résidents secondaires, touristes de passage, je suis Bertrand Garcia, le maire de Saint-Argan. En plein accord avec la police et le centre de détention Mazarin, je peux vous affirmer qu'il n'y a désormais aucun danger sur… »

Simon raccrocha en pestant. Il imaginait le maire enregistrant son appel au calme sous les cocotiers.

Pitoyable !

Il composa le numéro de téléphone du portable de Clara. La secrétaire décrocha aussitôt.

— Clara ? C'est Simon.

— Casa ! Enfin... Tu es arrivé à Cormeilles-en-Parisis ?

— Reparti plutôt.

— Ils n'étaient pas là ! commenta Clara presque triomphante. Je te l'avais...

— OK. OK, coupa Simon. Ils sont pas là, ils sont partis en vacances je ne sais pas où. Pas de portable, rien. C'est fichu de ce côté-là.

— Désolé, Casa. Il fallait tenter ta chance.

— C'est bon. Merci. Ça va. Est-ce que demain matin, le plus tôt possible, tu pourras me rendre un service ?

— Attends, là. Tu ne rentres pas ce soir ?

— Ecoute-moi, Clara. C'est un service de rien du tout. Demain matin, entre 8 et 9 heures, tu téléphones au siège social d'Eco-Stone, à Saint-André-de-la-Roche, à côté de Nice, et tu demandes le secrétariat du patron, Gabriel Borderie.

Simon sentit que Clara s'agitait à l'autre bout du fil. La secrétaire tenta de prendre sa voix la plus agacée.

— Je sens le plan foireux, Casa. Tu n'es pas en train de me faire comprendre que tu vas descendre jusqu'à Nice ?

— Ecoute-moi jusqu'au bout. Donc tu téléphones...

Clara explosa.

— J'y crois pas ! Tu vas descendre jusqu'à Nice avec ma Twingo !

Simon insista.

— Tu demandes la secrétaire du patron...

321

— Tu vas rouler toute la nuit jusqu'à Nice, sans dormir ! Tout ça pour te retrouver là-bas comme un con parce que tu n'as pas l'adresse personnelle de ce P-DG et que jamais ils ne te laisseront l'approcher, jamais il ne te recevra… si jamais il est là et pas à l'autre bout du monde.

— C'est bon. Tu as fini ? Alors tu m'écoutes ! Tu téléphones à son secrétariat et tu te fais passer pour la femme de Gabriel Borderie.

— Quoi ? Et comment tu sais qu'il a une femme ?

— Pourquoi il n'en aurait pas ?

Clara soupira dans le combiné.

— Continue…

— Tu te fais passer pour sa femme et tu dis que tu es très pressée, que tu as un rendez-vous très important chez le coiffeur ou un truc comme ça, mais que tu es très ennuyée parce que ta voiture vient de tomber en panne. Tu prends un taxi et tu as laissé un message sur le répondeur d'un garagiste pour qu'il vienne dans la matinée examiner la voiture. Mais comme tu ne seras pas joignable à cause de ton coiffeur, tu lui as laissé comme numéro celui du secrétariat d'Eco-Stone. Si le garagiste appelle, la secrétaire d'Eco-Stone aura juste à lui dire que les clés de la voiture à réparer sont dissimulées dans le pot de fleurs le plus près de la porte du garage ou un truc comme ça, et qu'il faut expliquer au garagiste que la voiture fait un bruit étrange à l'avant gauche sous le capot. Tu prends un air gourde et tu improvises sur la panne, tu vois.

— J'essaierai ! fit Clara, cassante. Explique-moi, c'est quoi exactement l'objectif final ? Parce que là, je suis larguée.

Simon enchaîna sur sa lancée.

— Une demi-heure plus tard, j'appelle Eco-Stone. Je me fais passer pour le garagiste. « Bonjour, mademoiselle, madame Borderie m'a laissé un bref message et elle m'a dit de vous rappeler. » La secrétaire me débite ton couplet sur la panne et la planque des clés de la bagnole. Je fais semblant de tout noter et je l'achève en demandant : « Au fait, j'y pense, où habite madame Borderie ? Elle ne m'a pas laissé son adresse sur son message. » Et hop, la secrétaire personnelle du patron est piégée. Le tour est joué ! Qu'est-ce que tu en penses ?

— Tu veux vraiment que je te dise, Casa ?

— Oui ?

— C'est vraiment un plan tordu à la con !

— Mais ?

— Mais je ne vois vraiment pas comment il pourrait foirer… Finalement, tu n'es pas si bête comme garçon. Le seul problème, c'est que tu vas te taper mille bornes, avec neuf chances sur dix de tomber à nouveau sur une baraque fermée. Et maman et papa Borderie partis aux Seychelles pour la saison d'été.

— C'est l'hiver, là-bas !

— Joue pas au plus malin, Casa. Et va pas me plier ma Twingo ! Prends le temps de pioncer. Si quelqu'un me demande où tu es, je dis quoi ?

— Que tu ne sais pas… Au fait, Clara ?

— Quoi ?

— Merci.

— Reviens vivant, connard. Ça suffira.

35

La mission

Mon père s'étira un peu. Notre position dans le sable n'était pas très confortable. J'étais impatient. Quelle était cette mission si dangereuse qu'il voulait me confier ? J'écoutai, prêt à tout.

— Il faut que je t'explique cette lettre du notaire, Colin. Tu comprends, avec la mort de ta mère, la SEMITIM pensait avoir gagné. Pour la SEMITIM, nous étions morts tous les deux. La parcelle des Sanguinaires allait donc être mise en vente. J'ai fait alors une chose que je n'aurais peut-être jamais dû faire.

Il marqua un temps d'arrêt et reprit.

— J'ai fait de toi officiellement l'héritier du terrain de l'abbaye !

Je le regardai, abasourdi. Il continua dans la foulée.

— Tu étais notre seul enfant. Plus exactement, pour te protéger, j'ai fait en sorte que tu ne deviennes propriétaire du terrain qu'à l'âge de seize ans. Seize ans pile ! Auparavant, pendant dix ans, le terrain était géré pour toi par Gabriel Borderie. J'avais confiance en lui et, surtout, il était intouchable. Lui aussi possède des appuis solides, sur la Côte d'Azur. C'est ce que j'ai trouvé de mieux, à l'époque, pour les coincer, sans te mettre en danger.

J'avais du mal à réaliser les conséquences de ce que mon père venait de m'annoncer. Plus rien ne m'étonnait, en réalité. Je me contentai d'enregistrer.

— C'est la solution qui m'avait semblé la plus rationnelle, poursuivit mon père. Tu étais propriétaire, mais tu ne pouvais prendre aucune décision avant l'âge de seize ans. Tu ne pouvais rien faire de ce terrain. Ils ne pouvaient exercer aucune pression sur toi, ça ne servait à rien. Et de plus, tu ne savais rien, donc tu ne risquais rien. C'est pour cela que je ne t'ai jamais contacté, pour ne prendre aucun risque, il fallait que tu restes en dehors de toute cette histoire. Au moins pendant toute ton enfance. Mais...

Il me prit la main. Le contact fut à la fois étrange et intense, une nouvelle fois. Je me fis la réflexion qu'aucun adulte n'avait dû me prendre la main depuis des années. Ce n'était pas le genre de Brigitte. Instinctivement, je regardai autour de moi dans la pénombre. Un frisson me parcourut le dos.

Mon père ne me rassura pas.

— Tu as raison d'avoir peur, Colin... Mon stratagème t'a protégé pendant dix ans. Mais maintenant... J'en suis désolé, te voilà malgré toi au cœur de toute cette histoire. J'avais pensé que ce serait une éternité, dix ans, que les choses seraient alors différentes, qu'à seize ans, tu ne serais plus un enfant…

J'allais ouvrir la bouche, il m'arrêta.

— Oui, je sais. Tu vas me dire que tu es prêt à tout, que tu es un adulte désormais. D'ailleurs je suis certain que c'est le cas. La preuve, tu m'as retrouvé. Mais quand je te vois, aujourd'hui, je me dis que j'ai eu tort. Qu'à seize ans, tu es encore trop jeune pour tout ceci.

Il serra un peu plus fort ma main.

— Je dois encore te dire autre chose. Il y a dix ans, j'étais le dernier à connaître toute cette histoire. Thierry et Brigitte en ignoraient la majeure partie, même si ta maman se confiait à eux, à Brigitte surtout, elle était assez proche d'elle. Mais ils étaient trop lâches pour prendre le moindre risque. Gabriel était trop loin de tout cela, il n'était au courant, lui aussi, que de bribes de cette histoire. Je ne faisais plus confiance depuis longtemps à Maxime, mon associé. Si les tueurs de la SEMITIM me retrouvaient, s'ils parvenaient à m'éliminer ? Alors personne ne saurait jamais la vérité. Notre association, notre nom même était discrédité, à jamais. Ils gagnaient ! Colin, je voulais que tu saches qui étaient ton père et ta mère, je voulais que tu l'apprennes de ma propre voix. Si je disparaissais, s'ils me supprimaient, je voulais que tu l'apprennes de mes propres mots. C'est pourquoi je t'ai rédigé une lettre, Colin, une lettre où j'explique tout ce que je viens de te dire, mais avec des détails, des preuves, des noms, des chiffres… Une lettre terriblement dangereuse, pour ceux que je dénonce bien sûr, mais dangereuse pour toi aussi, tu t'en doutes.

Il prit une profonde inspiration.

— J'ai confié cette lettre il y a dix ans au notaire de Mornesey, maître Serge Bardon.

J'allais prendre la parole quand il me fit signe de me taire, en plaçant son doigt devant sa bouche.

— Je sais, Colin. Je t'ai dit qu'il fallait se méfier de tout le monde, sur cette île. Mais curieusement, le notaire, Bardon, est fiable. Ce serait trop long de t'expliquer pourquoi, mais tu peux en être certain, il est de notre côté. Je lui ai donc confié une mission. Quoi qu'il arrive, quoi qu'il m'arrive, il devait t'annoncer lorsque tu aurais seize ans, et seulement à ce moment-là, que tu étais propriétaire du terrain de l'abbaye ; il devait aussi te faire lire la lettre que je t'ai écrite. La lettre où j'expliquais tout. Il devait te convoquer juste avant tes seize ans…

Je commençais à comprendre.

La coïncidence me troublait pourtant : j'avais de moi-même anticipé le désir de mon père, j'avais décidé de mon propre gré de venir sur Mornesey, pour mes seize ans, bien avant de connaître toute cette histoire, il y a six mois, en février.

Un sixième sens. Une prémonition ?

Je lui demandai :

— Le jour de mes seize ans ? Cela veut dire que je vais devoir me rendre chez le notaire demain ?

Mon père me sourit. Il semblait un peu soulagé.

— Oui, me répondit-il. Ce n'est pas très difficile. Son étude se situe dans le centre, dans une rue qui sort du village. Il y habite, il y dort, il y mange, il y travaille… Un vrai bunker. Mais il y a une dernière chose qu'il faut que je t'explique.

Il n'avait pas lâché ma main. Il la serra plus fort encore.

— Il y a dix ans, j'ai donné des ordres précis au notaire. Pour te protéger. J'ignorais si je serais encore là, vivant, pour t'accueillir et veiller sur toi. Mes ordres étaient formels, tu comprends bien pourquoi. Ils pouvaient te sauver la vie ! Tu dois être seul, absolument seul, quand il te recevra. Personne ne doit être là pour t'influencer. Personne ! Tu dois ouvrir le dossier que j'ai laissé pour toi devant lui. Tu dois également lire devant lui la lettre à l'intérieur. Alors, il te demandera, avant de te laisser sortir, si tu veux téléphoner à quelqu'un en particulier, si tu veux téléphoner à la police, pour qu'ils viennent te chercher, te placer sous leur protection. Ce sont les ordres que j'avais laissés. Tu comprends ? Si je disparaissais, je ne pouvais avoir confiance qu'en ce notaire. Je me doutais que c'était un cadeau terrible que je te faisais là. A partir du moment où tu prenais connaissance de toutes ces informations, de ces noms, tu étais en danger de mort. Mes ordres étaient simples. Je pensais alors que c'était la meilleure solution. Je le pense toujours, d'ailleurs.

— Mais tu es là ! m'écriai-je.

— Oui ! Ils ne m'ont pas eu, finalement.

Il esquissa un sourire de contentement qui ne me rassura pas.

— Pas encore ! ajouta-t-il. J'ai vraiment réussi à me faire passer pour mort. C'est ce qui pouvait arriver de mieux, Colin. C'est ce que j'ai espéré, toutes ces années. Je n'aurai pas à te mettre en danger. Demain, nous irons ensemble chez maître Bardon, tu n'auras pas besoin de lire cette lettre !

J'étais déçu. Cette lettre virtuelle ne représentait pour moi aucun danger. Je ne ressentais que le manque de confiance en moi de mon père, comme s'il refusait que je l'aide à porter un sac trop lourd.

— Et si je voulais…

Il me coupa.

— La lire tout de même ? Alors, tu ne serais jamais en paix. Tu deviendrais une bête traquée. Je le sais, je l'ai été pendant dix ans. Crois-tu que ce soit supportable de faire croire à son propre fils que l'on est mort, toutes ces années ? C'est une telle vie que tu souhaites ?

— Mais…

Il serra une nouvelle fois ma main.

— On en reparlera plus tard. Demain. C'est un poids très lourd pour tes seize ans. C'est un drôle de cadeau d'anniversaire que je te fais là.

Je pensai en moi-même que c'était au contraire le plus beau des cadeaux possibles. Bien sûr, il y avait ce frisson, cette frousse, mais j'avais tellement été élevé dans les fictions policières qui se terminent bien que cette peur ne me semblait pas réelle.

Mon père était un héros, il était vivant. Il avait survécu, et s'il m'entraînait avec lui dans cette aventure, rien ne pouvait m'arriver.

Quel cadeau pour mes seize ans ! Ce terrain de l'abbaye. Cette lettre. Ces secrets. Ma mère à ne pas oublier, à venger. Mon nom, l'honneur des miens, à rétablir. Qui pourrait rêver d'une autre vie, d'un autre destin ?

Un vent léger, trop timide pour soulever les vagues ou le sable, poussait des embruns jusqu'à mes narines.

Je regardai mon père : tout ce qu'il m'avait dit, je le savais. Je le savais depuis que j'étais tout petit, depuis dix ans. C'était en moi. Qu'il était vivant, qu'on me cachait un secret pour me protéger, que mon père ne s'était éloigné de moi que parce qu'il était traqué.

Tout était limpide. Rien de cette invraisemblable histoire ne me surprenait...

Le ciel bascula soudain devant mes yeux.

Mon père me plaqua contre le sable.

J'entendis un craquement, comme un bruit de pas sur une branche sèche.

Distinctement. Tout près de nous. Sur la colline.

Ma bravoure retomba dans l'instant.

Nous restâmes ainsi de longues secondes, tapis dans l'ombre, blottis l'un contre l'autre. Fallait-il autant de menaces autour de nous pour que l'on retrouve tous les deux une telle intimité ? Mon père tendait l'oreille.

Rien ?

Le rayon lumineux du phare passa un peu plus loin, n'éclairant que du sable et des arbres. Nous nous redressâmes lentement. Je m'imaginai quelle avait dû être sa vie, pendant toutes ces années, à épier, se méfier, se dissimuler.

J'époussetai machinalement le sable sur mes habits. J'avais encore beaucoup de questions en tête.

— Thierry et Brigitte, demandai-je, qu'est-ce qu'ils savent ?

— Rien. Rien ou presque. Je ne leur ai jamais fait trop confiance. Mais ils étaient ta seule famille, et ils ne sont pas bien méchants, je pense.

— Mais ils savaient que tu étais vivant ?

— Oui. Cela m'ennuyait. Mais ta maman a insisté. Ils sont les seuls à être au courant. Ta maman l'avait avoué à Brigitte. En dix ans, nous avons très peu communiqué. Quelques coups de fil, quelques lettres. Je me méfiais, mais cela me permettait d'avoir des nouvelles de toi. On s'est quittés très fâchés après l'accident sur le chantier. Ils n'ont pas compris non plus pourquoi je me suis fait passer pour mort. Ça les dépasse. Ils doivent me croire fou, ou irresponsable. Les pauvres ! Ils sont tellement raisonnables, tellement centrés sur leurs petites affaires. Tu as dû tellement t'ennuyer toutes ces années.

Je pensais « Oui » du fond du cœur, mais une partie de moi m'empêcha d'être sincère. C'est eux qui m'avaient élevé, malgré tout. Je baissai la tête et je ne dis rien. Je regardai ma montre : il était plus de 23 heures. Rien ne pressait.

Ils devaient tous dormir à cette heure, au camp.

Je levai les yeux. Au-dessus de la plage, les arbres agitaient lentement leurs branches sombres. J'avais une autre question. Il fallait que je la pose. Tant pis.

Mon père avait dû me voir jeter un œil sur l'heure. Il me coupa.

— Il faut que tu rentres, Colin. Je vais t'accompagner. Tu as une longue journée devant toi demain.

— J'ai une autre question, papa.

On se mit tous les deux debout. La boule grossissait dans ma gorge, mais je n'avais pas le choix. Je me lançai.

— Il y a quelqu'un dont tu ne m'as pas parlé. Je l'ai vue plusieurs fois, sur les photos, quand vous mangiez tous dehors dans les ruines de l'abbaye.

Il se tourna vers moi, étonné. Je précisai.

— Une fille. Une fille rousse. Cheveux très courts. Très jolie.

J'insistai.

— Elle était souvent assise à côté de toi, sur les photos.

Il fallait que je sache.

— Sur un film aussi, un film tourné au caméscope que j'ai trouvé chez Thierry.

Je croisai dans le regard de mon père une émotion étrange, comme si j'avais touché en lui une corde sensible, une corde qui avait depuis longtemps cessé de vibrer. Que s'était-il passé avec cette fille ? Etait-elle la vraie raison du départ de mon père ?

Il répondit presque aussitôt en me regardant droit dans les yeux, gravement.

— Jessica Saunier. Une fille très jolie, tu as raison. Il fallait bien un peu de beauté et d'innocence au milieu de toute cette monstruosité. Mais rassure-toi, Colin, il ne s'est jamais rien passé de sérieux entre ton père et cette fille. Ça, je te le jure, sur ce que nous avons de plus cher tous les deux !

Je revoyais le film, la main de mon père sous la jupe de cette Jessica. Je n'osai pas insister. Il avait l'air sincère. Il avait juré. Pourtant, j'avais la preuve qu'il me mentait. S'il me mentait sur cela, sur quoi me mentait-il aussi ?

Je chassai ces idées de ma tête. Jessica n'avait dû être qu'une tentation, un égarement, une erreur passagère.

Ça ne changeait rien au reste. Mon père pouvait être un héros, pur, passionné… et infidèle.

Mais alors, pourquoi jurer ?

Un héros pur, passionné, infidèle… et parjure ?

« Il ne s'est jamais rien passé de sérieux… »

Qu'est-ce que cela signifiait ? La même chose que pour un adolescent idéaliste ? Une boule bloquait ma gorge, je n'arrivai pas à relancer mon père, insister, lui faire préciser. J'avais peur de ne pas être à la hauteur. De le décevoir. Il fallait que je me reconcentre sur ma mission. Le rendez-vous du lendemain chez le notaire, Serge Bardon.

Le reste était secondaire.

Mon père posa une main chaude sur mon épaule.

— Je te raccompagne à ton camp.

Nous quittâmes la plage. Mes pas s'enfonçaient légèrement dans le sable durci par la fraîcheur de la nuit. Mon père s'était lui aussi équipé d'une lampe torche, beaucoup plus puissante que la mienne.

Je suivais le faisceau lumineux.

Nous marchions sur le chemin.

— Demain, chez le notaire, demanda mon père, vers 10 heures, ça te va ?

— Heu. Oui…

Evidemment, mon père n'allait pas me signer une autorisation de sortie du camp. Mais demain, je pouvais fuguer ! Désormais, je m'en fichais. Je continuai.

— Tu sais, papa, maintenant que je t'ai retrouvé, je n'ai plus besoin de rester au camp. Je récupère mes affaires et je pars avec toi.

Il sourit.

— On verra, on verra. Ce n'est pas si simple, la garde parentale… Officiellement, je te rappelle que je suis mort ! Mais pour demain, pas de problème. Je t'attendrai à la sortie de ton camp. J'aurai une camionnette.

— Une Ford Transit Connect blanche, je sais !

Il parut étonné.

— Je t'ai croisé sur le port, avant-hier. C'est comme ça que je t'ai retrouvé. D'ailleurs, c'est étrange, tu ne trouves pas ? Personne ne t'a reconnu depuis dix ans, à part le marin alcoolique. Et moi, je te retrouve en à peine dix jours…

Mon père répondit spontanément.

— Mais toi, à la différence de tous les autres, tu me savais vivant ! Les morts, on ne les remarque pas… Surtout lorsqu'ils portent presque toujours une barbe, une casquette et des lunettes de soleil.

Il avait sans doute raison. Quelque chose comme l'instinct, la prémonition, une nouvelle fois.

Tout était redevenu silencieux. Il faisait frais, le vent de la mer nous poussait dans le dos. De quoi avait-on oublié de parler ? De rien ? Je réfléchissais.

Si, bien sûr !

— Papa ? Et la Folie Mazarin ? Tu ne m'en as pas parlé. C'est une légende ou pas ?

Mon père, tout en marchant, se tourna vers moi, à peine surpris.

— Je m'attendais à ce que tu me poses la question. Ça passionne toujours les adolescents, hein, ces histoires de trésor ? J'étais comme toi, tu penses. Un archéologue qui ne serait pas dingue de trésor… La Folie Mazarin… Tu en sauras plus demain, Colin. Dans le dossier qui t'attend chez le notaire, il y a aussi un plan et un certain nombre de choses que j'ai laissées derrière moi il y a dix ans. Tu vas hériter de cela aussi. Des années d'enquête sur la Folie Mazarin. Tu n'es pas au bout de tes surprises…

J'avais de moins en moins peur. Mes pas me semblaient légers. Un peu comme lorsque j'allais voir un film d'aventures au cinéma. En sortant, pendant quelques minutes, je me croyais encore un peu dans l'histoire, dans la peau du héros, je volais.

— Mais en réalité, Colin, expliqua mon père, à propos de la Folie Mazarin, tu en sais beaucoup plus que tu ne crois. Tu penses avoir tout oublié, mais si tu cherches bien dans ta mémoire, derrière le traumatisme de tes six ans, tu dois avoir enfoui des souvenirs très précis.

Je m'interrogeai sur ce dont il me parlait. Rien ne me revenait à part cette table d'adultes, ce repas, cette dispute.

— Je ne me souviens de rien, ou presque, fis-je.

— Ce n'est pas grave. Continue de chercher. Concentre-toi et tout devrait se débloquer dans ta tête. J'espère, du moins. Je t'avais confié de grands secrets avant de disparaître, des histoires comme on en raconte à un enfant de six ans, un peu codées, presque un jeu. Réfléchis bien, tu verras.

— A propos de la Folie Mazarin ?

Il sourit.

— Certains ont affirmé que j'avais trouvé le trésor, que je voulais le garder pour moi. Ça a été un des motifs de discorde dans l'association, avec Thierry, Maxime et quelques autres. Le journal de l'île raconte encore ça aussi, de temps en temps. Que j'aurais acheté l'abbaye avec l'argent du trésor.

— C'est vrai ?

— Non, ça, c'est faux !

— Mais que tu as trouvé le trésor, la Folie Mazarin, ça, c'est vrai ?

— Disons que c'est un peu plus compliqué que cela…

— Tu sais où il est ?

— Toi, tu le sais !

Il mit son doigt sur mon front.

— C'est quelque part là-dedans.

Il sourit.

— Cherche bien !

Je ne comprenais toujours pas où il voulait en venir mais je sentais naître avec lui une complicité extra-ordinaire. J'étais le plus heureux de tous les adoles-cents. Tout s'enchaînait comme dans mes rêves les plus fous depuis dix ans. Tout ce danger dont me parlait mon père n'était pas réel. Je ressentais une émotion étrange, un mélange d'excitation absolue et de sérénité. Un peu comme quand on est amoureux, imaginais-je. Nous traversions la lande. Ma lampe n'éclairait pas grand-chose. Mon père marchait à moins d'un mètre derrière moi. Nous nous taisions depuis quelques secondes. On savourait le moment. Nous marchâmes comme cela pendant plus d'un quart d'heure.

Je sentis juste un souffle, puis une forme sombre qui surgit du talus et se jeta sur moi.

Je lâchai ma lampe qui roula sur le chemin.

Dans l'instant qui suivit, j'eus la vision cauchemar-desque de la lueur d'une lame d'acier, un grand couteau de boucher, que l'ombre saisissait.

Le couteau s'abattit sur moi.

Il s'était passé moins d'une seconde. Je n'eus même pas le temps d'avoir peur.

J'eus simplement à ce moment la certitude de mourir ainsi, brusquement.

Sans comprendre.

36

Nuit jaune

*Vendredi 18 août 2000, 23 h 55,
autoroute A6/E15/E21*

Simon rejoignit l'autoroute A6/E15/E21. Il avait lu quelque part que cette portion d'autoroute, entre Beaune et Lyon, était la plus fréquentée de France.

Jusqu'à huit voies contiguës !

Simon longeait de gigantesques entrepôts, en enfilade. Des kilomètres de tôle ondulée et, sur l'autoroute, des files de camions à n'en plus finir. Simon se demandait si des gens pouvaient vivre par ici. A côté de l'autoroute ? Au milieu des hangars ? Habiter ici ? Travailler ici ?

Non, ce coin était un endroit où on ne faisait que passer, le plus vite possible, sans s'arrêter.

Le téléphone portable, enfoui dans la poche de son jean, vibra. La main droite de Simon lâcha le volant pour sortir l'appareil. Il dut se contorsionner.

Trop tard.

Lorsque, enfin, il réussit à extraire le téléphone, la vibration avait cessé. Trente secondes plus tard, une nouvelle vibration indiqua qu'il avait un message. Il monta le téléphone jusqu'à son oreille.

« T'es passé où, petit con ? Je t'ai attendu toute la soirée ! Si tu crois que j'ai que ça à faire ! Va te faire foutre ! »

Oups…

Candice…

Simon sourit pour lui-même. Il avait complètement oublié la jolie blonde ! Il hésita à la rappeler. Pour lui dire quoi ? Qu'il descendait pour voir la Méditerranée ? Elle lui aurait hurlé, elle aussi, qu'il était dingue. Elle n'aurait pas eu tort.

Simon jeta le téléphone portable sur le fauteuil passager. Candice attendrait.

Peut-être…

Cela faisait partie du jeu, la reconquérir ensuite, s'il en avait encore envie. Il repensa quelques instants à son corps de poupée frissonnant à chacun de ses baisers et au grain de sa peau sur ses doigts. Sa main caressa à regret le plastique mou du volant de la Twingo.

Tant pis…

L'autoroute continuait ses largesses, deux fois quatre voies. Goldman chantait encore une fois *On ira*. Simon regarda défiler les immenses bâtiments du vin pétillant Kriter.

Toujours des entrepôts, des caves.

L'image d'une cave le fit penser aux fouilles de l'abbaye Saint-Antoine. Il y avait sans doute des caves sous l'abbaye. Des cryptes. Il se fit la réflexion qu'avant de partir, il aurait dû visiter l'abbaye. Peut-être qu'il y aurait trouvé un indice. Un détail. Il imagina le couloir noir des souterrains sous l'abbaye, d'immenses galeries, qui reliaient l'abbaye au port, l'abbaye à la citadelle, l'abbaye à la prison.

Pourquoi pas ?

Un souterrain sous la prison ? Et quelque part, caché dans ce dédale obscur, Jean-Louis Valerino. Insaisissable. Simon avançait doucement dans le couloir noir. Il n'avait pas d'arme, juste une sorte de matraque et son sifflet.

Il frissonnait.

Il ne voyait pas grand-chose dans la pénombre. Il écarquillait les yeux. Devant lui, dans le tunnel noir, deux lanternes se rapprochèrent à une vitesse extraordinaire.

Aucun être vivant ne pouvait avancer vers lui à cette vitesse.

Les deux lanternes jaunes étaient déjà sur lui.

37

Nuit rouge

La lame s'abaissa d'une dizaine de centimètres.

Elle allait me transpercer le ventre. Je gardai pourtant les yeux ouverts.

Immobile, sans réaction. Résigné.

Le miracle se produisit pourtant, sans que je l'implore.

A quelques centimètres de mon estomac, la lame stoppa sa course.

Je parvins à tourner la tête. Mon père tenait à deux mains le poignet de mon agresseur. Il pesait de tout son poids pour éloigner de moi l'arme blanche. Je pensai à l'Opinel que Madi m'avait confié, mais j'étais pétrifié, incapable du moindre geste.

Arc-bouté sur lui-même, mon père trouva soudain la force de lancer un puissant coup de pied dans l'ombre. L'agresseur poussa un cri sourd et roula sur le côté, sans lâcher le couteau. Avant qu'il ne se relève, mon père me poussa d'un geste ferme, sur le côté, et se jeta sur l'homme.

J'eus l'effroyable sensation qu'il allait s'empaler sur le couteau. Je les vis rouler sur le chemin puis, tout d'un coup, disparaître dans le fossé.

Je hurlai.

— Papa !

Je ne voyais rien. Je me relevai. Je n'avais mal nulle part. J'attrapai la torche tombée par terre et je m'approchai du fossé. Les deux ombres luttaient, deux ou trois mètres en contrebas. Mon père était vivant ! Je me sentais stupidement inutile.

Soudain, la lame du couteau brilla à nouveau. Je reconnus l'ombre de mon agresseur. Mon père s'était baissé, occupé à ramasser je ne sais quoi. Il n'allait pas avoir le temps d'esquiver le coup.

— Papa !

L'ombre marqua une courte seconde d'hésitation. Suffisante. Tenant à bout de bras une lourde pierre, mon père se releva soudain, pivota sur lui-même dans un geste de lanceur de poids et écrasa de toutes ses forces la roche sur la tempe de notre agresseur.

L'individu s'effondra, foudroyé. Mon père se retourna vers moi.

— Non, Colin. Ne regarde pas ça !

Instinctivement pourtant, je braquai ma lampe sur le corps allongé et inerte : du sang coulait abondamment de l'hémisphère gauche de son crâne. Il semblait mort… Immédiatement, je le reconnus. Sa photo était affichée à la une de *L'Ilien* : Jean-Louis Valerino ! Le fuyard échappé de la citadelle.

En deux bonds, mon père était remonté auprès de moi.

— Nom de Dieu. Il nous épiait. Il était là… Il a peut-être tout entendu… Peut-être a-t-il eu le temps de parler… aux autres.

— Qui ?

— Valerino. Un homme de l'ombre de la SEMITIM. L'homme des basses œuvres de la mairie. Quand il a été coffré, il n'a pas été accusé du quart des crimes qu'il a commis.

— Il… il est mort ?

— Je ne sais pas. Ne reste pas là, Colin. J'ai l'impression qu'il était seul mais on ne sait jamais. Rentre à ton camp. Vite. Cours. C'est là-bas que tu seras le plus en sécurité. Jusqu'à demain au moins. Ici, c'est trop dangereux.

J'hésitai un instant, ne sachant pas quoi faire. Mon père me lança un regard dur, sans ambiguïté. Il fallait que j'obéisse. Je n'étais qu'un petit garçon, tout ceci me dépassait. Je braquai ma lampe qui n'éclairait presque rien sur le chemin. Je glissai d'une voix peu assurée mais que je voulais enjouée.

— A demain, papa.

— A demain, Colin, 10 heures moins le quart, devant ton camp. Fais attention et rappelle-toi surtout, méfie-toi de tout le monde. N'oublie pas, ils sont puissants. Méfie-toi de tout le monde, j'ai bien dit, absolument tout le monde.

Une fois de plus, sans me retourner, sans plus penser à rien à part à la peur, je me mis à courir. Jamais je n'avais autant couru au cours d'une journée ! Le sentier et la route défilèrent, sombres, irréels.

J'arrivai au camp.

Silencieux.

Habitué, je me faufilai entre les arbres pour entrer discrètement dans la tente marabout et me coucher. Je me déplaçai à tâtons. Je n'y voyais rien mais je ne voulais pas allumer ma torche. J'hésitai à réveiller Armand ou Madi. La phrase de mon père me revenait.

Méfie-toi de tout le monde !

De tout le monde… Tout de même pas de Madi et d'Armand. Ils avaient mon âge. Ils n'avaient rien à voir avec cette île. Ils ne connaissaient rien à cette histoire. Mais mon père avait été formel : « de tout le monde ».

Qui savait que j'avais rendez-vous ce soir avec mon père ?

Eux !

Eux seuls !

Et si l'un d'eux avait prévenu Valerino ? Non, c'était ridicule. Je ne m'imaginais pas une seconde Madi jouer un tel double jeu.

Pas Madi, mais Armand ?

Armand était intelligent. Qu'est-ce qu'il faisait là, en fait ? A bien y réfléchir, ce n'était absolument pas crédible qu'un garçon comme lui se retrouve dans ce camp voile. Ses explications n'avaient aucun sens. Et cette insistance à devenir mon ami…

Pourquoi ?

J'ôtai mes chaussures et je me glissai tout habillé dans mon duvet, continuant de me poser mille questions.

Armand s'était imposé de lui-même comme mon confident. Pas Madi, Madi, je l'avais choisie. Mais, Armand, c'est lui qui m'avait choisi. Que penser ? Le plus simple était de ne rien dire ! Innocents ou complices, peu importait, il suffisait de ne pas les compromettre davantage.

De me taire.

Mais si Armand était complice ? S'il dormait là, à côté, sous la tente. Prêt à bondir, prêt à trahir.

Etais-je en sécurité, ici ?

N'importe qui pouvait entrer. Je me tins sur mes gardes.

J'écoutai.

Le plus grand silence régnait sous la tente.

Soudain, je paniquai. Ce silence. Il n'était pas normal.

Je n'entendais aucune respiration, aucun souffle.

Un cauchemar affreux me traversa l'esprit. Et s'ils étaient tous morts ?

J'allumai ma lampe et la braquai sur les lits, un par un.

Tous les lits étaient vides !

J'étais seul !

38

Nuit blanche

Samedi 19 août 2000, 0 h 31,
autoroute A6/E15/E21

Lorsque le pied de Simon écrasa le frein de la Twingo, il restait moins de trois mètres entre son pare-chocs et le camion devant lui. La Twingo pila presque sur l'autoroute. Par chance, il n'y avait aucun véhicule derrière. Le camion reprit rapidement de la distance et ses deux feux arrière s'éloignèrent.

Simon se frotta les yeux.

Plus de dix heures de conduite sans s'arrêter. Sans manger. Il repensa aux derniers mots de Clara.

Essaie de rentrer vivant.

Pas si gourde, Clara.

Il se tapota la joue pour se remuer le sang. Moins de cinq minutes plus tard, il actionnait son clignotant pour s'engager sur une aire de repos.

Malgré l'heure tardive, il y avait encore un monde fou dans la petite station-service. En ce début de week-end, les aoûtiens filaient en rang serré vers le sud. Simon s'aspergea longuement le visage d'eau dans les sanitaires, puis essaya de trouver quelque chose à manger. Il n'avait rien avalé depuis son départ de Mornesey. Clara lui avait donné des ordres stricts : ne rien manger dans sa Twingo. Pas même une chips ! Les miettes lui irritaient les cuisses quand elle revenait de la plage en maillot. Simon avait soupiré : et le sable, ça ne t'irrite pas les cuisses ?

Docile cependant, il se contenta d'un sandwich mou sous cellophane et d'une tarte au citron en barquette, dont la croûte était plus épaisse que la garniture. Il ingurgita le tout debout, pensant fugitivement que Clara n'approuverait pas non plus ce repas improvisé peu diététique.

Clara...

N'était-ce pas elle qui avait raison ?

Qu'est-ce qu'il faisait là, à 1 heure du matin, sur une sinistre aire d'autoroute, à poursuivre des fantômes ? Tout ça à cause de son entêtement maladif ?

Qu'est-ce qu'il cherchait ? Il y avait toutes les chances que cette autoroute se termine par une impasse, qu'il ne rencontre personne à Nice, qu'il ait roulé près de trois mille kilomètres pour rien !

Son maudit entêtement...

Simon regarda, amusé, la queue s'allonger devant le distributeur. Il fallait faire preuve d'obstination même pour boire un café dégueulasse sur une autoroute à 1 heure du matin ! Et s'il faisait demi-tour, là, tout de suite ? Il serait à Mornesey à l'aube. Valerino était peut-être déjà sous les verrous… Hors d'état de nuire. *L'Ilien* le titrerait dès ce matin. Il pouvait encore s'en sortir avec les honneurs, rapporter des croissants à Clara pour un petit déjeuner sur le port, puis faire de même avec Candice, une visite-surprise au guichet de l'abbaye Saint-Antoine, la prendre par la main, lui faire l'amour au milieu des ruines, rester allongés, longtemps, nus, peau contre peau, comme les amants d'une tragédie grecque.

C'est ce qu'il fallait faire, c'est ce que tout le monde aurait fait…

Cette histoire ne le regardait pas.

Quelle histoire, d'ailleurs ?

Juste quelques coïncidences, la date d'anniversaire de ce jeune Colin Remy qui tombait aujourd'hui, quelques jours après l'évasion de Valerino. Un plan d'urbanisme trafiqué vieux de dix ans. Un accident malheureux et un archéologue qui se suicide. Un trésor bidon inventé par un journaliste roublard.

Aucun mystère dans tout cela. Aucun lien entre tous ces éléments. Il avait pourtant plongé les deux pieds dedans.

Devant lui, un brave père de famille secouait comme un flipper le distributeur, en panne ou en rupture de stock, qui refusait de lui verser son café alors qu'il avait pourtant fait un quart d'heure de queue pour obtenir son breuvage !

Simon sourit.

N'importe qui aurait abandonné, fait demi-tour…

Mais pas lui !

39

Nuit noire

Samedi 19 août 2000, 0 h 45,
camp de la presqu'île sauvage,
île de Mornesey

Tous les lits sans exception étaient vides.

Une panique me saisit. Il était plus de minuit. J'imaginai la boucherie. Des tueurs me cherchaient sous cette tente. Ils ne savaient pas où je dormais, ils avaient frappé au hasard, massacré aveuglément les petits corps endormis puis enlevé les cadavres.

J'éclairai à nouveau les sept lits. Il n'y avait aucune trace de lutte. Les duvets étaient normalement étendus sur les matelas.

Un enlèvement ? Je pensai à Madi et Armand. Ils étaient au courant. Et si on avait voulu les faire parler ? Un rapt général. Ils subissaient peut-être déjà une torture, atroce, par ma faute…

J'éteignis ma lampe et sortis de la tente. J'ouvris l'Opinel de Madi et je serrai le plus fort possible le manche de bois, pour me donner un semblant de courage. La cuisine et la salle de réunion étaient allumées, au loin.

Discrètement, j'avançai. En faisant le moins de bruit possible, je m'approchai de la lueur.

Je n'eus le temps que d'apercevoir une ombre derrière moi et de sentir une main ferme se poser sur mon épaule.

Ma nuque se glaça.

Je ressentis une peur intense, plus encore que lors de l'agression quelques minutes auparavant qui m'avait pris par surprise. Persuadé qu'une lame allait se planter dans mes omoplates, je me retournai et lançai mon Opinel à l'aveuglette.

La silhouette dans mon dos se recula vivement.

Je me retrouvai nez à nez avec la figure narquoise de Yoyo.

— Tout doux, Colin, fit Yoyo. Tout doux. Ce n'est que moi ! Range ton coutelas, Rahan ! Tu as peut-être oublié, mais il paraît qu'aujourd'hui, c'est ton anniversaire… Cela dit, je crois plutôt que ça va être ta fête.

Incapable de prononcer le moindre mot, je le suivis jusque dans la grande salle de réunion. Elle était effectivement éclairée. Le camp au grand complet m'attendait ! Ils eurent l'air de me voir arriver avec soulagement.

— Ah ben quand même, lança Kévin. On est tous séquestrés ici depuis trois heures à cause de toi !

— Joyeux anniversaire, Colin, fit Armand, l'air désolé.

Madi, à l'inverse, m'adressa un discret clin d'œil complice.

Le père Duval se tenait debout, dans un coin de la pièce. Il prit la parole, calmement.

— On avait une petite idée, l'équipe d'animation et moi. Une idée plutôt sympathique, une surprise. Vois-tu, Colin, on a eu l'idée de te fêter ton anniversaire. Après la veillée... En même temps que notre cinquième repas... Sacrée surprise, non ?

La pression retombait. Je me sentais incroyablement libéré.

Me fêter mon anniversaire ? Les cons !

— Tu peux me dire où tu étais ? demanda toujours calmement le directeur du camp.

Qu'est-ce que j'en avais à foutre, maintenant, de sa morale et de ses punitions ?

— Non.

— Tes camarades sont consignés ici depuis 22 heures. Aucun n'a rien dit ! Soi-disant que personne ne sait rien !

Je comprenais leurs mines renfrognées. Ils avaient subi depuis plus de trois heures un interrogatoire serré. A cause de moi, le « fils à papa », le nul en voile, le nul en filles. Ça devait les scier.

Si seulement ils savaient...

— C'est pas vrai, monsieur, déclama Armand. On a avoué. Il avait rendez-vous avec la Suédoise qui vend les tickets à l'abbaye. Faut pas lui en vouloir, c'est humain, tout le monde a le droit d'aimer se cultiver.

Duval lui lança un regard noir. Armand était hilare. Madi, sur ses gardes. Les autres fixaient leur montre. Stéphanie, assise sur une table, m'observait étrangement, cherchant à comprendre.

— On peut aller se pieuter ? fit Kévin.

— Un instant, répondit le père Duval. Vous vous rendez compte, j'espère. Tu te rends compte, Colin ? L'île de Mornesey fait la une des journaux partout en France. On ne parle que de ce meurtrier en cavale qui se trouve peut-être encore sur l'île. Et toi, Colin, tu disparais en pleine nuit ? Tu es inconscient ou quoi ?

J'avais l'impression de dominer la situation du haut d'un piédestal, d'une chaise d'arbitre de tennis. *Un meurtrier en cavale, monsieur le directeur ? Si vous saviez dans quel état il se trouve, à l'heure qu'il est ! La cervelle éclatée dans un fossé.* Le père Duval repéra mon insolente assurance.

— Ne fais pas le malin, menaça-t-il. On réglera ça demain, enfin tout à l'heure, quand ton oncle et ta tante arriveront. On s'expliquera avec eux. Et ne t'avise pas de décamper à nouveau. Demain, tu es consigné au camp. On va t'assurer une garde rapprochée. Ni voile, ni rien d'autre, mais ne t'en fais pas, on te trouvera du boulot sur le camp. Estime-toi heureux ! Un quart d'heure plus tard, on appelait la police.

Dans ma tête, je commençais déjà à échafauder un plan pour m'échapper, le lendemain. Je ne paniquais pas, ils n'allaient pas m'attacher, m'enfermer dans une pièce fermée à clé. Même surveillé, m'enfuir ne devrait pas être difficile.

— Dis, Colin, tu m'écoutes ? s'énerva le directeur.

— Oui.

— Bon, allez vous coucher. Yoyo, tu les accompagnes.

— On souffle pas les bougies avant ? insista Armand.

Yoyo haussa les épaules.

— Au pieu, on vous a dit.

Sous la tente, j'attendis que tout le monde s'endorme. Je ne voulais rien raconter. Je ne voulais rien dire.

Se méfier de tout le monde.

N'impliquer personne.

Agir seul.

Vers 2 heures du matin, j'entendis les pas d'Armand se diriger vers mon lit.

Quelle glu !

Ce fut comme un signe pour Madi, qui ne devait attendre que ça derrière le rideau du dortoir des filles. Elle aussi sauta de son lit, et se retrouva au pied du mien. Je feignis sans conviction le sommeil sous mon duvet.

— Fais pas chier, fit Armand. Accouche ! Alors, papa ? Il est ressuscité ou pas ?

— Vous saurez rien, répondis-je. Rien, je peux rien vous dire.

Je sentais que Madi n'allait pas insister.

— Tu rigoles, protesta Armand. On a pris des risques, nous. On est associés ! Je ne passe pas pour rien toutes mes journées avec la Walkyrie.

Madi ne renchérit pas. Merci, Madi ! Elle se contenta de poser sur moi des yeux d'une douceur qui tranchait avec les poignards qu'elle lançait à tous les autres garçons du camp. Un regard de comédie ?

— Je ne peux rien vous dire. C'est pour votre sécurité.

— Tu l'as vu alors, jubila Armand. Vivant ! Tu es sûr que c'était lui ?

Il m'énervait, Armand. Ou alors il était vraiment très rusé. Une furieuse envie de me confier me taraudait. Je lâchai :

— Bien sûr que c'était lui ! Tu parles que c'était lui.

— Et alors ? glissa Madi.

— Et alors ? Si je vous raconte, vous allez croire que je baratine.

Armand était décidément un malin.

— C'est justement si tu ne dis rien que cela veut dire que tu baratines !

Pendant quelques instants, je pesai les risques dans ma tête. Ne faire confiance à personne. Ni à Armand ? Ni à Madi ? Mais d'un autre côté, pouvais-je m'en sortir seul ? Demain, j'allais avoir besoin de leur aide pour m'enfuir. S'ils faisaient partie du complot contre mes parents, s'ils étaient complices, s'ils jouaient un rôle dans cette histoire, je n'allais pas leur apprendre grand-chose.

Tant pis, je prenais le risque.

Je respirai longuement et je racontai tout, du souterrain saboté sous la grue à l'agression de Valerino, du rendez-vous le matin chez le notaire à la Folie Mazarin, ce secret codé enfoui au plus profond de ma tête. J'évitai simplement de parler de mes soupçons sur l'infidélité de mon père avec cette Jessica. Ce fut le trésor de la Folie Mazarin qui passionna le plus Madi. Ses grands yeux noirs pétillaient. Elle me prit le bras et le serra.

— Et tu ne te rappelles de rien ? Faut que tu te concentres, Colin. Faut que tu dormes pour que tes souvenirs reviennent !

Armand eut par contre une réaction qui m'étonna.

— Tu es certain qu'il était mort, ce Valerino ?

— En tout cas, il n'était pas bien en forme. Pourquoi tu me demandes ça ?

Ça me surprenait qu'Armand s'inquiète pour ce fugitif. Qu'est-ce qu'il en avait à foutre de ce type ? Et s'il le connaissait ? Et s'il…

— Pour rien, répondit Armand. Ça me semble juste bizarre, ton histoire d'agression. Un peu trop…

— Un peu trop quoi ?

— Un peu mélodramatique !

— Je sais même pas ce que ça veut dire, commenta Madi.

Armand m'inquiétait avec ses soupçons. Je guettais des bruits sous la tente, mais je n'entendais rien, pas un bruit à part les respirations. Je demandai, en essayant de prendre une intonation de caïd :

— T'es avec moi ou pas, Armand ?

— Avec toi, ducon, avec toi, plus que tu ne le crois.

— Ça veut dire quoi, ça ?

— Ça veut dire que je suis la cervelle qui te manque.

Ces allusions ne me plaisaient pas. J'y voyais des doubles sens que je ne comprenais pas.

— On va se pieuter, fit Madi à Armand.

Elle ajouta, d'un ton maternel :

— Faut que tu dormes, Colin.

Elle me lança un nouveau clin d'œil qui me troubla, puis ils retournèrent chacun vers leur lit. Madi disparut derrière le rideau des filles. Dans l'obscurité, j'observais le duvet d'Armand. Quelque chose me disait que si je m'endormais, il allait se lever pour aller prévenir je ne sais qui. S'il était contre moi, il fallait qu'il le fasse avant demain 10 heures, avant que je ne récupère le dossier chez le notaire. Si je m'endormais, j'étais en danger, je ne contrôlais plus la situation. Il me fallait tenir.

Je savais si bien le faire, depuis toutes ces années de guet…

Après des minutes qui me parurent des heures, mes paupières, malgré moi, commencèrent à se fermer.

Tenir. Tenir. Malgré tout, malgré ma mission, demain. Retrouver mon père, être digne. Ne pas le décevoir…

Ma mission… Tenir, tenir encore éveillé ?

Mes paupières pesaient de plus en plus lourd, se fermaient, sans que je puisse les contrôler, désormais.

Seul mon esprit surnageait. N'étais-je pas ridicule à résister ainsi, à lutter contre le sommeil ? Je devais être opérationnel demain matin ! N'était-ce pas le plus important ?

Je me forçai à tourner la tête, ouvrir les yeux.

Le duvet d'Armand se soulevait et s'abaissait régulièrement. Il dormait. Il semblait dormir.

Je me montais un film. Je tentai de raisonner de façon rationnelle. Il y avait au moins 99 % de chances qu'Armand soit réellement mon pote, qu'il n'ait rien à voir avec cette histoire… 99 %… Oui, mais… Avais-je le droit de négliger ce 1 % restant ? Et si ce n'était pas Armand, mais Madi ?

Ou tous les deux, complices ?

Ou… ?

Je me posais encore toutes ces questions lorsque je sombrai dans un profond sommeil.

40

La baie des Anges

*Samedi 19 août 2000, 8 h 00,
promenade des Anglais, Nice*

A 8 heures du matin, la promenade des Anglais était presque déserte, si ce n'est quelques joggeurs, pour la plupart pas très jeunes. Simon gara la Twingo face à la plage. La température était déjà très douce. Il s'installa à l'une des rares terrasses ouvertes. Il se fit la réflexion que cette grève de galets était tout sauf attirante.

C'était cela, Nice ? La plage grise ne supportait pas la comparaison avec le sable doré de l'anse de Rubis. Même si côté règlements de comptes et cadavres enterrés, Nice ne devait pas être en reste…

Il commanda un café crème et deux croissants à un serveur impeccablement habillé de noir et blanc. C'était sans doute aussi cela, Nice. Il regarda sa montre.

8 h 06.

Trop tôt pour téléphoner à Clara. Sur la promenade, il n'avait toujours pas vu passer une seule fille de moins de quarante ans. Trop tôt aussi, sûrement. Il attendit un quart d'heure avant d'appeler le portable de Clara. Il pensa avec une petite pointe de désir qu'elle devait encore être dans son lit à cette heure.

— Casa ? fit la voix déjà réveillée de Clara. T'es où ?

— A Nice. Avec une vue imprenable sur les bimbos de la promenade des Anglais.

— T'as raison, profite !

— Tu dormais ?

— J'aurais bien voulu. Mais j'avais un coup de fil à passer à la première heure, tu te souviens ?

— Alors ?

— Alors quoi ? J'ai joué les gourdasses. Ma voiture est en panne, le moteur fait toc toc toc, monsieur Martinez doit appeler aussitôt qu'il pourra. C'est toi, monsieur Martinez !

— J'avais compris !

Simon avait du temps à perdre.

— T'es seule, Clara ? demanda-t-il.

— Ben oui, qu'est-ce que tu crois ? C'est pas avec les informations que tu m'as fournies hier que je vais mettre Delpech dans mon lit !

— T'es nue ?

— Vicieux ! Je pourrais être ta mère ! Tchao, Casa. Faut que j'aille bosser dans vingt minutes et j'ai toujours pas fait mes abdos-fessiers. Prends soin de ma tire, Martinez !

*
* *

Simon attendit à nouveau une demi-heure. Il continua à compter, sur la promenade des Anglais, plus de caniches nains que de bimbos. Il dévora trois autres croissants et cafés crème. Dès 9 heures, il appela le secrétariat de la direction d'Eco-Stone.

Tout se déroula avec une simplicité déconcertante.

La secrétaire, visiblement ravie de rendre service, se mit en quatre pour lui donner tous les renseignements souhaités. Non seulement elle fournit l'adresse à Simon, « 3, chemin du col de Claire », mais elle passa plus de dix minutes à lui expliquer exactement comment trouver la villa.

— La plus belle de toutes les villas sur les hauteurs, précisa-t-elle, juste en dessous de l'avenue Bella Vista. Avec une vue incroyable sur la baie des Anges, mais pas facile à trouver dans son écrin d'oliviers et de chênes verts.

Au moment où Simon allait raccrocher, elle prononça cette phrase qui faillit le faire bondir de sa chaise et renverser son café crème :

— D'ailleurs, ne vous en faites pas, monsieur Martinez. Monsieur Borderie devrait repasser à la villa entre 11 heures et midi. Il était en déplacement à l'étranger, mais son avion se pose dans deux heures. Il va passer se changer avant de venir au siège.

Bingo !
Avec en prime plus de deux heures de farniente.

41

Le bunker de maître Bardon

Samedi 19 août 2000, 9 h 28,
camp de la presqu'île sauvage,
île de Mornesey

Lorsque je me réveillai, presque tout le monde était déjà debout, y compris Madi et Armand. Je paniquai. Immédiatement je regardai ma montre.

9 h 28.

Nom de Dieu !

J'enfilai avec précipitation quelques habits tassés en vrac dans mon sac. Quelques jours auparavant, j'avais programmé de faire du rangement avant l'arrivée de mon oncle et de ma tante. Aujourd'hui, je m'en fichais.

Un pantacourt et un tee-shirt d'une propreté douteuse firent l'affaire. Je sautai dans mes baskets et je sortis du marabout en clignant des yeux.

Le soleil m'agressa.

Je n'étais pas habitué à me lever si tard. Les ados du camp s'occupaient sans prêter attention à moi. J'avançai le plus tranquillement possible, sans plan dans ma tête.

Siffloter, ne pas siffloter ?

Arrivé devant la vaste charreterie qui servait de préau, je croisai le regard appuyé de Yoyo, un regard qui signifiait : « Toi, je ne sais pas ce que tu mijotes mais je t'ai à l'œil. »

Il avait eu des ordres ! Ceux du père Duval, hier soir. Ou bien des ordres venant d'ailleurs ? Il me paraissait pourtant bien inoffensif, Yoyo.

Justement…

Se méfier de tout le monde. Même de Yoyo. En tout cas, il ne me lâchait pas des yeux. Malgré moi, je consultai ma montre.

9 h 37.

Il y avait urgence, mon père m'attendait.

Quel enfer ! Comment sortir de ce camp ? Si je faisais un pas vers la barrière, à moins de cinquante mètres pourtant, Yoyo me sauterait dessus. Me faufiler derrière les arbres pouvait fonctionner à la nuit tombante, quand la cour était déserte. Mais là, en plein jour, sous le regard du cerbère…

Impossible !

Armand était en train de bouquiner sur un plaid, torse nu, au soleil, tout rouge. Il me semblait surtout mater du coin de l'œil les deux plus vieilles ados du camp qui s'escrimaient à nouer leurs cheveux en tresses africaines. Madi sortit à ce moment-là des sanitaires avec deux copines. Elle tenait dans sa main un lecteur de CD extraplat et je remarquai des écouteurs enfoncés dans ses oreilles.

Aucune idée ne me venait.

Le temps passait, pourtant.

9 h 42.

Yoyo, d'habitude en état de léthargie prononcée le matin, ressemblait à un chien de garde à l'affût. Je distinguais même un petit sourire lorsqu'il me regardait.

Oui, il avait reçu des ordres ! De qui ?

Enfin, Armand délaissa les apprenties coiffeuses et tourna les yeux vers moi.

Je tentai de mettre toute la détresse du monde dans mon regard, en fixant successivement Yoyo puis le cadran de ma montre. Armand se leva presque immédiatement. Sa capacité à improviser me stupéfiait. Il se planta quelques mètres plus loin, devant Madi.

— Ça ne te fait pas chier d'écouter ta musique de merde avec mon baladeur ?

J'aurais juré qu'Armand n'avait jamais possédé de lecteur CD de sa vie. Madi resta incrédule quelques instants avant de comprendre. Elle capta le manège d'Armand, sans même se retourner vers moi.

— Dégage, microbe ! répliqua-t-elle.

Armand ne bougea pas.

— J'ai pas l'habitude de répéter, Mad Girl. Active ! Mon baladeur !

— C'est con, tu vois, j'ai dû acheter le même…

— Magne-toi de retirer mes écouteurs de tes oreilles pourries. J'ai pas envie d'attraper des maladies par ces trous-là.

Evidemment, Armand ne pouvait pas éviter d'en rajouter ! Qu'ils se dépêchent, pensai-je. C'est bon, vous en avez fait assez, vous êtes crédibles. Du coin de l'œil, j'observai Yoyo, aux aguets. Une lassitude matinale plus coutumière semblait l'atteindre en écoutant le début de dispute entre l'adolescente et Armand.

Enfin, Madi empoigna Armand.

— T'as dit quoi, là ?

Madi mima, du moins je l'espérais, un violent coup de genou dans les parties génitales d'Armand, qui grimaça avec une maîtrise confondante, puis se jeta sur son agresseuse à grand renfort de cris. Ils furent bientôt entourés de la moitié du camp.

Yoyo finit par se lever.

— Bordel, vous faites chier.

Il cassa avec difficulté le cercle des ados et se pencha sur les pseudo-protagonistes.

C'était le moment !

En quelques instants, je franchis la barrière du camp.

Libre !

Bien joué !

Je devais marcher sur un chemin de ferme pendant cent mètres et au bout, dans le tournant, je savais que mon père m'attendait.

Avancer vite, le plus vite possible.

Avec le soleil de face, je ne voyais pas grand-chose. Je mis ma main en visière. J'avais oublié ma casquette et mes lunettes de soleil. Devant moi, je distinguai une ombre. Une silhouette, distincte, juste en face.

Menaçante.

Je clignai des yeux et je baissai ma main : c'était Stéphanie. Elle s'arrêta, toujours ce curieux sourire au coin des lèvres.

Ils me surveillaient ! Ils étaient tous complices ! Ils étaient ligués pour m'empêcher de rejoindre mon père. Je tentai malgré tout ma chance.

— Il faut que tu me laisses passer, Stéphanie. Je ne peux pas t'expliquer mais il le faut. C'est vital pour moi.

Elle ne répondit pas. Elle écarta légèrement les bras, elle me fit l'effet d'un gardien de but avant un penalty. Elle continuait de sourire et, du bout des doigts, me fit un signe, provocant, qui signifiait : « Viens, viens, essaye ! »

— Stéphanie, criai-je presque. Tu n'es pas avec eux ? Dis-moi que tu n'es pas avec eux. Il faut que tu me laisses partir !

Elle se contenta de répondre calmement.

— Il faut que tu retournes au camp, Colin.

Je baissai les yeux et évaluai rapidement la situation. Stéphanie était plus sportive que moi, plus forte, plus rapide… Mais la grande question était : était-elle plus déterminée ? Pensait-elle avoir en face d'elle un banal ado en fugue, ou bien un fugitif prêt à risquer sa vie ?

Elle s'avança un peu.

— Allez, c'est fini, tes conneries, Colin, tu rentres. Ce soir, tu verras avec ton oncle et ta tante. Tu feras ce que tu veux. Mais d'ici là, j'ai pas envie de te retrouver enterré dans le sable comme l'autre truand hier.

J'explosai.

— M'enterrer dans le sable ? C'est des menaces, ça, Stéphanie ?

Stéphanie s'avança encore, tout en parlant. Elle n'était plus qu'à quelques mètres de moi. Elle s'arrêta, surprise.

— Des menaces, Colin ? Tu délires ?

Avec une vivacité de réaction qui m'étonna, je profitai de ce court moment d'hésitation pour me lancer vers Stéphanie et la pousser le plus violemment possible. J'eus juste le temps de l'apercevoir, déséquilibrée, chavirer dans un talus rempli d'orties hautes de presque un mètre. Sans réfléchir, sans me retourner, je courus.

Je parcourus rapidement le chemin de terre devant le camp. A peine sorti de l'allée, j'aperçus à ma gauche la Ford Transit de mon père, garée dans le tournant un peu plus loin. Je montai avec précipitation à l'avant.

Le sourire familier de mon père me rassura immédiatement.

— Pas de soucis, Colin ?

Il démarra aussitôt.

— Tu as l'air essoufflé. Des problèmes ?

— C'était compliqué de sortir du camp.

— Tu as des soupçons ?

— Je ne sais pas. Je soupçonne tout le monde.

— Oui, je sais. Je connais cela. C'est pour ça que le dossier, celui que tu vas chercher chez le notaire, il ne faut pas que tu l'ouvres. Si tu l'ouvres, toute ta vie, tu soupçonneras tout le monde… Comme moi.

Je ne trouvai rien à répondre. Nous traversâmes l'île à moyenne allure, par la route de l'Abbaye. En doublant la croix Saint-Antoine, mon père ralentit un peu.

— L'abbaye. Tu as eu le temps de la visiter ?

J'acquiesçai.

— Impressionnant, non ?

Malgré moi, je fis également oui de la tête.

— Et encore, poursuivit mon père. Maintenant, c'est presque à l'abandon. Tu aurais vu à l'époque…

Il ralentit encore.

— Tout ceci, Colin, c'est à toi. De l'abbaye jusqu'à la mer. Des landes, les dernières landes inhabitées qui donnent sur la Manche. Les Sanguinaires, et le reste… Un cadeau sacrément embarrassant, non ?

Je ne savais toujours pas trop quoi répondre. Du haut de mes seize ans, je me sentais encore si jeune pour posséder quoi que ce soit…

Toutes ces landes m'appartenaient ?

Ça ne représentait rien pour moi. Ce paysage de terre ocre et de granit m'était étranger. La camionnette passa près du 1012, route de l'Abbaye. Je n'eus pas le courage de poser à mon père la question sur cette mystérieuse adresse. Pas plus que pour sa tombe profanée.

Plus tard.

Cette visite au notaire accaparait tout mon esprit. Cette première mission que me confiait mon père. Assis à l'avant de la Ford Transit, j'avais une impression de hauteur, je dominais la lande. Je n'observais pas le même paysage que lorsque je marchais pour aller à la voile, aller-retour, tous les jours.

C'était stupide mais cela me donnait une sensation de puissance.

Nous passâmes devant l'anse de Rubis. La mer s'éloignait, loin, comme si elle aussi voulait quitter l'île, abandonnant au large des milliers de rochers enlisés dans une vase pourpre. Instinctivement, je pensai à l'agression d'hier soir. Fallait-il en reparler ? Qu'est-ce que mon père avait fait du corps de Valerino ?

Plus tard aussi.

Dans quelques instants, nous serions devant le notaire.

Ne pas se disperser.

Penser à la mission.

Mon père accéléra lorsque l'on passa devant les pavillons récents.

— Quelle horreur, ces trucs, tu ne trouves pas ? Heureusement qu'autour de l'abbaye…

J'avais une boule dans la gorge. Une boule terrible.

— T'en fais pas. Tout ira bien. Personne d'autre que nous n'est au courant de la date.

Je repensai à mes confidences de la nuit, à tout ce que j'avais révélé à Madi et Armand. Mon père continuait.

— Tu as juste à récupérer le dossier… Serge Bardon est un peu impressionnant, mais il n'est pas méchant.

Quelques instants plus tard, il se garait à cheval sur un trottoir le long d'une ruelle de Saint-Argan : la rue des Pivoines. Tout semblait tranquille dans la ruelle pavée, fleurie et ensoleillée.

— C'est ici, fit-il en me désignant une petite maison de ville, dont la plaque dorée brillait au soleil. La seule maison sans volets rouges. Maître Serge Bardon, un vieil ami de la famille…

Il se lança dans un rire incertain, sans doute destiné à me rassurer, mais qui n'eut pas l'effet escompté. Je voyais bien que mon père se tenait aux aguets. Un coup d'œil dans le rétro, un autre vers les fenêtres au-dessus de nos têtes.

Un regard de félin.

Moi, je ne voyais qu'une rue déserte en ce matin, sinistrement déserte. Après avoir passé encore quelques instants à scruter les alentours, il me prit la main.

— Tu peux y aller, je pense. Souviens-toi, il va insister pour que tu ouvres ce dossier chez lui. Je le sais, c'est moi qui lui ai donné cet ordre formel. Il y a dix ans. Souviens-toi, tu ne dois pas lui obéir. Mes ordres sont différents, aujourd'hui. Il ne faut surtout pas l'ouvrir. Tu le prends et tu sors, simplement. Tu as compris pourquoi. Tu as des pièces d'identité ?

— J'ai ma carte.

— Ça ira.

Je le regardai une dernière fois.

— Pourquoi tu ne m'accompagnes pas ? Ce serait plus simple ?

Mon père scrutait toujours avec inquiétude les environs. Il avait l'air pressé.

— Officiellement, pour Serge Bardon, je suis mort. Noyé. Ma règle d'or est de limiter au maximum les témoins de ma résurrection.

— Mais Bardon est quelqu'un de confiance ?

— Un professionnel intègre, je t'ai dit. Mais c'est également quelqu'un qui n'aime pas mentir... Avec la cavale de Valerino, ils sont en train de ressortir l'affaire de l'accident des Sanguinaires. Tu as lu la une de *L'Ilien* hier ? Tout refait surface. La police va enquêter, y compris chez maître Bardon. Je ne crois pas trop aux coïncidences, Colin. Je crois qu'il vaut mieux que je reste mort encore quelque temps, surtout en ce moment.

Il regarda une nouvelle fois dans le rétroviseur :

— Allez, Colin, fonce ! On bénéficie de l'effet de surprise. Il ne faut pas le gâcher.

Avec précaution, je sortis de la camionnette. Mon père s'était garé près du mur. Je me faufilai pour avancer. A mon tour, je lançai des regards inquiets à la ronde puis je traversai la rue. Je lus sur la plaque dorée : *Maître Serge Bardon. Notaire*. Je me retrouvai face à l'imposante porte en bois.

Je cognai.

Mon cœur aussi, en résonance.

De la lumière à l'intérieur, des pas très lents, puis la porte s'ouvrit. Je fus à la fois surpris et impressionné. L'homme en face de moi occupait la quasi-totalité du couloir. Il n'était pas beaucoup plus grand que moi mais devait peser au moins trois fois plus. Son ventre débordait de sa chemise blanche et sa cravate semblait aussi minuscule que ridicule.

Il m'accueillit dans une froide indifférence.

— Oui ?

— Bonjour. Heu… Je suis Colin Remy, le fils de Jean et Anne Remy.

Il prit son temps pour changer d'attitude, pour passer de l'homme las que rien ne surprend à un semblant d'enthousiasme.

— Le jeune Colin Remy ! Bien entendu, c'est la visite de la journée ! Mais je ne t'attendais pas aussi matinal. Sacrée rencontre, n'est-ce pas ? Dire que j'ai noté ce rendez-vous dans mon agenda il y a plus de dix ans ! Entre. Suis-moi.

Il se déplaçait assez difficilement.

J'entrai.

Il actionna derrière moi une sorte de télécommande qu'il pointa vers la porte. Un bruit compliqué de serrures cliqueta.

— Bienvenue dans le bunker de l'île de Mornesey, plaisanta le notaire.

Je n'étais guère rassuré. Je me trouvai face à un grand couloir recouvert de dalles noires et blanches hexagonales. Bardon tourna à droite, je le suivis encore. J'entrai dans une pièce sans aucune fenêtre. J'avais lu ce roman de Flaubert, *Madame Bovary*, pour le lycée. Le bureau du notaire me rappela immédiatement cette ambiance. Un parquet ciré au sol, une moquette épaisse, mauve, aux murs. Et surtout un bric-à-brac incroyable. De grandes étagères avec des livres anciens. Un globe terrestre sur pied. Des maquettes de voiliers sur des tables basses. Des fleurs séchées dans de hautes jarres en terre cuite. A se demander comment ce notaire pouvait se déplacer dans cette étude sans rien renverser.

Un éléphant dans un magasin de porcelaine !

Bardon souffla un peu, comme épuisé par les quelques mètres qu'il venait de parcourir. Il m'invita à m'asseoir, juste en face de son bureau. C'était un des seuls éléments modernes de cette pièce : un fauteuil à roulettes pivotant. Il s'installa à son tour derrière le bureau, dans un profond fauteuil en velours, aux larges accoudoirs. Je ne voyais plus que le haut de son torse. Une fois assis, c'est la vivacité de ce notaire qui m'impressionna. Ses mains et ses yeux surtout, qui s'agitaient en mouvements rapides et contrôlés. Sans cesse. Il resta un certain temps à m'examiner.

— Colin. Je vais être obligé de te demander une carte d'identité. C'est un peu ridicule, tu ressembles tellement à ton père. Mais bon, il me la faut…

Je ne relevai pas l'allusion. Je lui tendis ma carte.

— Alors, ainsi, tu as reçu ma convocation ?

Je me contentai d'incliner favorablement la tête pour ne pas avoir à entrer dans les détails.

— Et tu as pu venir aussi vite ?

Aucune raison de ne pas lui dire la vérité.

— Je suis en camp de vacances sur l'île. Depuis presque quinze jours. Mon oncle et ma tante arrivent ce soir.

— Bien. Parfait. Parfait.

Ses grosses mains ouvrirent, avec une agilité qui me surprit à nouveau, le tiroir de droite de son bureau. Il en sortit un imposant dossier, dans une chemise de carton beige, fermée d'un large ruban. Il posa le tout sur le bureau, à équidistance entre lui et moi. On sentait qu'il y avait quelque chose de solennel dans ses gestes.

Logique !

Dix ans qu'il la ruminait, sa mise en scène. Je commençais à deviner qu'il allait me faire mariner. Laisser traîner les choses. Je pensai à mon père, dehors. Au contraire, il fallait écourter ce rendez-vous, mais ne pas trop le brusquer non plus. Ne pas faire de gaffe. Etre digne de ma mission, la première.

Le notaire tapotait toujours des cinq boudins qui lui servaient de doigts mon dossier beige. Semblant réfléchir.

Mon œil !

J'étais certain que ses répliques étaient apprises par cœur depuis des années.

— C'était un chic type, ton père, me lança-t-il.

Cela me surprit, agréablement.

Je ne répondis pas.

— Tu ne dois pas te souvenir beaucoup de lui.
Tu étais gamin. Mais c'était vraiment un gars bien.
Une sorte de Don Quichotte. Il s'est battu contre les
moulins à vent. Il était comme ça. Entier. Sans conces-
sions. Faut pas lui en vouloir…

— Je ne lui en veux pas, parvins-je à placer.

Il regarda à nouveau le dossier.

— Tout est là, mon petit. Tout ce qu'il n'a jamais
dit à personne. Tous les secrets de l'île. Ce pour quoi
il a préféré disparaître. Tout est là !

Je commençai discrètement à regarder le bureau.
Un sentiment d'emprisonnement me gagnait. Comment
allais-je pouvoir sortir ?

Allais-je parvenir à le convaincre de me laisser partir
sans lire le dossier ?

— Tu ne peux pas t'en rendre compte, continuait
le notaire. Mais il y a un sacré paquet de types sur
cette île qui paieraient une fortune pour savoir ce qu'il
y a dans ce dossier. Et pas forcément des types très
recommandables. Des flics aussi paieraient cher…
Tu peux me croire. Et encore récemment.

Des flics ?

Récemment ?

Qu'est-ce qu'il voulait dire ?

Néanmoins, méfiant, je ne posai aucune question.
Le notaire poursuivit, la main toujours sur le dossier.

— Encore heureux que pas grand monde ne soit au
courant de ce dossier. Encore heureux surtout que je
sois un type prudent… Devine, en dix ans, combien
de fois mon étude a été cambriolée ?

— Je ne sais pas.

Je la jouais timide et poli.

— Sept fois ! Tu entends ça ? Sept fois. Bon, d'accord, j'ai d'autres dossiers chauds dans mes archives. Sur Mornesey, tu peux me croire, ça ne manque pas. Mais quand même, sept fois ! Cela dit, s'ils reviennent, c'est qu'ils ne trouvent pas ce qu'ils cherchent, pas vrai ?

Il se recula un peu sur sa chaise comme pour mieux appuyer son effet, fier de lui. Il attendait peut-être même un compliment.

— Ils n'ont pas trouvé ? fis-je.

— Eh non. Cette étude n'en a pas l'air, mais c'est le coffre-fort de l'île du Diable. Le dernier refuge. Le cercle inviolable que le mal ne franchit pas.

Il explosa dans un grand rire gras.

— J'ai dans cette étude quelques caches dont je suis assez fier. Et aussi, bien sûr, je ne garde pas tout ici. Vois-tu, lorsque tu ne connais qu'un secret, tu es en sursis ! Par contre, aussitôt que tu connais plusieurs secrets, alors tu deviens intouchable. C'est la clé de la longévité.

Il repartit dans un éclat de rire gras qu'il ponctua d'une quinte de toux qui ne l'était pas moins. Tout juste s'il ne postillonna pas sur le précieux dossier.

Ça n'avançait pas !

Je tendis la main vers le dossier.

Le notaire fut le plus prompt et le tira vers lui.

— Deux secondes, Colin. Deux secondes après dix ans, ce n'est pas grand-chose, tu en conviendras ? Je dois t'expliquer quelques règles, d'abord.

Je l'écoutais sagement, je n'étais pas censé être au courant.

— Ma convocation a dû te surprendre, Colin. Surtout le fait que je te demande de venir seul.

J'acquiesçai.

— Ce dossier, ton père me l'a confié il y a dix ans. Il est venu un soir, secrètement. Il m'a dit qu'il réglait ses dernières affaires. Ta mère venait de mourir dans un accident de voiture. On croyait déjà tous ton père noyé en mer, depuis plusieurs jours. Moi aussi. Il m'a dit qu'il voulait disparaître, lui aussi, pour de bon cette fois-ci. Je n'ai pas insisté mais j'ai bien compris de quelle façon il voulait en finir… On a retrouvé son corps sur la côte, quelques jours plus tard. Je n'ai pas été surpris. Excuse-moi de ces détails, Colin.

Je jubilais.

Ce gros malin de notaire ne se doutait de rien. Il s'était laissé abuser, comme les autres.

Le dossier maintenant !

Je tendis à nouveau la main.

— Quelques secondes encore, Colin. S'il te plaît. Ton père a été bref, ce soir-là. Bref et très précis. Il m'a dit que ce dossier contenait un titre de propriété, celui du domaine de l'abbaye, à ton nom. La gestion devait t'en revenir de plein droit lorsque tu aurais seize ans. Il m'a dit aussi qu'il contenait des confessions, pour que tu comprennes, que tu saches pourquoi il avait disparu. Il a enfin sous-entendu qu'il contenait une sorte de carte. Je ne sais pas si ton oncle et ta tante t'ont parlé de cette légende…

Je compris qu'il parlait de la Folie Mazarin, mais qu'il ne souhaitait pas l'évoquer ouvertement.

— Non. Je ne crois pas.

— Des vieilles histoires, Colin. Ton père connaissait beaucoup de choses sur cette île. Des secrets que tout le monde a cherchés pendant des années, des siècles même. Les gens imaginaient à propos de ton père des choses encore plus folles encore. Tout le monde pense qu'il a entraîné tous ses secrets au fond de la Manche, dans sa mort. Alors tu sais, Colin, ta responsabilité va être énorme. C'est une charge épouvantablement lourde qui va te tomber sur les épaules. Je ne sais pas si ton père a bien fait de te léguer tout ceci, s'il mesurait les conséquences. Je crois certaines personnes capables des pires actes pour que tu ne puisses pas exécuter les dernières volontés de ton père, récupérer de tes propres mains ce dossier.

Je le savais. Mais ces personnes avaient échoué !

Pour l'instant du moins...

Je frissonnai. C'est à partir de là, quand j'aurais récupéré ce fameux dossier, que moi et mon père serions réellement en danger. Quand il faudrait dévoiler au grand jour ce qu'il contenait, punir les vrais coupables, les assassins de ma mère, ceux qui m'avaient privé toutes ces années de la présence de mon père.

Le notaire ôta enfin sa main du dossier beige et poursuivit.

— Mais ce n'est plus l'heure de philosopher. Et toi non plus, tu n'as plus le choix. Voilà, mon rôle s'arrête là. C'est à toi de jouer !

Il poussa d'une main ferme le dossier vers moi.

Je le regardai. Tout semblait ordonné. Pas même jauni. Comme si le dossier avait été compilé la veille. Il avait raison, c'était à moi de jouer.

De jouer serré.

Je ramassai le dossier d'une main déterminée.

— Merci. Merci pour tout.

J'esquissai un geste pour me lever, tout aussi naturellement.

Maître Bardon bondit.

Littéralement, il bondit, avec une stupéfiante souplesse, comme s'il avait anticipé mon attitude, comme s'il s'y attendait.

Il se tint debout derrière son bureau et me domina de sa masse.

— Non, Colin ! Tu ne sors pas ainsi ! C'est une bombe, ce dossier, tu ne t'en rends pas compte. Ton père avait parfaitement raison. Tu ouvres ce dossier dans cette pièce. Tu le lis. Tant pis si cela dure plusieurs heures. Et ensuite, lorsque tu auras pris connaissance de ce qu'il contient, tu agiras en conséquence. En particulier, tu téléphoneras à qui tu veux. Pour ma part, je ne saurai trop te conseiller de téléphoner directement à la police.

Le notaire se tenait maintenant près de moi, me coupant toute retraite.

Cent vingt kilos, au moins.

Il fallait que je trouve un plan, vite.

42

Les fourmis carnivores

*Samedi 19 août 2000, 9 h 38,
camp de la presqu'île sauvage,
île de Mornesey*

Au camp, ma disparition fit l'effet d'une bombe.

J'ai écouté, plus tard, plusieurs versions des événements qui se sont enchaînés dans les minutes, dans les heures qui ont suivi.
Celle du père Duval, de Yoyo, de Stéphanie, bien entendu.
Celle d'Armand et de Madi, surtout.
Le chemin qu'ils ont suivi. Leur propre vérité.
Tout ce qui s'est joué, sans moi. Malgré moi.

Le père Duval était entré dans une fureur indescriptible. Yoyo n'en menait pas large, et Stéphanie, le corps couvert de piqûres d'orties, n'osait pas se plaindre. Immédiatement, le père Duval téléphona à la police.

Toutes les activités du camp furent annulées : baignade, voile, quartier libre.

Personne n'osait trop protester. Devant les adultes au moins.

Yoyo regardait Madi et Armand d'un œil soupçonneux, comme s'il avait deviné que les complices, c'étaient eux. Mais il n'osait rien dire de peur de faire une nouvelle gaffe. Il régnait une ambiance étrange dans le camp.

Presque comme si j'étais déjà mort.

Ce fut Armand qui prit les devants. Il entraîna discrètement Madi au fond de la cour, près du pommier, et interpella l'adolescente.

— On ne va tout de même pas rester là comme des cons ?

— Comment ça ? fit Madi.

— Putain, ça me les casse de rester là à rien foutre et à attendre les flics. Et en plus, on va tous passer à l'interrogatoire. Ça craint !

— Et tu proposes quoi ?

— On se casse !

— Quoi ? répéta Madi comme si elle avait mal entendu.

— On se casse ! On agit !

Madi regarda Armand sous un jour nouveau.

— Tu déconnes ?

— Si on ne se barre pas avant que les flics débarquent, après c'est mort. On va vivre la fin de toute cette affaire comme des blaireaux. Dans ce camp à se faire chier.

— T'aurais vraiment les couilles de fuguer ?

— On risque quoi ? Rien ! On prend juste un peu d'avance sur les flics.

— Justement…

Armand remarqua que la question de la police dérangeait Madi.

— T'as les jetons, Mad Girl ?

— Non… Mais qu'est-ce qu'on va foutre dans l'île ?

— Fouiner ! Filer un coup de main à Colin. Rester en couverture. Un peu comme une armée de réserve. Et puis on peut mener notre contre-enquête. Tout ce que nous a raconté Colin m'a l'air de s'enchaîner un peu trop parfaitement… C'est louche !

— On va se faire gauler, protesta Madi.

— On s'en branle, on est mineurs ! A part se faire engueuler, qu'est-ce que tu veux qu'il nous arrive ? Alors, tu viens avec moi ou j'y vais tout seul ?

Madi n'hésita pas. Elle s'avança vers Armand pour bien lui faire comprendre qu'elle le dominait d'une tête.

— Plutôt crever que de te laisser y aller seul !

*
* *

Le père Duval, Yoyo et Stéphanie s'attendaient à tout sauf à voir disparaître deux autres adolescents. Armand et Madi profitèrent d'un moment où ils étaient au téléphone avec la police pour s'échapper du camp.

— On va où ? interrogea Madi une fois sur le chemin de terre, cinquante mètres après le camp.

— Vers la Crique-aux-Mauves. C'est là que tout s'est passé, non ?

— Si tu le dis…

— Ouais, je te le dis. C'est l'instinct !

Vingt minutes plus tard, alors qu'ils marchaient sur le sentier qui menait à la Crique-aux-Mauves, Armand arrêta Madi.

— On doit s'approcher du lieu du crime, fit-il.

— Le fossé où le père de Colin a explosé la cervelle de Valerino ?

— Ouais. Colin a dit à un quart d'heure de la crique. On ne doit pas être loin.

Madi observa Armand qui cherchait avec attention des traces de sang.

— Rien, grognait Armand. Pas une trace ! A croire qu'il nous a raconté des bobards, Colin. D'ailleurs, ça ne serait pas impossible qu'il ait inventé toutes ces histoires à la con. On ne le connaît pas, nous, ce mec. C'est peut-être un malade ?

— C'est toi le malade, répliqua l'adolescente. Je suis sûr que t'es un sadique. A renifler comme ça des traces de sang. Si tu jouais pas dans les poids mouches, je suis certaine que tu chercherais à me violer.

Armand ne répondit pas. Il continua de chercher. Soudain, il s'écria, excité :

— Perdu. Colin ne baratinait pas. C'est là !

Armand désigna à Madi des traces de sang sur une pierre de la taille d'un ballon de football, trois mètres en contrebas, dans le fossé. L'adolescente le regarda un instant, comme blasée.

— Super, commenta-t-elle. Du sang sur une pierre. Ça valait le détour ! Papa Remy a dû enterrer le macchabée dans un coin. Tu veux aller faire des pâtés de sable sur la plage pour retrouver le cadavre avant les gosses du camping ?

— Sans façon…

— Alors maintenant, Navarro. Qu'est-ce qu'on fait ?

Armand regardait la tache de sang, fasciné.

— Colin disait bien la vérité, admit-il. Valerino s'est vraiment fait buter par son père !

— T'y croyais pas ?

— Non ! Je suis un sceptique de nature. Mais bon, je dois admettre… Allez, on se casse.

Madi jeta un dernier coup d'œil à la tache de sang. Soudain étonnée, elle se retourna vers Armand. Elle lui posa alors la question la plus incongrue, mais pourtant la plus importante de sa vie.

— Dis donc, Navarro, les fourmis, c'est carnivore ?

Armand la regarda sans comprendre.

— C'est quoi ton délire ?

— Réponds juste. C'est carnivore, les fourmis ?

43

La souricière

Samedi 19 août 2000, 10 h 06,
étude de maître Bardon,
rue des Pivoines, île de Mornesey

J'étais piégé.

Je restai un peu stupidement avec mon dossier dans la main. Je tentai de réfléchir le plus vite possible, d'élaborer une tactique. Le notaire s'était encore déplacé et se tenait désormais tout près, dans mon dos, plaçant ses cent vingt kilos entre la porte et moi.

Que faire ?

Sa détermination apparaissait évidente. Impossible de sortir sans son accord.

Après tout, n'était-il pas plus simple de le prendre au mot ? Il suffisait que j'ouvre le dossier, que je le survole rapidement, dix minutes, vingt minutes, puis que je le referme et que je lui signale que j'avais pris ma décision : je ne prévenais personne, ni la police ni personne d'autre. J'avais respecté le contrat. Il devait me laisser sortir.

C'était la meilleure solution.

Je détaillai la couverture du dossier, le ruban marron qui le fermait. Il suffisait de tirer sur la boucle !

Pourtant, il m'était impossible d'aller plus loin. Mon père avait été formel. Pas il y a dix ans, il y a quelques minutes.

Ne surtout pas ouvrir le dossier ! Bardon l'avait dit également : ce dossier était une bombe.

Mon père était vivant, il voulait me protéger.

Il le pouvait.

Allais-je déjà lui désobéir ? Faillir dès ma première mission ? Elle était pourtant limpide : sortir avec le dossier sans l'ouvrir.

Tout en réfléchissant, j'observai que Bardon, presque imperceptiblement, se déplaçait vers la porte du bureau.

— Tu as tout ton temps, Colin, me fit-il, rassurant.

Qui était ce type ? Quel jeu jouait-il ? Complice, lui aussi ?

Je continuai à tourner en rond les arguments dans ma tête. Ne pas ouvrir le dossier. Ne pas désobéir à mon père. Respecter la mission.

Oui, mais je n'avais pas d'alternative. Si je ne lisais pas ce dossier devant ce notaire, il m'était impossible de sortir. Mon père m'attendait dehors.

J'étais pris au piège !

Je serrais si fort mon précieux dossier que j'avais l'impression que mes doigts s'enfonçaient dans le carton.

L'ouvrir ?

L'ouvrir !

C'était la solution, la seule… Au fond de moi, une terrible curiosité me rongeait. Qu'y avait-il dans ce dossier ? Pourquoi n'aurais-je pas la force de supporter les révélations qu'il contenait ? Après tout, c'est ce que mon père avait voulu, il y a dix ans.

Je fixai une nouvelle fois le ruban de tissu marron qui fermait le document. Tout était là, à ma portée, sous ce carton. Je tournai les épaules et jetai un coup d'œil vers le notaire. Lui aussi guettait ma réaction. Il était à moins d'un mètre de la porte.

En un instant, je compris ce qu'il était en train de faire. Je repérai une clé dans la serrure de la porte fermée du bureau. Il voulait m'enfermer avec lui, récupérer la clé, la mettre dans sa poche.

M'interdire toute velléité de fuite. Il devait avoir analysé mes hésitations.

Je me laissai alors guider par mon intuition. Une sorte d'instinct de survie auquel jamais, jusqu'à présent, je n'avais fait appel.

Tout se déroula en moins de cinq secondes.

En quelques instants, j'évaluai la situation, mes forces et mes armes. Elles n'étaient pas en ma faveur ! D'un côté, un rempart infranchissable, la masse du notaire. De l'autre, moi, frêle et assis, sur ma chaise à roulettes.

Ma chaise à roulettes !

Ma seule arme !

D'un geste vif, je soulevai mes jambes et je plaçai mes deux pieds sur le bord du bureau du notaire. Je regroupai mon corps, rapprochant la chaise de quarante centimètres vers le bureau.

Derrière moi, le gros notaire comprit trop tard.

De toutes mes forces, je poussai sur mes deux jambes, en prenant appui sur le bureau. Je fus propulsé en arrière à une vitesse qui me parut formidable.

En aveugle.

Je n'avais pas visé, mais le notaire était difficile à rater. Serge Bardon reçut la chaise lancée à pleine allure, alourdie de mon poids, dans le genou et le bas-ventre.

Il ne s'y attendait pas.

Sous le choc, il s'effondra en hurlant.

— Petit enculé !

Sans prêter attention à lui, je sautai de mon fauteuil et j'ouvris la porte. Je fonçai dans le couloir. Je repensai soudain à la télécommande que le notaire avait actionnée lorsque j'étais entré.

Toutes ces serrures automatiques.

J'avais défoncé les genoux du notaire pour rien ! Sans un code ou une clé, que seul Bardon connaissait, je ne pourrais pas sortir.

Derrière moi, j'entendis un cri presque déchirant.

— Colin. Pourquoi ? Pourquoi tu fais ça ?

Je n'écoutai pas. Je tentai tout de même d'ouvrir la porte extérieure. Comme par miracle, elle s'ouvrit !

La fermeture électronique devait simplement être programmée dans un sens, pour ne laisser entrer personne. Mon père était toujours juste en face. Le moteur de la Ford tournait.

Je hurlai.

— Fonce ! Fonce !

Sans prendre le temps de me faufiler contre le mur pour monter à côté de lui, j'ouvris la portière arrière et sautai dans le véhicule sur la banquette. Mon père démarra en trombe. Il se retourna vers moi.

Il avait chaussé ses lunettes de soleil et sa casquette, sa garantie d'anonymat sur l'île.

— Tu l'as ? fit-il, anxieux.

— Je l'ai !

— Tu l'as ouvert ?

— Non.

Le large sourire de mon père me donna une force incroyable.

— Maître Bardon t'a laissé sortir ? me demanda-t-il, incrédule.

— Il n'a pas trop eu le choix.

Libéré, fier, heureux, je racontai ce que je considérais comme mon exploit. Mon père traversa le village de Saint-Argan par des petites rues, pour éviter la place du 20-Mai-1908, le port et son agitation.

— On va où ? demandai-je.

— A la grange. Au-dessus de la Crique-aux-Mauves.

La grange de l'ivrogne ?

C'est la dernière destination à laquelle je m'attendais.

44

Résurrection

Samedi 19 août 2000, 10 h 09,
chemin de la Crique-aux-Mauves,
île de Mornesey

Armand se demandait où Madi voulait en venir.

— C'est quoi, ta question, Mad Girl ? Est-ce que les fourmis sont carnivores ?

— Oui, confirma Madi.

Armand soupira et répondit sans davantage chercher à comprendre.

— Non, je ne crois pas. Enfin pas celles de chez nous !

L'adolescente pointa son doigt quelques mètres plus loin.

— Regarde ! Soit les fourmis de l'île de Mornesey sont une espèce spéciale, des fourmis-vampires qui sucent le sang… Soit ce qu'il y a sur cette pierre, c'est pas du sang !

Armand observa à son tour avec attention la pierre ensanglantée. Effectivement, une colonne de fourmis s'étirait autour des traces de sang. Avant qu'Armand ne réagisse, l'adolescente avait sauté dans le fossé. Elle passa son doigt sur la pierre, s'interrogea un instant sur la texture au bout de son index, puis le suça. Armand ne put retenir un frisson de dégoût.

— C'est sucré ! lança Madi. Un truc sucré, assez dégueulasse… Mais c'est pas du sang !

— T'es sûre ? T'as déjà goûté du sang avant ?

Madi haussa les épaules.

— Tu veux essayer ?

Armand toussa. Machinalement, il retira ses lunettes et se passa la main sur les yeux.

— Putain ! C'est quoi cette histoire ?

Madi était remontée avec agilité sur le chemin.

— T'avais raison, Navarro. Soit Valerino a de la gélatine sucrée qui lui coule dans les veines… Soit il n'est pas plus mort que nous.

Armand tournait en rond sur le chemin.

— Attends, attends. Pas si vite. Faut réfléchir.

— Il serait pas mort ? s'interrogea Madi. Il aurait monté un sketch à Colin et son père. Il a fait semblant d'être assommé. Ça tient pas debout. Comment il aurait pu faire ça ?

— Attends…

— Attends quoi ?

— Je réfléchis. Il doit bien y avoir une explication rationnelle.

— D'accord. Réfléchis. Et pendant ce temps-là, on fait quoi ?

— Ben…

388

— Tu peux faire marcher ton cerveau et autre chose en même temps ?

— Ben…

— Alors ?

Armand avait pris sa résolution.

— On continue la contre-enquête. On pousse jusqu'à la Crique-aux-Mauves et la grange du marin alcoolique, l'épouvantail de Colin.

— D'accord, Navarro. Mais tu vois, ce qu'on va faire, pour ne pas finir nous aussi comme des morts-vivants, on ne va pas y aller à découvert comme des touristes, en arrivant par le chemin en sifflant *La Marseillaise*.

— T'as raison, ironisa Armand. L'avantage sur Mornesey, c'est que quand t'es mort, c'est jamais pour longtemps.

Les deux ados quittèrent le chemin et s'enfoncèrent dans les hautes herbes de la lande. Quelques minutes plus tard, ils aperçurent, dépassant du feuillage, le toit en tôle de la grange, au-dessus de la crique. Ils avancèrent encore, mais en se tenant accroupis. A moins de cinquante mètres du bâtiment, Madi souleva doucement sa tête au-dessus des hautes herbes, à peine quelques secondes. Elle se recroquevilla à nouveau au côté d'Armand.

Elle souffla. Son corps tremblait, comme si une extraordinaire excitation commençait à monter en elle.

— Alors, tu as vu quelque chose ? chuchota Armand.

— Colin est dedans ! répondit Madi d'une voix plus basse encore. Il est dans la grange. La camionnette de son père est garée devant.

— Tu es sûre que c'est la sienne ? douta Armand.

— Non… Mais c'est une Ford Transit Connect blanche. Tu crois aux coïncidences, toi, maintenant ?

— D'accord, miss. On va les espionner ?

Armand commença à ramper dans les herbes. Madi l'attrapa par la manche, le soulevant presque.

— Je t'ai pas tout dit. On est dans la merde, Armand !

Madi se prit la tête entre les mains, l'air paniquée. Impatient d'en savoir plus, Armand voulut se lever. Madi le plaqua au sol avec violence.

— Fais pas le con !

— Quoi ?

— Il est là !

— Qui, il ?

— Valerino !

Armand, sous le choc, se raccrocha à un dernier espoir.

— Son cadavre, tu veux dire ?

— Pas vraiment, non… Bien vivant… Et avec un flingue !

45

Œdipe express

Samedi 19 août 2000, 10 h 27,
grange de la Crique-aux-Mauves,
île de Mornesey

La tête me tournait.

Il émanait de cette grange une odeur fétide, un mélange d'alcool, de tabac froid et de nourriture avariée.

— On est tranquilles ici, me dit mon père sur un ton de confidence. Lebertois ne sera pas là pendant quelques jours.

Je compris que Lebertois devait être le marin alcoolique. Je ne demandai pas de détails. Je n'avais pas envie d'en savoir plus. Pas maintenant. L'intérieur de la grange était toujours dans le même désordre que la veille. Seule, curieusement, la télévision avait disparu.

Bizarre…

Des monceaux de cartons et journaux récupérés occupaient au moins un quart de la pièce.

— Il stocke pour l'hiver, plaisanta mon père.

Je regardai avec dégoût la grange. L'odeur me montait à la gorge.

— On ne va pas rester longtemps, Colin, me rassura mon père. Mais ça ne serait pas trop prudent de nous promener au grand jour. Il faut qu'on fasse un peu le point. Tu as travaillé comme un chef, tu sais ! Assieds-toi.

Je secouai une chaise pour faire tomber ce que je pensais être des miettes de pain et je m'assis.

— Merci, fis-je.

— Non, non, c'est pour toi que tu as travaillé. C'était important que tu n'ouvres pas ce dossier. Tu peux me le donner.

Depuis que je m'étais enfui de chez le notaire, j'avais conservé le dossier, blotti entre mes deux bras, pendant que mon père conduisait la fourgonnette. Mon père s'approcha de moi et je lui tendis le dossier.

Etais-je soulagé ?

Non, curieusement, c'est plutôt un sentiment de déception et de frustration qui l'emportait.

— Merci, fit à son tour mon père en prenant le dossier cartonné. Te voilà débarrassé de ce boulet.

Mon père lui aussi prit une chaise d'une propreté douteuse, presque à l'autre bout de la pièce, marquant comme volontairement une distance. Il tira sur le ruban marron et ouvrit le carton beige. Il commença à feuilleter les pages. Il y en avait une bonne trentaine. Je ne distinguais rien, mais je n'osais pas bouger de ma chaise.

Mon père me fixa, étonné, avec une dureté dans le regard que je n'avais pas encore remarquée chez lui.

— Tu n'as rien pris, Colin ?

— Je ne l'ai pas ouvert, papa. Il y a un problème ?

— Non. Non…

Visiblement pourtant, il y en avait un.

Les mouvements de mon père devenaient plus brusques, comme si une violence contenue jusqu'à présent commençait à se libérer. Il tourna néanmoins vers moi un regard qu'il apaisa.

— Tu as soif, Colin ?

Je fis non de la tête.

— Faim ?

— Non plus.

J'avais envie de vomir.

Cette grange me faisait penser à une décharge publique. Toutes sortes d'insectes allaient et venaient le long des murs lézardés. Mon père essayait de se contenir, mais ses doigts trahissaient sa nervosité.

— On a peu de temps devant nous, Colin.

— Avant quoi ?

— Avant… As-tu pensé à ce que je t'ai dit hier soir ?

Il m'en avait dit tellement. De quoi voulait-il parler ?

— Nos derniers mots échangés. Tu te souviens, la Folie Mazarin. Ce secret qui est en toi. Tu y as pensé ?

— Oui, un peu, répondis-je machinalement.

En fait, non, je n'y avais pas vraiment repensé. La Folie Mazarin ? Ce secret en moi. Il n'y avait toujours que cette scène du repas qui me revenait. La main de mon père qui se tendait vers moi. Une main cherchant la mienne. Ces cris.

— Et alors ? demanda mon père, haussant un peu le ton.

L'odeur de pourriture dans cette grange m'était insupportable. Des verres sales encore à moitié emplis de vin étaient empilés sur une caisse.

Du vin.

Tout ce qui me venait en tête, c'était la main de mon père me tendant ce verre de vin. Cela me semblait étrange. On ne propose pas un verre de vin à un enfant de six ans.

— Alors ? insista mon père.

Son ton se fit presque cassant.

Devais-je lui parler de ce seul souvenir ? Ce repas ? Ces cris ? *Sa main sous la jupe, aussi ?* Pourquoi m'interroger ? Ne s'en souvenait-il plus ? C'était ridicule, c'est lui qui m'avait fait ces confidences !

— Je me souviens d'un repas, glissai-je.

Mon père se pencha vers moi. Il débarrassa des vieilles boîtes de conserve posées sur une autre caisse en bois, la plaça à côté de moi et s'assit.

— Le dernier repas, fit-il avec un sourire ironique. La Cène ! Jésus, les apôtres et les Judas… Le dernier repas. Celui où tout a explosé. Tu avais très peur, Colin. Nous avions eu une terrible engueulade. On s'était jeté nos rancunes à travers la figure, tout ce qu'on avait sur le cœur depuis des années. Tu étais presque caché sous la table. Tu n'aurais pas dû être là. C'était stupide. On aurait dû te protéger.

Il se souvenait, lui aussi. Bien entendu.

Il fallait donc que je recherche un autre souvenir, quelque chose de plus précis. Je tentai de faire le vide en moi.

— Et à part le repas, de quoi te souviens-tu ?

Son ton me semblait de plus en plus impatient. Je me surpris à lui répondre du tac au tac.

— Je me souviens de ta main qui me tend un verre de vin. C'est la seule chose.

Toujours assis, il fit rouler machinalement, du pied, une bouteille vide sur le sol crasseux. Mon père restait pensif. Je le sentais troublé. Il fallait que je sache, moi aussi.

Tant pis. Je me lançai.

— Je me souviens de ta main aussi. Ta main sous la jupe de cette fille. Cette Jessica.

J'avais pensé qu'il allait exploser, ou me gifler. Cette histoire de Folie Mazarin semblait le rendre si nerveux. Paradoxalement, au contraire, mon allusion sembla le calmer. Il prononça alors ces mots atroces, avec une effroyable tendresse.

— De cela, je me souviens aussi, Colin. De la chaleur de sa peau. Jessica était un ange. C'est la plus belle chose qui me soit jamais arrivée. Mais il faut être un homme pour comprendre ces choses-là, Colin… Je te souhaite toi aussi de le comprendre, un jour.

Non !

Je refusais de comprendre.

Il m'avait menti, hier, alors, lorsqu'il m'avait juré qu'il ne s'était rien passé de sérieux entre cette Jessica et lui.

Mon père était peut-être cet être extraordinaire, passionné, déterminé. Ce savant admiré, ce type bien.

Mais il trompait ma mère !

Je l'observai. Son pied droit traçait des ronds nerveux dans la poussière du plancher. Sa main tremblait légèrement, et… pour la première fois, je m'aperçus qu'il ne portait plus au doigt son alliance, cette alliance pourtant fixée à son annulaire, dans tous mes souvenirs.

C'était la dernière preuve !

Oui, il avait quitté ma mère, m'avait abandonné, avait disparu…

Avec cette fille.

Pour cette fille !

Il nous avait trahis. Ma mère en était morte. J'avais envie de me lever, de tout casser dans cette pièce sordide, de faire voler en éclats ces bouteilles vides sur ces murs sales, ces meubles bancals.

Je ne levai que les yeux. Mon père restait étrangement calme. Il me souriait, à peine gêné.

Etait-ce si banal ? Si dérisoire, cette histoire d'adultère, d'amour qui se termine mal, à côté de ces crimes, de ce complot sur l'île, de cette menace, de ce trésor.

Sans doute…

Sans doute, c'était horriblement banal. Sans doute, des tas de gens très bien sous tous rapports trompaient leur femme. Ou leur mari. Tous les jours, des milliers de familles explosaient ainsi.

Mais pas mes parents !

Le scénario parfait du film d'aventures dont j'étais le héros se fissurait. Mon père n'était donc pas cet être parfait ?

Bien sûr que non !

J'observai à nouveau la grange. Mon regard se fixa sur la corbeille de fruits avariés posée sur la table. Des colonies d'insectes se relayaient vers deux pommes et une grappe de raisin moisies. Les fourmis allaient et venaient le long des pieds de la table, en rang serré. Elles se dispersaient ensuite sur le plancher. J'aurais voulu ne plus penser à rien, à rien d'autre que ces mouvements mécaniques d'insectes.

Un bruit de verre, une bouteille cognée par le pied de mon père, me ramena à la réalité.

J'avais l'impression d'avoir acquis une douloureuse maturité, d'avoir en quelques heures rattrapé ce que les fils vivent avec leur père pendant une décennie.

Toutes les phases de l'œdipe.

De la vénération à l'acceptation d'un père comme les autres. Imparfait. Fautif.

Œdipe express.

J'avais grandi.

Oui, il fallait être un homme pour comprendre ces choses-là.

Mon père regarda sa montre. Il était à nouveau nerveux.

— Il faut que tu te concentres, Colin. On n'a pas trop de temps. Nous sommes en sursis. Ils sont organisés, ils sont nombreux, ils ne vont pas tarder à nous retrouver. Nous sommes seuls tous les deux sur cette île. Seuls contre tous. Il faut que tu te souviennes, Colin. Avant qu'ils ne nous retrouvent.

Une nouvelle colère hurlait dans ma tête :
Quoi ? Que je me souvienne de quoi ?

46

Le dernier témoin

Samedi 19 août 2000, 10 h 57,
chemin du col de Claire, Nice

Depuis plus d'une heure, Simon attendait, garé sur le côté, dans le petit chemin du col de Claire. Il ne se plaignait pas, il avait une vue imprenable sur la baie des Anges. Le mouvement des yachts plus luxueux les uns que les autres lui occupait les yeux. Il se trouvait assurément dans le quartier le plus chic de Nice, sur la corniche dominant la vieille ville, la promenade des Anglais, le port de plaisance.

La villa de Gabriel Borderie était comme toutes les autres : immense, blanche, somptueuse. On accédait à la maison par une rangée de palmiers et on devinait la vaste piscine dans le jardin. Un gazon coupé ras, des parterres de fleurs impeccables : Borderie devait payer à prix d'or un jardinier professionnel.

11 heures.

Si la secrétaire ne s'était pas trompée, Gabriel Borderie n'allait pas tarder à arriver.

Il ne fallait pas qu'il tarde !

Simon pensait qu'avec sa Twingo, à attendre ici depuis déjà une heure, un voisin allait bien téléphoner à la police municipale. Des collègues, sourit-il…

Une Renault Espace, vraisemblablement une navette spéciale de l'aéroport, dépassa Simon. Un type d'une quarantaine d'années descendit. Son allure surprit Simon. Il s'attendait à découvrir un P-DG sévère en cravate et costume sombre. Gabriel Borderie était habillé de façon décontractée, à la limite du négligé. Une vaste chemise à fleurs mal repassée, un pantalon de toile ample et assez sale, des sandales de cuir. Il arborait en outre un catogan et une barbe de trois jours. Un routard, pensa Simon. Pas un P-DG, un routard !

Simon sortit de la Twingo et sprinta sur quelques mètres pour aborder Gabriel Borderie qui attrapait la valise que lui tendait le chauffeur.

— Monsieur Borderie ? J'aimerais vous parler quelques instants.

Gabriel Borderie le toisa d'un regard beaucoup moins cool que les vêtements qu'il portait.

— Désolé. On ne se connaît pas. J'ai volé une bonne partie de la nuit. J'étais encore à Bamako il y a huit heures. Alors, vous allez prendre rendez-vous directement à la boîte, à Saint-André-de-la-Roche.

Simon n'hésita pas une seconde.

— Moi non plus, je n'ai pas dormi de la nuit. Je viens de faire près de mille cinq cents kilomètres en quinze heures pour venir vous trouver là.

Gabriel Borderie, sans écouter, s'enfonçait déjà sous les palmiers avec sa valise.

— J'arrive de Mornesey ! lança Simon.

Le sésame.

Borderie se retourna aussitôt. Simon débita d'une traite.

— Je viens de l'île de Mornesey pour vous rencontrer, vous poser des questions sur Jean Remy, sur sa disparition, sur les hectares d'abbaye que vous avez en gestion et sur son fils, Colin, qui en est devenu propriétaire aujourd'hui.

Gabriel Borderie se passa la main sur le front, sans comprendre.

— Il est arrivé quelque chose à Colin ? demanda-t-il, inquiet.

— Je n'en sais rien. J'espère que non.

— Vous êtes de la police ?

— Presque.

Gabriel Borderie sourit de toutes ses dents blanches.

— Je vous offre un café ? On va en avoir besoin tous les deux, je crois.

— Volontiers.

Simon entra dans la villa. Il n'avait jamais rien vu de plus lumineux. Des tableaux contemporains, des carrelages blancs étincelants, des meubles high-tech… Et, comme une évidence, la piscine sous la véranda, et devant la piscine une très vaste terrasse orientée plein sud. Ils s'installèrent dans de profondes chaises en rotin, sur la terrasse ensoleillée avec vue sublime sur la Méditerranée. Gabriel Borderie alla à la cuisine mettre en route une cafetière et revint vers son visiteur.

— J'ai fait du chemin, moi aussi, depuis l'île de Mornesey, fit Borderie. De la Manche à la Méditerranée… Mais l'île de Mornesey a son charme. Un peu moins de soleil, mais davantage de mystère.

— Vous faisiez quoi, à Bamako ? demanda Simon pour engager la conversation.

— Je négociais l'extension du campus universitaire. La colline du Savoir, ils appellent ça. Sur la rive droite du Niger. Le nombre d'étudiants explose au Mali. Ils commencent à penser qu'il peut être utile de recevoir ces étudiants dans des conditions décentes. Je négociais le marché. Plusieurs milliards de francs CFA. Je suis le plus cher de tous !

Il éclata de rire devant les yeux étonnés de Simon.

— Le plus cher ! Vous avez entendu parler d'architectes équitables. Non ? Je fais travailler des architectes maliens, des maçons maliens, des ouvriers maliens. Tous majeurs, payés honorablement, avec une sécurité sociale assurée pendant le chantier. J'utilise des matières premières maliennes. Mais une fois terminés, tous les bâtiments seront aux normes écologiques internationales. Les normes ISO et compagnie, vous connaissez ?

— Et ils vous choisissent ? s'étonna Simon. Même si vous êtes plus cher ?

— Evidemment. Je croule sous les demandes des Etats qu'on dit en développement. Certains par conviction citoyenne, d'autres pour leur image de marque, et tous, surtout, parce qu'en faisant appel à moi, ils sont grassement subventionnés par la Banque mondiale, le PNUD, le FMI, l'Union européenne. Développement durable et bonne gouvernance ! Les deux mamelles d'Eco-Stone !

Simon ne put s'empêcher d'observer avec gêne le palace de ce P-DG excentrique.

— J'ai été le premier ! continua Gabriel Borderie, décidément bavard, à me lancer dans l'urbanisme écolo, il y a vingt ans. Au début personne n'y croyait. Ça a été dur. Avec ma première boîte, Eurobuild, j'ai ramé...

— Surtout après l'affaire de l'île de Mornesey, glissa Simon.

— Oui. Bien sûr. Je dois une fière chandelle à Jean Remy sur ce coup-là. S'il n'avait pas endossé la responsabilité de tout, aujourd'hui je serais peut-être entre quatre murs moins blancs.

Il explosa à nouveau de rire. Il partit dans la cuisine chercher le café, sans cesser de parler.

— Après le scandale d'Eurobuild, j'ai changé le nom de ma boîte. Eco-Stone sonnait pas mal. J'ai recommencé à me concentrer sur l'international, étant donné la publicité qu'on m'avait faite en France. Je suis arrivé au bon moment. J'ai monté une sorte de réseau d'architectes sans frontières, avec charte de qualité, code de bonne conduite. Ça a décollé en quelques années.

Il revenait avec le café.

— Trois cents employés sur le site de Nice. Dix fois plus dans le monde, presque tous entre les tropiques... Un joli petit réseau de relations diplomatiques. Je suis intouchable maintenant. Que ce soit par les petits mafieux de la Côte d'Azur ou ceux de cette île de truands qu'est Mornesey.

Simon sursauta à cette allusion.

— Intouchable ! affirma Borderie. C'est pour cela que Jean Remy m'a choisi, il y a dix ans. Parce qu'il avait confiance en moi, mais surtout parce qu'il savait qu'il ne me mettait pas en danger. Je n'étais pas de l'île, j'étais loin… Et puis tout de même, déjà, je pesais lourd.

Gabriel Borderie leva sa tasse de café et trinqua en regardant l'horizon bleu azur.

— J'ai pas l'air, poursuivit-il. On me donnerait le bon Dieu sans confession. Beaucoup m'ont pris pour un écolo naïf. Un rêveur pas très dangereux. C'est ce qu'ont souvent pensé mes concurrents. Tant pis pour eux ! On ne construit pas un empire comme Eco-Stone sans savoir se protéger, sans savoir jouer des coudes dans la jungle de notre bonne vieille compétition libérale mondiale. On construit Eco-Stone avec des convictions profondes et un sens solide des réalités.

Il retira sa chemise et offrit son torse bronzé, particulièrement musclé, au soleil du matin.

— Pour résumer, continua-t-il, aucune de ces ordures de l'île de Mornesey n'a jamais osé venir m'emmerder ici depuis que…

Il s'arrêta subitement et sembla soudain enfin regarder Simon.

— Vous êtes qui, au fait ? Cela veut dire quoi, ça, « presque » de la police ?

Simon déclina rapidement ses fonctions pour se concentrer sur l'urgence.

— J'aurai sûrement le temps de vous donner davantage de détails mais le plus important, c'est que

Jean-Louis Valerino, sans doute une de ces ordures que vous avez connues il y a dix ans sur l'île, s'est évadé de la prison Mazarin, la citadelle de Mornesey. Il a descendu son compagnon de cavale de deux balles dans le dos et l'a enterré dans le sable. Cela fait la une des journaux depuis trois jours… Mais peut-être pas jusqu'au Mali… J'ai découvert que ce Valerino avait trempé dans le scandale d'Eurobuild. Il a certainement aussi trafiqué le plan d'occupation des sols de l'île de Mornesey.

Gabriel Borderie ouvrit des yeux ronds. Simon se leva à son tour pour se donner de la prestance.

— Et, coïncidence étrange, ce Valerino programme sa cavale au moment même où Colin doit devenir le propriétaire légal du terrain de l'abbaye. Ce terrain qui a été trafiqué par Valerino. Le terrain sur lequel votre chantier causa la mort de trois ouvriers. Ce terrain où la légende raconte qu'un trésor inépuisable est caché.

— Rien que ça ? fit Borderie sans se décontenancer.

— Rien que ça ! Et comme je n'y comprends rien, je me suis dit que vous, peut-être…

Gabriel Borderie se passa la main dans les cheveux, resserrant le foulard qui serrait son catogan.

— Je vais vous faire confiance, Simon. C'est mon métier. Vingt ans que je bosse à l'instinct. Je me trompe rarement. Vous avez des nouvelles de Colin Remy ?

— Aucune. Je suis passé hier chez ses tuteurs, à Cormeilles-en-Parisis. Mais ils n'étaient pas là.

Gabriel Borderie eut l'air inquiet.

— Je n'aime pas ça. J'ai toujours dit à Jean qu'il avait été imprudent. Cette histoire de dossier, de testament, d'aveux, de révélation chez le notaire. C'était beaucoup trop dangereux pour son fils. Même dix ans plus tard. Une véritable bombe à retardement.

— Vous allez trop vite, coupa Simon. Je ne vous suis plus.

Gabriel Borderie sembla jauger Simon une dernière fois.

— Je vais vous faire confiance jusqu'au bout. Demain, je suis au Cap-Vert. Je prends mon avion à 23 heures ce soir. Vous voyez, je n'ai pas d'autre choix.

Il prit une télécommande sur une table basse, la pointa vers un mur blanc en composant un code. Une invisible trappe dans le mur s'ouvrit. Une sorte de coffre-fort d'environ cinquante centimètres carrés.

Il attrapa un gros dossier cartonné à couverture orange.

— Je n'ai pas touché à ce dossier depuis une décennie, commenta Borderie. Jean Remy me l'a confié, juste avant sa mort. Juste avant d'en déposer un autre, pour son fils, chez le notaire de l'île de Mornesey.

Simon ouvrait des yeux ahuris.

— Jean Remy était mon meilleur ami, poursuivit Borderie. Le seul à qui je pouvais faire confiance, sans limites. Un idéaliste. Un pur. Et pour ainsi dire, je suis la dernière personne à l'avoir vu vivant.

47

Derrière le mur

Samedi 19 août 2000, 11 h 03,
grange de la Crique-aux-Mauves,
île de Mornesey

Madi prit Armand par l'épaule et l'invita à se lever avec précaution. Leurs yeux, à travers les herbes, se dirigèrent vers la grange. Ils se tournèrent un peu, lentement. Au fond du champ, à une cinquantaine de mètres de la grange, partiellement dissimulé par un mur de pierres sèches, Jean-Louis Valerino se tenait debout, bien vivant. Le même visage fiévreux, aux formes saillantes et aux yeux creusés, que sur la photo de *L'Ilien*. Il fumait nerveusement. Dans sa main droite, ils repérèrent une arme, un revolver.

Les deux adolescents se recouchèrent avec précaution dans les herbes.

— Il ne m'a pas l'air trop bouffé par les fourmis carnivores, fit Madi. Qu'est-ce qu'il fait là ?

Armand ne répondit pas. Il tremblait.

— Il les attend à la sortie, continua Madi. Il les attend pour les buter tous les deux.

Armand semblait tétanisé, dépassé par les événements.

— Il faut prévenir les flics. Vite.

— On n'a pas le temps, répliqua Madi. On est à trois bornes du village. Colin et son paternel sont pris au piège. Il y a que nous qui pouvons faire quelque chose.

— Faire quoi ? demanda avec inquiétude Armand, tremblant de plus en plus.

L'adolescente souleva à nouveau ses yeux au-dessus des herbes. Au moment où elle regarda en direction de Valerino, celui-ci orienta sa tête vers leur cachette.

Madi s'effondra dans les fourrés.

— Putain…

— Tu t'es fait repérer ?

— Je ne sais pas. Je ne crois pas.

— Comment ça, tu crois pas ? Faut se tirer. Faut se tirer et revenir avec les flics.

— Il a posé son flingue sur le mur, fit Madi.

— Quoi ? cria Armand, trop fort.

— La ferme, chuchota Madi en bâillonnant Armand avec sa main. Et arrête ton numéro d'épileptique ou c'est toi qui vas nous faire repérer. Tu vois le petit mur de pierre à côté duquel il se planque ? Ce salopard a posé son flingue sur le mur.

— Et lui, il est où ?

— A côté.

— Et alors, ça change quoi ?

— On n'a qu'à ramper derrière le mur. On attrape le flingue et c'est marre.

Armand regarda Madi d'un air ahuri.

— C'est marre ? T'es complètement givrée ? T'as déjà touché un flingue ?

— Ouais !

Sans davantage discuter, l'adolescente commença à ramper dans les herbes pour se rapprocher du cabanon, tout en restant dissimulée par le mur de pierre.

— Je reste là, fit Armand. Pour faire diversion au cas où…

Madi se retourna.

— Connard. Si tu fais diversion, la première chose qu'il va faire, c'est reprendre son flingue. Suis-moi !

A contrecœur, Armand rampa derrière Madi. Moins de cinquante mètres plus loin, ils se tenaient derrière le muret. Madi, d'un doigt sur sa bouche, fit signe à Armand de se taire. Puis, de son même doigt, elle désigna un point invisible au-dessus du muret. Armand ne voyait rien.

Rien que le ciel.

Il écarquilla les yeux.

Enfin, il comprit.

Une légère fumée grise s'élevait vers le ciel au-dessus du mur. Une fumée de cigarette. Le fugitif se tenait à quelques mètres d'eux, de l'autre côté du mur. Armand se sentit défaillir. La peur glaçait chacun de ses muscles.

Madi ne se soucia pas de lui et s'avança encore. Elle parvint au mur de pierre et s'accroupit derrière. Le mur devait être haut au plus d'un mètre vingt. Armand n'arrivait pas à détacher ses yeux de la fumée, comme si elle pouvait lui indiquer la position du fugitif. Il aurait fallu se lever pour apercevoir au moins le haut du crâne de Valerino.

La dernière chose qu'Armand envisageait.

Madi se releva avec précaution.

Elle souleva son bras et, lentement, fit remonter sa main le long des pierres. Comme un lézard, pensa Armand. D'un coup, ses cinq doigts se refermèrent sur le revolver. Dans le même instant, Madi bondit et se tint debout, campée sur ses jambes écartées. Dans ses deux mains jointes, elle tenait l'arme et la pointait au-dessus du mur. En se relevant, elle dissimula le soleil et Armand se retrouva soudain dans l'ombre. La gigantesque silhouette de l'adolescente avait quelque chose d'irréel.

Armand se leva à son tour.

De l'autre côté du mur, Jean-Louis Valerino, incrédule, la cigarette toujours à la bouche, resta décontenancé, soulevant instinctivement ses mains. Il regarda longuement les deux ados pour évaluer leur âge et leur détermination. Il retrouva enfin le sourire et, d'un geste désinvolte, prit sa cigarette et la jeta à terre.

— Mains en l'air, enfoiré ! cria Madi.

Valerino ricana, mais souleva tout de même sa main. Il regarda Madi droit dans les yeux.

— Pose ce joujou, ma petite. T'as pas l'âge…

— Ta gueule !

Valerino se tourna vers Armand.

— T'as l'air raisonnable, toi. Dis à ta copine d'arrêter de se prendre pour Lara Croft. Elle va finir par se blesser.

Madi, inflexible, visait toujours Valerino. Armand n'avait aucune idée de l'expérience et de la détermination réelle de l'adolescente.

— Bon, fit Valerino. De toute façon, vous n'allez pas me tirer dessus. Alors, on arrête de jouer. File-moi ce flingue !

Il tendit la main vers Madi.

— L'écoute pas, hurla Armand.

Valerino s'avança avec sang-froid vers Madi.

— Tire ! hurla Armand.

Très concentrée, Madi leva légèrement le canon du revolver et appuya sur la détente.

La détonation résonna dans le silence de la lande. Le coup passa juste au-dessus de l'oreille de Valerino. Le fugitif s'arrêta net, brusquement convaincu du cran de la jeune fille.

— Si t'avances encore, hurla Madi, je loge la prochaine balle entre tes deux yeux de bulot. Armand, va prévenir Colin et son paternel.

Armand n'eut pas le temps d'obéir.

*
* *

J'étais plongé au plus profond de mes souvenirs lorsque le coup de feu explosa. Un instant, je crus qu'il avait été tiré dans la pièce.

Il semblait si proche.

Mon père se précipita dehors. Je le suivis. Je ne sais pas ce qui m'étonna le plus.

Voir Madi et Armand ici ?

Voir Madi avec dans les mains un revolver ?

Ou voir ce Valerino devant moi, debout, les mains en l'air, bien vivant ?

Je n'eus pas le temps de réfléchir, ni de poser des questions. Mon père s'avança.

— Ce sont tes amis, Colin ? demanda-t-il sans prendre le temps de me jeter un regard.

— Oui, bafouillai-je.

Il esquissa un petit sourire. Sans davantage comprendre la situation, un sentiment de fierté monta en moi. Mes amis ! Triomphants. J'avais eu raison de leur faire confiance ! Mon père s'avança vers Madi.

— Bien joué, mademoiselle. Donnez-moi ce revolver.

Madi regarda mon père avec un regard méfiant qui m'énerva.

— Vous vous êtes débrouillée comme une championne, insista mon père. Mais mieux vaut que je prenne les choses en main.

Madi hésitait. Je regardai Valerino. Il me fit l'effet d'un fauve prêt à bondir à la moindre hésitation. Je criai.

— Magne-toi, Madi. File ce flingue à mon père !

Madi se résigna.

— Tenez, monsieur, fit Madi avec dépit en tendant le revolver à mon père.

Je regardai avec effroi Valerino, persuadé qu'il profiterait de ce moment pour tenter quelque chose.

Il ne bougea pas, n'esquissa même pas un geste.

Mon père tenait le revolver. Un sentiment de sécurité m'envahit. Un court sentiment.

Très court.

L'instant d'après, tout bascula dans la folie.

Mon père se retourna vers Valerino avec un sourire surréaliste. Il lui tendit le revolver en prononçant ces phrases insensées :

— Te faire rouler ainsi par des mômes. Tu appelles ça faire le guet ?

Valerino haussa les épaules tout en pointant le revolver vers Armand et Madi.

— Allez, continua mon père. Assez joué, les enfants, on rentre tous dans la grange.

48

Château-lauduc 1978

— Vous êtes la dernière personne à avoir vu Jean Remy vivant ? s'étonna Simon.

Gabriel Borderie alla se rasseoir et posa le dossier sur la table basse devant eux.

— Oui. A un moment où déjà presque tout le monde le croyait disparu. Le soir où il s'est enfui en haute mer avec son bateau et s'est fait passer pour mort, je l'ai hébergé dans un de mes chantiers, dans le golfe du Morbihan. Il avait laissé une lettre d'adieu pour la police. Il s'accusait de tout. Il voulait faire retomber la pression, protéger les siens, sa femme, son fils. Détourner l'attention sur un disparu, attendre, pour pouvoir ensuite contre-attaquer. S'il en avait la force… Il était déjà rongé par des idées morbides, à ce moment-là. Sa lettre d'adieu, ce n'était pas que du bluff. Anne, sa femme, était très inquiète. Ces trois morts sur sa conscience avaient brisé tous ses idéaux. Je crois qu'Anne était alors la seule chose qui le raccrochait à la vie. J'étais avec lui quand il a appris son accident de voiture mortel, j'ai tenté de le raisonner, mais je sentais qu'il y avait quelque chose de définitivement cassé. On a beaucoup discuté. Il est reparti la nuit suivante, en bateau, sur l'île de Mornesey. Pour confier au notaire ses dernières volontés concernant l'héritage du terrain de l'abbaye, et laisser à son fils Colin une lettre d'explication, pour lorsqu'il aurait l'âge de comprendre. Il m'a dit pour me rassurer qu'il reviendrait, ensuite. On savait tous les deux que ce n'était pas vrai. Il s'est noyé au large de Mornesey. On a retrouvé son corps quelques jours plus tard.

Simon ne put s'abstenir d'un commentaire.

— En s'accusant de tout, en disparaissant pour de bon, il vous sauvait ! Il vous faisait un sacré cadeau ! Si vous repreniez tout depuis le début ? Vous étiez amis de longue date ?

— D'accord, fit Borderie. Reprenons au début. Tiens, ça vous dit, une bonne bouteille de vin ? Avec tous ces séjours à l'étranger, je n'ai même pas le temps de toucher à ma cave. Et on ne trouve rien de correct à boire dans ces pays musulmans.

Sans attendre la réponse, il s'absenta quelques minutes et revint avec deux grands verres à vin et une bouteille de rouge.

— Château-lauduc 1978. Vous m'en direz des nouvelles. Jean Remy était aussi un grand amateur de vin. Un très fin connaisseur. Ça nous a rapprochés.

— Vous vous êtes connus quand ?

— Sur les bancs de l'université. En histoire, option patrimoine. On était trois larrons. Lui, moi, et Maxime Prieur, qui est resté presque jusqu'au bout avec lui. On avait chacun nos spécialités. Jean était un crack, un fort en thème, une culture invraisemblable. Né pour la recherche. Un passionné. Moi, je n'avais pas les mêmes capacités intellectuelles, mais j'avais aussi de l'ambition et des convictions. J'ai lâché la fac au bout d'un an et demi pour parcourir le monde avec mon sac à dos. Jean a continué à gravir les échelons de l'université. Quelques années après, il grattait sans un sou, avec quelques autres fous, les cailloux de sa foutue abbaye de l'île de Mornesey. Moi, j'étais déjà à la tête d'une boîte de plus de vingt employés qui brassait des millions de francs.

— Et ce Maxime Prieur, c'était quoi, sa spécialité ?

— Coureur de filles. Vaguement artiste. Baratineur de première. Arriviste tendance faux cul.

— Vous ne l'aimiez pas beaucoup ?

— Non. C'est lui, avec son beau-frère, Thierry, qui a trahi Jean Remy. On ne saura sûrement jamais jusqu'à quel point.

— Il est devenu quoi ?

— Aucune idée… Il doit faire l'artiste quelque part entre la Normandie et la Bretagne.

Simon médita quelques instants et se dit qu'une fois de retour, il entamerait des recherches sur ce Maxime Prieur.

— Quand vous êtes-vous retrouvés, Jean et vous ? demanda-t-il.

Gabriel Borderie prit le temps de détailler la robe de son vin dans la lumière crue.

415

— Mouais. Ce n'est pas une si grande année. Qu'en pensez-vous ?

Simon n'y connaissait rien.

— Il est… bon. Mais je n'ai pas trop de points de comparaison.

— Vous êtes jeune. Vous apprendrez avec l'âge. Donc, comme je vous disais, trois copains de fac. C'est Jean Remy qui m'a contacté. Ils étaient fauchés, au bord de la faillite. Il avait besoin d'argent.

— Et vous leur en avez donné ?

Gabriel Borderie but une gorgée, qu'il garda quelques secondes en bouche.

— Il passe bien quand même, après le désert. Non ? J'ai donné un peu. De quoi les dépanner. Jean Remy ne faisait pas la manche. Et je ne suis pas non plus un mécène. J'étais devenu un businessman… Jean Remy le savait.

— Et Eurobuild ?

— Eurobuild, c'est autre chose. L'île était un repaire de types sans scrupules, comme il y en a d'ailleurs sur tous les littoraux du monde où il reste des coins à bâtir. L'arrivée du ferry a aiguisé les appétits. La demande de terrains a explosé. Les Anglais. Les Parisiens. Les Normands. L'immobilier prenait 20 % tous les six mois. Il n'y avait plus de parcelle constructible ou à vendre. Les requins se sont regroupés dans une association qui avait une vitrine légale, la SEMITIM, et ont commencé à loucher sur le terrain de l'abbaye et l'association moribonde de Jean Remy. Ils les ont harcelés jusqu'à les faire craquer. Jean Remy était coincé, il lui fallait vendre. Même ses associés, toute une bande de faux culs, se liguaient contre lui. Son dernier espoir était que le terrain ne soit pas constructible. Non constructible, il ne valait plus rien ! Mais, à ma grande stupéfaction, le terrain s'est retrouvé constructible sur le POS de l'île ! La SEMITIM avait le bras long.

— J'ai aujourd'hui les preuves que Jean-Louis Valerino l'a trafiqué, glissa fièrement Simon.

Gabriel Borderie, énervé, se servit un autre verre et en reversa un à Simon, sans même lui demander son avis.

— Il aurait mieux valu avoir les preuves il y a dix ans !

— Vous ne pouviez pas ignorer, reprit Simon, et Jean Remy non plus, que le terrain était dangereux, à cause des souterrains. Donc que le plan d'occupation des sols était une aberration, que le bureau d'études n'avait pas bien fait son travail. Pourquoi ne pas avoir porté plainte, à cette époque, déposé un recours, alerté l'opinion ?

— Tout allait trop vite. L'association Saint-Antoine de Jean était au bord du dépôt de bilan. La SEMITIM les acculait. Porter plainte, déposer un recours aurait pris des semaines, des mois. Et surtout, lorsque le terrain a été rendu constructible, la plupart des associés de Jean Remy l'ont lâché, et en premier lieu son beau-frère.

— Thierry Ducourret ? Celui qui élève Colin ?

— Oui… Jean Remy leur avait assuré que le terrain ne serait jamais constructible, il s'accrochait à cette hypothèse pour ne pas vendre le terrain, et donc ne pas le céder à la SEMITIM. Une fois le POS rendu public, son autorité était fichue. Tous ont voté pour vendre !

— Mais Jean Remy restait le propriétaire, continua Simon, qui commençait à comprendre. C'est lui qui décidait, et il a sorti de son chapeau son vieux pote Gabriel et sa société Eurobuild.

— Gagné !

Gabriel Borderie fit tinter son verre contre celui de Simon. Il prit soudain le parti de tutoyer Simon, qui n'osa pas faire de même. La différence d'âge sans doute.

— A la tienne, trinqua Borderie. Tout de suite, le projet m'a emballé. Ce n'était plus du mécénat, c'était de l'investissement ! Un projet exactement comme je les aimais, et mis en place avec un ami. Le projet de ces requins de la SEMITIM était une monstruosité de béton sur plusieurs étages. Un scandale ! Invraisemblable, déjà à l'époque, avec la loi Littoral. Notre projet était au contraire dans la droite ligne du développement durable. Je ne te fais pas la réclame, tu t'en fous, et t'es pas obligé de me croire, mais on était au plus près de l'écotourisme. Même si on ne pouvait pas trouver de pire nom pour un lotissement, les Sanguinaires auraient été un truc vraiment chouette.

— Mais il y a eu l'accident…

— Un accident, mon cul !

Gabriel s'arrêta un long moment, pour regarder la Méditerranée, les voiles blanches sur la mer d'huile, comme pour se calmer.

— En près de vingt ans de boîte, je n'ai jamais eu aucun autre accident mortel sur mes chantiers. Et pourtant j'ai construit dans des coins sacrément plus dangereux. Sur des terrains autrement plus instables, dans des régions où on ne s'embarrasse pas avec des plans d'occupation des sols. Un accident ? Un attentat, oui ! Un coup monté. Le souterrain sous la grue ne s'est pas écroulé tout seul. Les étais du tunnel ont été sciés. Jean l'avait vérifié. Il connaissait par cœur ces galeries.

— Vous l'avez cru ?

— Oui !

— Ça vous arrangeait. Ça soulageait votre conscience et la sienne.

— Si tu veux…

Simon insista, têtu.

— Le terrain était dangereux, théoriquement non constructible. Jean Remy le savait. Vous aussi. Vous aviez pris un gros risque, de toute façon. Avec ou sans sabotage.

Borderie soupira et se servit un nouveau verre, sans en proposer à Simon.

— Jean Remy a raisonné exactement comme toi, il y a dix ans. J'ai eu beau lui dire que j'avais pris toutes les précautions, que jamais, même sur un terrain dangereux, il n'y aurait eu d'accident, que c'était un acte criminel, qu'on n'y était pour rien…

— Il ne vous a pas entendu ?

— Il se sentait responsable des trois morts. En endossant la responsabilité de tout, il étouffait le scandale, sauvait ses associés, sauvait Eurobuild… et soulageait sa conscience. C'était un type droit. Et comme je te l'ai dit, quand sa femme est morte, tout a définitivement basculé. Il faut dire que c'était une fille… Elle était aussi à la fac avec nous, en patrimoine. Tu l'aurais connue à dix-neuf ans… Un sourire et une silhouette à faire bander tout un amphi. Jean et Anne s'adoraient. Un couple sans aucune zone d'ombre. Ils étaient faits pour être ensemble.

419

— Concernant le décès d'Anne Remy, c'est quoi, votre version ? Un accident de voiture ou un suicide ?

— Ni l'un ni l'autre.

— Comment ça ?

— Un accident de voiture serait une coïncidence bien étrange. L'hypothèse du suicide n'a de sens que pour ceux qui croyaient que Jean était déjà mort. Mais Anne savait que Jean était vivant, à l'abri, avec moi. Ils se téléphonaient plusieurs fois par jour. Qu'est-ce qui aurait pu pousser Anne à se suicider ? Rien ! Elle aimait son mari, elle l'attendait. Non, l'accident d'Anne Remy, c'est un crime, un crime de plus.

— Nom de Dieu ! lâcha Simon.

Il se servit à son tour un troisième verre de vin. Gabriel Borderie poursuivit.

— Cette histoire est une tragédie. Une tragédie où les coupables, les vrais, n'ont jamais payé. Je n'ai jamais eu le courage d'aller plus loin. J'ai peut-être eu moi aussi la frousse d'aller mettre mon nez dans cette histoire.

Comme pour conjurer sa peur, ou un éventuel sentiment de culpabilité, Gabriel Borderie effectua dans le soleil inondant la terrasse quelques mouvements d'assouplissement musculaire, mettant en valeur ses impeccables pectoraux dorés.

— Et ce titre de propriété ? demanda encore Simon. Le terrain de l'abbaye ?

— Tu es au courant de ça aussi ?

Simon fit oui de la tête. Borderie se rapprocha, but une gorgée et poursuivit.

— Tu as dû rencontrer le notaire de l'île. Il vit encore, le gros Bardon ? Un des rares types dignes de confiance sur l'île. Bizarre comme type, mais fiable. On s'était mis d'accord avec Jean. S'il disparaissait, je gérais le terrain jusqu'aux seize ans de Colin. Dix ans, déjà. Bon Dieu ! Ce que ça passe vite. Je dois t'avouer que pendant toutes ces années, je suis presque parvenu à oublier toute cette affaire. Le terrain de l'abbaye doit être à l'abandon sur l'île. Mon comptable doit payer tous les ans des impôts. Je sais que j'ai signé des papiers ces dernières années à propos d'un musée de l'abbaye. J'accepte de mettre à disposition gratuitement les lieux, ou un truc comme ça, à condition qu'ils ne construisent rien. Je dois même t'avouer qu'avant de te faire rentrer chez moi, il y a une heure, ce terrain de l'abbaye, je m'en contrefoutais.

Simon regarda les murs et les tableaux abstraits : des formes géométriques, très colorées, minimalistes. Ils devaient certainement coûter une fortune. Mais il ne s'y connaissait pas plus en art moderne qu'en vin.

— Je te choque ? demanda Borderie. C'est normal, tu es jeune. Maintenant que tu es là, c'est sûr que j'ai un peu honte. Mais j'aurai peut-être à nouveau presque tout oublié ce soir, au Cap-Vert. Dix ans, c'est rien quand tu passes ta vie à courir tout le temps. A ne pas vivre le présent, à oublier le passé. A regarder devant, toujours devant.

— Et Colin, dans tout ça ?

Borderie regarda longuement Simon, droit dans les yeux :

— Tu crois vraiment qu'il est en danger ? Encore aujourd'hui, toutes ces années après ?

— La cavale de Valerino. Ce serait une coïncidence ?

Borderie vida son verre et se leva, marchant sur les pavés immaculés de la terrasse.

— Putain. Fait chier ! Je lui avais bien dit à Jean que ce dossier chez le notaire, ce truc à remettre à son fils quand il aurait l'âge de comprendre, c'était un cadeau empoisonné pour ce malheureux gamin. Lui balancer tout ça en pleine figure alors qu'il n'était au courant de rien. Tout déterrer. Prendre le risque de lui foutre la meute aux fesses. Tout ça pour que son fils sache que son père n'était pas un assassin, pour que Colin puisse être fier, le jour de ses seize ans, de son cher papa ! Sois fier, mon garçon, et cours vite !

— Dans ce dossier, Jean Remy dénonçait les véritables coupables ?

— Oui, lâcha Borderie. Avec toutes les preuves !

— Nom de Dieu… C'est tout de même une explication logique à l'évasion de Valerino. Intercepter le jeune Colin. Tout faire pour qu'il n'entre pas en possession des documents. J'espère pour lui qu'il est en vacances avec son oncle et sa tante aux Antilles ou en Australie. En tout cas le plus loin possible de Mornesey !

Borderie se retourna et regarda avec tristesse la bouteille vide.

— Sans oublier un autre motif pour faire courir la meute à ses trousses. Cette fameuse légende de la Folie Mazarin. Tu en as entendu parler, je suppose ?

Simon acquiesça.

— Forcément… sourit Borderie. Le dossier contenait un plan de ce putain de trésor.

Simon jeta un œil sur le dossier orange posé sur la table basse.

— Et ceci, c'est un double du dossier déposé chez le notaire de l'île de Mornesey ?

— Non, plutôt une partie complémentaire. Jean n'était pas si con. Il n'avait pas mis tous ses œufs dans le même panier. Ce dossier contient toutes les archives de ses recherches sur la Folie Mazarin. Une autre bombe à retardement.

Simon ne quittait pas le dossier des yeux.

Gabriel Borderie soupira.

— Tu as vraiment envie, toi aussi, qu'elle te pète à la gueule ?

49

Dans le noir

Samedi 19 août 2000, 11 h 26,
grange de la Crique-aux-Mauves,
île de Mornesey

Sous la menace du revolver de Valerino, Armand, Madi et moi entrâmes dans la grange.

Une nouvelle fois, l'odeur fétide de nourriture avariée et la poussière âcre me prirent à la gorge. Madi et Armand observaient eux aussi le cloaque, les cartons éventrés, les chaises renversées, les insectes rampant sur les murs.

J'étais incapable de prononcer le moindre mot. J'aurais voulu attraper le regard de mon père. Lui faire ainsi comprendre mon désarroi, mon incompréhension.

Quelle était cette manœuvre ?

Un clignement d'œil aurait pu me rassurer. *Ce n'est rien, c'est une ruse que je t'expliquerai plus tard.*

Mais non. Rien. Mon père prit soin de ne pas croiser mes yeux. Ou ne prit peut-être aucun soin du tout. Il se désintéressait tout simplement de moi. Valerino et mon père nous firent asseoir sur les caisses sales au fond de la grange et discutèrent entre eux, à voix haute.

— Qu'est-ce qu'on fait d'eux ? demanda Valerino. Le coup de feu va alerter des curieux. Avec le climat actuel de l'île… Faut se décider !

Mon père réfléchissait. A mon tour, je détournai mon regard de celui de Madi et d'Armand. Je sentais en eux cette terrible question : *Que fait ton père ?*

Je n'avais pas de réponse. Pas encore. Il y en avait forcément une.

— T'as raison, on n'a pas le choix, finit par dire mon père.

D'un geste nerveux, il balaya la surface de la table. Les fruits pourris, pommes et raisins, explosèrent en un jet visqueux sur le sol poisseux. Il s'appuya sur la table et se retourna enfin vers moi.

— Une dernière fois, Colin. Tu ne te souviens de rien ? Avant ce repas ? Après ? Pendant ? A propos de la Folie Mazarin ?

Je ne prononçai qu'un mot.

— Papa.

C'était à la fois une interrogation et une prière.

J'avais mis dix ans d'espoir dans ce simple mot.

Insensible, sans même me répondre, mon père s'était déjà retourné vers son complice.

— Il y a un plan dans le dossier, mais j'ai regardé, ça ne va pas suffire.

— Tant pis, répondit Valerino. Faut foutre le camp.

Mon père hésita encore un instant, puis lâcha :

— T'as raison. On se débrouillera sans lui.

Ce « sans lui » me transperça comme un coup de poignard. Pourquoi n'avait-il pas osé me dire, dans les yeux : « On se débrouillera sans toi » ?

A côté de moi, je sentais Madi bouger, lentement. Elle avait repéré sur une caisse, deux mètres sur sa droite, un couteau de cuisine. Un dérisoire couteau de cuisine, rouillé. Je n'eus pas le courage de la dissuader.

— Il nous manque le principal ! grogna Valerino.

Mon père attrapa le dossier beige que j'avais sorti de chez le notaire.

— On a les aveux et les preuves. C'est le principal, non ? On va regarder la carte à tête reposée. On va bien trouver ! De toute façon, il ne se souvient de rien.

Ce « il » me transperça une nouvelle fois le cœur.

— Si tu le dis, fit Valerino, énervé. Tu ne pouvais pas le faire parler avant ?

— J'étais en train, figure-toi, au moment où tu t'es fait piquer ton flingue !

— OK, OK, c'est bon, qu'on en finisse. Faut pas moisir ici.

En un éclair, Madi bondit vers la caisse pour saisir le couteau. Elle eut juste le temps de l'attraper, mais la main ferme de mon père lui bloqua le poignet sur la table.

— Lâche ça, ou je vais devoir te faire mal.

Madi ne céda pas. Elle tenta quelques contorsions, sans doute inspirées de ses entraînements de capoeira, mais mon père attrapa son autre bras et le lui tordit jusqu'à ce que, dans un cri de douleur, elle finisse par laisser tomber l'arme de fortune.

Mon père repoussa avec violence Madi vers nous.

— Bâtard, susurra l'adolescente en crachant devant elle.

Tout semblait exploser dans ma tête. J'étais incapable de réfléchir. Les événements se déroulaient devant moi, incompréhensibles, surréalistes, toujours plus atroces.

Le pire était à venir, pourtant.

Mon père souleva quelques vieux cartons qui traînaient par terre et dévoila une trappe qui devait mener à une cave sous la grange. Il l'ouvrit.

— Entrez là-dedans. Tous les trois.

Devant notre stupeur, Valerino pointa à nouveau son revolver. Un mot, deux syllabes, cognait dans mon crâne. Mais j'étais désormais incapable de les prononcer.

Papa.

Et pourtant.

Si je les prononçais, si j'attrapais son regard, il était impossible qu'il n'y soit pas sensible. Il y avait forcément un espoir, en y mettant de la conviction, de l'amour, de l'adoration même.

Armand et Madi avaient déjà disparu par la trappe.

J'étais le dernier.

Ce « papa », il me fallait le prononcer, une dernière fois. Une deuxième et dernière fois ?

J'ouvris la bouche mais mon père m'avait déjà tourné le dos.

Il marcha quelques pas et se pencha sur une caisse posée dans un coin de la grange, pour en sortir un long câble.

Indifférent.

Je ne dis rien.

Silencieux, je descendis également les quelques barreaux de l'échelle, sous la trappe, qui menaient à une cave obscure sous la grange. Valerino se pencha vers nous. J'éprouvai un ridicule soulagement que la dernière image ne soit pas le visage de mon père dans ce carré de lumière qui allait se refermer sur notre tombeau.

— Pas grand monde ne connaît l'existence de cette cave creusée dans le granit, fit Valerino. Ne vous faites pas trop d'illusions, les mômes. Désolé. Fallait pas vous trouver au mauvais moment au mauvais endroit.

Il referma la trappe, et la cave fut plongée dans le noir complet. Nous nous tûmes, retenant même notre respiration, pour écouter les bruits de pas au-dessus. Nous attendions le bruit d'un verrou qu'on tire, ou celui d'un meuble qu'on pousserait pour le placer au-dessus de la trappe, mais rien.

Le silence.

Pendant plus d'une minute.

Puis tout d'un coup, un vacarme énorme.

Ce n'était pas un meuble qui bloquait la trappe, c'est tout le bâtiment qui s'était effondré dessus.

— Ils ont fait sauter la grange ! hurla Armand. Toute cette baraque pourrie s'est écroulée et nous sommes enfermés dessous. Personne ne sait qu'on est là. Personne ne sait même que cette cave existe ! Même si des types passent, même si on hurle comme des malades, personne ne nous entendra.

Madi restait silencieuse.

Dans les ténèbres, je ne la voyais pas. Etait-elle seulement là ?

— On est foutus, continua Armand d'une voix de plus en plus paniquée. On va crever ici !

Alors, dans le noir, comme venue de nulle part, Madi prononça quelques mots, et le plus terrible était que je ne pouvais même pas lui en vouloir de les avoir prononcés.

— Plutôt cool, Colin, ton paternel.

50

Le secret de Lucien Verger

Samedi 19 août 2000, 11 h 37,
chemin du col de Claire, Nice

Gabriel Borderie commença à se pencher sur le dossier, puis se reprit.

— Ça te dit, une deuxième bouteille ?

— Ben, faut que je reparte… Mille deux cents kilomètres.

— Pas tout de suite ?

— Non, c'est vrai.

Gabriel Borderie se rendit à nouveau en direction de la cave et revint avec un vosne-romanée 1989. Il versa et goûta.

— Ah ! On est dans la bonne direction. On s'améliore.

Simon lui trouva le même goût que la première bouteille mais ne fit aucun commentaire.

— Alors, on l'ouvre, ce dossier ? fit Borderie.

— Vous ne l'avez jamais ouvert ? s'étonna Simon.

— Si, une fois, il y a dix ans, lorsque je l'ai reçu. Depuis, il dort dans ce coffre.

— Je sais, une décennie, ça passe vite, commenta Simon un peu agacé. Alors, ce n'est pas le double de celui chez le notaire ?

— Non. D'après ce que m'a dit Jean, pas du tout. Le dossier déposé chez le notaire est destiné à Colin. Il y a placé les titres de propriété, des souvenirs personnels et surtout une lettre, la fameuse lettre où il se disculpe et accuse les véritables coupables, donne le nom de tous ceux qui ont trempé dans les magouilles de la SEMITIM, cite des faits… Il y a laissé aussi une carte, une carte de l'île, un plan des souterrains, contenant des indications pour trouver la Folie Mazarin.

— La carte au trésor ! Il avait découvert la Folie Mazarin, alors ?

— Apparemment. On peut lui faire confiance. Avant de disparaître, il m'avait dit à l'époque ces mots étranges, quelque chose comme : « Le véritable secret de la Folie Mazarin, je l'ai montré à Colin. La carte que j'ai laissée chez le notaire l'aidera à se souvenir. Mais la carte seule ne sert à rien. La mémoire seule de Colin non plus. »

Simon vida son verre de vin et se dit aussitôt qu'il n'aurait pas dû. La tête lui tournait.

Il sentait pourtant qu'il devait repartir. Rapidement. Il le fallait, c'est sur l'île que se jouait cette partie ; sur l'île et maintenant. Mais il était pour l'instant incapable de se lever.

— Et dans votre dossier ? demanda-t-il.

— Dans mon dossier, il a placé tout le reste de ses recherches sur la Folie Mazarin. Toutes ses investigations pendant vingt ans. Il m'avait encore dit un truc du genre : « Tu es le seul de mes amis assez riche pour te foutre de cette Folie Mazarin. Mais si Colin veut en savoir davantage, découvrir comment j'ai compris, tu pourras lui faire lire l'intégralité de mes recherches. Peut-être que cela l'intéressera. Peut-être sera-t-il aussi passionné d'histoire que moi. » Je me souviens même qu'il a ajouté une formule ironique que je n'ai toujours pas saisie, quelque chose comme : « Lorsque tu connaîtras la vérité, du fond de mon tombeau, je vais t'entendre me traiter de salaud ! »

Gabriel Borderie vida son verre. Il semblait beaucoup mieux encaisser le vin que Simon. Il marcha quelques pas sur le carrelage immaculé, observant la somptueuse vue sur la baie des Anges, l'eau turquoise et la myriade de voiles blanches.

— D'après ce que je sais, continua Borderie en se retournant, il a révélé son secret au petit Colin lors du dernier repas qu'ils ont pris ensemble à l'association, un repas qui a tourné au vinaigre, le début de la fin.

— On dirait la Cène, commenta Simon. Il se prenait pour Jésus ou quoi, Jean Remy ?

— Peut-être, fit Borderie. Au moins un prophète. Mais, une chose est sûre, il n'est jamais ressuscité !

Il leva son verre vide d'un air pensif.

— Hélas…

Simon regarda le dossier orange.

— On l'ouvre ?

Gabriel Borderie dénoua le ruban qui fermait le dossier. Simon demeurait sceptique. Contenait-il réellement tous les indices menant à un trésor ?

Gabriel Borderie ouvrit la chemise cartonnée. Un gros mémoire d'une centaine de pages. Il le feuilleta rapidement.

— Vingt ans de recherches !

Il revint aux premières pages.

— C'est parti. Trois cents ans d'histoire. Le premier indice, c'est la fameuse lettre de Madame de Sévigné. La fortune inépuisable de Mazarin, celle avec laquelle il a séduit la cour de France, avec laquelle il a fait sacrer le jeune Louis XIV.

— Je suis au courant, glissa Simon.

— Tu as lu *L'Ilien* ? Jean Remy a été le premier à découvrir cette lettre oubliée. Je crois que c'est à partir de ces quelques lignes qu'est née toute cette passion. L'abbaye. Le trésor. J'avoue qu'au départ, quand il m'en a parlé, je n'y croyais pas. Fonder toute une théorie, toute une vie de recherches, avec comme seul point de départ une lettre de Madame de Sévigné. Ces lettres, c'était les ragots de l'époque, les potins mondains.

— Un peu comme si, dans trois siècles, on montait toute une théorie historique sur l'an 2000 à partir d'informations contenues dans *Voici* ou *Gala*.

— Exactement. Tu ne trouves pas ça foireux ?

— L'instinct du chercheur.

— Peut-être.

Gabriel Borderie continua de feuilleter le dossier. Simon se leva et jeta un nouveau coup d'œil aux tableaux abstraits accrochés aux murs de la pièce. Son regard fixa quelques instants un étrange carroyage vert et orange. Il se retourna, se pencha et regarda par-dessus l'épaule du P-DG.

Gabriel Borderie faisait défiler des vieilles gravures de l'île, des cartes d'état-major, d'anciens plans de l'abbaye, des cahiers de doléances de la Révolution, des actes de vente des terrains, des extraits de l'état civil. Des coupes géologiques aussi, des relevés granulométriques de la composition du sol.

— Impressionnante, cette documentation, fit Simon.

— Oui. Mais on arrive au principal. La trouvaille majeure de Jean Remy. La clé qui l'a conforté dans sa quête.

— L'affaire du jeune métayer ?

— Oui, répondit Borderie. *L'Ilien* en a parlé, évidemment. Mais tu vas avoir tous les détails. Il y a là toute la correspondance de Lucien Verger, ce fermier qui en 1914 exploitait les terrains de l'île. Ça a dû être un travail de fou pour Jean de retrouver ces lettres. Mais c'est passionnant. J'avais tout survolé à l'époque. Je vais t'en lire quelques extraits. On va voir si tu es plus malin que moi.

Simon se concentra.

— Des lettres entre qui et qui ?

— Le courrier échangé entre ce jeune Lucien Verger, le fermier, et Henri Fouchereau, son instituteur à l'école de l'île de Mornesey, parti en retraite dans le Périgord. Je te lis la première lettre de Lucien Verger : *Ile de Mornesey, 3 janvier 1914. Monsieur Fouchereau. Blablabla.* Il le remercie pour son enseignement précieux et compagnie. J'y arrive, écoute : *Vous trouverez dans ce colis une surprise particulièrement étonnante que je vous joins avec plaisir. Je ne suis pas un grand spécialiste mais je pense qu'il s'agit d'un trésor d'une grande pureté. J'y fonde beaucoup d'espoir. Peut-être fera-t-il ma fortune. Mais je sais que vous êtes un expert en la matière et que vous pourrez m'indiquer sa valeur véritable.* Voilà. Ensuite, il reparle de son enfance. Ça n'a plus aucun intérêt pour nous. Alors, ça t'inspire ?

— Pas encore, fit Simon en plissant le front. Vous avez la réponse de son instituteur ?

— Oui. *Terrasson-Lavilledieu, 21 février 1914. Mon petit Lucien, blablabla, je suis content d'avoir de tes nouvelles depuis tout ce temps.* Nous y voilà : *J'ai bien reçu ton « trésor ». J'ignorais que les entrailles de l'île de Mornesey contenaient une telle richesse. C'est très étrange, mais à bien y réfléchir, cela s'explique tout à fait logiquement. Tu as demandé mon expertise. La voici. Lucien, tu tiens là un joyau qui n'a pas d'égal, ni en France, ni dans le monde. Oui, ta fortune est faite, et plus que cela, ta gloire et ta renommée. Ce genre de découverte est rarissime de nos jours. Si tu n'as pas confiance en mon expertise, n'hésite pas à m'envoyer d'autres pièces de ton trésor. Je te taquine. Fais attention à toi.* Du blabla de politesse ensuite…

— Nom de Dieu ! cria Simon, dépité. Ils ne peuvent pas dire de quoi il s'agit ! Il y a une autre lettre ?

— Oui, une dernière. Quelques semaines avant que Lucien ne parte sur le front, pour ne jamais revenir : *Ile de Mornesey, 26 juillet 1914. Monsieur Fouchereau, blablabla, merci de vos encouragements. Je travaille beaucoup. J'espère énormément en ma réussite. Vous trouverez encore quelques pièces de ma collection. J'en ai plusieurs dizaines, et je ne compte pas m'arrêter là. La mobilisation générale pour cette saleté de guerre risque de me retarder un peu. Mais vous comprenez bien que ce n'est pas très grave*. Il parle ensuite de sa trouille de partir au front. On s'en fout… Voilà, tu as tous les détails.

Simon pesta.

— Mais nom de Dieu, de quoi peuvent-ils bien parler ? Pourquoi est-ce que ce n'est pas grave qu'il soit retardé, par exemple ?

— Aucune idée, répondit Borderie en refermant le dossier.

— La richesse, la fortune, les entrailles de la terre, toujours cette idée de trésor inépuisable. Il n'y a rien de plus dans ce dossier ? demanda Simon.

— En tout cas, je n'ai pas trouvé. Mais je n'ai pas tout lu. Tous les indices sont là-dedans. Avec ces mêmes éléments, Jean, lui, a compris.

— Il était historien, répliqua Simon. Et il était sur l'île, il faut sans doute être sur l'île pour comprendre.

Gabriel Borderie laissa le dossier sur la table et fit quelques pas, offrant son torse bronzé à l'horizon. Le soleil inondait désormais la pièce à travers la large baie vitrée. Les reflets des rayons se multipliaient, tels des lasers, sur le carrelage blanc et la surface lisse de la piscine.

— De toute façon, fit le P-DG, on va bientôt savoir. Dans peu de temps, le jeune Colin va récupérer la carte chez le notaire, fouiller dans ses souvenirs. Il viendra me voir et nous connaîtrons enfin la vérité.

— Du moins, j'espère, glissa Simon.

— Qu'est-ce qui te tracasse ? s'inquiéta Borderie.

— Toujours ce sentiment de danger. Cette lettre à récupérer, ces vieux secrets, cette bombe à retardement, comme vous dites. Et ce gamin de seize ans au milieu de tout ça.

— Allez, le rassura Borderie. Tu l'as dit toi-même. Il est parti en vacances. Il est loin de l'île et de toute cette histoire en ce moment, loin de toute cette affreuse magouille pour encore quelques jours ou quelques semaines. On a le temps de s'organiser pour le protéger. Je vais m'y mettre. Y mettre les moyens. Je lui dois bien ça.

Il fit quelques étirements, mimant des gestes précis de sport de combat.

— J'espère que vous avez raison, se résigna Simon. J'espère que je m'inquiète pour rien. Après tout, Jean Remy était un homme intelligent, organisé. Il avait dû tout prévoir pour assurer la sécurité de son fils lors de sa succession post-mortem.

51

Sous la terre

Samedi 19 août 2000, 11 h 48,
grange de la Crique-aux-Mauves,
île de Mornesey

Madi hurla de toutes ses forces.

— Il y a quelqu'uuun ?

Dans le noir, son cri surnaturel me glaça le dos.

— Laisse tomber, fit Armand. Personne ne peut nous entendre.

Madi continua pourtant de crier. Systématiquement. Toutes les quinze secondes. Un « Ohééé », un « On est làààà » ou un « Au secouuurs »…

Nos yeux s'étaient un peu habitués à l'obscurité. Nous distinguions nos ombres.

Uniquement nos ombres.

— Cinq heures trente, dit doucement Armand. On est trois à respirer dans une pièce de moins de cent mètres cubes. Je pense qu'on en a pour cinq, six heures maxi, avant de mourir asphyxiés.

— Arrête tes conneries, répliqua Madi d'une voix mal assurée. Baratine pas avec tes calculs foireux. Aidez-moi plutôt à appeler. T'as aucune idée du temps qu'on peut tenir. Tu connais même pas les dimensions de la cave.

— On tiendra pas longtemps, en tout cas, assura Armand. Et encore moins longtemps si on parle ou si on crie tout le temps. Tu veux appeler qui ?

Madi hurla « Ohééé » puis répondit calmement.

— J'en sais rien. Les mouettes. Les cormorans. On ne va pas rester là sans rien tenter. Aidez-moi !

Madi gravit les trois barreaux de l'échelle et poussa de toutes ses forces sur la trappe. Elle ne bougea pas. Pas d'un pouce.

— Aidez-moi, bordel !

Nous essayâmes à trois, arc-boutés, mettant tout le faible poids de nos trois corps. La trappe ne céda pas davantage. Au bout de plusieurs longues minutes, nous abandonnâmes.

Madi et Armand entreprirent de sonder la cave en promenant leurs mains sur les murs froids. Je ne bougeai pas. La cave devait faire trois mètres sur quatre. Elle était directement creusée dans le granit. Madi continuait de hurler régulièrement, sans se décourager : « Ohééé ! »

La cave était silencieuse le reste du temps. Madi et Armand passèrent un temps infini à chercher une issue. Armand monta même sur les épaules de Madi pour sonder le plafond, à la recherche d'une seconde trappe. Rien ! Ils finirent par renoncer, se laissant tomber sur la pierre glacée.

Ils devaient se rendre à l'évidence : il n'y avait pas d'issue.

Cela faisait sans doute plus de trois quarts d'heure que nous étions pris au piège. Je n'avais toujours pas dit un mot.

Soudain, Madi craqua.

— Colin, il a pété un câble ou quoi, ton père ?

Je m'étais recroquevillé dans un coin. Je ne voulais pas parler, pas penser. Je répondis d'une voix neutre.

— Faut pas parler, Madi. Faut pas gaspiller l'oxygène. Faut garder notre souffle.

— Baratin ! On n'est pas encore morts ! Et si on doit y rester, ici, dans ce trou, autant profiter des cinq dernières heures. Pas vrai ?

— J'ai pas envie de causer, Madi.

Je voyais l'ombre de Madi aller et venir dans la cave, comme une lionne en cage.

— Moi, si. J'ai envie de causer ! Ça me détend. J'ai les nerfs. Faut que j'évacue. Ton père est un salaud, Colin. C'est tout, faut que tu t'y fasses. C'est pas de ta faute. On t'en veut pas. Tu pouvais pas savoir. Y a des salauds sur terre, et les salauds ont des enfants eux aussi. Je parle en connaissance de cause...

— Ta gueule, Madi, fit Armand avec lassitude.

Tout se brouillait dans ma tête. Je n'avais pas envie de parler, pas envie de crier, pas envie de pleurer, pas envie de me battre, juste envie de rester là, ici, dans le noir.

Je n'étais pas si mal, dans le noir. A attendre que tout s'arrête.

Attendre, juste attendre d'arrêter de respirer, sans aucun autre effort, attendre que tout s'éteigne en moi.

— Il y a quelqu'uuun ? hurla encore Madi.

Armand craqua à son tour, lui aussi avait besoin de parler.

— Le prends pas mal, Colin, fit-il. Mais tu ne peux pas savoir à quel point ça me gonfle de me dire que je vais mourir puceau.

Etait-il sincère ? Ou était-ce simplement pour me faire rire ?

Madi répliqua.

— De toute façon, à quinze ans ou quatre-vingt-cinq ans, tu serais mort puceau. C'est comme ça. Dis-toi que finir dans cette cave, c'est un sacré coup de pot. Ça va t'éviter de prendre des râteaux pendant toute ta vie.

La réponse d'Armand claqua.

— Si je m'en sors, j'irai me taper toutes tes sœurs, une par une.

— J'ai cinq sœurs, petit crapaud. T'as pas la santé. Elles sont si belles qu'elles lèveront jamais les yeux sur toi. Et pour info, j'ai aussi un frère, celui qui m'a offert mon Opinel, un amoureux des crans d'arrêt.

Un immense « Ohéééé » traversa à nouveau l'obscurité, suivi d'un silence.

Armand insista.

— Si elles sont si canon que ça, t'es sûre que c'est bien tes sœurs ?

Un silence.

— Je te promets, puceau, que si on s'en sort, je demande à mon copain de venir en scoot jusqu'à Mornesey rien que pour t'arracher chaque poil des pattes avant de te faire griller comme un petit cochon de lait.

Je sentais que leurs nerfs allaient lâcher. Mais je n'avais pas la force de m'interposer. J'aurais voulu rester là et qu'eux s'en sortent. Pouvoir donner ma vie en échange de la leur. Je trouvai tout de même les ressources pour intervenir.

— Calmez-vous. Tout est de ma faute. Essayez plutôt de chercher une idée ensemble.

— Tu as raison, une idée ! cassa Madi. On a déjà essayé de soulever la trappe pendant une demi-heure. Impossible.

— Dans les films, ajouta Armand, il y a toujours un petit filet d'air qui ouvre sur une plaque d'égout, ou un tunnel, un conduit d'aération. Sauf que là, on est dans un trou, un trou sans issue !

Un autre silence, très long celui-ci, s'imposa dans la cave, seulement ponctué par les appels de Madi. Le temps s'étirait, lentement, sans espoir. Une éternité me semblait s'être écoulée lorsque Armand demanda :

— Colin, cela fait combien de temps qu'on est là ?

— Je ne sais pas. Une heure ou deux...

— Ohééé !

— D'accord, fit Armand d'une voix étrangement calme. C'est le temps que je m'étais laissé avant de passer au plan B.

Madi ironisa devant l'assurance d'Armand.

— Le plan B. Ben voyons ! Arrête ton délire. C'est quoi ton plan B, MacGyver ?

La voix d'Armand avait retrouvé une partie de son ironie.

— James Bond plutôt. J'ai dans la poche un petit gadget ultramoderne qui nous sera peut-être utile.

— Un couteau belge ? ricana Madi.

— Suisse. On dit un couteau suisse.

— Suisse ou belge, on va pas découper les murs avec !

— J'ai jamais dit que j'avais un couteau suisse dans ma poche, abrutie. J'ai un portable !

Madi avait déjà crié « O » mais le « hé » ne vint jamais. J'étais toujours incapable de prendre part à la conversation, mais cette révélation réveilla en moi un instinct de survie.

— Un téléphone portable ? fit Madi.

— Non, une gazinière portable…

— Connard. Je te crois pas. Je t'ai jamais vu téléphoner depuis le début du camp.

— Normal. Le père Duval a interdit les portables ! Et en plus, si je t'avais montré que j'en avais un, tu me l'aurais piqué. Pas vrai ?

— Pas faux, reconnut Madi.

— Je téléphonais en cachette. Tous les soirs. C'est mes vieux qui ont insisté !

La voix de Madi se faisait soudain plus claire, plus joyeuse.

— OK. Tu remercieras tes vieux de la part des survivants. Tu pouvais pas le dire plus tôt que t'avais un portable ?

— Je m'étais donné une heure…

— Tu fais chier avec tes plans à la con. Allez, appelle la cavalerie.

Armand ne répondit pas, mais il ne bougeait pas non plus.

Il ne téléphonait pas.

Il ne faisait rien.

Madi s'impatienta.

— T'attends quoi ? L'asphyxie ? Appelle les keufs !

— Impossible !

— Quoi ?

— J'ai plus de crédit !

Madi hurla un « Ohééé » dont j'aurais juré qu'il pouvait s'entendre jusqu'au continent. Malgré moi, je sortis de mon mutisme.

— Comment cela, tu n'as plus de crédit ?

— J'ai tout bouffé hier soir. Pour une connasse de fille du lycée qu'est en séjour linguistique en Andalousie et qu'en a rien à foutre de moi.

— Et un texto ? tenta Madi.

— Plus de crédit !

— Et des appels gratuits ? espérai-je. Les numéros d'urgence ?

— Rien, répondit Armand. Que dalle. Je viens d'essayer dans le noir. On me renvoie à chaque fois sur une boîte vocale qui me demande de recharger ma carte.

Une nouvelle chape de plomb tombait sur moi.

Un instant, j'avais cru pouvoir m'accrocher à ce dernier espoir, avant de glisser définitivement dans le noir. Mais non. Une nouvelle fois, il s'agissait d'un leurre, d'un mirage pour rendre plus dure encore la chute finale.

— Personne n'a de carte bleue sur lui ? demanda Madi.

— Tu préfères Visa ou Mastercard ? répliqua Armand.

Leurs joutes verbales m'exaspéraient.

En finir.

En finir dans le silence.

Madi en était incapable.

— Si je ferme ma gueule sur ton portable, continua-t-elle, vous êtes capables de la fermer aussi pour moi ?

— Au point où on en est... fit Armand.

— OK. Je vous fais confiance. Alors, dites merci à Yvon Papillon, qui va pouvoir nous sortir de là...

Je me bouchai les oreilles. J'essayais de ne plus écouter leurs efforts pitoyables, à raconter n'importe quoi pour ne pas sombrer dans le désespoir.

— Qui ça ? demanda Armand.

— Yvon Papillon, répondit Madi. Un type qui fait de la voile dans le coin.

— Accouche. Il a quoi comme pouvoir surnaturel, cet Yvon Papillon ? C'est l'homme-taupe qui défonce les murs des caves ?

Madi ricana.

— Aucun pouvoir surnaturel. Il aurait plutôt des emmerdes.

— C'est-à-dire ?

— Il s'est fait tirer sa carte bleue. Hier. Dans le vestiaire de l'école de voile. Et il se trouve que cette carte bleue, je l'aurais un peu dans la poche arrière de mon short. Donc si le type n'a pas encore fait opposition...

Armand explosa, sans chercher à économiser son oxygène.

— Tu pouvais pas le dire plus tôt que t'avais une carte bleue ?

— Tu pouvais pas le dire plus tôt que t'avais un portable ?

Je retrouvai le courage d'intervenir.

— Stop ! Arrêtez ! Dépêchez-vous. Je vous en supplie !

Mon injonction fit son effet.

Madi sortit rapidement dans la pénombre sa carte Visa. Armand se rapprocha de l'adolescente, activant son téléphone portable.

— Donne-moi le numéro, Mad Girl.

Madi écarquilla les yeux, mais elle dut se rendre à l'évidence : il était impossible de lire les chiffres dans l'obscurité. Armand approcha son portable, mais la lueur de son écran était insuffisante pour éclairer les numéros de la carte bleue.

— Essaye en braille ! cria Armand.

— En quoi ?

— En braille. Comme les aveugles. Les chiffres sont en relief sur la carte ! Avec tes doigts, tu devrais y arriver.

Madi comprit. Elle passa ses doigts sur les inscriptions en relief, puis renonça, incapable de reconnaître le moindre chiffre au toucher.

— File-moi ça ! s'énerva Armand.

Armand attrapa la carte bancaire et avec une facilité déconcertante parvint au premier toucher à décrypter les seize chiffres et la date d'expiration.

Madi grogna, un peu vexée.

— T'as des doigts de gonzesse ou quoi ?

— Douze ans de piano, ma vieille. Douze ans à me faire chier devant un clavier. Je ne deviendrai peut-être pas Rubinstein, mais la sensibilité du bout de mes doigts aura peut-être sauvé ta peau.

Il pianota à nouveau sur les touches de son téléphone portable, entra sur la boîte vocale et composa le numéro de la carte.

— Il n'a pas fait opposition ! hurla Armand. Cent balles de recharge ! Je vais pas me faire chier ! S'ils nous piquent, c'est l'Arabe qu'ils foutront en tôle.

— Ça marche ? demanda Madi sans relever. Si tu me dis que t'as pas de réseau, je me sers de ta tête de con pour défoncer la trappe.

L'attente dura quelques instants. Malgré moi, malgré tout, je me mettais à espérer avec eux. On devinait Armand l'oreille collée à son téléphone, immobile.

— Gagné ! hurla Armand. Une voix féminine très excitante vient de m'indiquer que mon nouveau solde est de cent sept francs cinquante, dont sept cinquante de prime de fidélité. Tiens, ta carte, tu la redonneras à Yvon le Papillon. J'appelle qui ? Le père Duval ?

Un doute me traversa l'esprit. Le conseil de mon père. Ne faire confiance à personne. Yoyo qui me surveillait. Stéphanie qui n'avait pas voulu me laisser sortir du camp. Mais tout cela, c'était avant.

Plus rien ne comptait maintenant. Je pouvais à nouveau faire confiance à tout le monde.

A tout le monde… Sauf à mon propre père.

Faute de réponse de ma part, Armand appela le camp. Il tomba directement sur le père Duval, qui devait faire les cent pas autour du téléphone. Une angoisse terrible régnait sûrement au camp à la suite de la fugue de trois adolescents ! Il ne fut pas difficile de convaincre le directeur d'envoyer des secours dans la plus grande urgence vers la Crique-aux-Mauves.

Dans l'obscurité, ce furent d'abord les sirènes qui nous rassurèrent. Pompier et police, les deux en même temps, je crois. Je ne pus m'empêcher de me jeter dans les bras de Madi et Armand. On criait et on chantait des trucs incompréhensibles. Je crois aussi qu'on pleurait, qu'on pleurait tous les trois. Ils mirent moins de dix minutes à libérer la trappe.

La lumière envahit brusquement notre prison.

Madi et Armand se précipitèrent dehors.

Pas moi.

Je restai dans le noir. Je savais que ce qui m'attendait dehors était plus sombre encore.

52

Douche tiède

Samedi 19 août 2000, 12 h 38,
chemin du col de Claire, Nice

Simon se leva. Il titubait un peu. Il s'avança à son tour vers la large vitre ensoleillée, embrassant d'un regard la Méditerranée et la baie des Anges. La densité des voiles de toutes tailles, de toutes couleurs, comme des pointillés à la surface calme de l'immense étendue d'eau, l'impressionna. Il posa une main sur la paroi de verre brûlant et se retourna.

— Vous m'avez fait trop boire, Gabriel. Il faut que je retourne sur l'île de Mornesey. Vous n'avez pas un hélicoptère à me prêter ?

— Avec pilote ?

— Si possible.

— Non, désolé… Je te l'ai dit, je suis charrette. Je dois repasser au bureau quelques heures et je réembarque pour les tropiques. Le Cap-Vert. Tu veux vraiment repartir sur l'île de Mornesey ? Tout de suite ?

— Je ne sais pas. Je sens qu'il faut que je parte.

— L'instinct du policier ?

— Oui. Et puis ces coïncidences. C'est aujourd'hui l'anniversaire de Colin Remy. J'ai comme un pressentiment… Un mauvais…

Borderie fit quelques pas sur sa terrasse. Il regarda le bleu clair impeccable de sa piscine. Simon eut presque l'impression que Gabriel Borderie se désintéressait de plus en plus de toute cette histoire, qu'il y avait déjà consacré assez de son temps précieux, que ce qui lui importait maintenant, c'était de piquer une tête dans sa piscine puis de faire la sieste sur sa terrasse. Entre deux avions. Borderie se tint accroupi au bord de la piscine et se retourna vers Simon.

— Précise. Ton pressentiment ?

— Je ne sais pas. L'agencement de tous ces événements. J'ai l'impression d'une sorte de machination, d'un compte à rebours étrange qui doit arriver à zéro aujourd'hui, ou hier, ou demain. Une sorte de mécanisme implacable.

— Programmé par Jean Remy ?

— Plus ou moins, oui.

Borderie trempa sa main dans l'eau de la piscine avec envie. Il sourit à Simon de ses dents ultrablanches.

— Impossible. Ou alors je serais complice ! Je suis le dernier à l'avoir vu vivant, à avoir partagé ses plans.

— Ou bien…

Borderie le regarda étrangement.

— Tu n'es pas en train de te demander si Jean Remy est vraiment mort ?

— Ben..

— Tu fais fausse route. Il ne bluffait pas. Tu l'aurais connu, tu comprendrais. Et on a retrouvé son corps. T'imagines tout de même pas qu'il a buté quelqu'un pour le remplacer. Buté qui ?

Un instant, Simon pensa à ce Maxime Prieur, cet ami de l'association qui avait trahi Jean Remy, dont personne n'avait plus de nouvelles.

Il demanda :

— Maxime Prieur, le troisième larron à l'université, il était comment ? De la même taille que Jean Remy ?

Borderie parut surpris par la question. Il se pencha vers la piscine et aspergea son torse musculeux d'eau fraîche.

— Tu n'es pas en train d'échafauder l'idée que c'est le cadavre de Maxime Prieur qu'on aurait repêché à la place de celui de Jean Remy ?

— Ce serait crédible, fit Simon. Il se venge d'un ami qui l'a trahi, dont il pense, à tort ou à raison, qu'il est responsable de la mort de sa femme. Il échange les habits, glisse son alliance au doigt du cadavre de Maxime Prieur, laisse le cadavre suffisamment dans l'eau jusqu'à ce qu'il soit défiguré. Reste à savoir si la mise en scène, l'échange de corps, était « morphologiquement » possible.

L'eau ruisselait sur le corps de Gabriel Borderie. Il semblait perdre pied.

— T'es vraiment un tordu ! Tu devrais faire flic.

— Vous n'avez pas répondu à ma question…

Borderie soupira en s'arrosant la nuque. Il semblait se noyer lui aussi, se noyer dans ses souvenirs, quelque part sur les bancs d'un amphi de la fac, entre ses deux copains, Jean et Maxime.

— Oui, lâcha-t-il finalement. C'était « morphologi-quement » possible. Jean et Maxime avaient à peu près la même taille, la même couleur de cheveux, la même corpulence. Mais psychologiquement, c'est impossible. Jean Remy n'est pas un assassin, et plusieurs témoins sur l'île ont identifié son cadavre.

— Ce n'est qu'une hypothèse, dédramatisa Simon.

— S'il était vivant, continua Borderie, pensif, il m'aurait contacté. Et, surtout, il aurait contacté son fils.

— Qui vous dit qu'il ne l'a pas fait ?

Borderie encaissa. Il passa ses mains mouillées sur son visage.

— Ne cherche pas à m'embrouiller avec tes hypo-thèses à la con. Tu veux vraiment repartir sur Mornesey ?

— Je crois, oui… Je peux vous demander un service ?

— Ça dépend.

Simon se leva et domina cette fois-ci Borderie.

— Vous m'autorisez à prendre une douche ? Je roule depuis hier. Je pue la sueur. Et j'ai un peu trop bu. Je crois qu'une douche froide me remettra les idées en place.

Gabriel Borderie sembla rassuré.

— Te gêne pas. Je n'ai pas trop le temps moi-même d'user la faïence. C'est après le couloir, à droite. Ne va pas te noyer !

Sans plus se soucier de Simon, Borderie fit glisser son pantalon de toile et son slip, puis plongea entière-ment nu dans la piscine.

Simon quitta la terrasse et suivit le couloir.

Il comprit l'allusion de Borderie : il entrait dans une immense pièce d'eau. Simon se demanda s'il se trouvait face à une baignoire… ou face à une nouvelle piscine. Il ne se priva pas du luxe, des robinets en cuivre, des faïences blanches et des serviettes profondes. Il resta un bon quart d'heure sous l'eau, avant de se résoudre à renfiler ses habits sales.

Il retourna, un peu plus lucide, sur la terrasse, Borderie était sorti de l'eau. Il avait enfilé un peignoir bleu roi. Assis dans un fauteuil en rotin, il pianotait sur son ordinateur portable, posé sur ses genoux.

— Déjà au travail ? demanda Simon.

— Je suis sur Internet. J'ai surfé sur les actualités. T'avais raison pour l'île de Mornesey et la cavale de Valerino. Ils ne parlent que de ça. Et du meurtre de ce braqueur, son compagnon de fuite.

— Vous ne me faisiez pas confiance ?

— Si, je t'ai dit, mon instinct ne me trompe jamais.

Borderie referma son portable.

— Mais un bon professionnel vérifie tout de même ses sources. Tu as vu juste, pour Mornesey en tout cas. Un truc ne tourne pas rond sur cette île de fous. A lire la presse, c'est l'exode, la panique pour monter sur le ferry, tout le monde fout le camp.

Borderie se leva et prit le dossier orange, toujours posé sur la table basse. Il avança de quelques pas et le remit entre les mains de Simon.

— Tiens. Tu en feras meilleur usage que moi.

Simon hésita.

— C'est à vous que Jean Remy l'a confié. Vous ne me connaissez pas.

— Il faut savoir prendre des risques… Et puis, ainsi, j'ai l'impression de faire un geste en sa mémoire, d'aider Colin. Si tu préfères, je soulage un peu ma conscience de globe-trotteur.

Simon évalua la débauche de luxe autour de lui et pensa que Gabriel Borderie devait être formidablement capable de s'accommoder avec sa conscience. En ce moment même, il se débarrassait d'un cadeau encombrant légué par son meilleur ami pour le confier à un inconnu. Mais Simon n'allait pas se plaindre.

— Merci, se contenta-t-il de répondre. Je vais essayer d'en faire bon usage.

— Ça va mieux… le vin ?

— Oui, l'eau froide m'a réveillé. Je fonce !

— Tu ne veux pas manger avant de partir ?

— Merci. J'ai bien déjeuné. Et j'aimerais être de retour dans la nuit.

Simon fit quelques pas puis soudain s'arrêta.

— Au fait, Gabriel, vous avez une femme ?

Borderie le regarda, étonné.

— Une, non. Plutôt plusieurs…

Simon éclata de rire. Il hésita un instant puis raconta au P-DG son stratagème, avec la complicité de Clara, pour retrouver son adresse.

Borderie laissa à son tour exploser un rire franc.

— Je ne m'étais même pas demandé comment tu m'avais retrouvé… T'as eu de la chance. Mes secrétaires ont l'habitude de ne pas faire trop de gaffes avec les filles qui prétendent être ma femme. Entre deux avions, ça m'arrive parfois d'en oublier une dans mon lit.

Les deux hommes se serrèrent la main. Simon sortit sans que Gabriel Borderie le raccompagne. Le milliardaire resta à regarder au loin la Méditerranée.

Peut-être perdu dans ses souvenirs d'étudiant.

Peut-être déjà sous les tropiques.

Simon redémarra la Twingo. Il avait un peu menti à Borderie, il ne se sentait pas particulièrement dégrisé, mais il se disait qu'il avait connu des cuites autrement plus rudes. Simplement, il ne fallait pas qu'il tombe sur les flics, les vrais.

Il parvint à éviter Nice et à rejoindre l'autoroute A8 par une bretelle sur les hauteurs. Assez fier de son sens de l'orientation, il commença à accélérer. La succession de tunnels lui donnait déjà mal à la tête. Il éjecta le CD de Goldman, pour ne pas amplifier sa migraine. Raté ! L'autoradio se mit à grésiller. Après avoir recherché automatiquement différentes stations, le cadran lumineux s'arrêta sur 107.7, la station qui donnait en continu des informations sur le trafic routier.

« Journée rouge », annonçait d'une voix catastrophiste la présentatrice. « Différez vos départs » !

— Merde ! hurla Simon. Il ne manquait plus que ça.

53

La vérité

Samedi 19 août 2000, 15 h 19,
camp de la presqu'île sauvage,
île de Mornesey

Au camp, tout le monde fut d'une grande douceur avec moi. On m'offrit à manger, mais je me contentai d'un peu de fromage et de fruits. Pendant que la police interrogeait Madi et Armand, on m'envoya me reposer dans une petite pièce qui servait d'infirmerie. Il y avait juste un lit, une table de chevet en bois et une petite armoire à pharmacie. C'était également le local dont se servait le directeur pour isoler les adolescents en cas de punition.

Le père Duval vint me voir un quart d'heure plus tard. A ce moment-là, je m'aperçus que je ne lui avais jamais parlé en tête à tête. Il devait me considérer comme un adolescent anonyme, un de plus, lui qui organisait des camps depuis plus de trente ans.

Je lui fus reconnaissant de ne pas chercher une confession, ou même de simples confidences.

— Colin. Ton oncle et ta tante ont téléphoné. Ils seront là dans une heure ou deux. Je pense qu'ils devront parler à la police. Toi aussi. En attendant, je suppose que tu souhaites rester seul. Dormir un peu. Ce serait bien si tu dormais, tu en as besoin, je crois. Je te laisse. Je pense que tu n'as plus aucune envie de t'enfuir, maintenant. De toute façon, ce n'est plus un camp d'adolescents ici, c'est un camp militaire, avec tous ces policiers dans la cour. Appelle-moi si tu as besoin. Je suis à côté. J'ai du travail, il faut que j'aille rassurer les autres familles. Bon courage.

Il me laissa.

Allongé sur le lit, sur une couverture grise et rêche de collectivité, je tentai de faire le vide en moi. Impossible de dormir. A l'extérieur de la tente, j'entendais l'agitation. Des voix d'adultes, des flics sans doute, parlant fort dans des talkies-walkies. Tout me semblait irréel. J'avais l'impression d'être dans une chambre d'hôpital et d'avoir rêvé tout ceci.

J'occupais une chambre de fou, j'étais dans un asile.

Lorsque je fermais les yeux, inévitablement, le visage de mon père me revenait. Ce visage souriant, avec ma mère et moi, devant l'abbaye, sur la photo posée sur ma table de nuit. Ce visage si fier, heureux, rassuré lorsque j'avais récupéré le dossier du notaire. Ce visage si dur, quelques minutes plus tard. Cette main sans alliance qui tordait le bras de Madi. Cette bouche qui me demandait de me souvenir. Me souvenir de quoi ?

J'avais six ans alors. Il fallait que je me souvienne de ce repas, ce dernier repas. A force de me concentrer, paupières fermées, pensées vidées, quelques bribes de souvenirs revenaient. Pour la première fois, je revoyais ma mère. Elle se tenait debout. Elle portait une robe de lin ample sur laquelle tombaient ses longs cheveux blonds. Elle était belle. Pâle, mais très belle. Elle regardait de chaque côté les hommes se disputer. Elle voulait parler mais personne ne l'écoutait.

Elle ramassait avec détermination une pile d'assiettes sales et s'éloignait de la table. En partant, elle me jeta un regard amusé, pour me rassurer, comme pour me faire comprendre que toutes ces querelles de grandes personnes, ce n'était pas grave. Je la regardais s'en aller. Elle marchait nu-pieds sous sa longue robe paysanne. Je me levai pour la suivre. Impossible. Une main ferme me retenait.

La main de mon père.

Il me serrait le bras. Il se penchait vers moi. Il avait un verre à la main. Je ne voyais que sa bouche désormais. Il voulait me parler, tout doucement, presque sous la nappe, à l'abri du regard des autres. Il posait son doigt sur ses lèvres et se penchait vers mon oreille. Comme pour me confier un secret.

Colin.

— Colin ? Colin, réveille-toi. Ton oncle et ta tante sont arrivés.

Le père Duval s'effaça et Thierry et Brigitte entrèrent. Brigitte s'assit sur le bord de mon lit. Thierry, lui, s'appuya sur la table de chevet devant une petite glace.

Je me redressai. Thierry portait une sorte de polo criard orange qui lui donnait un air faussement décontracté.

Brigitte, par contre, m'étonna. Il ne lui restait plus grand-chose de son assurance habituelle ; certes son maquillage et sa robe à fleurs bien coupée pouvaient faire illusion, mais je la connaissais trop. Elle avait pleuré. Elle avait craqué. Elle, si stricte, si droite. Ses yeux étaient encore brouillés. Elle ne parvenait pas à me regarder.

— Je pense que nous te devons quelques explications, Colin, commença Thierry.

J'étais assis en tailleur. Je sentais en moi une nouvelle force. Une flamme encore un peu faible, mais une lueur tout de même. J'étais chez moi, dans ce camp, sur cette île, au milieu d'adolescents de mon âge.

J'étais adulte.

J'étais capable d'écouter leurs mensonges.

J'avais le droit de ne plus les croire.

— Les policiers nous ont dit que tu as retrouvé Jean, continua Thierry.

Un silence. Je le laissai venir. Enfin !

— Tu dois nous en vouloir, fit mon oncle, de t'avoir caché la vérité, toutes ces années. De t'avoir fait croire que ton père était mort. Tu comprends aujourd'hui pourquoi on ne t'a rien dit. Après ce qui s'est passé, après ce qu'il t'a fait.

Il y avait plusieurs enfants de foyer dans mon bahut. On les séparait de parents violents, ou alcooliques, ou pédophiles, pour les protéger.

Ces choses-là arrivaient.

Tous ces enfants avaient envie de vivre avec leurs parents, pourtant. On devait les protéger, les séparer de leur mère, de leur père, malgré eux.

Brigitte se mit à sangloter. Thierry se pencha vers elle et lui tendit un mouchoir en papier. Malgré les événements récents, je détestais la façon dont Thierry parlait de mon père, cette façon de dire « après ce qu'il t'a fait ».

Même s'il l'avait fait. Mon père venait de m'enterrer vivant avec deux de mes amis. Mon père était un monstre. Pourtant, je n'arrivais toujours pas à accepter qu'on dise du mal de lui. Etais-je devenu fou ?

— Tu veux en savoir plus, Colin ? demanda Thierry.

Sans dire un mot, j'acquiesçai de la tête.

— C'est assez simple. Je pense que tu connais déjà l'essentiel. La passion de ton père pour les fouilles l'a petit à petit isolé du reste du monde. Sa passion pour ce trésor aussi, la Folie Mazarin. La folie… Un nom prémonitoire. Ton père n'arrivait pas à accepter que le chantier puisse fermer, que son utopie ait échoué, qu'il nous faille passer à autre chose, que l'archéologie, la vie en communauté, c'était fini. Ce chantier, l'abbaye, c'était toute sa vie. Il en était le chef, le fondateur, le maître de tout ce petit monde. Il avait beaucoup changé, tu sais. Il s'était construit une double personnalité. D'un côté, l'homme public cultivé, généreux, passionné… De l'autre, une forme de paranoïa. Enfermé dans sa passion monomaniaque, il finissait par voir partout des complots contre lui. C'est difficile à admettre… mais tu as pu expérimenter par toi-même ses deux facettes.

Non, je ne l'admettais pas !

Je ne voulais pas l'admettre. Brigitte sanglotait toujours. Elle si bavarde d'habitude quand il s'agissait de manier les lieux communs semblait incapable d'exprimer le moindre mot. Thierry poursuivait.

— Il n'écoutait plus personne. Pas même ta mère. Pas même moi. Pas même Maxime. Il n'écoutait plus personne dans l'association. Il se méfiait de nous. Entêté. Endetté jusqu'au cou. Des dettes qu'à part ton père, tout le monde ignorait. Il était dans une impasse. Alors, il a fini par s'associer avec cet entrepreneur irresponsable, Gabriel Borderie, un charlatan qui courait déjà après ta mère sur les bancs des amphis. Personne n'était d'accord pour cette coopération avec Eurobuild. La boîte n'était pas fiable, mais son P-DG était un ami proche de ton père. Le terrain aussi était dangereux, il n'aurait pas dû être constructible. Mais ton père s'est arrangé. Il avait beaucoup d'amis sur l'île. Des amis pas très recommandables. Ce qui devait arriver arriva. L'accident. La mort de trois ouvriers. Le scandale. L'absence de toute légalité sur le chantier. L'absence même d'assurance. Le fiasco sur tous les plans. Le procès assuré. La prison. Alors, ton père a fichu le camp. Sans rien assumer, sans rien rembourser. Il faut que tu le saches, Colin.

Je savais maintenant. J'encaissais.

Un père qui n'hésitait pas à enterrer vivant son propre fils ne devait pas hésiter non plus à se lancer dans des trafics immobiliers. A s'enfuir ensuite. Sans ma mère. Sans moi. Avec cette fille rousse, cette Jessica. Je le savais. Et pourtant…

Et pourtant, aussi absurde que cela puisse paraître, je ne parvenais pas à croire un mot de ce que me racontait mon oncle. Cet oncle qui n'était rien pour moi ! Cet oncle pour qui j'avais si peu d'estime et qui semblait si fier de triompher, de salir, devant moi, l'image de mon père.

Thierry se regarda un court instant dans la petite glace et rajusta le col de son polo. Comme s'il vivait son heure de gloire, pensai-je. Son triomphe, enfin.

— Officiellement, continua-t-il, ce scandale s'est conclu par le suicide de ton père. Cela arrangeait tout le monde, surtout sur l'île. Pas de procès, l'affaire était enterrée. Mais pas grand monde n'était dupe, en fait. Ton père avait beaucoup d'amis, il était influent. Maquiller sa mort ne fut pas très difficile.

J'explosai soudain.

— Vous étiez au courant qu'il était vivant, depuis le début ? m'écriai-je d'une voix dont la fermeté m'étonna moi-même.

— Oui, répondit calmement Thierry. Ta mère aussi. Elle nous l'avait dit. Elle a beaucoup souffert elle aussi. Beaucoup trop souffert. Tu ne peux pas t'en souvenir, mais ton père n'était pas quelqu'un de très fidèle, de très loyal avec ta mère…

« Ne mêle pas maman à cela ! » criai-je dans ma tête. Mais malgré moi, je repensai à la prophétie de ma mère, ses dernières paroles qui m'avouaient à demi-mot que mon père n'était pas mort, qu'il était seulement parti loin. Et son désespoir aussi. Son désespoir d'avoir épousé un être devenu fou, criminel… infidèle. Un désespoir qui l'avait poussée… jusqu'au suicide.

Comme un oiseau de mauvais augure qui ne s'arrête jamais, Thierry parlait.

— Il nous a envoyé de temps en temps des lettres, rarement. Pour prendre de tes nouvelles. Ton père est quelqu'un d'inconstant. Et cette histoire de Folie Mazarin l'obsédait toujours, il pensait que tu connaissais une partie de la vérité. Tu nous en veux sûrement beaucoup, Colin, mais nous avons essayé de te protéger. Nous avons fait comme nous avons pu. Nous avons peut-être été maladroits, mais on ne pouvait pas te dire la vérité.

Je voulais qu'il arrête, qu'il se taise.

Quelle monstruosité allait-il encore me jeter à la figure ?

— Il n'y a pas que toi qu'il a manipulé, poursuivait Thierry. Il a fait la même chose avec Anne, ta maman. Ma sœur. Ma sœur unique.

Une scène étrange se déroula à cet instant. Brigitte, le visage toujours bouffi de larmes, se leva et se pencha vers moi comme pour me prendre dans ses bras.

Jamais de sa vie elle n'avait eu envers moi un tel geste de tendresse.

Même il y a dix ans.

Je fus tellement surpris que je faillis à mon tour m'abandonner dans ses bras, comme un petit enfant.

Thierry attrapa le poignet de sa femme. Presque violemment.

— Non, Brigitte ! Retiens-toi. Tu ne vas pas craquer maintenant ?

Elle fit un signe négatif de la tête, renifla et s'effondra à nouveau sur le lit. Une impression de plus en plus évidente montait en moi. Tout ce qu'on me racontait dans cette chambre d'infirmerie puait le mensonge.

Thierry m'observait, guettant mes réactions, les anticipant. Il s'attaqua une nouvelle fois à mes défenses.

— C'est difficile à digérer, Colin. Je comprends. Tu croyais que ton père était un héros mort. Tu découvres qu'il est en réalité un salaud vivant.

Mon mutisme n'était pas difficile à décrypter.

— Je ne te force pas à me croire, Colin. Je sais bien que tu ne m'aimes pas beaucoup. Il te faudra du temps pour accepter. Finalement, c'est presque une chance qu'il ait essayé de te tuer, toi, son propre fils. Cela t'aidera à accepter, à accepter l'évidence.

Thierry tendit son bras vers Brigitte et posa sa main sur son genou. Un geste tendre comme je ne l'avais jamais vu en avoir. Il continua.

— La vérité, en réalité, tu l'as déjà admise. Colin, ton problème n'est plus de la connaître. Il te faut juste l'accepter.

Salaud ! Salaud !

Je le haïssais d'avoir raison. Je le haïssais de n'avoir rien à lui reprocher. De n'avoir rien à reprocher à mon oncle et d'avoir tout à reprocher à mon père. Mon cœur me dictait l'inverse. Je tentai une riposte, timide.

— Tout le monde m'a dit que mon père était quelqu'un de formidable. Tout le monde me l'a dit sur l'île…

Brigitte prit enfin la parole, d'une voix cassée.

— Les gens n'ont pas voulu te faire de mal, Colin. Les gens ont voulu te protéger. Et puis…

Thierry reprit la main, froidement.

— Ton père a impliqué beaucoup de gens sur cette île. Dénoncer ton père, c'était se dénoncer eux-mêmes.

Non, cela ne pouvait pas être si simple.

Et Nounou ?

Et le notaire Serge Bardon ?

Et le journaliste de *L'Ilien* ?

Tous complices ? Tous menteurs ? Tous trompés par la double personnalité de mon père ?

Thierry se recoiffait dans la glace. Je le détestais. J'avais besoin de savoir.

— Pourquoi est-ce qu'il a voulu me retrouver ? A cause du notaire ?

Thierry sourit, comme s'il avait réponse à tout.

— L'histoire du notaire n'était qu'un prétexte pour te faire venir sur l'île. Il n'y avait rien ou presque dans ce dossier. C'était bidon. Une mise en condition, si tu préfères. La véritable raison, c'était la Folie Mazarin, ce trésor. Je ne sais pas pourquoi, mais il semble que tu connais une partie de la vérité sur ce trésor. Il nous interrogeait souvent à ce propos dans ses courriers.

Même cette histoire de notaire était un prétexte, alors ? Cette histoire d'aveux et de propriété ? Tout ce qui intéressait mon père était un souvenir, un souvenir enfoui dans mon cerveau.

Thierry se pencha vers moi, posa sa main sur ma cuisse. Lui non plus ne l'avait jamais fait.

— Tu ne te souviens vraiment de rien, Colin ?

Lui aussi, alors ?

Lui aussi, tout ce qui l'intéressait, c'était ce souvenir soi-disant caché quelque part dans ma mémoire.

Je jouai les idiots.

— Me souvenir de quoi ?

— De ce que je viens d'évoquer ? Un souvenir au fond de toi. La Folie Mazarin.

Une nouvelle fois, les dernières images du repas de l'abbaye me revinrent, celles de la dispute, de ma mère en robe de lin, de mon père qui me tenait l'avant-bras et qui se penchait vers moi pour me dire quelque chose à l'oreille. Une sorte d'instinct m'empêchait de leur révéler quoi que ce soit.

— Non, fis-je d'une voix que j'espérais naturelle. Je ne me souviens de rien.

Thierry se contenta de ma réponse, mais je fus persuadé que Brigitte avait remarqué mon hésitation. Mon oncle se regarda une dernière fois subrepticement dans la glace.

— Tu veux qu'on te laisse ou tu veux en savoir davantage ?

— Je préfère que vous me laissiez.

— D'accord. On repartira demain matin. Si la police est d'accord. Cela vaudra mieux pour tout le monde.

Il me regarda, un peu gêné, et se retourna, invitant du regard Brigitte à faire de même.

Brigitte traîna un peu.

Ma tante me fit la bise en me serrant fort dans ses bras, trop fort. Ses lèvres chuchotèrent à mon oreille, discrètement, presque sans bouger, un court mot que Thierry ne put entendre.

— Pardon…

Elle sortit à son tour.

Malgré les évidences, les faits, la raison, ma propre expérience, malgré tout, une seule pensée m'obsédait. Une pensée ridicule, mais qui seule me donnait la force de ne pas écraser ma tête sur ce mur de brique ou m'étouffer sous cet oreiller jauni.

Je ne croyais pas un mot de tout ce qu'ils venaient de me raconter !

54

Classé rouge

Samedi 19 août 2000, 23 h 52,
aire de repos de Fontenay-le-Comte

Il était presque minuit et Simon était encore à plus de quatre cents kilomètres de l'île de Mornesey ! Il avait roulé en accordéon toute la route. Mais là, c'était le comble. Il venait de parcourir quinze kilomètres en cinquante minutes. Un vacancier avait perdu son coffre de toit sur l'autoroute, d'après les infos radio. Carambolage vingt-trois kilomètres plus loin.

Il suivait depuis près d'une heure, pare-chocs contre pare-chocs, la même Citroën Xantia bleue immatriculée en Alsace. Sur la file de gauche, selon un inexplicable effet de la mécanique des fluides, il avait doublé une douzaine de fois une Toyota Corolla beige, qui elle-même l'avait dépassé ensuite autant de fois. Pour le moment, la Corolla possédait cinq bons mètres d'avance, mais la Twingo de Simon grignotait son retard, centimètre par centimètre.

Quelle galère !

Seul un message de Candice sur son téléphone portable l'avait distrait : « Simon, où es-tu passé, bordel ? On ne disparaît pas comme ça sur une île. Ça va finir par me foutre la trouille, toute la journée derrière mon guichet, au milieu de ces ruines. »

Simon avait repensé aux courbes parfaites du corps de Candice, à cette jeune fille impudique qu'il pourrait être en train de caresser, sur une plage ou ailleurs, dans n'importe quel coin torride de l'île à explorer à deux, au lieu de bouchonner sur l'autoroute, entre une Xantia et une Corolla.

Quel con !

Simon se sentait terriblement inutile, impuissant dans cet embouteillage. Comment avait-il pu être à ce point stupide ? Quitter l'île de Mornesey ! Traverser la France sur un coup de tête ? N'aurait-il pas pu obtenir tous ces renseignements par téléphone ?

Il avisa un panneau *Aire de stationnement à 400 mètres*. Il pouvait y être dans quinze minutes, avec de la chance.

Il hésita.

Tenter de continuer, tout de même ?

Etait-il important d'arriver à 5 heures du matin plutôt qu'à 6 ? N'était-il pas plus urgent de tenter d'avoir des nouvelles et surtout… d'en donner ! Plus Simon réfléchissait, plus il pensait que le dossier remis il y a dix ans par Jean Remy à Gabriel Borderie contenait un indice crucial. Ce dossier posé sur le siège passager, à côté de lui. Il n'avait pris la peine que de le survoler, tout à l'heure, chez Borderie. Ne valait-il pas mieux s'arrêter, souffler, faire le point ?

Détailler ce dossier. Trouver une idée.

Contacter Clara ou quelqu'un d'autre sur l'île. Se rendre utile ! Il était parti depuis une journée et demie. Il n'allait pas rester ainsi encore des heures, coincé derrière cette Xantia qu'il avait failli emboutir dix fois, à faire une pathétique course de lenteur avec une Toyota Corolla.

Pas à pas, roue contre roue, il finit par atteindre l'aire de repos de Fontenay-le-Comte.

Il se gara. La nuit était douce. Beaucoup d'autres vacanciers s'étaient arrêtés, résignés. La petite aire de jeux pour enfants était prise d'assaut. Simon attendit un peu dehors puis se précipita sur une table en bois qu'une famille venait de libérer.

Il s'installa tranquillement, ouvrit le dossier et commença à lire.

Page par page, point par point, il détailla les archives de Jean Remy.

Il essaya de comprendre les coupes géologiques, de déchiffrer les articles historiques, écrits le plus souvent en vieux français. Il lut et relut les lettres de Lucien Verger. Il essayait de trouver un fil conducteur, un lien.

Au bout de quarante-cinq minutes de concentration extrême, il en avait déjà assez. Il n'apprenait rien de nouveau, il tournait en rond. Il n'était pas compétent pour une telle recherche. Il fallait le reconnaître. Il n'avait pas les bases. Il regarda sa montre.

1 h 07.

Il hésita… Pas longtemps.

L'enjeu lui semblait trop important. Il sortit son portable et composa un numéro qu'il avait bien pris le soin de relever avant de partir pour son tour de France. Le téléphone sonna longuement. Simon patienta. C'était logique, à cette heure.

A tous les coups il réveillait son interlocuteur.

A la quatorzième sonnerie, une voix grave, mélange d'inquiétude et d'énervement, répondit.

— Ouais ?

— Maître Serge Bardon ? C'est Simon Casanova, l'agent de sécurité d'hier. Excusez-moi de vous…

Le notaire le coupa.

— Casanova ? Le flic amateur ? A plus de 1 heure du matin ? Eh bien, voilà une journée d'emmerdes qui n'en finit pas.

Simon hésita à lui demander de préciser de quelles emmerdes il parlait.

— Vous vous souvenez de notre conversation d'hier ?

— Oui. Je ne suis pas complètement gâteux !

— Je sors de chez Gabriel Borderie.

— Vous avez fait la route ? Vous êtes givré !

— Et avant, j'ai fait un crochet en région parisienne chez les tuteurs de Colin Remy, Thierry et Brigitte Ducourret.

— Vous êtes vraiment givré. Et en plus, vous êtes très con !

Simon fut surpris par la violence des propos du notaire.

— Comment ça ?

— Partir chercher le jeune Colin Remy en région parisienne, c'est très con. Surtout quand le Colin Remy en question est en vacances juste à côté, sur l'île de Mornesey !

Simon suffoqua.

Colin Remy en vacances sur l'île de Mornesey ? Il avait du mal à imaginer avoir fait pour rien cet aller-retour... même pas encore le retour, d'ailleurs.

— Quoi ? Vous êtes sûr ? cria-t-il dans le téléphone.

— Ne hurlez pas comme ça ! Oui, je suis sûr. Il réside dans un camp d'adolescents sur l'île. Depuis quinze jours.

— Vous l'avez vu ?

— Je l'ai même reçu. Reçu en pleine gueule si je peux préciser. Ce petit enfoiré est venu hier matin et est reparti avec son paquet-cadeau, en me laissant les tibias en ruine.

Simon imaginait mal un adolescent de seize ans faire le poids physiquement face au notaire. Il n'insista pas.

— Vous l'avez revu ?

— Non. Il ne m'a pas laissé sa carte. Il a eu un comportement plutôt imprévisible.

— Vous êtes certain qu'il ne court pas de danger ?

— Si vous voulez mon avis, je suis exactement certain du contraire ! Le dossier avec lequel il est parti va attirer la convoitise de tous les voyous de l'île. Et croyez-moi, ça fait du monde ! Comme s'il se baladait avec un pot de miel au milieu d'un essaim de guêpes.

— Vous n'avez rien fait ?

— Rien du tout ! J'ai occupé ma journée à passer des examens au CHU de Caen. Je suis revenu il y a deux heures. Ce petit salaud ne m'a pas raté. Trois semaines de béquilles.

Simon n'avait guère de compassion pour le notaire.

— Ce n'est qu'un adolescent… Et vous venez de me dire qu'il est en danger. Vous n'avez rien fait, vous n'avez pas prévenu la police ?

— Pour leur dire quoi ? Mon intime conviction ? Chacun son travail, Casanova. Le mien s'arrête à la porte de mon étude. C'est la règle d'or qui m'a permis de survivre sur Mornesey pendant trente ans. Et puis entre nous, ne vous inquiétez pas trop. Ce jeune Colin Remy ressemble beaucoup à son père, il m'a l'air d'avoir des ressources peu communes !

55

Le cauchemar de mon enfance

*Dimanche 20 août 2000, 1 h 11,
camp de la presqu'île sauvage,
île de Mornesey*

Tout le monde dormait sous la tente. J'avais exigé de passer la nuit avec les autres adolescents, sous le marabout, et non seul à l'infirmerie. La police avait accepté. Il y avait finalement moins de danger ici, au milieu des autres. Des flics tournaient dans le camp. La police m'avait interrogé en fin de journée, j'avais lâché le minimum.

Juste les faits. Pas mes impressions.

Pour l'instant, ils s'en contentaient.

J'étais revenu tard sous la tente. Depuis ma conversation avec Thierry et Brigitte, le temps s'était écoulé lentement. Stéphanie était venue à l'infirmerie m'apporter un plateau-repas, une assiette de crudités et deux morceaux de poulet que j'avais à peine touchés. Le père Duval m'avait laissé quelques livres de photos de Mornesey, un bouquin d'histoires de l'île, en noir et blanc. Il les avait déposés au pied du lit ; je n'avais pas eu le courage de les ouvrir.

Je n'avais pas eu l'occasion dans l'après-midi de reparler à Armand.

Peut-être me faisait-il la gueule de l'avoir entraîné dans ce guêpier. J'avais par contre longuement échangé avec Madi, elle m'avait rassuré, parlé de ses parents alcooliques et violents qui avaient perdu la garde de son frère et de ses sœurs, les unes après les autres. Elle était étonnamment douce et calme dès qu'elle se posait pour discuter, à l'inverse du déguisement de louve qu'elle portait. Je l'avais trouvée jolie aussi, avec son short en jean troué, son tee-shirt d'un groupe de rock que je ne connaissais pas, et ses grands yeux charbon. J'avais même essayé de prendre sa main, mais elle l'avait retirée, toute timide, en me disant que ce n'était pas le moment, qu'elle devait téléphoner chaque soir à son petit copain et que j'avais déjà bien assez d'emmerdes comme ça.

Le souffle régulier des adolescents sous la tente me rassurait. J'avais eu raison de demander à dormir sous le marabout. Je n'avais pas peur. Pas du tout. Mais j'étais incapable de m'assoupir.

Tout continuait de tourbillonner dans ma tête. Qui croire ? Mon père, une ordure ? Une crapule ? Un monstre ?

Un père mort depuis dix ans qui revient de l'au-delà… *pour tuer son fils !* Et auparavant le bercer d'illusions !

C'était impossible. Ridicule. Et pourtant, c'est ce que mes propres yeux avaient vu. Sans l'ombre d'un doute.

Mon père avait braqué sur moi son arme.

Pourquoi m'était-il alors impossible de le croire ? De l'admettre ? Parce que c'était mon père, malgré tout ?

Non, pas seulement !

Il y avait aussi tous ces témoignages convergents, tous à part celui de mon oncle.

Mon père était un héros, quelqu'un de bien au moins, quelqu'un d'honnête. On peut changer, mais peut-on changer autant ? Posséder ainsi deux personnalités ?

Non ! C'était invraisemblable.

Je me retournai dans mon duvet, pour trouver une position plus confortable. Les respirations des adolescents sous la tente résonnaient dans ma tête comme un rassurant concert. Une présence familière. La possibilité d'une vie normale, d'un sommeil apaisé. Pour eux.

Il y avait autre chose, il y avait forcément autre chose. Une explication rationnelle. Mon père m'avait parlé de complot, il m'avait dit de me méfier de tout le monde.

Tout le monde !

Il avait su se cacher pendant toutes ces années. Tout d'un coup, une issue m'apparut.

Et s'il s'agissait d'une ruse ?

Et si l'attitude de mon père devant Valerino n'était qu'un rôle qu'il jouait ? Un rôle de composition pour gagner la confiance de ce truand. Après tout, pourquoi pas ? Faire semblant de sacrifier ce que l'on a de plus cher, c'est un truc vieux comme le monde ! Si mon père avait vraiment voulu nous tuer, sous la grange, un coup de revolver aurait été plus radical. Mais là, enfermés dans la cave, mon père pouvait ensuite revenir nous chercher. Ou téléphoner discrètement à des secours.

Oui, mon raisonnement était cohérent. Nous ne courions aucun danger.

Mon père bluffait !

Soudain, tout devenait évident !

Les accusations mensongères de mon oncle s'expliquaient aussi. Me présenter mon père comme un monstre n'avait qu'un seul but : me faire peur ! M'éloigner de lui. Me tenir à l'écart, m'empêcher de voler à son secours.

D'abord, on me fait croire qu'il est mort.

Puis je le reconnais. Je le retrouve.

Mon père est surpris. Il improvise. Il me dit la vérité, ou une partie. Mais il me met en garde contre le danger, contre tous, me demande de ne me mêler de rien.

Oui, tout s'éclairait !

En se faisant passer pour un salaud, il voulait m'éloigner de lui ! Aujourd'hui comme hier.

Il me protégeait, malgré moi.

Pourquoi ?

Je tournai à nouveau dans mon lit, incapable de trouver le sommeil. Mon regard s'égara dans l'obscurité de la tente. Je percevais seulement des ombres allongées se soulevant à rythme régulier.

Que me cachait-on encore ? Qui était mon père ? Fallait-il faire part de mes hypothèses à Madi et Armand ? Etaient-ils capables de me suivre encore ? Non, ils pensaient sincèrement qu'ils avaient frôlé la mort. Par la faute de mon père.

Mais j'avais pourtant encore besoin de leur aide…

J'allais me lever, leur parler.

Un discret bruit de pas dehors, tout près de la tente, me fit tressaillir. Yoyo ?

Un flic en patrouille ?

La toile de la tente bougea. Quelqu'un entrait !

Une ombre glissait. Fallait-il jouer l'endormi ou garder les yeux grands ouverts ?

Vite, choisir.

Les pas feutrés avançaient dans ma direction.

Trop tard.

Je ne choisis pas. Je m'enfonçai dans mon lit, le visage caché. Mais je gardai les yeux grands ouverts, j'avais l'habitude d'espionner à travers les mailles fatiguées de mon duvet. Une vision floue de la menace extérieure, une vision déformée, insuffisante.

L'ombre était là, sous la tente, furtive, précautionneuse.

Que cherchait-elle ?

Ce n'était ni l'ombre de Yoyo, ni celle de Stéphanie ou du père Duval. Depuis quatorze jours, j'avais appris à reconnaître leur respiration, leur bruit de pas, leur silhouette.

L'ombre avançait doucement.

Maintenant, je l'avais reconnue.

Je savais qui elle était.

Au fil des années, j'étais devenu un spécialiste des veilles, des traques, comme une bête nocturne, capable d'identifier une présence dans la pénombre au bruit, au souffle, à l'odeur. Sous cette tente, à cet instant, ce souffle, je le reconnaissais.

C'était celui du cauchemar de mes nuits.

C'était l'ombre de mes angoisses depuis toutes ces années. Celle de mon geôlier. Je n'étais plus dans ma tente, j'étais là-bas, ils m'avaient rattrapé, je n'avais pas réussi à fuir. J'avais six ans. J'étais toujours dans la même chambre, dans mon lit d'enfant, pétrifié par mes peurs.

Cette ombre était là, devant moi.

Elle rôdait, comme elle avait rôdé auprès de mon lit pendant des milliers de nuits. Ce long tunnel noir de terreur ne s'arrêterait donc jamais ? L'ombre s'avançait, vers moi. Avec assurance.

Elle m'avait terrifié, pendant dix ans, chaque nuit. Mais je n'avais plus peur désormais. L'ombre avait compris, elle aussi. Le moment de vérité approchait.

Enfin, j'allais savoir.

56

Nuit d'ivresse

Simon éteignit son téléphone, stupéfait.

Le jeune Colin Remy était à Mornesey, en camp de vacances, depuis deux semaines !

Le comble de l'ironie.

Il regarda, navré, la file de voitures qui bouchonnait toujours sur l'autoroute. Il se demanda ce qu'il fichait là, inutile, à plusieurs centaines de kilomètres de l'île.

Clara l'avait prévenu.

Il allait se couvrir de ridicule.

Clara !

Simon pensa fugitivement à la honte qu'il aurait en rentrant sur l'île. Il regarda à nouveau la carte routière. Puis sa montre : plus de 1 heure du matin. Il fallait à tout prix qu'il contacte ce jeune Colin Remy. Mais comment ? Il était en camp sur l'île, d'accord, mais il

479

n'avait aucun nom, aucune adresse. Il n'y avait qu'une seule solution : Clara !

Tant pis pour les sarcasmes...

Petit à petit, l'aire de repos se vidait. Certains reprenaient la route saturée. D'autres s'installaient tant bien que mal dans leur voiture pour une nuit improvisée. La nuit était tiède. Simon était presque le dernier encore assis à l'une des tables de bois. Il prit une profonde inspiration et appela la secrétaire. Il espérait ne pas la réveiller. Clara répondit à la première sonnerie.

— C'est toi, Casa ? fit une voix mi-amusée, mi-impatiente.

Elle devait lire le numéro de téléphone de son interlocuteur sur son écran. Elle avait l'air réveillée, vive... en forme.

— T'es où ? demanda-t-elle sans laisser le temps à Simon de parler.

— Je n'en sais rien. Un peu au-dessus de Niort. Dans les bouchons. Dans la merde. Faut que tu m'aides, Clara. J'ai besoin de toi.

— Fais vite, Casa. Je suis plutôt occupée, là.

Simon était étonné de la découvrir si active à cette heure tardive de la nuit. Il commença.

— D'accord. J'espère que t'as pas oublié la sténo. Il me faudrait l'adresse et le téléphone de tous les centres de vacances et camps d'adolescents de l'île de Mornesey.

— Rien que ça ? répondit Clara. Et tu en as besoin pour quoi ?

Simon sentait bien qu'il allait devoir donner des précisions à Clara. Il tenta néanmoins sa chance.

— T'occupe pas. Je t'expliquerai plus tard. C'est un service que je te demande…

— Un service ? D'accord ! Donnant, donnant… Pourquoi tu t'intéresses aux camps d'ados ?

Soudain, Clara partit dans un grand éclat de rire. Elle avait compris.

— Non, Casa ? C'est quand même pas ça ? Me dis pas que Colin Remy est en camp sur Mornesey ?

Simon garda le silence. Des enfants jouaient au toboggan à une vingtaine de mètres de lui sous le regard de leur mère. Il chercha à faire diversion, sans trouver.

— Tu ne dis rien, Casa ? C'est ça, alors ! Le fils Remy était sur l'île pendant que tu partais le chercher à l'autre bout de la France. J'y crois pas ! Je te l'avais dit, ton vélo était plus utile que ma Twingo.

— C'est bon, Clara…

Tout d'un coup, Simon comprit lui aussi. Clara réveillée à cette heure, guillerette.

— Delpech est avec toi !

— Gagné, répondit Clara sans se démonter. C'est samedi soir. Le grand jeu, draps en soie, pétales de rose et champagne dans le lit.

Simon entendit dans l'écouteur le bruit de verres qu'on entrechoquait.

— Quand t'es pas là, Casa, continua Clara, je déprime trop, je me jette dans les bras du premier inconnu…

Elle se mit à rire, excitée, comme si le journaliste était en train de la chatouiller.

— Clara ! hurla Simon. Je ne plaisante pas. Je crois qu'on est face à une question de vie ou de mort.

J'ai eu tous les détails de l'affaire chez Borderie. Il m'a confié un dossier confidentiel.

Clara riait toujours au téléphone. Simon avait l'impression qu'elle avait un peu trop bu. Le champagne ?

— Tu me l'as déjà fait, Casa, gloussa Clara, le coup de la question de vie ou de mort.

— Clara ! Il faut que je contacte Colin Remy.

— Oui, mon Casa. Demain à la première heure…

Simon était exaspéré. Il prit sa décision.

— Clara, Delpech est à côté de toi ?

— Oui… Et il écoute tout, le petit curieux…

— Tu me le passes !

Ce n'était pas une question mais un ordre. Il se doutait que Clara serait terriblement vexée d'être mise ainsi sur la touche. Si ça pouvait la dégriser…

— Bonjour, Simon, fit soudain la voix grave de Delpech. Je crois que c'est le moment de faire équipe, tous les deux. On aurait gagné beaucoup de temps si on l'avait fait avant. Je sais où est le fils de Jean Remy, j'ai même pour ainsi dire mangé avec lui sur le port avant-hier. Il campe sur la presqu'île sauvage… D'après mes informations, il a même failli se faire tuer cet après-midi, dans l'effondrement d'une grange. Mais je suis un peu sec sur ce coup-là. C'est le black-out côté police.

— Nom de Dieu, fit Simon. Vous avez un numéro de téléphone ?

— Non, mais ça peut se trouver.

Simon réfléchissait.

— Je préférerais que vous y alliez ! La presqu'île sauvage est à trois minutes en voiture. Il faut établir le contact avec ce jeune. Le plus vite possible.

— A cette heure ? J'ai essayé d'approcher cet après-midi. Le camp est bouclé, des flics partout, et pas du genre bavards.

— Dites que vous avez des informations nouvelles. Parlez de l'héritage, de Gabriel Borderie. Il faut que ce Colin Remy m'appelle !

Simon entendit la voix de Clara qui criait derrière :

— Tu nous emmerdes, Casa ! On ira demain. On a mieux à faire cette nuit !

Simon ne réagit pas et continua d'une voix ferme.

— Je compte sur vous, Delpech. Vous me rappelez aussitôt que vous avez établi le contact avec Colin Remy ?

— D'accord. Mais il faudra aussi m'en dire plus sur ce dossier que vous rapportez de Nice. Je manque un peu de biscuit ici. Même si j'ai préparé pour demain matin une une qui devrait rappeler des souvenirs à pas mal de monde. Les affiches que j'ai placardées sur l'île il y a moins de deux heures devraient faire leur petit effet…

— Donnant, donnant, OK. Vous ne serez pas déçu. Delpech, vous avez une arme chez vous ?

— Oui. J'ai un petit pistolet. Un HK USP. Vous savez, sur l'île…

— Je sais. Prenez-le !

Simon entendit Clara brailler derrière le combiné.

— Vous m'emmerdez tous sur cette île de tarés. Quand c'est pas l'un, c'est l'autre !

Soudain, Simon entendit un bruit de verre cassé, sans doute une coupe de champagne qui se brisait sur le mur.

— Elle est chez vous, Delpech ? demanda Simon, un peu caustique.

— Oui, ironisa Delpech. A mon âge, on aime bien jouer à domicile.

— Je compte sur vous. Je crois vraiment que Colin Remy court un grand risque. Soyez prudent… Mais faites au plus vite.

— La prudence est mon métier. Vous me promettez de l'inédit pour ma première page demain ?

— Oui ! Un happy end, j'espère !

— Ça m'étonnerait ! hurla Clara. Si tu te repointes sur l'île, Casa, je t'arrache les couilles !

57

Poucet

Dimanche 20 août 2000, 1 h 12,
camp de la presqu'île sauvage,
île de Mornesey

L'ombre des cauchemars de mon enfance avança à pas feutrés vers mon lit, se pencha vers moi. Elle devait croire que je dormais, comme toujours, comme chaque nuit, depuis dix ans. Elle secoua mon duvet, veillant à faire le moins de bruit possible.

Elle chuchota.

— Colin. Colin…

Elle devait craindre que je me réveille en sursaut, que je crie, que je réveille mes compagnons de dortoir. Elle ne savait pas que je l'avais reconnue, que je l'attendais.

— Colin. Chut… C'est Thierry…

Thierry.

Bien entendu.

Thierry, qui, toutes ces années, depuis que j'avais six ans, depuis que j'étais en âge de me souvenir, marchait dans le couloir à côté de ma chambre, vérifiait si je dormais ; veillait sur moi, aurait pensé n'importe quel enfant normal, que la présence d'un adulte familier aurait rassuré. Mais non, toutes ces années, jamais je n'avais eu l'impression qu'il me veillait.

Il me surveillait. Il ne montait pas la garde autour de ma chambre, il rôdait.

Etais-je injuste ?

Non, je ressentais cette méfiance au plus profond de moi.

— Colin ? C'est ton oncle. Réveille-toi…

J'ouvris enfin les yeux et je les frottai comme s'ils étaient profondément engourdis. Je jouai les étonnés.

— Thierry ?

— Colin ? Ne fais aucun bruit. Ecoute-moi, c'est important. Je ne t'ai pas tout dit tout à l'heure. Des détails qui ne concernent que toi et moi.

Je le regardai en essayant d'imiter les yeux de hibou d'Armand.

— Colin, continuait de chuchoter mon oncle. Il faut que tu te lèves, tout de suite, que tu t'habilles et que tu me suives. C'est important. Je ne peux pas t'en dire plus pour l'instant.

C'était un piège.

Il voulait m'attirer dehors, seul, la nuit, loin de la police et de l'agitation du camp. Thierry chuchotait encore.

— Il faut que tu me suives, si tu veux tout comprendre.

C'était un piège grossier. Mais je n'avais pas le choix si je voulais connaître la vérité. Si je voulais savoir qui me mentait, quelle logique se cachait derrière cette série d'événements délirants. Il fallait que je le suive. Peu importe si je risquais ma vie, peu importe si je ne revenais pas.

Thierry n'eut pas besoin d'en rajouter. Je sautai souplement de mon lit. J'enfilai une nouvelle fois mon pantacourt crasseux et mon tee-shirt qui puait depuis deux jours la transpiration de mes courses et de mes peurs.

— Tu seras plus en sécurité avec moi, insista Thierry. Tu seras plus en sécurité qu'ici.

J'avais envie de lui dire qu'il n'avait pas besoin de se fatiguer à me rassurer, je le suivais de toute façon, même si je n'étais pas dupe. Nous marchâmes à pas de loup jusqu'au bord de la tente marabout. Thierry se retourna vers moi et me lança un sourire complice.

— Le veilleur qui fait sa ronde passe devant la tente toutes les sept minutes. Il ne devrait pas tarder à arriver. Aussitôt après, on fonce.

Nous attendîmes donc quelques longues minutes le passage du policier chargé d'assurer la sécurité dans le camp. Je sentais près de moi le corps de Thierry, sa respiration lente, retenue, tel un chasseur. Sa main qui cherchait à m'attraper, un bras, une épaule, ma main, non pas pour me rassurer, oh que non. Pour s'assurer que j'allais le suivre.

Je réfléchissais. J'allais de mon plein gré me jeter dans l'inconnu, fuir de moi-même ce camp où se trouvaient tous ceux qui pouvaient me protéger.

Mais je n'avais pas le choix, il fallait que je sache, que je retrouve mon père, qu'il m'explique…

Pourtant, malgré moi, la peur me gagnait, petit à petit.

Où allait-il m'emmener ? Et si je réussissais à prévenir quelqu'un ? Avant de partir, laisser une marque, un signe ?

Prévenir Madi ou Armand ? Mais comment y parvenir sans que Thierry s'en aperçoive ?

Au loin, dans la cour, la lumière d'une puissante torche sortit de la salle de réunion.

Le veilleur !

Il fallait que je trouve une idée, vite !

Instinctivement, je fouillai les poches sales de mon pantacourt. Je sentis quelques vieux papiers chiffonnés, une pièce de monnaie.

Et le couteau offert par Madi !

Qu'en faire ? Un improbable plan germa dans ma tête, mais je n'avais plus le temps. Le veilleur passa à quelques mètres de nous. Il éclaira la tente mais Thierry avait pris soin de refermer la toile et de se reculer. Déjà, il nous tournait le dos. Thierry était occupé à l'observer à travers une petite ouverture dans la toile.

De ma main droite, j'avais ouvert l'Opinel le long de ma jambe, dans l'obscurité. Le lit d'Armand était à moins de trois mètres. Nous avions joué pendant plusieurs jours à la pichenette, ce jeu stupide qui consiste à planter un couteau par terre entre les jambes écartées de ses adversaires.

J'étais entraîné… Un peu.

Maintenant !

Mimant une perte d'équilibre, je donnai un coup de pied sur les lattes de bois qui servaient de plancher au marabout et, dans le même moment, je lançai l'Opinel, presque à l'aveugle, le plus près possible du lit d'Armand. Le petit bruit sec de la lame qui se plante dans le parquet résonna, en très léger écho à mon coup de pied, mais Thierry ne pouvait pas l'avoir entendu.

Il se tourna vers moi et retint son exaspération.

— Chut...

Il écouta un instant les respirations pour vérifier que je n'avais réveillé personne, puis se retourna vers la cour du camp. Le veilleur devait être assez loin désormais.

— On fonce, me fit Thierry. On passe derrière les arbres direction l'entrée de la ferme.

Je connaissais le chemin, mais Thierry l'ignorait et m'ouvrit la voie. La cour du camp était éclairée de plusieurs réverbères improvisés. Dans le court instant où il ouvrit la toile de tente pour sortir, une légère luminosité s'infiltra sous le marabout.

Maintenant !

Au moment où, de la main droite, j'attrapais la toile de tente, je visai de la main gauche, avec la pièce de monnaie, le visage endormi d'Armand.

Je sortis.

La pièce n'avait fait aucun bruit, elle avait dû tomber sur le lit. J'avais cru la voir heurter la joue d'Armand, peut-être, mais tout s'était déroulé trop vite. Je suivis Thierry. J'avais laissé moins de deux mètres entre lui et moi. Il ne s'était aperçu de rien. Peut-être aurais-je pu prendre davantage de temps, pour assurer mon tir ? Trop tard pour les regrets.

Nous nous échappâmes sans difficulté du camp, dans l'obscurité. Les flics avaient pour mission de veiller à ce que personne n'entre, pas à ce que personne ne sorte dans leur dos. Nous marchâmes sans un mot, côte à côte, sur le chemin de ferme. Thierry alluma une lampe torche. Il marchait très vite, mais je n'avais aucune peine à le suivre. Nous arrivâmes rapidement au grand carrefour. A gauche, la route de l'Abbaye jusqu'à Saint-Argan ; à droite, la citadelle ; tout droit, par le sentier, à moins d'un kilomètre, les ruines de l'abbaye Saint-Antoine. Le croisement était éclairé par un réverbère. Thierry s'arrêta plusieurs mètres avant le carrefour et tendit le bras pour me faire signe d'attendre. Il ne voulait pas que l'on se fasse repérer. Des voitures pouvaient passer pendant que l'on s'approchait du carrefour. Il guetta une nouvelle fois les sons de la nuit, essayant d'identifier un éventuel bruit de moteur, au loin. Mais à cette heure, la route semblait déserte.

Comme à l'habitude, la une de *L'Ilien* du lendemain matin était accrochée aux réverbères de l'île, dont celui du croisement. L'affiche était parfaitement éclairée.

Le titre était explicite, terrible.

Il y a dix ans, le drame des Sanguinaires.
Trois ouvriers y laissent la vie.
Trois responsables disparus depuis.

Sous le titre, la première page était illustrée de trois photographies, des gros plans. En noir et blanc.

Je reconnus à gauche le portrait de Jean-Louis Valerino ; au centre, la photographie de mon père ; à droite, la photographie d'un homme que je ne connaissais pas, ou que j'avais peut-être aperçu sur les photos du repas dans les ruines de l'abbaye ou sur le film, mais toujours de dos, flou, jamais de face ou en gros plan.

Qui était-ce ?

Ce fameux Maxime Prieur, le grand ami de mon père ?

Thierry fit un petit signe de la main pour me signifier qu'on pouvait y aller. Je ne bougeai pas. Le portrait de cet inconnu, à droite, m'intriguait. J'avais déjà vu cet homme quelque part. Quelque part enfoui sous le traumatisme de mes six ans. Evidemment, j'avais croisé ce Maxime Prieur tous les jours pendant les six premières années de ma vie. Mais il y avait autre chose.

Quelque chose qui clochait dans mes souvenirs !

Quelque chose qui ne s'emboîtait pas.

Thierry perçut mon embarras. Tout de suite, il se retourna vers l'affiche de *L'Ilien*. Il resta un instant stupéfait. Je crus que lui aussi avait croisé un revenant. Je sentis qu'il hésitait à arracher l'affiche, mais il craignit sans doute d'aiguiser encore un peu plus ma curiosité.

— On traverse, Colin, vite, me chuchota-t-il.

Quelque chose n'allait pas sur cette affiche, quelque chose de profondément incohérent. J'arrivai au carrefour. Bien entendu, on allait traverser, couper tout droit, vers le sentier, vers les ruines de l'abbaye.

Bien entendu...

Thierry se coucha soudain et me fit signe de faire de même. Une voiture arrivait, au loin. Elle passa, ralentissant à peine au carrefour. Thierry épia à nouveau les bruits de la nuit. J'en profitai pour essayer de faire le point. Une réflexion me glaça le sang. Au cas où par miracle ma pièce de monnaie était parvenue à réveiller Armand, au cas où il aurait compris mon appel au secours en découvrant l'Opinel planté, jamais il ne pourrait me retrouver. Comment pourrait-il découvrir où mon oncle m'emmenait ? Il me fallait trouver une idée, une autre, plus vite encore.

Une nouvelle fois je fouillai mes poches. Il n'y avait plus que ces vieux papiers…

Ces vieux papiers ? J'en extirpai un discrètement : les morceaux de crépon rouge ramassés sur le jeu de piste il y a deux jours !

Je jubilai.

Madi et Armand ne pourraient pas les manquer, ne pas comprendre.

Thierry se retourna.

— Vite, Colin ! On traverse !

Je le suivis. J'avais laissé tomber sur le bord de la route un petit ruban de crépon rouge. Devant l'affiche de *L'Ilien*, je posai à nouveau un morceau de crépon sur le rebord supérieur. Il n'y avait pas de vent, ou très peu. Avec de la chance, il ne s'envolerait pas. Je traversai la route et je suivis Thierry sur le sentier de l'abbaye.

Les trois portraits de la une de *L'Ilien* m'obsédaient. Des souvenirs d'avant mes six ans me revenaient.

Comme des nuages qui s'écartent devant le soleil.

Ce portrait à droite de l'affiche, ce visage inconnu, avait provoqué une sorte de déclic. Je marchais dans le noir. La lumière de la torche de Thierry dansait devant moi. Ce visage inconnu, désormais, je le reconnaissais.

Il était lui aussi assis à la table, lors de ce repas dans les ruines de l'abbaye. Il me regardait jouer, lui aussi.

C'était...

Mon cœur s'emballait. Etais-je en train de devenir fou ?

C'était...

L'image était nette maintenant. Il n'y avait plus d'erreur possible.

C'était... C'était lui.

Sans aucun doute.

Et pourtant, je savais bien que c'était impossible.

58

Trois à la une

*Dimanche 20 août 2000, 1 h 18,
camp de la presqu'île sauvage,
île de Mornesey*

Armand dormait d'un sommeil nerveux, agité. Il rêvait. Il errait dans le dédale de parkings souterrains d'un centre commercial. Il avait suivi une fille en sortant du cinéma, la fille avait disparu comme par magie. Il était perdu, il paniquait. Tout était sombre. Les issues semblaient se dérober devant lui.

Il marchait dans des flaques. De l'eau suintait du plafond. Une goutte plus grosse qu'une autre lui tomba sur la joue. Par réflexe, il chercha à l'essuyer. Il se frotta le bas de l'œil.

Il bougea un peu dans son lit puis replongea dans un demi-sommeil.

La petite pièce de monnaie roula sur son duvet et tomba sur le parquet. Elle tourna un peu sur elle-même avant de s'arrêter. Cette fois-ci, Armand ouvrit l'œil.

Le léger tintement de la pièce l'étonna. Comment cette pièce pouvait-elle avoir atterri dans son lit ?

Toujours à moitié endormi, Armand attrapa ses lunettes sur sa table de nuit et se pencha pour regarder cette pièce tombée du ciel. Ses yeux s'arrêtèrent, stupéfaits : dans l'obscurité de la tente, il distinguait un couteau planté dans le parquet, à moins d'un mètre de son traversin. Les derniers brouillards de sommeil se dissipèrent de l'esprit de l'adolescent.

Un couteau ?

Planté dans le noir, à la hauteur de son visage !

Qui avait pu oser ? Qu'est-ce que cela signifiait ? Une menace ? Une menace de mort pendant qu'il dormait ? Il se pencha un peu. Plus étonné encore, il reconnut le bois légèrement usé du manche, au-dessus de la garde : un Opinel. Celui que Madi avait confié à Colin.

Bordel !

En un bond il jaillit de son duvet et se pencha vers le lit de Colin. Il posa ses mains sur le matelas. Personne.

Sans davantage se poser de questions, il bondit à nouveau, fila dans le dortoir des filles et réveilla Madi en la secouant et chuchotant.

— Mayday, mayday, Madi. Colin n'est plus dans son lit ! Et j'ai retrouvé ça planté devant le mien.

Il promena son Opinel devant le nez de l'adolescente à peine réveillée.

— A ton avis, ça veut dire quoi ?

— Qu'il t'a raté, fit Madi en bâillant. De peu, mais il t'a raté quand même. Fous le camp maintenant.

— Quoi ? protesta Armand. Mais Colin est…

— Dégage ! Le temps que j'enfile un truc. Le message de Colin est clair. Il est encore parti se foutre dans la merde mais il veut qu'on le suive, à distance raisonnable.

— C'est aussi ce que je pensais, exulta Armand sans se lever du lit, observant Madi toujours couchée, comme s'il hésitait à tirer sur les draps pour gagner du temps.

Armand retourna dans les secondes qui suivirent dans le dortoir des garçons, Madi s'habilla à tâtons puis le rejoignit. Armand allait ouvrir la toile de tente lorsque Madi le retint.

— Fais gaffe. C'est sûrement plein de flics dans la cour !

Ils guettèrent à leur tour le passage du veilleur et foncèrent dans la nuit derrière son dos. Une fois parvenus sur le chemin de ferme, ils se retrouvèrent dans l'obscurité presque totale.

— Je suppose que t'as pris une lampe de poche ? demanda Armand à Madi.

— Et toi, Indiana Jones, t'y as pensé ?

— J'ai la lueur de mon téléphone portable...

— On va pas aller loin. Je sais pas marcher en braille, moi !

— On pousse jusqu'à la route, décréta Armand. Au carrefour, c'est éclairé. Et après, on avisera.

Quelques minutes plus tard, ils parvinrent au croisement. Ils avançaient plus rapidement au fur et à mesure qu'ils s'approchaient du réverbère. Ils s'arrêtèrent quelques instants, observant l'affiche de *L'Ilien*. Le ruban de crépon rouge posé à la hâte par Colin n'avait pas tenu en équilibre. Il était tombé et voletait par terre au gré du vent. Les deux adolescents ne le remarquèrent pas. Ils se concentraient sur la une de *L'Ilien*.

Il y a dix ans, le drame des Sanguinaires.
Trois ouvriers y laissent la vie.
Trois responsables disparus depuis.

— Trois disparus, mon cul ! commenta Madi. Valerino et le père de Colin ont plutôt l'air de bien se porter.

— Le ressuscité et les deux larrons, commenta Armand.

— Les deux quoi ?

— Les deux larrons ! Les deux voyous, si tu préfères. Mais qui est le troisième… ?

— Une bagnole ! cria Madi.

Armand allait faire un geste pour se cacher mais l'adolescente resta à découvert. Elle observait la voiture qui venait à leur rencontre, dans la longue ligne droite de la route de l'Abbaye. Les deux phares jaunes grossissaient.

Soudain, Madi s'avança encore et se planta au milieu de la route.

— T'es folle ! hurla Armand.

— Regarde, cria à son tour Madi. C'est une bagnole du journal de l'île.

En effet, Armand parvint à distinguer à la lueur du réverbère que la petite 106 Peugeot qui s'approchait était peinte aux couleurs de *L'Ilien*, blanche et rouge, avec le logo du coquillage se transformant en point d'interrogation.

— Et alors ? fit Armand.

— Faut l'arrêter ! On n'aura pas beaucoup d'autres occasions d'avoir de l'aide à 1 heure du matin !

L'adolescente se mit à agiter les bras le plus haut et le plus vite possible pour que la voiture la repère au milieu de la route. La 106 finit par ralentir et pila une dizaine de mètres devant Madi. Un homme grisonnant jaillit de la 106 et braqua un pistolet sur la jeune fille. Armand resta tapi dans l'ombre. Madi leva les mains et lança sans se démonter :

— Calmos, Starsky. C'est plus de ton âge…

— Qu'est-ce que tu fous au milieu de la route à cette heure-ci ? demanda Delpech sans lâcher son arme.

Une fille blonde boudinée dans une robe de soirée pourpre ultramoulante sortit à son tour de la 106 de *L'Ilien*.

— Fais pas l'idiot, Didier, fit Clara, tu vois bien que c'est une gamine.

Madi siffla.

— Dis donc, Hutch… T'es mieux roulée qu'à la télé…

— Manque pas de respect à la dame, petite insolente, répliqua le journaliste.

— Mademoiselle, précisa Clara. Et c'est pas à moi qu'elle manque de respect, c'est à ta caisse de clown.

Delpech baissa son arme et soupira.

— Bon, allez. On est pressés. Toi, le petit à lunettes, sors de ton trou et viens faire la conversation avec nous.

Armand sortit de l'ombre, penaud. Delpech continua de poser ses questions.

— Vous faites partie du camp, je suppose ? Vu les circonstances, je suppose que vos animateurs n'organisent pas un grand jeu de piste nocturne.

— Et vous ? répondit du tac au tac Armand. Vous faites un reportage sur les loups-garous ? J'ai pourtant l'impression que votre une pour demain est déjà bouclée.

Delpech réfléchissait.

Que pouvaient fabriquer ces deux gamins seuls à deux cents mètres du camp en pleine nuit ? Avec les éléments qu'il avait en sa possession, le déclic vint presque immédiatement.

— Vous ne seriez pas les deux ados qui se sont retrouvés ensevelis avec Colin Remy sous la grange de la Crique-aux-Mauves ?

— On est bien informé, à ce que je vois, répliqua Madi.

— Pas autant que je voudrais. Donc vous êtes les copains de Colin ? Vous le cherchez… Ou vous le couvrez ? On a besoin de le voir, les enfants. On voudrait le rencontrer pour lui faire part d'un certain nombre d'informations. Des informations qui nous font penser qu'il court un grand danger.

Armand allait répondre lorsque Madi hurla.

— Temps mort !

Clara les regarda, étonnée.

— Elle a dit « Temps mort », ma copine, reprit Armand. On a besoin de réfléchir. Derrick, tu peux ranger ton flingue et aller garer ta tire. Elle est restée au milieu du carrefour.

La 106 était effectivement stationnée, portières ouvertes et phares allumés, sur la route de l'Abbaye. Delpech n'apprécia pas trop l'allusion à l'inspecteur

Derrick, ni le regard goguenard de Clara, mais alla tout de même garer sa 106 au bord du talus. Les deux adolescents se rapprochèrent pour discuter entre eux.

— OK, fit Armand après un court moment. On a décidé de vous faire confiance. On a toujours eu un faible pour la presse d'investigation, même si ma copine est un peu jalouse des blondes. C'est son côté méditerranéen. (Il ne laissa pas le temps à Madi de protester et continua.) On vous fait confiance, donc. On cherche Colin nous aussi. Il n'est plus au camp, il a disparu en pleine nuit mais on ne sait pas où… A vous, racontez-nous ce que vous savez !

Delpech, les mains dans les poches, avait écouté avec étonnement le numéro d'Armand.

— T'es dur en affaires, petit. Tu veux savoir quoi exactement ?

— Tout…

— Ça va prendre du temps. Il faut que tu précises.

Armand réfléchissait. Il avait un peu de mal car la blonde avec sa robe moulante et son air de vamp le troublait. Il ne s'ennuyait pas, le journaliste…

Madi prit la parole.

— Pour commencer. Tes trois portraits, là, sur l'affiche de ta feuille de chou.

Elle désigna l'affiche accrochée au réverbère.

— Oui ? fit Delpech.

— Il y en a deux, continua Madi, on les connaît. Y a Jean-Louis Valerino, l'homme à la cervelle de gélatine, et Jean Remy, le mort-vivant. Mais le troisième, c'est qui ?

Delpech regarda Clara, hésitant. La secrétaire lui fit signe de parler. Delpech commença.

— Le troisième homme, c'est Maxime Prieur, le numéro deux de l'association Saint-Antoine, le grand ami d'enfance de Jean Remy, avant l'accident des Sanguinaires, et le grand ami de Jean-Louis Valerino, ensuite…

— Il est mort, disparu lui aussi ? demanda Armand.

Delpech marqua un temps de silence.

— Je ne crois pas ! Il doit rôder encore dans le coin. Mais cela fait des années que je ne l'ai pas vu. Il habite sur le continent, aux dernières nouvelles. Il avait ouvert il y a quelque temps une boîte de graphisme. C'était un type assez doué avec un ordinateur, des dessins, des photos, des croquis. C'était son rôle dans l'association Saint-Antoine. Le dessin assisté par ordinateur, les simulations pour reconstituer les sites en ruine. Tenez, à l'époque, c'est même lui qui m'avait dessiné le logo du journal *L'Ilien*, ce coquillage qui se transforme en point d'interrogation à partir d'une technique de morphing.

Il tourna son regard vers sa 106 blanche et rouge : le logo était repris sur les deux portières avant.

— OK, super joli ! fit Madi. Il était doué. Mais s'il traînait avec Valerino et Jean Remy, il devait s'intéresser à autre chose qu'aux dessins par ordinateur. C'était leur complice ? C'est ce que vous sous-entendez sur cette affiche. Ils étaient complices tous les trois ?

— Non, se défendit Delpech. Ils ont trempé tous les trois dans la même affaire, mais rien ne prouve qu'ils aient été complices. Jean Remy, par exemple, n'était pas…

— Allez, soyez pas faux cul, coupa Armand. C'est évident. C'était une association de malfaiteurs. C'est ce que vous suggérez avec ces trois photos. Sur les côtés, les deux complices Jean-Louis Valerino et Maxime Prieur. Et au centre, le cerveau, Jean Remy.

Ils regardèrent tous les quatre l'affiche. Delpech sembla brusquement décontenancé. Soudain, Madi se pencha sur les graviers sombres et hurla de joie.

— Je sais où est Colin ! Regardez !

Elle tenait dans la main un morceau de crépon rouge.

— Il a joué les Petit Poucet, expliqua Madi. On a juste à suivre la piste !

Armand jubilait.

Pourtant Delpech ne s'intéressait pas à ce morceau de crépon. Il demeurait étrangement perplexe, concentré devant l'affiche de son journal.

— Qu'est-ce que tu viens de dire là, petit ? Avant le coup du ruban rouge ? A propos de l'affiche.

— Moi ? fit Armand.

— Oui.

— Qu'en plaçant sur cette affiche la photo de Jean Remy au centre, vous suggérez au lecteur qu'il est le cerveau et que Prieur et Valerino sont ses complices.

Delpech, étonné, répondit lentement.

— Tu te trompes, petit. Sur cette affiche, la photo de Jean Remy n'est pas au centre. Elle est à droite. C'est celle de Maxime Prieur qui est au centre.

59

Les fantômes de la crypte

Dimanche 20 août 2000, 1 h 23,
ruines de l'abbaye Saint-Antoine,
île de Mornesey

Thierry marchait devant moi. Je connaissais bien, désormais, ce court sentier qui menait à l'abbaye. La poussière du chemin, le lent mouvement des pins et des chênes verts, sur les côtés. Entre les branches noires et tordues des arbres, une lune pâle apparaissait et disparaissait.

Je laissais volontairement entre Thierry et moi un espace d'un ou deux mètres et, de ma main droite, je détachais dans ma poche des petits morceaux de crépon que je dispersais derrière mes pas. J'essayais d'économiser. J'ignorais où l'on allait et le stock dans ma poche me semblait loin d'être inépuisable.

Il y avait peu de vent, c'était une chance. Si Armand s'était bien réveillé, s'il avait compris, s'il avait pu s'échapper du camp, s'il avait repéré le premier crépon, beaucoup de « si » en fait, alors, il n'aurait aucun mal à suivre ma trace.

Ma trace jusqu'où ?

Au moins jusqu'à l'abbaye. Nous suivions le chemin qui menait aux ruines. Thierry marchait très vite, de plus en plus rapidement. Sa torche ne se posait presque jamais sur un point fixe, elle balayait l'obscurité sans rien éclairer réellement. Je progressais derrière lui presque en aveugle, suivant son ombre. Mon esprit essayait de visualiser autre chose que ce chemin, ces arbres tordus, ces pierres piégeuses. Il se concentrait sur ces trois visages de l'affiche. Ce visage à droite sur l'affiche surtout, ce visage d'un inconnu.

C'était impossible. Ridicule.

Cela n'avait aucun sens.

Et pourtant, ma mémoire semblait me souffler cette aberration, insistait stupidement.

Cet inconnu à droite de l'affiche était mon père !

Même s'il ne lui ressemblait pas. Même s'il ne ressemblait aucunement à mon père. Ce n'était pas l'homme qui posait avec moi et ma mère devant l'abbaye, sur la photo de ma table de nuit, depuis dix ans. Il y a encore un quart d'heure, ce visage sur cette affiche me semblait totalement inconnu. Et pourtant… Cette certitude s'imposait : *cet inconnu était mon père*.

Thierry marchait vite, trop vite. Je courais presque. Mon pied cogna une pierre sur le chemin et je manquai de trébucher. Il me fallait rester concentré. Quelque chose était dissimulé au fond de ma mémoire.

Ma vraie mémoire.

Comme si on m'en avait fabriqué une fausse. Une fausse qui commençait à partir en lambeaux et qui, en se délitant, dévoilait le véritable visage de mon passé.

Avait-on trafiqué mes souvenirs ? Comment était-ce possible ? J'avais six ans, à l'époque de ce drame. J'étais conscient, lucide, déjà grand.

Devenais-je fou ?

Est-ce qu'une nouvelle fois, je voulais m'inventer un nouveau père ? Avec un autre visage cette fois-ci ?

Nous étions parvenus aux ruines de l'abbaye. L'ombre immense de la croix Saint-Antoine semblait nous menacer. Thierry passa sans s'arrêter devant le petit guichet fermé. Une imposante grille de fer fermait l'entrée.

Il braqua sa torche. Il l'éteignit et la ralluma, quatre fois consécutivement, comme s'il exécutait un code. Une silhouette apparut à l'intérieur des ruines, se rapprocha. Je distinguai un bruit de clés qu'on agite. Thierry se retourna enfin vers moi.

— Brigitte est déjà à l'intérieur, me fit-il d'un ton qu'il voulait sans doute rassurant.

Il ne l'était pas.

Le visage blême de Brigitte apparut effectivement dans la lumière blafarde de la torche. Elle choisit une clé sur le trousseau qu'elle tenait à la main, un modèle assez ancien, et ouvrit la grille, qui curieusement ne grinça pas. Je tentai de lancer un sourire à Brigitte mais elle détourna son regard, cherchant au maximum à dissimuler son visage dans l'ombre. Tout dans son attitude, ses gestes, témoignait d'un profond malaise.

Comme il y a quelques heures dans l'infirmerie.

Pire encore.

Mes doigts s'agitèrent dans ma poche. Le crépon diminuait. J'en découpai néanmoins une large bande que je laissai tomber discrètement avant de franchir la grille. Thierry se chargea de la refermer, à clé, derrière moi.

— Vite, glissa-t-il d'une voix sourde.

Il avança dans le noir. Brigitte restait un peu en retrait. Les ruines, contrairement à la plupart des monuments historiques que je connaissais, n'étaient pas éclairées. Ni spots ni halogènes. Décidément, elles n'intéressaient plus personne. L'île de Mornesey n'avait même pas les moyens de gaspiller quelques ampoules pour mettre en lumière ces vieilles pierres.

La torche balayait les rares vestiges.

J'avais deviné où l'on allait. Ce n'était pas bien difficile. Nous nous dirigions vers l'entrée du souterrain. Celui que j'avais commencé à explorer, avant-hier. Thierry se planta devant l'étroite ouverture et éclaira les trois marches. Brigitte alluma elle aussi sa lampe et entra la première. Thierry sortit de sa poche une seconde lampe de poche, moins puissante, et me la confia.

— Tu vas en avoir besoin. Il n'y a plus aucune clarté à l'intérieur.

J'eus tout juste le temps de découper un morceau de crépon dans ma poche. Je le laissai tomber tout en avançant ma main pour prendre la lampe que me tendait Thierry. Un instant, je crus qu'il avait repéré mon geste. Par réflexe, il jeta un regard vers le sol mais ne se donna pas la peine de braquer sa torche.

Il n'avait rien vu.

Mon oncle me fit signe de passer. Je descendis les trois marches et j'entrai, coincé entre Brigitte et Thierry. L'entrée du tunnel était assez étroite. Le conduit devait faire environ un mètre cinquante, peut-être un peu plus. Nous étions tous les trois obligés de nous courber. Ma torche éclairait les parois grises. Le tunnel était consolidé de poutres presque tous les mètres, et pourtant, je n'étais pas rassuré : l'accident des Sanguinaires me revenait en mémoire.

Cette île était un gruyère !

Nous descendîmes à nouveau une petite dizaine de marches. Le tunnel devint plus haut. Nous pouvions désormais nous tenir debout. Une sensation de froid m'envahissait. Etait-ce ce silence glaçant, la peur qui m'imprégnait, où simplement la moiteur des vieilles pierres dans ce trou ?

Devant moi, Brigitte tourna à gauche. Je braquai ma lampe et, malgré sa faible puissance, je parvins tout de même à distinguer que le couloir principal se poursuivait tout droit. Un autre morceau de crépon rouge tomba doucement sur le sol, dans l'obscurité. Si ce souterrain était un labyrinthe, si les croisements se succédaient, mon fragile fil d'Ariane allait rapidement s'épuiser. Je me concentrai à nouveau pour enregistrer les distances et les directions. Environ soixante mètres tout droit, puis, à gauche.

Je comptais les pas dans ma tête. Je tentais de focaliser mon esprit sur la mémorisation de ce parcours.

Au cas où…

Malgré moi, ces visages à la une de *L'Ilien* venaient brouiller mes pensées, cet inconnu que ma mémoire me désignait comme mon père.

Ne pas paniquer, ne pas sombrer dans la folie, s'accrocher à quelque chose de rationnel, ce dédale par exemple, ce maigre espoir.

Brigitte tourna encore une fois à gauche.

Trente pas depuis le dernier croisement.

Tournait-on en rond ? Mes doigts s'agitèrent. Moins de trois centimètres de crépon rouge. J'en découpai un. Je glissai avec le plus de naturel possible mon bras le long de mon pantalon et, dans le noir, ouvris les doigts. L'espoir était maintenant infime qu'on retrouve ma trace. Mon pied heurta un monticule de petits cailloux. Ma lampe éclaira sur le côté une poutre fendue.

La paroi s'était en partie effondrée !

Un frisson me parcourut l'échine. Brigitte semblait bien connaître le terrain. Instinctivement, elle avait baissé la tête et continuait sur le même rythme, sans s'inquiéter. Les pas de Thierry résonnaient derrière moi mais je ne me retournai pas. Le tunnel s'élargissait un peu et semblait suivre une longue ligne droite. Je comptais toujours mes pas.

J'en étais à quarante-cinq.

Tout au fond du couloir, j'eus l'impression d'apercevoir une sorte de lueur. Etait-ce mes yeux qui s'habituaient à l'obscurité ? Une sortie ? Ou bien une troisième personne venait à notre rencontre ?

Non. La lumière ne bougeait pas. Mais elle apparaissait de plus en plus nette. Quatre-vingts pas. Le couloir tournait brusquement, à droite, vingt mètres plus loin.

La lumière provenait de là.

Brigitte se retourna avant le virage en évitant toujours de me regarder. Elle n'osa pas non plus me parler, elle se contenta, d'un mouvement de bras, de me faire signe de passer devant. J'hésitai.

La main de Thierry me poussa dans le dos. Une nouvelle fois, un frisson me parcourut de haut en bas. Je n'avais pas le choix. J'avançai dans le couloir vers la lumière. Le tournant, presque à angle droit, m'interdisait de voir plus loin.

J'avançai encore.

Le couloir se prolongeait sur moins de dix mètres. Puis trois marches. Le couloir virait alors à angle droit, à gauche, et s'ouvrait sur un porche voûté.

J'entrai.

C'était une pièce assez vaste, une sorte de crypte, d'environ dix mètres sur dix, voûtée, soutenue par trois gros piliers de granit sombre. Elle était sobrement meublée, un matelas sale, quelques chaises, une table de fer, et faiblement éclairée d'une lampe à gaz, posée sur la table de fer. Penché sur la table, un homme étudiait une vaste carte, dépliée.

Dans la lumière blanche de l'éclairage au gaz, je n'eus aucune peine à le reconnaître.

Mon père !

Son visage barbu s'éclaira d'un grand sourire, le même qu'il avait affiché lorsque nous nous étions retrouvés, sur la Crique-aux-Mauves.

— Colin, fit-il de sa voix redevenue douce. Je t'attendais. J'espère que tu ne m'en veux pas trop pour ma mise en scène de la cabane.

Mon père !

A nouveau chaleureux. Comme avant cet épisode incompréhensible de la cabane du pêcheur. Il allait m'expliquer. J'allais comprendre. Mon père, c'était lui.

Cet inconnu sur l'affiche de *L'Ilien* n'avait rien à voir. Mon père était là, devant moi. Tout allait s'éclairer. J'avançai de quelques pas. Brigitte et Thierry entrèrent derrière moi.

Mon père délaissa la carte et se leva pour m'accueillir, ses bras ouverts comme pour m'étreindre.

— Nous voici enfin réunis ! s'exclama-t-il. Enfin ! Tout va bien, Colin. J'espère que tu n'as pas pris trop au sérieux la comédie de la grange. Il n'y avait pas de danger, tu sais. On n'étouffe pas en quelques heures. Il fallait te faire peur, jouer les méchants, pour détourner l'attention. Je t'expliquerai. Thierry aussi a dû jouer son rôle de grand méchant, me décrire comme un vilain monstre.

Mon père éclata de rire. Je me retournai vers Thierry qui affichait un sourire un peu forcé, mais il ne démentit pas mon père.

Donc, tout ce qu'il m'avait dit sur lui, sur ses crimes, il y a quelques heures, dans l'infirmerie, n'était que mensonges.

Non, mon père n'était pas un monstre !

Je le savais.

Brigitte évitait toujours de croiser mon regard. Mon père avança d'un pas. J'allais ouvrir la bouche pour lui poser des questions, mais il leva la main.

— Tout va bien, Colin. Nous sommes en famille. Je t'expliquerai plus tard. Mais il y a plus urgent tout de suite.

Il baissa les yeux sur la carte éclairée.

— C'est le plan des souterrains de l'île, Colin. Plus de dix ans de recherches, d'explorations, de rénovations. Mètre par mètre, parfois. Un plan unique.

Je parvins à articuler.

— Tu l'avais caché chez le notaire ?

— Oui…

Thierry s'était approché. Il se retournait fréquemment vers le couloir, l'observant avec inquiétude. Il jeta un coup d'œil à sa montre. Mon père semblait avoir également perçu son impatience.

— Nous n'avons pas beaucoup de temps, Colin. Il faut que tu te concentres. Ce plan doit nous mener à la Folie Mazarin…

Encore ce maudit trésor ! La seule chose qui les intéressait, tous.

Mon père continuait.

— Ces tunnels creusés par les bénédictins de l'île pendant des siècles. Un véritable dédale. Regarde…

Je fis quelques pas. Mon père me désigna une marque sur le plan jauni, une croix rouge.

— Regarde cette croix, Colin. C'est ici qu'est caché le trésor. La Folie Mazarin. Au beau milieu du labyrinthe.

Je me penchai vers la croix rouge, sur la carte. La main de mon père se posa sur mon épaule.

— Mais il nous manque encore un détail, Colin. Un détail que toi seul connais. Un détail dont toi seul peux te souvenir.

Je fermai les yeux, obéissant. Je n'étais qu'un instrument. Toujours ce fameux souvenir enfoui dans ma mémoire.

Un détail ? Quel détail ?

Ce fameux dernier repas ? Les cris. La main de mon père. Son alliance. Sa main qui tenait un verre de vin, qui le portait à ses lèvres.

Son visage qui se penchait vers moi.

Son visage !

Non...

La lumière de la lampe à gaz posée sur la table projetait des ombres gigantesques sur les voûtes et les piliers de la pièce, déformant les silhouettes des adultes qui m'entouraient en figures monstrueuses.

Dans mon souvenir, l'homme qui se penchait vers moi était mon père, je le savais. Mais pourtant, son visage n'était pas celui de mon père. Le visage de mon père dans cette crypte ; le visage de mon père photographié avec moi et ma mère devant l'abbaye, sur ma table de nuit, depuis dix ans.

Brigitte avait posé cette photographie près de mon lit, quelques jours après la mort de mon père. J'avais six ans. Seulement six ans. Mais ma mémoire était déjà précise alors, fidèle. Je connaissais ce visage, nul n'aurait pu me voler ce souvenir, le changer en un autre.

Et pourtant...

Dans mes nouveaux souvenirs, ceux de ce repas d'adultes dans les ruines de l'abbaye, cet homme, mon père, qui se penchait vers moi, possédait le visage de cet inconnu, cet inconnu dont j'avais vu le portrait sur l'affiche de *L'Ilien*. Cet inconnu qui me soufflait à l'oreille : *Colin, mon fils, je vais te révéler un grand secret.*

Non !

J'ouvris les yeux, exorbités. Je ne voulais plus fouiller dans cette mémoire, je devenais fou. La pénombre de la crypte succéda à l'obscurité de mes yeux clos. Je parvins à articuler :

— Désolé… Je ne peux pas.

Je n'avais pas réussi à dire le mot « papa » ; à prononcer : « Désolé, papa… Je ne peux pas. »

— Il le faut, Colin, continua mon père.

Presque imperceptiblement, sa voix s'était faite plus dure, plus froide, comme dans la grange de l'ivrogne, il y avait seulement quelques heures.

Le cauchemar allait-il recommencer ?

Non, Thierry et Brigitte étaient là. Toute ma famille !

— Il le faut, Colin !

Sa voix était plus ferme encore, autoritaire maintenant.

— Tu t'es souvenu de quelque chose tout à l'heure. Dans l'infirmerie. Brigitte me l'a dit.

Je me retournai vers Brigitte.

Elle se tenait tapie près du mur, dans l'ombre, il m'était une nouvelle fois impossible d'attraper son regard. Ainsi, ils complotaient dans mon dos, ils épiaient toutes mes réactions, simplement intéressés par ce maudit trésor.

Après de longues secondes de silence, Brigitte bougea avec lenteur. Elle s'avança dans la faible lumière. Ses traits tirés avaient quelque chose d'effrayant, de fantomatique, pourtant je perçus dans le regard qu'elle posa longuement sur moi une profonde humanité, une sorte de compassion, presque la recherche d'une complicité perdue.

— S'il te plaît, Colin. Il faut que tu te souviennes. Ça ne te paraît peut-être pas important, mais pour que tout prenne un sens, pour toi, pour nous tous, il faut que tu te souviennes. C'est la seule façon de te protéger. Si c'est encore possible.

Il fallait qu'elle m'en dise davantage. Il fallait que je lui demande de m'en dire davantage.

Je demandai d'une voix faible :

— Me protéger de qui ?

Personne ne me répondit.

Un bruit de pas rapide résonna dans le tunnel, à l'extérieur de la crypte. L'écho amplifiait les pas dans le souterrain.

Qui pouvait venir ?

Madi et Armand ? Ils étaient parvenus à suivre ma trace grâce à mes minuscules crépons rouges ! J'observai les visages devenus brutalement inquiets de Thierry et de mon père. Ils se posaient manifestement la même question que moi.

Qui pouvait nous avoir retrouvés ?

Les pas s'approchaient, réguliers, rapides.

Une seule personne, à coup sûr.

Qui ?

Madi ?

Une lumière se braqua, l'ombre entra. Grande. Trop grande.

Un adulte.

Il s'avança sans hésiter dans la faible lumière de la crypte. Je le reconnus à sa silhouette, avant même de découvrir son visage.

Jean-Louis Valerino.

Sa voix me glaça.

— Désolé de troubler une si charmante réunion de famille…

Il n'était pas armé. Ni mon père, ni Thierry ne firent un geste vers lui.

— Qu'est-ce que tu fais là ? lança mon père. Tu devais rester planqué. Tu vas tout faire foirer. On était en train de cuisiner le môme.

Le môme.

Moi.

Le cauchemar recommençait. Valerino répliqua.

— C'est plutôt ce môme qui va tout faire foirer. Je ne voudrais pas jouer les ogres… mais ce petit con a joué les Petit Poucet.

Valerino ouvrit ses mains et, dans la lumière blanche, une pluie de crépons rouges chiffonnés tomba en flocons sur la table de fer.

Il se retourna vers Thierry.

— T'aurais pu mieux le surveiller. T'aurais dû apprendre à te méfier de lui, depuis le temps. Il se fout de votre gueule. Encore heureux que je sois passé derrière vous !

Ne pas réfléchir.

Fuir.

Franchir la porte voûtée de cette crypte et courir, au hasard, dans ce dédale. Elle était à moins de deux mètres. C'était possible. Fuir sans réfléchir. Mon père. Brigitte et Thierry, mon oncle et ma tante, mes tuteurs. Tous complices de ce tueur, Valerino. Un rêve atroce.

Courir.

La main de Valerino attrapa mon épaule, avant même que j'aie esquissé le moindre geste, comme s'il avait deviné mes intentions.

— Assieds-toi, petit.

Mon père m'avança une chaise. Il s'était placé, avec Thierry et Valerino, entre la chaise et la sortie. J'étais coincé. Je m'assis sans un mot. Brigitte ne disait rien, en retrait, comme statufiée dans l'ombre.

Valerino déboutonna sa veste en jean. Il dévoila de larges morceaux de papier pliés contre sa chemise :

— Des affiches de *L'Ilien*, fit-il avec un sourire satisfait. J'ai arraché toutes celles que je pouvais. Ce torchon pourrait réactiver quelques souvenirs indésirables chez notre orphelin.

Mon père ne broncha pas.

— Ça craint aussi, ces affiches, insista Valerino. Ça commence à faire beaucoup.

— Quelqu'un peut deviner que l'on est ici ? demanda mon père.

— Non, répondit Valerino. J'ai effacé les traces. On est tranquilles pour l'instant.

Il se tourna vers moi. Il respirait rapidement et semblait avoir du mal à se contrôler. Son visage sec était secoué de spasmes. La prison, la fuite, la planque depuis plusieurs jours, sans doute. Il souffla vers moi.

— Alors, tu ne te souviens toujours de rien ? On va peut-être passer à autre chose que les méthodes douces, les confidences à papa et à tonton ?

Mon regard descendit. Il portait toujours à la ceinture un revolver. J'aperçus également un couteau, le couteau avec lequel il avait déjà failli me poignarder avant-hier. Ma main se posa avec naturel sur la table de fer. Le plus près possible des crépons rouges jetés par Valerino.

En ramasser quelques-uns.

Discrètement.

La voix de Brigitte retentit soudain dans la crypte, tremblante, suppliante.

— C'est bon. Nous n'avons qu'à continuer jusqu'à la croix indiquée sur le plan. Peut-être que Colin se souviendra à ce moment-là ?

Ils se retournèrent vers Brigitte.

Une diversion !

Ma main se referma sur les morceaux de crépon rouge les plus proches.

— Elle a raison, assura mon père. Plus on s'enfoncera dans ce souterrain, plus on sera en sécurité.

Valerino sortit lentement son revolver de son étui. Il posa le canon sur ma tempe.

— D'accord pour le jeu de piste. Ça te laisse le temps de rassembler tes souvenirs. Sinon…

Il ne jeta pas un regard vers ma main. Il ne s'était aperçu de rien !

Mon père, debout derrière Valerino, me fixait. Il n'y avait plus aucun amour dans son regard, aucune compassion. Son regard était noir, vide, absent. Cela ne pouvait pas être le regard d'un père sur son fils. Je n'étais rien pour lui. Il me jouait la comédie.

Cet homme debout n'était pas mon père.

Cet homme m'avait trompé, cet homme m'avait menti depuis le début. Il avait usurpé la place de mon père. Il avait volé le visage de mon père, entre ma mère et moi, sur la photographie de ma table de nuit.

Je ne cherchais plus d'explications rationnelles.

J'étais au-delà du possible.

— En route, fit Thierry d'une voix faussement enjouée. Avant de partir, Jean-Louis, tu devrais ramasser les morceaux de crépon rouge que tu as laissés sur la table. Le gosse s'en est déjà remis plein les pognes.

Valerino grogna, m'ouvrit sans ménagement la main, et plaça nerveusement tout le crépon dans ses poches. Il ne prit même pas la peine de me menacer à nouveau.

Je n'étais qu'un pion entre leurs mains.

Manipulé.

Depuis dix ans ? Depuis ma naissance ?

J'étais définitivement perdu !

Thierry se pencha pour éteindre la lumière au gaz sur la table de fer. La crypte fut plongée quelques instants dans le noir, avant que les torches ne prennent le relais. Lorsque je me levai, je sentis le cercle du canon du revolver de Valerino dans le bas de mon dos. Thierry passa devant, suivi de Brigitte. Valerino appuya sur le canon de l'arme pour me faire signe de les suivre.

L'homme qui avait volé le visage de mon père fermait la marche.

60

Le bout de la piste

Dimanche 20 août 2000, 1 h 29,
route de l'Abbaye, île de Mornesey

Madi s'arrêta net, le morceau de crépon rouge toujours entre les doigts.

La lumière du réverbère sous lequel elle se tenait accentuait encore l'expression de stupéfaction de son visage. Un silence pesant emplit le carrefour, de longues secondes, à peine troublé par quelques cris d'oiseaux nocturnes, au loin.

Madi agita nerveusement la main et avança d'un pas vers Delpech.

— Désolé de vous le dire, mais vous délirez ! C'est bien Jean Remy, le type sur la photo au centre de ton affiche ! Il y a à peine cinq heures, il a essayé de nous enterrer vivants, avec Colin, son propre fils. Je ne suis pas près de l'oublier.

Le journaliste se passa la main dans les cheveux. Il essayait de réfléchir.

— A mon tour d'être désolé de te contredire, ma belle, reprit-il, mais j'ai fréquenté Jean Remy sur cette île pendant près de quinze ans et je peux t'affirmer que c'est bien lui en photo à droite. Le type au centre est Maxime Prieur, son associé.

Armand et Madi ne répondirent rien, abasourdis, incrédules.

— C'est surréaliste, murmura Armand.

Un nouveau silence pesant s'installa.

Clara finit par le rompre.

— J'ai la chair de poule. Je ne sais pas si c'est vos histoires de dingues ou le froid de la nuit… Je vais chercher une veste.

Elle se dirigea vers la 106 garée à moins de deux mètres, ouvrit la portière et se pencha à l'intérieur. Armand ne put s'empêcher d'admirer les fesses de Clara moulées dans le fourreau pourpre tendu. Clara temporisait. Son joli cul s'agitait.

— Elle est où, cette satanée veste ?

Armand délaissa un instant le spectacle pour observer Delpech et Madi. Ils semblaient réfléchir, mais ne quittaient pas pour autant Clara des yeux.

— Ça y est ! lança la secrétaire.

Clara se releva, tira en se tortillant les plis de sa robe, ferma la portière, et se rapprocha d'eux.

Curieusement, Armand ne suivit pas la silhouette de Clara du regard, il resta les yeux rivés sur le logo de *L'Ilien* peint sur la portière de la 106. Il détaillait le coquillage qui se transformait en point d'interrogation.

Parti ailleurs…

Malgré l'absence de vent, on entendait le lointain écho du bruit des vagues se brisant sur les rochers de la presqu'île sauvage.

— Je sais ! cria-t-il soudain. Nom de Dieu ! J'ai compris comment ils ont fait, les salauds. Les enfoirés ! Quelle saloperie !

Tous se retournèrent vers Armand, étonnés.

— Explique-toi, gamin, fit Delpech.

— Bientôt, répondit Armand d'une voix excitée. Le plus urgent est de retrouver Colin. Le plus vite possible. Avant que ce piège infernal ne se referme sur lui.

Madi brandit son crépon rouge.

— Le chemin est tracé !

— OK, fit Delpech. Tu nous racontes en route ?

Ils traversèrent la départementale et s'engagèrent sur le chemin qui menait à l'abbaye. Armand restait silencieux.

— Alors, ton explication ? lança Delpech.

Armand ne répondit pas, concentré à rechercher des indices, des morceaux de crépon rouge. Madi et Clara faisaient de même. Ils en trouvaient régulièrement, tous les trente mètres. Bientôt, ils passèrent sous la croix Saint-Antoine. Quelques mètres plus loin, ils se retrouvèrent face à la grille fermée de l'abbaye. Ils cherchèrent vainement un nouveau morceau de crépon.

— Le cul-de-sac ! fit Delpech.

— Ils sont à l'intérieur ! affirma Madi.

Delpech braqua sa lampe qui éclairait à peine les ruines.

— Peut-être...

— C'est certain ! insista Armand. Il n'y a pas d'autres issues.

— C'est fermé, protesta Delpech.

— Et alors ? fit Madi.

Elle observa la grille. Elle était haute d'environ un mètre quatre-vingts, mais un certain nombre de barres horizontales semblaient rendre possible l'ascension.

— N'importe qui peut passer par-dessus ! insista l'adolescente.

Delpech allait protester, mais Clara avait déjà entamé l'escalade. Elle retroussa sa robe jusqu'à mi-cuisse et, avec une agilité surprenante, prit appui sur les barres les moins hautes de la grille. Ses jambes nues et bronzées s'élevèrent devant leurs yeux médusés. Le corps de Clara se colla sur le haut de la grille. Une jambe puis l'autre passèrent de l'autre côté. Elle sauta et retomba souplement sur ses pieds. Elle ajusta une nouvelle fois les plis de sa robe.

Elle était dans l'abbaye !

Le journaliste et les deux ados restèrent immobiles quelques instants.

— A qui le tour ? lança-t-elle, insolente.

Armand essaya à son tour de se hisser sur la grille mais il lui fallut l'aide de Madi et de Delpech. Ils unirent leurs efforts pour pousser l'adolescent. Tremblant un peu, Armand parvint tout de même à surmonter son vertige et à redescendre de l'autre côté. Madi réalisa l'escalade sans difficulté. Sous le regard de Clara, Delpech mit également un point d'honneur à franchir l'obstacle avec souplesse.

Une fois de l'autre côté, ils ne firent aucun commentaire. Delpech promena sa lampe dans les ruines, cherchant un indice. Ils arpentèrent de longues minutes, en silence, les vieilles pierres de l'abbaye. Aucune trace de crépon.

Rien !

Finalement, ils se postèrent devant l'entrée du souterrain. Delpech éclaira les trois marches.

— Ils sont là, fit Armand. Ils sont forcément entrés là-dessous.

— On y va ! lança Madi.

Delpech la retint par la main.

— Minute, ma jolie ! C'est un véritable dédale. Si Colin Remy est dans ces souterrains, on n'a aucune chance de le retrouver. Sans plan, avec une seule lampe de fortune, on va juste réussir à tourner en rond.

Madi grogna.

— Il a raison, admit Armand.

— Casa ! cria soudainement Clara. C'est Casa la solution. Simon Casanova m'a dit qu'il avait récupéré des plans chez Gabriel Borderie.

— Téléphone ! ordonna Delpech. Il y a peu de chances qu'il dorme.

Clara connaissait par cœur le numéro de portable de Simon Casanova. Elle le composa dans les secondes qui suivirent. Il ne sonna qu'une fois. Simon répondit aussitôt.

— Casa ? C'est Clara !

— Passe-le-moi, exigea Delpech.

Clara tendit à contrecœur le combiné au journaliste, qui lui confia sa lampe en échange.

— Casanova ? C'est Delpech, c'est urgent. Dans les documents que vous avez récupérés chez Gabriel

Borderie, avez-vous des plans de l'île ? Des souterrains en particulier ?

— Je n'ai même que ça ! Vous ne pouvez pas mieux tomber. J'ai étalé devant moi un gigantesque plan où doivent figurer tous les souterrains de l'île, établi par Jean Remy lui-même. J'imagine que la Folie Mazarin doit se trouver quelque part dans ces entrailles…

— Et Colin Remy sans doute aussi. En danger de mort. L'entrée du souterrain par l'abbaye, selon votre plan, elle mène où ?

Il y eut un long silence. Simon cherchait. Il reprit la parole, excité.

— Par cette entrée, on peut rapidement se perdre. Mais si vous cherchez une cachette, ou quelque chose comme cela, mon plan m'indique qu'à moins de cent mètres de l'entrée, il y a une espèce de crypte, une petite pièce d'environ dix mètres sur dix.

— Vous pouvez nous guider ?

— Oui. C'est pas difficile. A gauche. Encore à gauche. A droite, un long couloir puis tout de suite à gauche.

— Merci ! souffla Delpech. Je vous rappelle si on est perdus.

Il raccrocha et s'adressa à Madi, Armand et Clara.

— OK. On tente le coup jusqu'à une crypte qu'il m'a indiquée. Si on ne trouve rien là-bas, on prévient les flics. Clara, tu gardes la lampe et tu passes devant.

La secrétaire ne protesta pas et commença à descendre les marches.

— Vous, fit-il aux adolescents, vous restez derrière.

Delpech tira de sa poche son HK USP. Il braqua le petit pistolet devant lui, tentant de se donner une

524

contenance. Ils avancèrent dans le couloir sombre. Delpech se remémorait les indications de Simon Casanova.

A gauche… A gauche…

Il écarquillait les yeux, pointant son arme dérisoire. Au bout de quelques minutes, ils parvinrent près de la crypte. Delpech fit signe d'observer le plus grand silence. Clara s'avança avec précaution et balaya la pièce de sa torche pendant que Delpech suivait la lumière de son pistolet. Ils éclairèrent le matelas, les chaises, la table de fer, un cendrier.

Après quelques longues secondes d'inspection, ils avaient acquis la certitude que la pièce était déserte.

Ils entrèrent.

— Ils étaient là, fit Madi. Il n'y a pas si longtemps.

— Qu'est-ce qui te fait dire ça ? demanda Clara.

— Je ne sais pas, répondit l'adolescente. Une impression.

— Madi a raison, confirma Armand. Regardez les mégots dans le cendrier.

Clara braqua sa torche sur la table de fer.

— Clara, demanda Delpech, il passe, ton portable ?

La secrétaire pianota sur son téléphone.

— *Yes* ! Il passe !

— OK. Alors on arrête les conneries, décréta le journaliste. Même si on est sur la trace de Colin, ce dont on n'est pas certains, on ne le retrouvera jamais, tous les quatre dans ce dédale. Même avec le plan de Casanova. On appelle les flics.

Madi allait protester mais Delpech leva la main.

— On arrête d'improviser, ma petite furie, c'est la vie de ton copain qui est en jeu. N'oublie pas. On aurait déjà dû le faire avant. Chaque minute peut compter. Les flics sont nombreux, ils pourront fouiller le souterrain avec méthode.

Madi soupira. Armand lâcha :

— Fait chier ! Mais t'as raison, vieux, c'est ce qu'il y a de mieux à faire. Mais ça fait sacrément chier !

61

Le bout du tunnel

*Dimanche 20 août 2000, 2 h 11,
souterrains de l'île de Mornesey*

Je regardai ma montre.

Nous marchions déjà depuis près de trois quarts d'heure dans ce dédale de souterrains. J'avais depuis longtemps renoncé à suivre mentalement le chemin que nous empruntions.

A gauche. A gauche. Encore à droite. A gauche.

J'étais définitivement perdu. Valerino pointait en permanence son arme sur moi.

Impossible de fuir.

Fuir où, de toute façon ? Régulièrement, mes ravisseurs s'arrêtaient à un embranchement pour consulter le plan. Ils braquaient la lampe sur la vieille carte, discutaient un peu, puis reprenaient la marche au même rythme soutenu. Plus nous nous enfoncions dans les entrailles de l'île, moins les tunnels étaient entretenus. Les murs suintaient. L'odeur était parfois presque irrespirable. Souvent, des pans de paroi s'étaient effondrés et il nous fallait escalader les décombres. Une fois, ils découvrirent un couloir complètement obstrué. Il fallut faire demi-tour, pour trouver un autre chemin.

Valerino proféra des jurons pendant dix minutes. Tous semblaient très nerveux.

J'avais renoncé à chercher à me repérer, mais par contre, j'avais acquis une certitude.

Nous montions !

Parfois, nous devions descendre quelques marches, parfois en gravir d'autres, mais le plus souvent, j'avais l'impression que les couloirs s'élevaient. Je réfléchissais. Le tunnel n'était pas très bas, nous n'étions pas descendus profondément sous la terre. Donc, si nous continuions de grimper, c'est que nous nous rapprochions des points les plus hauts de Mornesey, c'est-à-dire vers le sud-ouest de l'île, quelque part entre le port de Saint-Argan et le phare des Enchaînés.

Nous longions une interminable galerie. Elle s'achevait par un étroit boyau de pierre et de terre. Brigitte, Thierry et les autres adultes se faufilèrent avec difficulté dans cette ouverture qui devait faire moins de soixante centimètres de large. J'y entrai pour ma part sans problème. Brigitte éclaira un petit couloir sur la droite.

— C'est là, fit Thierry.

— Pas trop tôt, grogna Valerino.

J'écarquillai les yeux. J'aperçus au milieu du tunnel une échelle vermoulue. Brigitte grimpa la première et souleva une trappe de bois. Thierry suivit à son tour, puis cet homme que je n'arrivais plus à appeler mon père.

Jean-Louis Valerino ferma la marche, toujours derrière moi.

Je passai la tête par la trappe. Brigitte et Thierry éclairaient le lieu avec leur lampe. Je découvris une petite pièce poussiéreuse, aux épais murs de pierres grises. Une cheminée qui n'avait pas dû être utilisée depuis des décennies. Aux murs, par terre, des outils de bois et de fer : des râteaux, des pelles, une faux, de vieux seaux rouillés. Sur la gauche, une table était couverte de vieilles toiles d'araignée. Autour d'elle, quelques chaises. Un vaisselier de bois clair, lui aussi inutilisé depuis des lustres.

Je me trouvais dans une ferme abandonnée.

Une lumière presque aveuglante, bien plus puissante que les torches de mes ravisseurs, éclaira soudain la pièce. A peine quelques secondes, puis la pièce fut plongée à nouveau dans l'obscurité. Je compris aussitôt : le phare des Enchaînés !

Il ne devait pas être très loin. Un kilomètre peut-être ? Cela me confirmait que nous devions être sur un des points hauts de l'île de Mornesey.

Valerino était occupé à secouer les portes et fenêtres de la pièce, sans doute pour vérifier qu'on ne pouvait pas les ouvrir facilement de l'intérieur. La lumière du phare jaillit : j'observai les issues. Deux portes de bois qui menaient je ne sais où. Une fenêtre. Pas de volets, apparemment, mais une couche de poussière de plusieurs millimètres, qui, même s'il n'avait pas fait nuit, aurait en grande partie opacifié la pièce.

Thierry, du revers de sa manche, essuya la table et posa le plan des souterrains de mon père bien à plat.

— Approche, Colin.

Sa voix n'était pas agressive.

— Regarde. Nous sommes ici, au sud-ouest de l'île. Dans la ferme abandonnée de Lucien Verger. Tu n'as certainement jamais entendu parler de lui. C'est pourtant lui qui exploitait les terres de l'abbaye, avant la Première Guerre mondiale. Il louait les terres, mais sa ferme était située un peu plus loin, au sud de l'île. Ici. C'est exactement sur cette ferme que ton père, il y a dix ans, sur ce plan qui t'était destiné, a tracé cette croix rouge. On peut donc en conclure qu'il voulait te désigner l'emplacement du trésor, la Folie Mazarin.

— Faut lui demander ! parvins-je à articuler.

L'homme qui prétendait être mon père ne fit aucun commentaire. Valerino cria presque.

— On a fouillé de fond en comble cette foutue ferme, depuis ce midi, depuis qu'on a ce plan entre les mains. Rien ! Alors…

Il commença à me saisir la gorge de ses mains sales mais Thierry le retint.

— Mollo, Jean-Louis. Ça ne sert à rien de le brusquer.

Il se retourna vers moi, se forçant presque à me sourire. Je le haïssais, peut-être encore plus que ce Valerino ou que ce vrai-faux père.

— Colin, fit mon oncle d'une voix mielleuse, on est au bout de la route. Ton père pensait avoir trouvé ce trésor. Il t'a laissé un plan il y a dix ans, qui mène ici. Il t'a laissé aussi un autre indice, dissimulé dans tes souvenirs. Il te suffit de le retrouver. Tout sera terminé alors.

Je ne répondis rien.

La lumière du phare passa à nouveau. L'homme que j'avais pris pour mon père me tournait le dos, occupé à sonder les murs avec le manche d'une pelle

530

ramassée par terre. Valerino me poussa violemment sur une chaise. Une nouvelle fois, il pointa son revolver tout près de mon visage.

— On va être clairs, petit con. Il est 2 heures du matin. On a toute la police de France au cul. Tu le sais. Tu cherches à gagner du temps, alors je t'explique la suite des opérations. Tout d'abord, nous allons retirer l'échelle de bois et boucher l'issue de ce tunnel. Tu te souviens, ce boyau plus étroit ? Même s'ils envoient une centaine de flics dans ces souterrains, il n'y a aucune chance qu'ils puissent remonter jusqu'à cette ferme. Ensuite, on va attendre encore un peu, tant qu'il fait nuit. Si dans deux heures, vers 4 heures du matin, aucun souvenir ne revient… Tant pis pour toi, tu ne nous seras plus d'aucune utilité. Il est hors de question que l'on attende avec toi que le jour se lève, avec tous ces flics sur l'île. On va tous filer de nuit. Pas par le souterrain, par la porte de cette ferme ! Un bateau nous attend tout près, dans une crique tranquille. Tu vois, petit con, on préférerait tous foutre le camp avec le trésor. Mais si on ne le trouve pas, tant pis… On décampe, mais sans rien laisser derrière nous. Tu m'as compris ? On a récupéré toutes les preuves contre nous dans le dossier du notaire, c'est déjà ça. Tu as le marché en main, alors je te laisse te concentrer.

Il éloigna le canon de son revolver et continua.

— Thierry, Maxime, vous allez me boucher ce tunnel et me remonter l'échelle !

Maxime ?

C'était donc le prénom de cet homme qui avait pris la place de mon père.

Maxime Prieur ?

531

Son meilleur ami ?

Comment était-ce possible ?

Les deux hommes descendirent par la trappe. J'entendis vaguement sous mes pieds un bruit de terre que l'on charrie et que l'on tasse.

Ils bouchaient le tunnel.

Jamais on ne me retrouverait ici.

Valerino était assis à trois mètres de moi, le regard immobile, fou, ne lâchant pas son arme. Brigitte fixait la fenêtre sale. Régulièrement, son visage blanc s'éclairait de la lumière du phare, comme un fantôme.

Les minutes s'écoulaient lentement.

Je n'avais plus aucune envie de me replonger dans mes souvenirs. Pourtant, malgré moi, des images de ce dernier repas revenaient.

Je tentai de les chasser. Je voulais faire le vide. Je n'étais pas stupide. Valerino avait été clair. Si je ne me souvenais pas, je ne serais plus d'aucune utilité pour eux. Mais si je me souvenais, si je leur livrais le trésor, quelle différence ?

Aucune !

Je ne me faisais aucune illusion. Ils avaient prévu de se débarrasser de moi, avec ou sans la Folie Mazarin.

Encore de longues minutes.

Thierry et Maxime Prieur remontèrent.

— C'est fait. On est tranquilles.

Le silence, lourd. La pénombre, éclairée seulement par intermittence de la lumière du phare.

Trouver une idée, une idée pour fuir, sortir de là. Leur mentir. Leur mentir était ma seule chance. Mais il me fallait trouver quelque chose de cohérent.

De longues minutes, encore.

Brigitte explosa la première.

— Il ne dira rien ! Vous ne vous rendez pas compte que tous ses souvenirs se mélangent ? Qu'il est complètement perdu. Comment voulez-vous qu'il se rappelle ?

— Tu suggères quoi ? demanda Valerino d'une voix méprisante.

— Tout lui dire, répondit Brigitte. Tout lui expliquer. Il a bien le droit de savoir, après tout. Qu'est-ce que ça change, maintenant ? Cela lui permettra au moins de remettre de l'ordre dans sa mémoire.

La voix de Maxime Prieur, celle que je prenais il y a encore quelques heures pour celle de mon père, s'exprima.

— Elle a raison. Ça peut marcher, et on ne risque plus rien à présent.

— OK, fit Valerino. Qui s'y colle ?

— Moi, répondit sans hésiter Brigitte. Moi. Tu veux bien qu'on s'isole à côté, Jean-Louis ?

Elle désigna du regard une des deux portes de bois.

— Vas-y, lâcha Valerino.

Brigitte se leva.

Je la suivis.

Dans l'instant, je pensai que Brigitte rusait, qu'elle était en train de trahir ses complices, qu'elle imaginait une astuce pour me permettre de fuir. Derrière la porte, il y avait une issue. Une fois seul avec elle, elle me laisserait partir. Brigitte était mal à l'aise, elle n'était pas une tueuse, je sentais bien qu'elle détestait Valerino.

Elle ouvrit la porte.

Mon espoir s'effondra.

C'était la porte d'un cellier ! Une minuscule pièce de deux mètres sur un. Quatre murs de pierre, épais.

Aucune issue, ni fenêtre, ni autre porte. La pièce était remplie de caisses en bois dans lesquelles étaient entassées des bouteilles de vin poussiéreuses. Tout ce capharnaüm semblait n'avoir pas bougé depuis des décennies.

— Assieds-toi, me dit Brigitte.

Je m'assis sur une caisse de vin. Brigitte fit de même. Elle ne referma pas la porte, mais nous bénéficiions tout de même d'une sorte d'intimité.

Brigitte baissa les yeux, sans me regarder.

— J'ai de lourds secrets à te révéler, Colin.

62

La machination

*Dimanche 20 août 2000, 2 h 23,
ruines de l'abbaye Saint-Antoine,
île de Mornesey*

Moins d'un quart d'heure plus tard, une dizaine de gyrophares éclairaient les ruines de l'abbaye. Les policiers avaient fait sauter sans ménagement la grille. Deux d'entre eux et un psychologue s'affairaient auprès de Madi et Armand pour recueillir leur version des faits.

Un commissaire s'activait. Renseigné par Didier Delpech, il avait à son tour téléphoné à Simon Casanova qui lui avait décrit de la façon la plus claire possible le plan des souterrains de l'île, mais il n'était guère possible par téléphone d'aller plus loin que les premières bifurcations. Un fourgon de police était déjà parti de Nantes en direction de l'aire de Fontenay-le-Comte, spécialement équipé d'un matériel de photocopie et de fax, afin de transmettre au plus vite les informations sur l'île de Mornesey.

Sans attendre, les forces d'intervention, composées à la fois de policiers de Granville et de gardiens de la citadelle Mazarin, investissaient les premiers couloirs du souterrain, fouillant mécaniquement, mètre par mètre.

Ce n'était pas seulement la fugue de Colin qui était en jeu. Elle n'aurait pas mobilisé autant de monde. Les forces de police pensaient surtout que la disparition de Colin Remy était directement liée à la cavale de Jean-Louis Valerino.

Après vingt minutes, la police n'eut plus de questions à poser à Madi et Armand. Le père Duval, qui venait d'arriver, les récupéra. Ils s'assirent sur un banc, se sentant tristement inutiles, désormais. Le père Duval se taisait, devinant que les deux adolescents n'avaient pas envie de se confier.

Pas encore.

Delpech vint à leur rencontre. Il tenait galamment Clara par l'épaule, comme s'il cherchait à la réchauffer. Madi afficha un sourire mâtiné de déception.

— On est hors jeu ? Vous aussi, pas vrai ? Comme nous.

— C'est mieux comme ça, non ? fit Delpech.

— Vous vous en foutez, continua Armand. Vous restez aux premières loges. Les autres journaux ne sont pas encore là. Du scoop pour demain…

Delpech sortit une cigarette de sa poche. Une marque que Madi ne connaissait pas. Une Djarum. Il tira une bouffée.

L'odeur étrange fit tousser Armand.

536

— Petit génie, répondit Delpech, en parlant de scoop, tu ne nous avais pas fait croire que tu avais compris pourquoi le Jean Remy que vous et Colin avez reconnu et le Jean Remy que moi je connaissais n'ont pas le même visage ?

— Je n'ai pas fait croire, répliqua Armand avec arrogance. J'ai compris !

Il marqua un silence, observant l'agitation des policiers, leur va-et-vient incessant, puis poursuivit :

— J'ai compris. A cause du logo du journal sur votre voiture !

Le père Duval se retourna, étonné. Madi ouvrit de grands yeux curieux.

Armand bluffait-il, encore une fois ?

Clara souriait, grelottant un peu. Delpech tira une nouvelle bouffée.

— Vas-y. J'écoute…

— Vous devriez vous asseoir… C'est à la fois d'une grande simplicité et très tordu. J'ai juste fait le lien entre deux éléments. Apparemment, le type que Colin a pris pour son père est en réalité Maxime Prieur, son ancien associé et ami. Autre point, vous nous l'avez dit tout à l'heure, ce Maxime Prieur est infographiste. C'est un pro des retouches photo. Or, le seul souvenir concret que Colin possède de son père, il nous l'a dit, c'est une photo de famille sur sa table de nuit. Son père, sa mère et lui devant l'abbaye.

— Je te vois venir, fit Delpech. Tu penses que Prieur a trafiqué la photo de chevet du jeune Colin Remy, lorsqu'il avait six ans. Ça ne tient pas debout. A six ans, Colin avait forcément un souvenir précis du visage de son père. Si on avait mis un autre visage que celui de son père sur cette photo, il s'en serait tout de suite aperçu.

— Sauf si la photo a été trafiquée petit à petit ! Vous nous l'avez dit, Maxime Prieur est spécialiste du morphing. C'est enfantin ! D'abord, lorsque Colin a six ans, on pose sur sa table de nuit une photo de son père, une vraie photo qu'il reconnaît. Puis, progressivement, tous les jours, pendant des années, la photo est remplacée par une autre, la même, avec lui, son père et sa mère. Mais si les autres visages restent les mêmes, le visage de son père, lui, est modifié. Imperceptiblement à chaque fois. Petit à petit, jour après jour, le visage se transforme sur la photo, mais il est impossible de s'en apercevoir à l'œil nu. Comme un morphing, en fait.

— C'est possible ? demanda Clara, incrédule.

— Ça me semble complètement débile, commenta Madi. Ça vous semble logique, à vous ?

Delpech écrasa son mégot. Il siffla en signe d'approbation.

— Techniquement, répondit-il, c'est sûrement possible. Avec simplement quelques centaines de photos, on doit pouvoir passer sans problème d'un visage à un autre sans qu'on puisse percevoir la moindre différence entre deux clichés. Pour un enfant de six ans qui ne reverra jamais d'autres images de son père, qui n'a de lui qu'une seule photo pour soutenir sa mémoire visuelle, il est tout à fait vraisemblable que cette photo s'impose dans ses souvenirs, même si elle devient contradictoire avec ses propres souvenirs réels. Ensuite, il prendra logiquement tous les clichés de Maxime Prieur pour ceux de son père...

— Je n'y crois pas, fit Clara d'une voix douce.

Elle tremblait. Delpech lui prit les mains et souffla sur elles.

— Clara, pense à quelqu'un que tu connaissais et qui est mort quand tu étais petite. Une tante, une grand-mère…

— Ma grand-mère. J'avais neuf ans.

— Tu te souviens d'elle ?

— Oui, bien sûr…

— De son visage ?

— Oui, aussi. Si je me concentre.

— Réfléchis bien. Je suis certain que toutes les images de ta grand-mère qui te reviennent sont en réalité des images de photos d'elle que tu as revues depuis sa mort. Tu ne te souviens de son visage qu'à travers les supports matériels dont tu disposes. Ce n'est pas vrai ?

Clara réfléchit un instant.

— Si. Mais pour Colin, c'était son père !

— Il avait six ans. Tu en avais neuf. C'était ta grand-mère. C'est la même chose… Non, le problème ne vient pas de la faisabilité technique d'une telle machination. Le problème le plus important est double : qui a pu faire cela ? Et pourquoi !

Delpech alluma une nouvelle cigarette. Le père Duval prit pour la première fois la parole. Il parlait lentement, pesant chaque mot.

— Si vous dites la vérité, seuls son oncle et sa tante, qui ont élevé Colin pendant dix ans, peuvent avoir ourdi une telle machination. Jusqu'à ce soir, cela aurait été une idée parfaitement ridicule. Mais il faut savoir que Thierry et Brigitte Ducourret ont également tous les deux disparu, en même temps que Colin. La police a lancé un avis de recherche.

— C'est eux ! hurla Madi. Colin ne leur a jamais fait confiance. Ils sont les seuls à avoir pu monter un tel coup. Son oncle et Maxime Prieur ont réalisé le morphing, et sa tante n'avait plus qu'à changer régulièrement la photo dans le cadre sur la table de nuit de Colin, lorsqu'il était à l'école. Elle ne travaillait pas ! Quelques centaines de photos, vous dites ? En un an ou deux, ces salauds avaient trafiqué les souvenirs de Colin.

— De plus, ajouta Delpech, Maxime Prieur et Jean Remy se ressemblaient. Même corpulence. Bruns tous les deux. Reste la question-clé : pourquoi se donner tant de mal ? Prévoir une telle machination dix ans à l'avance !

— C'est évident ! hurla Armand.

Il toussa.

— Vous ne pouvez pas éteindre vos clopes de merde ? Elles puent le clou de girofle !

Delpech écrasa son mégot avec empressement.

— Continue, mon garçon. Pourquoi c'est évident ?

— Il y a dix ans, le père de Colin, Jean Remy, avait donné des ordres précis au notaire de l'île, maître Bardon : Colin devait récupérer dans son étude son dossier testamentaire, le lire devant lui, et bien entendu ensuite, mis au courant de la vérité, téléphoner aux flics. Une seule personne pouvait convaincre Colin de ne pas ouvrir ce dossier devant le notaire. Une seule personne pouvait arriver à le faire désobéir aux ordres de son père dix ans plus tôt : son propre père, ressuscité !

— Nom de Dieu ! fit Clara.

Le journaliste passa la main sur son visage moite.

— Ça te dérange vraiment, gamin, si je rallume une cigarette ?

*
* *

Le fourgon de police venait de repartir en trombe de l'aire d'autoroute de Fontenay-le-Comte, dans un déluge de bruit et de lumière. L'aire de repos redevint soudain déserte. Le trafic sur l'autoroute était désormais presque fluide, mais Simon savait que dans ces heures décisives, il était plus utile ici. Les policiers avaient réquisitionné le plan de l'île, sans prendre le temps de lui poser d'autres questions. Le vaste plan devait déjà être scanné sous toutes les coutures et dépêché vers Mornesey.

Normal !

Des vies en dépendaient.

Il repensa fugitivement à Candice, qui devait dormir quelque part sur l'île, peut-être dans les bras d'un autre garçon, indifférente à toute l'agitation nocturne qui animait les ruines désertes et oubliées qu'elle gardait dans la journée. Les fugitifs sous ses pieds…

Simon n'était pas abattu. Il avait encore tout le reste du dossier à étudier, une nouvelle fois. Les policiers ne lui en avaient même pas parlé. Ils avaient tort. Tous ces types sur l'île ne couraient qu'après une seule chose, la Folie Mazarin.

Si on découvrait où se cachait la Folie Mazarin, on retrouverait du même coup le jeune Colin Remy,

541

Valerino et ses complices... Et la clé de cette Folie Mazarin se situait dans ce dossier, dans ces archives, ces lettres, ces plans, ces cartes, ces coupes géologiques, ces relevés météorologiques, ces analyses d'herbes et de plantes de l'île.

Simon se replongea dans l'étude du dossier. Il fallait qu'il trouve ! Il feuilleta la centaine de pages d'archives collectées par Jean Remy. De longues minutes. Il devait avoir parcouru une dizaine de fois le document lorsqu'il s'arrêta sur une des nombreuses coupes géologiques contenues dans le dossier.

Une intuition, enfin ?

Il fit glisser un relevé météorologique et compara les documents.

Une fenêtre s'entrouvrait dans l'esprit embrumé de Simon.

Et si c'était ça ?

Un raisonnement insensé prenait corps. C'était sans doute impossible, stupide. Pas à Mornesey... Pas sur cette île. Pourtant, si cette idée folle était juste, la plupart des indices s'expliquaient, s'emboîtaient parfaitement... Il fallait tout reprendre depuis le début et vérifier !

Vite.

63

Confidences

*Dimanche 20 août 2000, 2 h 35,
souterrains de l'île de Mornesey*

Brigitte resta un long moment, le regard baissé, sans pouvoir ajouter un mot supplémentaire. Le cellier ressemblait à un sordide confessionnal, une poisseuse chambre mortuaire destinée à recueillir les dernières volontés d'un condamné.

Enfin, son visage se redressa, presque imperceptiblement, et elle parla à nouveau, d'une voix très lente.

— C'est difficile, Colin. Tu ne le sais peut-être pas, mais j'étais très amie avec ta mère, Anne. Ma belle-sœur. Nous étions presque les seules femmes, pendant toutes ces années, sur l'île de Mornesey, dans cette association de fouilles archéologiques. Nous avions le même âge. Alors, forcément, cela nous a rapprochées. Je pense que tu sais déjà tout sur l'association. Maxime t'a tout raconté, lorsqu'il s'est fait passer pour ton père, sur la plage de la Crique-aux-Mauves. Il n'a presque pas menti. Cela rendait son récit plus cohérent. Il t'a dit exactement ce que t'aurait dit ton père, s'il était encore vivant. Ton père était vraiment quelqu'un de bien, d'intègre, un pur. Il refusait de vendre le terrain de l'abbaye, il tenait tête à la SEMITIM. Puis il y eut l'accident, la mort des trois ouvriers...

Tout cela, je le savais déjà. Je cherchais toujours un moyen de fuir. Impossible par ce cellier. Prendre une de ces bouteilles de vin poussiéreuses, la casser, m'en servir d'arme.

Ridicule !

Brigitte toussa légèrement pour s'éclaircir la voix.

— La suite de mon récit, tu ne la connais pas. Ton père assuma l'ensemble de la responsabilité du drame, puis disparut en mer après avoir laissé une lettre d'adieu et d'aveux. Tout le monde le croyait mort. Nous aussi. Pour soulager ta mère, Thierry et moi, on t'a emmené avec nous en région parisienne, un appartement de fortune à Pontoise. Je ne sais pas si tu t'en souviens.

J'essayais de ne pas penser à ce qu'elle me racontait, de trouver un moyen de m'échapper. Je répondis malgré moi.

— Un peu...

— Ta mère vint nous rejoindre le soir même. Elle était elle aussi anéantie.

Je revoyais ces dernières images de ma mère, ces dernières paroles, dans mon bain, dans mon lit. Le récit de ma tante faisait remonter en moi des images indélébiles. Brigitte continua.

— Après le repas, elle nous a demandé si elle pouvait téléphoner. C'était un téléphone sans fil. Elle s'est isolée sur le balcon. Mais...

Elle se tut. Elle avait du mal à aller plus loin. J'en fus presque ému. Je sentais que ce coup de téléphone avait fait basculer sa vie.

— Mais quoi ?

Brigitte toussa à nouveau.

— Mais il y avait un autre téléphone dans notre chambre. Thierry l'a décroché et a écouté. Ta mère parlait à Jean, ton père. Il n'était pas mort. Il se cachait. Il enquêtait discrètement. L'accident des Sanguinaires était en réalité un sabotage, un attentat. Il possédait désormais des preuves contre Jean-Louis Valerino, l'homme de l'ombre de la mairie, et ses complices...

Elle ne parvint pas à aller plus loin. Des larmes coulaient sur ses joues. Jamais je ne l'avais vue si humaine.

— Qui étaient ses complices ? Les membres de la SEMITIM ? Tous les escrocs de l'île ?

Brigitte sourit.

— Non, Colin. C'est beaucoup plus simple. Cette histoire d'île de truands, tous mauvais, tous complices, c'est une fable. Les membres de la SEMITIM étaient de braves actionnaires qui cherchaient seulement à s'enrichir. Des gens du coin prêts à investir leurs économies dans un projet immobilier, certes sans trop respecter l'environnement, mais bon, ça ne faisait pas d'eux des criminels. Non, l'affaire ne fut montée que par trois complices. Jean-Louis Valerino, le cerveau de l'affaire, qui s'occupait de la partie administrative. Et... et les deux plus proches associés de ton père. Maxime Prieur, son ami de fac, et Thierry, son beau-frère.

— Pourquoi ? articulai-je.

Brigitte marqua un silence. Dans la pièce d'à côté, j'entendais les voix sourdes de Maxime Prieur et de

Valerino, tendues et nerveuses. Les deux hommes semblaient excédés par l'attente.

Brigitte respira fortement et reprit.

— C'est compliqué. C'est un mélange de beaucoup de choses. La jalousie envers ton père, sans aucun doute. Maxime et Thierry avaient toujours vécu dans l'ombre de sa gloire, sous ses ordres pour ainsi dire. La cupidité, aussi. Le projet immobilier de la SEMITIM devait rapporter énormément, en pots-de-vin, si Maxime et Thierry parvenaient à convaincre ton père de vendre le terrain. Tu sais, à ce moment-là, il n'était pas question de meurtres, même pas de vols. Il s'agissait simplement de vendre un terrain et de toucher de l'argent. Seul Valerino était une véritable ordure. Lorsque ton père a contré la SEMITIM avec son projet du groupe Eurobuild, c'est Valerino qui a pris l'initiative de saboter le tunnel sous la grue.

— Avec la complicité de Maxime et Thierry, pour les détails techniques sur les souterrains, ajoutai-je d'une voix blanche.

— Oui. Avec leur complicité, tu as raison. Mais il n'était question que d'un accident. Une menace. Des dégâts matériels. Ni morts ni blessés. Mais ça a mal tourné et Maxime et Thierry se sont retrouvés en situation d'être accusés de complicité de meurtre. L'engrenage était enclenché. Il ne s'est plus arrêté depuis…

Je demandai, de la même voix blanche :

— Qu'a dit exactement mon père à ma mère, ce soir-là, au téléphone ?

— Il lui a demandé si elle était seule. Puis, comme je te l'ai dit, il lui a parlé de preuves qu'il réunissait contre Valerino et ses complices. Il disait à ta mère de se méfier, d'être prudente. Ton père devait penser qu'il s'agissait d'un complot beaucoup plus important, beaucoup plus puissant. Ton père imaginait toutes les éventualités. Il réunissait toutes les preuves dans un dossier. Il allait mettre ce dossier en sécurité chez le notaire de l'île de Mornesey, maître Bardon, en qui il avait confiance. S'il arrivait un malheur à ton père ou à ta mère, ou aux deux, ses ordres étaient clairs : le notaire devait te convoquer, toi, Colin, son fils, dix ans plus tard, le jour de tes seize ans, pour te révéler la vérité et te confier le terrain de l'abbaye. Ton père était méfiant. Il avait raison !

Brigitte sanglota doucement. Tout s'éclaircissait dans ma tête. Après avoir raccroché le téléphone, ma mère était venue me voir, dans mon lit. A ce moment-là, elle savait que mon père était vivant, cela expliquait ses dernières paroles : « Ton papa est parti loin, Colin, très loin. Mais ne sois pas triste. Il faut être patient. Tu le reverras. Tu le retrouveras un jour. »

Il était encore vivant alors ! Toute ma certitude venait de là. Une colère terrible montait en moi. Prendre une bouteille de vin, la briser, enfoncer le tesson dans la gorge de Valerino, dans celle des autres ensuite. Je lançai d'une voix forte :

— Alors, vous avez tué ma mère !

— Non ! cria presque Brigitte. Non, Colin ! Ta mère a raccroché, est venue te voir dans ta chambre. Puis elle a repris la route, vers Mornesey. Elle avait tout à régler : la succession, le procès. Ton père était présumé mort. Nous avons paniqué, c'est certain. Nous avons téléphoné à Valerino pour le prévenir. Mais jamais l'idée de tuer ta mère ne nous serait venue. C'était la sœur de Thierry ! Ma meilleure amie ! C'est un accident, Colin. Elle était exténuée. Il était tard. Il pleuvait. On l'avait dissuadée de reprendre la route si tard. C'est un accident. Un terrible accident. Encore cet engrenage…

Je marquai une courte respiration.

— Tu es peut-être sincère. Mais je ne crois plus à ce genre de coïncidences. Jean-Louis Valerino a tué ma mère ! Sur le chemin de l'île de Mornesey. J'espère juste qu'il ne te l'a jamais avoué, à toi et à Thierry. Je l'espère pour toi.

Brigitte tremblait.

— Non, Colin. Jean-Louis Valerino ne nous a jamais avoué un tel acte ! C'est une ordure, d'accord, mais aller jusqu'à un tel crime… Non, c'est impossible.

Je répliquai, froidement :

— Ne rien demander. Penser que c'était un nouvel accident, ça vous arrangeait bien. Cela faisait beaucoup d'accidents, non ? Mais puisque Jean-Louis Valerino est prêt aujourd'hui à supprimer le fils, pourquoi n'aurait-il pas tué la mère, il y a dix ans ?

Brigitte marqua un nouveau silence, ponctué de sanglots.

— Je ne sais pas. Je ne veux pas savoir. Dans ma tête, cela a toujours été un accident. C'est comme cela qu'on a raisonné, Thierry et moi. Après le décès de ta mère, Maxime Prieur et Jean-Louis Valerino nous ont contactés. Ton père était passé sur l'île de Mornesey, il avait déposé un dossier chez le notaire et s'était suicidé en haute mer. Pour de bon cette fois-ci. Il n'y avait pas de doute. On a retrouvé son corps quelques jours plus tard. Il était encore parfaitement reconnaissable. J'étais présente, Thierry aussi. Oui, Colin, n'en doute plus maintenant, ton père est mort.

Le vide.

Faire le vide.

Ne plus penser à rien.

Ecouter, simplement. Brigitte poursuivit.

— Tu étais orphelin. On nous confia naturellement ta garde. Mais nous restions tous les quatre avec cette bombe à retardement qui devait exploser dix ans plus tard : ce dossier que tu allais ouvrir à seize ans et qui donnait les preuves de notre culpabilité commune. Cette menace a rendu fous Jean-Louis Valerino et Maxime Prieur. Thierry aussi. Un dossier qui pouvait les perdre, les envoyer en prison, les accuser de meurtre. Sans parler de la Folie Mazarin, ce trésor que ton père prétendait avoir trouvé. Les indices, les preuves se trouvaient forcément dans ce dossier, chez le notaire. Une fortune ! Ils avaient couru après depuis si longtemps, à fouiller tous les souterrains de l'île. Sans l'espoir de mettre la main sur ce trésor, ils auraient tous quitté ton père et ses vieilles pierres depuis longtemps. Les premiers mois, Prieur et Valerino ont tenté de cambrioler l'étude de maître Bardon. Sans succès. Le notaire était méfiant. Le dossier à l'abri. Ils ont envisagé de le corrompre, de le menacer, de le faire chanter. Mais Valerino et Prieur connaissaient bien ce vieux fou de Serge Bardon. Ils savaient qu'il appliquerait jusqu'au bout les ordres de Jean Remy. Alors, Maxime Prieur a eu l'idée de ce plan insensé !

Elle marqua un nouveau silence, cherchant sa respiration. Elle gardait toujours la tête baissée, évitant mon regard. Quelques larmes coulaient encore. Je ne distinguais de son visage, dans l'ombre, que de grands yeux noirs délavés. Son maquillage mélangé de larmes. Elle était si différente de cette Brigitte de mon enfance, distante, vêtue de raide et maquillée même pour aller faire les courses. Mon regard dévia et s'attarda sur les bouteilles entassées dans les caisses.

Brigitte continua, sans relever la tête.

— Un plan complètement fou. Maxime avait presque lancé l'idée pour plaisanter, mais Valerino l'a pris au mot. Tu semblais convaincu que ton père n'était pas vraiment mort. Les derniers mots de ta mère. Les mensonges de ta nourrice sur les circonstances de sa mort. Il suffisait d'enfoncer le clou. Parler parfois de ton père au présent, laisser son adresse dans mon agenda, envoyer quelques cartes postales de Mornesey. Aiguiser ta curiosité. Tu vois ce que je veux dire…

Non, je ne voyais pas, je ne voyais pas le principal ! Je hurlai.

— Et le visage de mon père ? Comment Maxime Prieur l'a-t-il volé ?

Brigitte esquissa presque un sourire.

— Très facilement. Maxime est assez doué en retouche de photos. C'est son métier. Il m'a fourni quatre cents photographies. Presque toutes les mêmes. Celle que tu as gardée dix ans sur ta table de nuit. Sur la première des quatre cents, il y avait le vrai visage de ton père, celui que tu reconnaissais. Sur la dernière, le visage de Maxime Prieur. Entre les deux, quatre cents photos et un imperceptible morphing pour passer d'un visage à l'autre. Je changeais la photographie, dans le cadre, tous les trois jours, pendant que tu étais à l'école.

550

J'ai fait cela pendant trois ans et demi, jusqu'à ce que tu aies neuf ans.

Un sourire, presque nostalgique, déforma à nouveau son visage.

— C'était devenu une habitude. Banale. Je changeais la photo en même temps que je faisais la poussière de ta chambre, que je ramassais tes habits sales ou que je changeais les draps. Quelle folie ! A neuf ans et demi, tu avais oublié le vrai visage de ton père et tu l'avais remplacé par celui de Maxime Prieur. Le piège était en place. On t'a permis par la suite de trouver d'autres photos, et même un film. Evidemment des photos ou un film où l'on ne voyait jamais le vrai visage de ton père, où il n'était pas là, ou de dos. Afin de ne pas prendre de risques, de ne pas raviver tes souvenirs. Excuse-moi, Colin... Je pourrais te dire que c'est tout de même moi qui t'ai élevé. Mais...

Je coupai, indifférent.

— La photo profanée de mon père sur sa tombe, dans le cimetière de Mornesey ? C'était aussi pour cela ? Pour que je ne découvre pas son véritable visage ?

— Oui. Maxime Prieur s'en est chargé. Mais il n'a pas osé cambrioler la tombe de ton père pour récupérer l'alliance qu'il avait au doigt. Colin, il faut que tu me comprennes. Il n'était pas question de meurtre. Pendant toutes ces années, l'objectif était simplement qu'à seize ans, tu te rendes chez le notaire, tu prennes ce dossier sans l'ouvrir, et que tu le remettes à Maxime Prieur. Nous étions ainsi tous innocentés. Sans vol, sans meurtre, sans sang.

Elle respira longuement.

— C'est du moins ce que je croyais. Ce que Valerino et Prieur m'avaient fait croire, nous avaient fait croire, toutes ces années.

— Ce catalogue de centre de vacances sur la table du salon, il y a six mois, c'était un coup monté ?

— Oui, fit-elle d'une voix faible. Nous étions certains que tu choisirais ce camp voile sur l'île de Mornesey. Une fois sur l'île, Maxime Prieur s'est arrangé pour te croiser deux jours avant ton anniversaire. Il a payé un marin ivrogne, avec une télévision, pour qu'il te raconte une histoire et te fixe un rendez-vous qui ait l'air naturel. Je n'étais au courant que de cela. Le reste, Thierry et moi l'avons découvert aujourd'hui, en arrivant.

— Le reste ?

— Le sordide ! L'évasion de Valerino. L'assassinat de son compagnon de cavale. Deux balles dans le dos ! La fausse agression de Valerino, le soir de ton rendez-vous avec Maxime, pour te faire peur. Pour te conditionner. T'inciter à te méfier de tout le monde et à ne faire confiance qu'à ton père. Et surtout…

Brigitte ne put terminer et laissa tomber sa tête entre ses mains.

Je pris le relais.

— Bien sûr, ils ne t'avaient pas dit qu'une fois leur plan exécuté, ils n'auraient plus besoin de moi et qu'ils n'hésiteraient pas à me supprimer. J'étais le dernier témoin gênant.

— Je ne savais pas, Colin. Je ne pouvais pas me douter, il y a dix ans… Ce n'était qu'une machination. Une machination odieuse. Mais pas du sang.

— Je sais… L'engrenage.

Brigitte se recroquevilla encore.

— Valerino est prêt à me tuer, moi aussi. Prieur est à son tour devenu un fou furieux. Lorsque j'ai appris qu'ils n'ont pas hésité à t'enterrer vivant avec tes deux amis...

Je la coupai une nouvelle fois.

— Tu n'as rien dit à la police et tu as continué à me mentir. Tu t'es même aperçue dans l'infirmerie que des souvenirs à propos de la Folie Mazarin semblaient refaire surface et tu en as parlé à tes complices.

— A Thierry... A Thierry seulement... Il n'est pas comme...

Elle s'effondra dans une crise de larmes, incapable de dire un mot de plus. Aucune haine ne montait en moi, au contraire. Tout s'expliquait.

Tout était en ordre, désormais. Il ne restait qu'une question, une question dont j'avais déjà la réponse.

— Alors, ce n'est pas mon père qui passait la main sous la jupe de cette fille, cette Jessica ? C'était Maxime Prieur ?

Brigitte releva la tête en reniflant. Elle me regarda, étonnée de ma question. Un détail imprévu dans leur effroyable machination.

— Non, ce n'était pas ton père. Maxime était devenu dingue de cette gamine qui le faisait tourner en bourrique et qui l'a plaqué après quelques semaines, quand le scandale a éclaté. Cela aussi a dû jouer dans cet engrenage. Ecoute-moi, Colin, ton père aurait été incapable de tromper ta mère. Ton père et ta mère s'aimaient, un bonheur indécent, au point de rendre jaloux tous les autres couples en leur présence. Au point de ne pas pouvoir se survivre l'un à l'autre. Malgré toute cette détresse, Colin, tu es un enfant de l'amour...

Brigitte me regarda pour la première fois dans les yeux.

— Voilà, Colin. Tu sais tout ! J'espère que cela t'aidera à te souvenir de ce détail, la Folie Mazarin. Si tu ne te souviens pas, Colin, ils vont te tuer.

— Ils vont me tuer, de toute façon.

Je me levai, décidé à retourner dans la pièce.

Valerino était la cause de tout. Il avait sans doute assassiné ma mère. Après tout, mon idée de tesson de bouteille n'était peut-être pas stupide. Brigitte ne ferait rien contre moi, ne me dénoncerait pas, je le sentais. Il me suffisait de conserver ce tesson dans ma main, dans mon dos. Avec un peu de chance, je pouvais trancher la carotide de Valerino. Je ne manquais pas de détermination. Si je tuais Valerino, peut-être que Maxime Prieur m'abattrait.

Une balle dans le dos, dans le cœur. Peu importe.

Peut-être aussi que tous se rendraient, me laisseraient libre. Ils avaient tous peur de Valerino, cela aussi se sentait.

Peu importait.

Je regardai longuement Brigitte dans les yeux et je me penchai pour saisir une bouteille. Elle ne dit rien, ne fit rien. Il me fallait la casser rapidement, sans faire de bruit. C'était le plus difficile.

Agir.

Tout de suite.

Je marchai et butai sur une des caisses de vin. Je m'effondrai bruyamment. Valerino, dans la pièce voisine, se précipita.

— Qu'est-ce qui se passe ?

Brigitte était déjà sur moi, m'aidant à me relever.

— Ce n'est rien, fit-elle. Il est choqué. Il a perdu l'équilibre.

Valerino me regarda, méfiant, tenant toujours son arme à la main.

— C'est fini, les confidences. Revenez avec nous.

J'avançai doucement.

Valerino était debout, moins de deux mètres devant moi. Dans mon dos, je tenais le goulot de la bouteille, cassée. Brigitte, derrière moi, ne pouvait pas ne pas le voir.

Elle ne dit rien.

Complice, une fois encore.

Valerino n'allait pas tarder à remarquer ma main dans mon dos. Il me fallait m'avancer un peu, encore un peu, quelques décimètres.

Et alors frapper.

Frapper à la gorge l'assassin de ma mère.

64

Une lueur dans la nuit

*Dimanche 20 août 2000, 2 h 36,
ruines de l'abbaye Saint-Antoine,
île de Mornesey*

Delpech, Clara, le père Duval et Madi gardèrent le silence quelques longues minutes. Chacun réfléchissait à la théorie d'Armand.

A la fois folle et vraisemblable.

Une agitation soudaine secoua les forces de police massées dans les ruines de l'abbaye.

— Ils les ont retrouvés ! cria Madi.

Delpech se précipita et conversa quelques instants avec un gardien de prison gradé.

— Fausse alerte, annonça-t-il avec déception. Ils viennent simplement de recevoir par fax l'intégralité du plan du souterrain que Simon Casanova leur a fourni. Ils vont pouvoir investir l'ensemble des galeries. Si Colin se trouve là, ils vont le découvrir.

— Mouais, siffla Armand, peu convaincu.

Clara se pencha vers l'adolescent, maternelle.

— Il faut leur faire confiance. C'est leur métier. Ils ont le plan…

Armand n'eut même pas l'envie de plonger les yeux dans le décolleté qui s'ouvrait devant lui.

— Ils ne sont tout de même pas aussi cons, lâcha-t-il.

— Comment cela ? fit Delpech.

— Si l'on admet l'hypothèse de leur machination, il s'agit d'un plan préparé de longue date, depuis dix ans. Je les vois mal venir s'enterrer dans un tunnel, avec toute la police à leurs trousses, sans avoir prévu une issue.

— Ils ne pouvaient pas se douter que la police disposerait d'un plan précis, répliqua Delpech.

— Ils savaient que la police les attendrait à la sortie ! Ces souterrains sont un leurre, un piège. Je suis certain que Valerino depuis trois jours se terrait sous terre alors que tout le monde le cherchait en surface. Maintenant que tous les policiers jouent les taupes sous terre, il est à peu près certain que Prieur, Valerino et Colin cavalent en surface.

Delpech regarda Armand avec admiration.

— Il paraît qu'il a un QI de 140, glissa Madi.

Clara insista.

— C'est pas con, ce qu'il dit, le gosse. On devrait peut-être en parler à la police.

— Je ne crois pas qu'ils soient prêts à écouter les conseils d'un gamin de quinze ans, répliqua Delpech.

Petit à petit, les ruines de l'abbaye se vidaient.

Les troupes de police et de la prison investissaient chacune à leur tour le souterrain, armes au poing.

Comme des fourmis qui se jettent sur un appât, pensa Delpech.

— Même si t'as raison, petit, fit le journaliste, on ne peut pas faire grand-chose à part attendre.

Un long silence suivit.

Le regard de Madi se posa sur la silhouette de l'immense croix Saint-Antoine, qui dominait les ruines. Un court instant, la silhouette lui parut plus nette, contrastée, comme légèrement éclairée.

Les phares puissants d'un véhicule ?

Etrange.

Le même phénomène se reproduisit quelques secondes plus tard. Le haut de la croix irradiait.

— C'est quoi, cette lumière ? demanda l'adolescente.

Le père Duval, d'habitude silencieux, fut le plus prompt à répondre.

— Le halo du phare des Enchaînés. Il est assez loin mais il parvient à éclairer tous les points les plus hauts de l'île.

L'adolescente hurla presque.

— Vous avez des jumelles, l'abbé ?

Le père Duval sourit en entendant Madi l'appeler l'abbé.

— Oui. Au camp…

— Et du phare, on voit presque toute l'île ? demanda-t-elle.

— Non, corrigea le père Duval. Une petite partie seulement. Seulement ce qui est éclairé. Seulement les points les plus hauts. Les endroits dégagés.

— Il y a un autre point plus haut sur l'île ? enchaîna Armand. Un meilleur poste d'observation ?

— Non, assura le père Duval. Mais…

— Je peux avoir les clés, affirma Delpech. Le gardien est un vieux copain. Il suffit de passer au port de Saint-Argan.

— On fonce, cria Madi.

— Du calme, les enfants, tempéra Delpech. On ne verra presque rien du phare. Surtout de nuit. Nos chances sont presque nulles.

— Pourquoi vous venez alors ?

Clara boutonna la veste sur sa robe et répondit avant le journaliste.

— Parce que le grand Didier Delpech déteste être là où sont les autres reporters. Dans quelques heures, l'entrée du tunnel sera mitraillée par la presse nationale. Mais Delpech, lui, sera déjà ailleurs… Alors pourquoi pas au phare, après tout !

Une minute plus tard, tous les cinq s'entassaient dans la 106 de Delpech. Le journaliste conduisait. Le père Duval, qui dépassait allègrement les cent kilos, insista pour monter à l'avant. Armand se précipita pour monter à l'arrière le premier, au centre de la banquette, puis laissa, fesses contre fesses, cuisses contre cuisses, Clara et Madi se serrer contre lui.

Delpech s'arrêta rapidement dans la cour du camp. Le père Duval descendit pour chercher sa paire de jumelles et revint, trottinant, essoufflé.

Ils repartirent, laissant derrière eux, réveillés, étonnés, inquiets, les autres adolescents du camp, encadrés par Yoyo et Stéphanie.

Ils foncèrent jusqu'au port de Saint-Argan. Delpech se gara face à la capitainerie et sonna. Il glissa quelques mots dans un interphone. La lumière s'alluma dans l'ensemble du bâtiment moderne. Au bout de plusieurs secondes, un type mal réveillé ouvrit la porte et confia un jeu de clés à Delpech. Il courut à son tour jusqu'à la voiture.

— C'est bon, je l'ai.

Ils franchirent en trombe les quelques kilomètres qui les séparaient du phare des Enchaînés. Delpech se gara au plus près, presque sur la digue.

— Construit en 1834, commenta le père Duval. Haut de cinquante-trois mètres. Pas le plus haut de France, loin de là. Mais tout de même… Il est à peu près de la hauteur du phare de Goury à la pointe de la Hague ou du phare de Granville sur la pointe du Roc.

Ils marchèrent une vingtaine de mètres. L'édifice était entièrement éclairé. On accédait au phare par un petit sentier recouvert de gravier. En s'approchant, ils découvrirent l'imposante colonne hexagonale de pierres grises, presque sans aspérités. De bas en haut du phare, une dizaine de lucarnes rondes, jaune pâle, pouvaient figurer les boutonnières impeccablement alignées d'un immense uniforme.

Delpech tâtonna un peu avec ses clés. Enfin, la porte s'ouvrit.

— Deux cent vingt-trois marches, indiqua le père Duval.

— Passez devant, mademoiselle, proposa galamment Armand à Clara.

Autant joindre l'utile à l'agréable.

65

H11.08

Dimanche 20 août 2000, 2 h 46,
ferme en ruine de Lucien Verger,
île de Mornesey

L'assassin de ma mère me faisait face.

J'avançai encore, moins d'un mètre. Doucement. Je baissai la tête, l'air résigné. J'évitai de regarder Valerino, mais je le sentais juste devant moi.

Maintenant !

Ma main jaillit de derrière mon dos. De toutes mes forces, de toute ma haine, je lançai mon bras en avant, visant avec ce goulot de verre brisé la gorge du monstre devant moi.

Quelques centimètres.

Valerino avait anticipé mon attaque.

Il bondit sur le côté. Une main de fer saisit mon poignet.

Elle serra, fort.

— Lâche ça, fit la voix grinçante de Valerino.

Je grimaçai. Je résistai.

Il serra plus fort. La douleur était atroce. Je résistai pourtant encore. Finalement, je lâchai le goulot. Valerino me poussa sans ménagement sur la chaise. Il lança un regard sombre, soupçonneux, vers Brigitte. Celle-ci se tenait presque prostrée, muette, dans un coin sombre de la ferme, près de la cheminée. Inutile d'attendre désormais la moindre aide de sa part.

Valerino ricana.

— Je suppose que maintenant, tu sais tout. Tu as voulu jouer les héros. Je peux comprendre ça. Tu as pigé que c'était inutile.

Il donna un coup de pied dans le tesson de bouteille qui roula jusqu'au mur opposé. Je suivis sa course des yeux. Troublé. Valerino regarda sa montre.

— Magne-toi. Le temps passe. Concentre-toi sur ce que l'on cherche. On n'a pas toute la nuit…

Me concentrer ?

Ce n'était plus la peine. D'un coup, tout était devenu net dans mon esprit.

Tous les autres criaient, lors de ce dernier repas. Je revoyais mon père se pencher vers moi. Discrètement. Me parler sous la table. Me glisser à l'oreille : « Regarde, Colin. Regarde. Il est là, le trésor. Elle est là, la Folie Mazarin. »

Sous mes yeux.

Je savais, désormais. Je me souvenais. Mais il me fallait gagner du temps. Trouver une idée, une autre. Une autre arme. La tête toujours baissée, je regardai autour de moi.

Rien.

Rien à part ces vieux râteaux rouillés, ou à la limite cette faux, posée près de la cheminée. Elle avait l'air encore aiguisée, mais comment, au milieu de quatre adultes hostiles, me lever, la saisir, l'abattre sur eux ?

Ridicule. Impossible.

Il me fallait trouver autre chose.

Ruser. Mentir.

La lumière du phare illumina une nouvelle fois la ferme. Les fenêtres étaient trop poussiéreuses. De l'extérieur, on ne pouvait sans doute pas distinguer la faible lueur des lampes torches. Personne ne pouvait soupçonner qu'il y avait du monde ici, et la police avait sûrement dû déjà fouiller la ferme abandonnée les jours précédents.

Les minutes s'égrenèrent, lentes, rythmées par la lumière tournante du phare.

— On perd notre temps ici, lança soudain Valerino. On a tout fouillé. Sondé les murs. Tout retourné. Il n'y a pas de trésor ! On devrait foutre le camp tout de suite pendant qu'il est encore temps. C'est une connerie, cette histoire de Folie Mazarin, un bobard monté par Jean Remy.

— Jean l'avait trouvé, répondit calmement Maxime Prieur. On est simplement trop cons pour comprendre.

Prieur se pencha vers moi et pointa son index sur ma tempe.

— C'est dans ta tête, Colin. Ce qu'on cherche est là, dans ta tête. Ton père a caché son secret dans ta tête. On le sait tous. Alors souviens-toi ! Bon Dieu ! C'est ta seule chance !

Essayer. Tant pis.

563

Après tout, qu'est-ce que je risquais ?

— Il y a… il y a une image, balbutiai-je.

Valerino et Thierry se retournèrent brusquement.

— Quoi ?

Je continuai.

— Une image me revient. Comme un code. Mais je ne sais pas ce que cela signifie. Ça ne veut rien dire.

— Vas-y toujours, fit Maxime Prieur, excité. Parle. Nous, on comprendra.

— C'est comme un code. Il l'avait tracé dans le sol, avec son doigt, sous la table, lors du dernier repas. Il m'avait dit de regarder puis il l'a effacé.

— Vas-y ! fit Prieur, impatient.

— Il faut que je le trace. C'est un peu comme un dessin.

Sans attendre l'autorisation, je me levai et je me dirigeai vers la fenêtre. Valerino faillit intervenir mais Prieur leva la main.

— Laisse, bordel. Laisse-le faire.

Valerino, méfiant, pointa son arme. Je levai mon doigt, pour leur faire comprendre que je voulais seulement tracer un signe, dans la poussière de la fenêtre.

Maxime Prieur se rapprocha de moi, prêt à intervenir à la moindre tentative d'évasion. Je mouillai légèrement mon doigt et je traçai sur toute la largeur de la fenêtre, en prenant soin d'appuyer le plus possible, dans l'épaisse couche de poussière, une lettre suivie de chiffres.

H11.08

— C'est tout ? demanda Prieur, surpris.

J'acquiesçai et je pris soin tout de suite de m'écarter de la fenêtre.

— Qu'est-ce que c'est que cette connerie ? s'inquiéta Valerino. Il se fout de notre gueule, ce môme !

Thierry intervint pour la première fois.

— C'est pas sûr. Jean était bien capable d'inventer un truc aussi tordu.

Maxime réfléchit à voix haute.

— H11. Cela peut désigner un horaire. 11 heures… Cela peut désigner une position du soleil. En tous les cas, ça indique une direction, à partir d'un point donné. Ici, par exemple. Mais 08 ? Qu'est-ce que ça veut dire ?

— Un nombre de pas ? suggéra Thierry. Ou bien une altitude. Il y a peut-être un point sur l'île qui se situe exactement à huit mètres au-dessus de la mer ?

Maxime Prieur déplia une carte et il se pencha pour l'examiner, avec Thierry.

Valerino soupira.

— Vous perdez votre temps. Il vous embrouille, ce môme. Il cherche juste à gagner du temps.

La lumière du phare traversa la poussière de la fenêtre pour éclairer la ferme. La lettre H et les quatre chiffres s'illuminèrent un éphémère instant en d'immenses symboles de feu.

H11.08.

Mon unique espoir.

Si fragile.

Il fallait que quelqu'un repère ce message, le lise de l'extérieur, dans l'autre sens, donc…

Puis le comprenne…

Un seul être sur l'île de Mornesey en était capable.

66

Vertige

Dimanche 20 août 2000, 2 h 57,
phare des Enchaînés, île de Mornesey

Armand avait du mal à suivre Clara. La blonde
secrétaire gravissait la double centaine de marches du
phare sans s'essouffler. Elle devait passer des heures
dans une salle de remise en forme à faire du step.

Armand, lui, souffrait. Deux cent vingt-trois
marches !

Madi le poussait dans le dos.

— Dépêche-toi, bordel !

— Y a pas le feu, grognait Armand. Le père Duval
est vingt marches en dessous et c'est lui qui a les
jumelles…

Après quelques minutes d'ascension, tous parvinrent
en haut du phare. Armand reprenait son souffle. Le père
Duval, malgré la froideur de la nuit, suait beaucoup.
Il posa ses mains sur le mur de béton, respirant difficile-
lement. La lumière se faisait plus crue, plus aveuglante,

même si on ne pouvait pas directement accéder à la pièce des machines, désormais automatisée. Delpech ouvrit une nouvelle porte, qui donnait sur l'extérieur.

Ils firent un pas dehors.

La visite du phare était en théorie interdite au public. Ils comprirent pourquoi ! A cinquante-trois mètres de hauteur, de la coursive, on dominait toute l'île. Mais seule une petite grille de fer, de moins d'un mètre, protégeait contre la chute dans le vide. Delpech, Clara et Madi avancèrent jusqu'à la rambarde et se penchèrent.

Ils découvrirent, subjugués, un panorama somptueux.

A leur droite, le petit port de Saint-Argan et ses néons multicolores, la statue éclairée de Mazarin. Sur leur gauche, l'ombre de la Crique-aux-Mauves. Devant eux, quelques maisons éclairées, le hameau des Charmes. Des fermes, des pavillons. Au loin, à l'autre bout de l'île, la croix Saint-Antoine. Encore plus éloignée, sur sa presqu'île, la citadelle Mazarin, illuminée d'halogènes blancs. Au large, des lueurs rouges, jaunes. Les balises de la Manche signalant les écueils, la vie sur une île Anglo-Normande voisine, Chausey ou une autre.

Un vent frais soufflait sur leurs visages. On entendait la mer se briser sur la colonne de béton.

— C'est magnifique, commenta Clara. C'est la première fois que je monte ! Toutes ces lumières…

Le père Duval s'avança à son tour et confia ses jumelles à Delpech.

— Vous avez sûrement de meilleurs yeux que moi.

Delpech commença à scruter l'île. Lentement. Minutieusement. Madi se retourna vers Armand, qui était resté près de la porte.

— Qu'est-ce que tu fous ?

Elle s'aperçut que les jambes d'Armand tremblaient.

— T'es timbrée, Madi ? répondit Armand. T'as vu le vide ? J'ai pas envie de plonger.

— T'as le vertige ?

— Ouais…

— Allez viens, je te tiens la main.

— Que dalle, je vois bien, de là où je suis.

Madi soupira.

— T'es con. Y a aucun risque.

— Je t'emmerde !

Après quelques longues minutes, Delpech reposa les jumelles.

— Rien, fit-il. Rien de louche. J'ai tenté d'observer les chemins, les routes, les habitations. Mais je n'ai rien vu. C'est trop sombre. S'ils restent à couvert, dans l'ombre, sous des arbres, il est impossible de les repérer d'ici.

— Passe, fit tout de même Clara.

La secrétaire examina longuement l'île. Elle aussi sans succès. Puis ce fut le tour du père Duval.

— Je peux regarder ? demanda Madi.

Le père Duval lui tendit les jumelles. Clara grelottait, les mains et le visage glacés par le vent insistant. L'adolescente commença son inspection.

— C'est dingue. On voit même la lumière des gyrophares des flics, dans les ruines de l'abbaye. On voit tout !

— Seulement ce qui est éclairé, précisa Delpech.

Au bout de nouvelles longues minutes, l'adolescente reposa les jumelles.

— Rien, admit-elle. A part les gyrophares, tout le monde pionce sur cette île !

Elle se tourna vers Armand. Toujours prostré en haut de l'escalier, il n'avait pas franchi la porte extérieure.

— Tu veux regarder ? demanda Madi.

— Je peux pas, je te dis !

— Laisse, fit de sa voix calme le père Duval. Le vertige, c'est une phobie qui ne se contrôle pas, et cette coursive est effectivement très dangereuse.

— Qu'est-ce qu'on fait, alors ? protesta Madi. On n'a rien trouvé !

— On ne trouvera rien ! répondit Delpech. On a essayé. Il le fallait. Peut-être d'ailleurs que les flics ont déjà retrouvé Colin.

Clara claquait des dents. Delpech la prit entre ses bras et tenta de la réchauffer.

— Allez, on redescend, fit le journaliste. Il va falloir trouver une autre idée.

Armand entama cette fois-ci le premier la descente des deux cent vingt-trois marches, suivi de Madi, Clara et du père Duval. Delpech referma à clé la porte de la coursive extérieure et les rejoignit.

67

La Folie Mazarin

Dimanche 20 août 2000, 3 h 13,
aire de repos de Fontenay-le-Comte

L'aire d'autoroute était désormais complètement déserte. La quatre-voies était dégagée, le trafic redevenu fluide.

Simon Casanova avait froid. Un petit vent s'était levé et l'empêchait de compulser les éléments du dossier de Gabriel Borderie sans que les papiers s'envolent.

Il ramassa le dossier et entra dans la station-service.

La lumière artificielle des néons lui fit mal aux yeux. Une fille fatiguée, derrière la caisse, lui lança un sourire. Très jeune. Sans doute une étudiante qui tentait de gagner sa vie le soir, l'été. Les clients avaient dû défiler toute la soirée, elle devait attendre la relève avec impatience. Elle observa Simon du coin de l'œil. A un autre moment, Simon serait bien allé lui dire quelques mots gentils, ou plus. Mais il avait la tête pleine. Il se servit un café au distributeur, visiblement réparé.

Trois francs.

C'était mauvais, mais chaud.

Il jeta un coup d'œil autour de lui. Il n'y avait aucun endroit pour s'asseoir à l'intérieur de la station-service. Seules quelques petites tables rondes, en formica blanc, étaient installées, pour poser les tasses de café. Simon jeta sa tasse vide à la poubelle et ouvrit une nouvelle fois le dossier.

Il était sur la bonne piste. Il en était certain.

Il devait juste vérifier une dernière fois toutes ces informations. Il sentait sur lui le regard curieux de la jeune caissière.

Pas ce soir, ma jolie.

Il relut tout d'abord l'analyse détaillée de la composition géologique de l'île. Le sol de l'île était composé essentiellement de rendzine. « Un sol peu profond formé sur une roche mère calcaire et comprenant un horizon A de couleur sombre, caillouteux et grumeleux avec beaucoup d'humus et reposant sur une roche en place plus ou moins altérée. » Simon n'y connaissait rien mais il s'agissait a priori d'un mélange rare, très particulier, surtout aussi au nord de la France.

Simon ouvrit le dossier et sortit avec peine une grande carte, la carte géologique de l'île. La petite table ronde de formica ne permettait pas de la poser. Il la plia pour se concentrer sur la fameuse parcelle, la zone NA, celle des Sanguinaires, le terrain exploité en 1914 par Lucien Verger. Il s'agissait là aussi d'une parcelle très particulière, d'un type original de rendzine : « un sol assez pauvre en humus, peu acide, assez pierreux ;

un substrat de nature argileuse ; un bon drainage et une alimentation en eau régulière ».

Pourquoi pas ?

Il puisait dans ses souvenirs, ses rares cours de géologie. Cela correspondait. Il replia la carte et feuilleta les pages du dossier. Il s'arrêta sur les archives qui concernaient le jeune Lucien Verger : un inventaire de ses biens, à sa disparition. Des relevés d'achat de matériel, lorsqu'il était encore en activité. Du matériel très coûteux, pour l'époque. Il relut une dernière fois la correspondance de Lucien Verger : *J'ai bien reçu ton « trésor »... J'ignorais que les entrailles de l'île de Mornesey contenaient une telle richesse... Vous trouverez encore quelques pièces de ma collection. J'en ai plusieurs dizaines, et je ne compte pas m'arrêter là. La mobilisation générale pour cette saleté de guerre risque de me retarder un peu. Mais vous comprenez bien que ce n'est pas très grave.*

Il n'avait plus aucun doute.

Ne serait-ce que ce nom, les Sanguinaires. C'était d'une telle évidence lorsqu'on y pensait !

Il relut la fameuse lettre de Madame de Sévigné : *Mazarin l'Italien a conquis la cour par son talent d'orateur, son sens des intrigues politiques et sa profonde érudition, mais surtout par sa fortune qui lui venait de la petite île de Mornesey. Ce trésor unique dont il était fou, avec lequel il sut corrompre la noblesse de France, cette source inépuisable de richesse dont la cour de France était folle. Sans ce trésor, le sacre de Louis XIV n'aurait pas eu le même éclat.*

Non, il ne se trompait pas ! Les preuves rassemblées par Jean Remy étaient claires.

Simon referma le dossier et retourna dehors, d'un pas pressé. Il passa devant la jeune caissière qui lui lança un sourire mélancolique. Simon laissa quelques instants l'air frais de la nuit le réveiller un peu, puis sortit son téléphone portable.

Quelques sonneries.

— Allô ?

— Clara ?

— Casa ? répondit une voix essoufflée.

— Clara, tu es où ?

— Dans un escalier. Deux cent vingt-trois marches. Je t'expliquerai.

— Clara, je crois que j'ai percé le secret de la Folie Mazarin ! Le sol de l'île présente des propriétés exceptionnelles, un mélange rare et complexe. Surtout la fameuse parcelle des ruines de l'abbaye. Un sol comme on n'en rencontre que dans quelques endroits en France. Je te passe les détails…

— Qu'est-ce qu'il a de spécial, ce sol ? demanda Clara, sceptique, tout en continuant de descendre les marches.

— C'est un sol en tout point comparable à celui des plus grands crus français. Le Bordelais. La Bourgogne. Clara, j'ai les preuves ! Ce jeune fermier en 1914, ce Lucien Verger, était viticulteur. La Folie Mazarin, c'est un vin, un très grand vin !

Clara s'arrêta brusquement dans les marches du phare. L'escalier n'était éclairé que de petites veilleuses éparses. Le père Duval, qui marchait derrière Clara, manqua de la renverser.

— Vous vous y connaissez en vin, mon père ?

— Pas trop mal, répondit le père Duval, un peu surpris.

Clara lui tendit le téléphone.

— Tenez, vous serez plus compétent que moi.

Le prêtre se retrouva avec le téléphone dans les mains sans avoir le temps de protester.

— Allô ? C'est Duval, le directeur du camp de vacances.

— Vous avez des connaissances en vin ?

— J'ai chez moi une cave de près de mille bouteilles...

— OK ! explosa Simon, excité. La Folie Mazarin, en réalité, c'est un vin ! Une évidence quand on y pense. Les Sanguinaires, c'est le toponyme d'un vignoble, connu depuis le Moyen Age. Un des plus grands crus français ! Produit longtemps par les bénédictins, Mazarin l'avait découvert. La production s'est perdue à la Révolution, avec le démantèlement de l'abbaye et les querelles d'héritage. Le terroir était trop petit, trop isolé. On l'a oublié. La mémoire s'est perdue. Jusqu'à ce que ce jeune viticulteur, en 1914, Lucien Verger, produise à nouveau le vin rouge de l'île de Mornesey...

— C'est tout à fait possible, répondit le père Duval en reprenant son souffle. Mornesey se situe plus au sud que le vignoble de Champagne, d'Alsace, ou que les Eiswein du Rhin et de la Moselle. Avec le microclimat océanique en plus, les brouillards matinaux qui protègent du gel, l'exposition plein sud, c'est crédible. Comme à Jersey, où on produit encore un excellent vin blanc. Sauf que le sol de Mornesey est infiniment plus riche, et si l'on découvre le cépage qui s'harmonise... Dieu du ciel... Pour être certain... Il faudrait goûter !

— Lucien Verger est le dernier à avoir produit du vin sur Mornesey ! hurla presque Casanova. Sa ferme se situe dans le sud-ouest de l'île, sur un des points les plus hauts. Elle est toujours abandonnée. Je suis passé plusieurs fois devant elle ce mois-ci. S'il reste quelque chose de la Folie Mazarin, si Jean Remy, il y a dix ans, a découvert une de ces dernières bouteilles de l'île, c'est là-bas, dans la ferme abandonnée de Lucien Verger.

Des gouttes de sueur coulaient des doigts épais du père Duval, mouillant l'appareil.

— Merci. On fonce ! On vous rappelle.

Le prêtre raccrocha. Il redonna le téléphone à Clara et tendit ses jumelles à Delpech.

— On remonte. Enfin, vous… Moi, j'en peux plus ! Vous remontez mais nous savons désormais ce qu'il faut observer : la ferme abandonnée de Lucien Verger. Elle est en plein dans l'axe du phare, à un peu plus d'un kilomètre.

Delpech souffla un peu, s'appuya quelques instants sur le mur de béton, et entama une nouvelle ascension.

— Plus de mon âge ! soupira le journaliste.

— Te plains pas ! fit Clara, alerte. On n'était pas arrivés tout en bas.

Derrière eux résonnaient les pas sautillants de Madi, et ceux plus lents d'Armand. Ils avaient compris et commençaient eux aussi une seconde ascension du phare.

Une fois sur la coursive, Delpech pointa directement les jumelles vers la ferme abandonnée. Clara et Madi attendaient à ses côtés, impatients. Armand refusait toujours de franchir la porte extérieure.

— Alors ? demanda Clara, grelottant de nouveau.

— Rien, répondit le journaliste d'un air maussade. Rien ! Tout est tranquille. Aucune lumière dans la cabane. Rien ne bouge. Personne dehors. Encore une fausse piste !

— Je peux regarder ? fit Madi.

— Si tu veux, répondit Delpech. Dépêche-toi, on ne va pas rester là longtemps. On se les gèle.

Clara acquiesça. Madi pointa ses jumelles et attendit que la lumière du phare éclaire quelques secondes la ferme abandonnée. Au bout d'une dizaine de passages du rayon lumineux, elle reposa à son tour les jumelles.

— Que dalle. Rien ne bouge.

— On redescend, fit le journaliste.

— OK, soupira Madi.

Elle rendit les jumelles à Delpech. Tous se tournèrent pour sortir de la coursive. L'adolescente les suivit.

Ils avaient descendu plus de cent marches lorsque Madi demanda sans conviction :

— A tout hasard... Un chiffre. 80.11H. Ça ne dit rien à personne ?

Quatre marches encore.

Le cri d'Armand, beaucoup plus haut dans le phare, se propagea dans l'escalier en spirale comme un incendie dans un tunnel.

— Quoi ? Qu'est-ce que tu viens de dire ?

Madi stoppa net sa descente, se retourna, leva les yeux.

— Sur une fenêtre de la ferme, expliqua-t-elle. Dans la poussière, j'ai lu ce truc. 80.11H.

— 80 ! hurla encore plus fort Armand. A 11 heures ! C'est un jeu entre Colin et moi. Il est là ! Putain, c'est certain, Colin est dans cette ferme !

68

Le dernier deuil

Dimanche 20 août 2000, 3 h 21,
ferme en ruine de Lucien Verger,
île de Mornesey

Tout d'abord, je crus qu'il s'agissait une nouvelle fois de la lueur du phare. Mais la lumière ne poursuivit pas sa ronde. Elle se figea sur la ferme, inondant la pièce d'une lumière crue.

Valerino se précipita à la fenêtre, arme au poing. Il tenta de placer une main sur son front, en forme de visière, pour distinguer quelque chose à l'extérieur, mais un puissant spot l'aveugla.

— Nom de Dieu, qu'est-ce qui se passe ? hurla Maxime Prieur.

— Je ne sais p…

Valerino n'eut pas le temps de terminer sa réponse. Une voix masculine, presque irréelle, déformée et amplifiée par un mégaphone, résonna dans la pièce.

— Valerino. Ducourret. Ouvrez la porte et rendez-vous sans résistance. Vous êtes cernés.

Valerino cassa la vitre de la fenêtre d'un coup de coude et, tout en restant à couvert, observa le champ abandonné devant la ferme. Il se retourna vers Thierry et Prieur.

— Des flics ! Plus d'une dizaine de bagnoles. Putain. Comment ils ont fait pour nous retrouver ?

Il me lança un regard terrifiant.

Sans comprendre.

Thierry s'avança. Presque à découvert devant la fenêtre.

— C'est fini, Jean-Louis. On a misé, on a perdu. On ne va pas jouer aux cow-boys. On se rend !

Valerino se précipita vers la trappe, celle par laquelle nous étions entrés, qui menait au souterrain.

Il l'ouvrit.

On entendit distinctement des bruits sourds, des coups de masse. La police tentait de percer le tunnel obstrué par Valerino et ses complices.

— On est coincés, s'énerva Maxime Prieur. Foutus. Comme des rats. Tout ça pour ça.

— Non, hurla Valerino. Il nous reste une chance.

Il se tourna vers moi. Ses yeux brillaient d'une folie désormais non contrôlée.

— Il nous reste une monnaie d'échange. Un otage. Ils ne tireront pas sur un otage.

Maxime Prieur le regarda avec inquiétude.

— C'est fini, Jean-Louis. Tu veux aller où avec ton otage ?

— Sortir. Le bateau est à moins d'un kilomètre. On peut l'atteindre…

— Et après ? fit Prieur. Une fois sur ton bateau ? Tu crois qu'ils n'ont pas de bateaux, eux aussi ? Pas d'hélicoptères ?

La voix dans le mégaphone perça une nouvelle fois les murs de pierre de la ferme.

— Sortez sans résistance. Vous n'avez aucune chance. Nous contrôlons toutes les issues. Faites d'abord sortir Colin Remy, puis sortez ensuite les mains sur la tête, sans armes.

— C'est fini, Jean-Louis, insista Maxime Prieur. On ne s'est pas ennuyés, pendant dix ans, avec tes idées à la con. Du sabotage du tunnel à l'enlèvement de Colin Remy. Pas de sang, tu nous avais dit. Tu te rappelles, Jean-Louis ? Pas de sang. Désolé, moi, je me rends. Après tout…

Prieur esquissa un petit sourire avant de préciser :

— Après tout, moi, je n'ai tué personne. Je n'ai même pas d'armes.

— Je me rends aussi, fit Thierry d'une voix morne.

Brigitte ne dit rien. Elle se tenait recroquevillée, muette, à côté de la cheminée.

Prieur s'avança vers la porte, prêt à l'ouvrir.

— Attendez ! cria Valerino.

Il braqua son revolver vers ses complices.

— Attendez, hurla-t-il à nouveau d'une voix démente. Rendez-vous aux flics si vous voulez. Moi, ils ne m'auront pas.

Il pointa son revolver sur moi et me fit signe de me lever. Je n'avais pas d'autre choix que d'obéir. Il attrapa mon bras droit et, d'un geste déterminé, le tordit dans mon dos. La douleur fit fléchir mes jambes.

Il relâcha un peu l'étreinte.

— Marche. Ouvre la porte. On sort.

J'allais lui servir de bouclier ! Si je tentais quelque chose, il m'abattrait, sans hésiter.

Dehors, les flics n'allaient-ils pas tirer, eux aussi ? Ils devaient avoir posté des tireurs d'élite, quelque chose comme ça. Mais prendraient-ils le risque de me toucher ?

Oui, il le fallait.

Mieux valait une balle perdue que de continuer cette cavale désespérée avec ce fou.

Valerino observa une dernière fois ses complices. Aucun ne bougeait. Aucun ne semblait décidé à le suivre.

— Ouvre la porte ! hurla-t-il.

Il tordit à nouveau mon bras. De ma main gauche, je baissai la clenche. Je poussai. La porte ne bougea pas.

— Donne un coup de pied, ordonna Valerino.

Je poussai plus violemment la porte. Elle céda d'un coup. Valerino força plus violemment encore sur mon bras droit pour m'interdire toute initiative.

Une lumière aveuglante m'agressa. J'entendis distinctement des ordres improvisés.

— Ne tirez pas ! Il est armé. Il tient le gosse.

Valerino, sans un mot, me pressa. J'avançai d'un mètre.

Pourquoi ces flics n'osaient-ils pas tirer ?

Valerino était toujours collé à moi, me poussant lentement à avancer, exerçant une traction forte sur mon bras.

Tirez, nom de Dieu !

Rien. Le silence.

La torsion de mon bras cessa soudain.

Le silence encore.

La main de Valerino s'ouvrit, laissant tomber son revolver dans l'herbe humide. Le corps dur de Valerino, collé à moi, s'effondra doucement, sans un bruit.

J'étais vivant.

Valerino gisait dans l'herbe, à mes pieds.

Dans une mare de sang.

Je me retournai, dos au projecteur aveuglant de la police.

Brigitte se tenait devant moi, hagarde, irréelle dans la lumière blanche. Elle serrait dans sa main la vieille faux rouillée posée contre la cheminée. Le sang coulait encore de la lame.

Thierry et Prieur sortirent derrière elle, les mains sur la tête. Brigitte ne devait voir de moi qu'une silhouette noire. Elle murmura, sans presque bouger les lèvres :

— Pour Anne. Pour ta maman.

Tout se passa ensuite très rapidement. Une dizaine de policiers vêtus de gilets pare-balles se précipitèrent sur Maxime Prieur, Thierry et Brigitte. Ils furent évacués vers un fourgon. Le rugissement des sirènes recommença.

Une femme flic brune en uniforme vint me rejoindre et m'entraîna un peu plus loin. Une psychologue, sans doute. Elle connaissait son travail, elle me posa un minimum de questions, se contentant de me surveiller du coin de l'œil. On m'épargna l'évacuation du cadavre de Valerino dans une housse en plastique.

La 106 de *L'Ilien* se gara quelques mètres devant moi. Un instant, je crus que j'allais avoir à subir l'interrogatoire d'un journaliste.

Déjà ?

A ma stupéfaction, ce furent Madi et Armand qui surgirent des portières arrière.

— 80, à 11 heures ! hurla Armand. T'es un génie, Colin. On est des génies tous les deux !

Madi ne dit rien. Elle se contenta de me sourire, puis me prit dans ses bras, fort, longuement. Je sentais battre son cœur contre le mien, je ressentais la même émotion que quand nounou Martine m'avait serré contre elle il y a trois jours, ses gros seins en moins. Les papillons dans mon ventre en plus. Notre étreinte dura bien au-delà d'une accolade virile entre camarades. Madi me relâcha enfin. Elle semblait tout aussi troublée que moi.

— Contente que tu sois toujours vivant, Colin.

Armand arborait un sourire radieux. Sa face ronde, ses lunettes, son petit corps chétif, tout me rassurait en lui.

— Il paraît que tu es milliardaire, continua Armand. Orphelin pour de vrai et milliardaire. Waouh… Je te raconte pas les gonzesses…

Comme pour confirmer la prophétie d'Armand, une femme blonde s'approcha de moi, moulée dans une incongrue robe fourreau de velours pourpre. Elle ressemblait à une vamp des films de gangsters, en un peu plus vieille. Armand fit les présentations.

— Clara. Une secrétaire pleine de ressources. Commence pas à fantasmer, Colin, elle aime que les vieux !

Clara sourit de toutes ses dents blanches.

— Didier Delpech s'excuse. Il est reparti au journal. Finalement, il pense qu'il va sortir une édition spéciale de *L'Ilien*.

Je grimaçai.

— Tu lui dois bien ça ! affirma Clara.

Elle me tendit son téléphone portable.

— Tiens. Quelqu'un que tu ne connais pas, mais qui veut te parler. Lui aussi, tu lui dois une fière chandelle !

J'attrapai le téléphone, étonné.

— Colin Remy ? fit une voix jeune et dynamique. Simon Casanova, vous vous souvenez, le garde champêtre de l'île ? Ravi de vous savoir en vie.

— Merci, bafouillai-je sans trop comprendre.

— Je pense que je vais dormir un peu, tout de suite. Mais je serai à Mornesey dès demain matin. J'ai quelques rendez-vous en retard à honorer, du côté de l'abbaye. J'ai surtout quelques souvenirs de votre père à vous remettre en main propre. De la part de son meilleur ami, un ami fidèle, Gabriel Borderie.

— Merci, répondis-je à nouveau, gêné, un peu perdu.

— Colin, je peux vous demander un service ?

— Oui. Bien sûr.

— Mettez à chambrer pour moi une bouteille de Folie Mazarin. Je crois que je l'ai bien mérité.

— Ce sera fait.

Il raccrocha. Je me sentais bête. Je rendis son téléphone à Clara. Elle me regarda, pensive.

— Ce Simon Casanova est un peu crâneur, têtu comme un âne. Mais par contre, il est loin d'être con... Et plutôt joli garçon. Et surtout, Colin, je crois qu'il t'a sauvé la vie.

Je bafouillai des mots incompréhensibles de remerciement.

Elle me tournait déjà le dos, ondulant du bassin dans sa robe de vamp, le téléphone portable déjà à nouveau collé à l'oreille.

— Elle est mieux de dos, tu ne trouves pas ? commenta Armand.

Je ne répondis pas.

Je voulais profiter du silence. Rester seul.

— Colin !

Je reconnus la voix monocorde du père Duval. Je me retournai. Il affichait un teint rougeaud que je ne lui connaissais pas. Il portait d'une main un verre poussiéreux, sûrement déniché dans le vieux vaisselier de la ferme, et de l'autre une bouteille de vin.

Les Sanguinaires – île de Mornesey – 1914.

Le prêtre remuait le vin dans son verre avec la dextérité d'un sommelier professionnel.

— Je n'ai pas pu résister au plaisir d'en ouvrir une, Colin.

J'avais du mal à réagir.

— Et alors ? demanda Armand.

— Evidemment, il aurait fallu le goûter quelques années plus tôt. Quatre-vingt-cinq ans de garde, même pour des vins exceptionnels, c'est un peu beaucoup. Il aurait fallu changer le bouchon régulièrement. Il aurait aussi fallu le faire décanter…

— C'est une piquette ? s'inquiéta Armand.

Le père Duval but une gorgée de vin, qu'il garda longuement en bouche. Il répondit en pesant ses mots.

— J'ai bu il y a moins d'un mois un château-cos-d'estournel, grand cru classé, de 1986. Neuf cents francs la bouteille. Minimum. Je peux vous dire que ce grand cru, c'était une piquette à côté de ce domaine Saint-Antoine.

Madi siffla, admirative.

Le père Duval se pencha vers moi.

— Il s'agit là d'un vin de garde extraordinaire, Colin. Mazarin avait raison. A cause d'un terroir exceptionnel, comme il n'en existe que quelques-uns en France. Un vieux terroir oublié par l'histoire. Cela arrive. Jusqu'à ce que ton père le redécouvre. Si tu décides d'exploiter à nouveau ce terroir, de replanter des vignes, alors, mon garçon, ta gloire et ta fortune sont faites !

Je hochai la tête, sans trop savoir quoi répondre.

Je regardai autour de moi, gêné. Madi me souriait et j'aimais son sourire.

— Merci à tous. Merci. J'ai besoin d'être seul, je crois.

Sans dire un mot de plus, je m'éloignai, un peu, quelques mètres. Je gravis la pente du petit champ, devant la ferme, pour me retrouver le plus haut possible. J'avais repéré une petite colline surmontée d'un vieil arbre mort, tordu.

Je m'assis sur la colline, le dos contre le tronc de l'arbre. L'herbe était mouillée.

Peu importe.

Comme je l'espérais, de ce belvédère, on découvrait une belle vue sur la mer, le phare, la côte rocheuse du sud-est de l'île. Les vagues qui se brisaient sur les roches noires.

Je fermai les yeux. Je les rouvris.

J'étais bien.

Le bruit des vagues. La mer, immense.

L'horizon, au loin, vira au rouge. La mer s'embrasa.

Le soleil se levait, déjà. J'avais sans doute dormi, un peu.

Un nouveau jour, une nouvelle vie.

Il me restait à lire la lettre d'adieu de mon père, celle déposée chez le notaire, lorsque la police la trouverait, me la rendrait. Cette lettre qui accusait.

Peu m'importait, désormais.

J'étais bien.

Il fallait que je vienne ici, arpenter les décombres de ma jeunesse.

Je l'avais accepté. Mon père était mort. J'étais orphelin.

J'avais fait le deuil, enfin.

Il m'avait fallu dix ans.

Mon père était mort, en héros.

Maman avait raison. Sa prophétie se réalisait après toutes ces années. *Un jour, tu retrouveras papa.*

Je ne l'avais jamais revu.

Mais aujourd'hui, je l'avais retrouvé.

POCKET N° 17262

« *Un roman humaniste. Des indices et des mystères jusqu'au twist final, sa signature, un jeu de bluff dont la résolution rend dingue.* »

Le Point

Michel BUSSI
ON LA TROUVAIT PLUTÔT JOLIE

« — Qu'est-ce qui ne va pas, Leyli ? Vous êtes jolie. Vous avez trois jolis enfants. Bamby, Alpha, Tidiane. Vous vous en êtes bien sortie.

— Ce sont les apparences, tout ça. Du vent. Il nous manque l'essentiel. Je suis une mauvaise mère. Mes trois enfants sont condamnés. Mon seul espoir est que l'un d'eux, l'un d'eux peut-être, échappe au sortilège.

Elle ferma les yeux. Il demanda encore :

— Qui l'a lancé, ce sortilège ?

— Vous. Moi. La terre entière. Personne n'est innocent dans cette affaire. »

Du désert sahélien à la jungle urbaine marseillaise, une enquête bouleversante en quatre jours et trois nuits...

Retrouvez toute l'actualité de Pocket sur :
www.pocket.fr